L'HONNEUR D'UNE FEMME

DU MÊME AUTEUR
CHEZ LE MÊME ÉDITEUR

Le Serment

Lindsay Chase

L'HONNEUR D'UNE FEMME

Roman

PRESSES DE LA CITÉ

Titre original : *Honor*
Traduit par Jacqueline Susini

ISBN 2-258-03959-2

A la mémoire de John April
Le monde était son théâtre.

Prologue

New York, 1897

Pour le docteur Catherine Delancy, la statue de la Liberté, cessant de symboliser l'espoir et le refuge, annonça un désastre imminent.

Sous le soleil d'avril, Catherine frissonna, et Damon, qui se tenait à ses côtés sur le pont du *Copper Queen*, comprit qu'il était inutile d'accuser le vent d'ouest.

— Anxieuse ? demanda-t-il. Il est encore temps de faire demi-tour...

En pensant à Londres où s'étaient écroulés leurs espoirs et leurs rêves, elle crispa ses mains gantées sur la rambarde.

— Nous n'aurions jamais dû fuir New York comme nous l'avons fait. Nous aurions dû affronter cet hypocrite prétentieux.

— Pour la énième fois, Catherine : nous n'avions pas le choix.

Les larmes aux yeux, elle ignora l'agacement de Damon qui semblait avoir depuis longtemps perdu patience.

— Si nous étions restés, William serait encore en vie, et toi, à la tête de ton entreprise.

— Et j'irais te voir en prison...

— De toute façon, c'est là que je vais me retrouver. Mais tu ne viendras pas me voir parce que tu y seras également. Pour m'avoir aidée à fuir.

À la pensée de son mari enfermé comme un animal dans un zoo, privé de sa liberté, déchu, sa belle fierté irrémédiablement blessée, elle ne put retenir ses larmes. Mais, estimant qu'elle lui avait déjà beaucoup demandé, elle ne chercha pas son réconfort.

Ce fut lui qui le lui offrit spontanément en la prenant par les épaules.

— Ne nous abandonnons pas au désespoir, Catherine.

Elle sortit un mouchoir de sa manche et se tamponna les yeux.

— Tu as raison. Les gens vont peut-être changer d'attitude envers nous. Et il se peut que nous tombions sur un jury compréhensif.

Elle eût aimé en être parfaitement convaincue. Mais, déjà, Damon lui offrait le sourire rassurant d'un homme qui n'avait pas l'habitude de se laisser miner par le doute.

— Courage, Catherine. Nous allons nous trouver un avocat sensationnel qui nous sortira de ce mauvais pas.

Quand il la prit dans ses bras pour l'embrasser, elle s'accrocha à lui comme pour s'imprégner d'une chaleur et d'une force dont elle redoutait d'être privée.

Dès que le *Copper Queen* accosterait, ils seraient arrêtés.

1

Boston, 1894

— Nous déclarons l'accusé... non coupable.

Honora regarda sans surprise les quatorze étudiants du cours de droit criminel du professeur Bloomfield. Leur verdict condamnait en fait la présence d'une femme sur un terrain réservé aux hommes.

À deux pupitres d'elle, son adversaire, Robert Davis, les mains dans les poches, s'était rejeté contre le dossier de sa chaise avec un petit sourire ironique.

— Félicitations, monsieur Davis, dit-elle.

Tandis qu'elle masquait son amertume derrière un sourire appliqué, Robert Davis rétorqua :

— Votre dossier manquait de solidité, mademoiselle Elliott. J'espère au moins que ma démonstration vous aura appris quelque chose.

Seule son intention de devenir avocate empêcha Honora de tordre le cou de ce jeune coq arrogant !

— Monsieur Davis, à votre place, je ne me rengorgerais pas de cette manière, observa le professeur Bloomfield en retirant son pince-nez, de façon à promener sur toute la classe un regard désapprobateur. Vous devriez, les uns et les autres, avoir honte de vous-mêmes. C'est uniquement parce que vous désapprouvez la présence d'une femme parmi vous que vous avez rejeté le plaidoyer de Mlle Elliott.

Si Honora parvint à cacher son étonnement, Davis perdit

son sourire et faillit suffoquer de colère, tandis que Bloomfield, rivant sur chacun un regard de reproche, poursuivait :

— Il me semblait vous avoir appris à laisser de côté vos préjugés au bénéfice de l'objectivité. Mais je constate que vous ne m'avez pas écouté. Vous me faites honte. J'ai l'impression d'avoir perdu mon temps.

Davis devint insolent :

— Si nous nous étions laissé convaincre par Mlle Elliott, où serait la différence ? Elle est une femme et, en tant que telle, jamais elle n'aura l'occasion de plaider. À moins qu'elle n'aille tenter sa chance dans l'Ouest.

Des murmures approbateurs s'élevèrent de la classe. Les joues rosissantes de colère, le regard enflammé, Honora se dit qu'elle détestait ce garçon à un point inimaginable.

Prenant un ton affligé, Bloomfield répliqua :

— Mon cher Davis, vous me surprenez... Vous savez parfaitement que l'on doit se référer aux faits présentés et non à la personnalité des étudiants. Et je tiens à dire que les arguments de Mlle Elliott étaient parfaitement convaincants.

Honora leva la main.

— Monsieur Bloomfield, pourrais-je ajouter quelque chose pour ma défense ?

— Je vous en prie.

Elle se leva, se tourna vers la classe, évalua d'un simple coup d'œil le degré d'hostilité des uns et des autres et prit un ton des plus fermes :

— Je n'ai pas l'intention de vous faire un discours sur la compétence féminine en matière de droit et d'action judiciaire. La plupart d'entre vous m'a toujours considérée comme un cas étrange, sinon désespéré...

Davis bâilla, les yeux au ciel, la posture nonchalante. Il eût visiblement mieux supporté son ennui dans une chaise longue...

— Vous avez tous — ou presque, pour être honnête — entrepris de me décourager. Mais j'aimerais simplement vous dire : merci !

Davis sursauta. Le professeur leva les sourcils. Tous les regards étaient rivés sur Honora.

Avec un sourire suave, elle expliqua :

— En voulant me mettre les bâtons dans les roues, vous

avez renforcé ma détermination. Vous pouvez considérer que je vous devrai mon succès.

Elle se rassit, sans attendre des applaudissements qui, effectivement, ne vinrent pas.

Bloomfield s'éclaircit la gorge en retenant un sourire.

— Messieurs, il me semble que l'on vous a remis à vos places, et avec panache. (Se tournant vers Honora, il salua ses propos.) Bravo, mademoiselle Elliott !

— Bravo, répéta Davis.

L'imbuvable Robert Davis la complimentait ? Honora n'en crut pas ses oreilles et préféra reporter son attention sur le professeur qui avait entrepris d'expliquer, point par point, pourquoi Honora aurait dû emporter l'adhésion de la classe.

Elle savoura ce qui n'était cependant qu'une victoire passagère. Rien ne lui était acquis.

À trois heures de l'après-midi, les cours s'achevèrent. Honora traversa le campus de l'université de Boston, balayé par un vent froid de fin octobre qui soulevait dans la lumière melliflue de l'automne des tourbillons de feuilles mortes.

Marchant d'un pas vif, à l'ombre des grands buildings de brique, elle attirait les regards masculins. On la remarquait non seulement parce qu'elle était une femme — rare représentante de son sexe en ces lieux— mais aussi pour sa silhouette élancée et son visage fin, à la beauté classique, où seul un menton au dessin volontaire apportait une note imparfaite. Se hâtant de rentrer chez elle, elle ignorait ces regards chargés d'une curiosité qui se transformait vite en admiration. Mais elle remarqua cependant Robert Davis qui s'abritait du vent dans le renfoncement d'une porte. Le col relevé, la tête nue penchée sur un livre ouvert, il frissonna.

Elle allait emprunter une autre allée lorsqu'il leva les yeux et rencontra son regard. Aussitôt, il referma son livre d'un geste sec et se précipita vers elle, le visage bleui par le froid mais la voix ferme :

— Est-ce que ça vous ennuierait que je vous accompagne, mademoiselle Elliott ?

— Oui. Mais j'imagine que vous n'en tiendrez pas compte.

Il rit, une lueur amusée dans les yeux, et tendit la main vers les livres qu'elle portait.

— Puisque nous allons marcher ensemble, laissez-moi au moins porter vos livres.

Elle serra contre elle les deux lourds volumes comme si elle craignait qu'il les lui arrachât.

— Ça va, dit-elle.

— Comme vous voulez.

Davis régla son pas sur celui d'Honora tandis qu'elle s'appliquait à ne pas le frôler.

Elle se sentait mal à l'aise, comme si son corset s'était brusquement resserré.

— Allez-vous prendre le tramway ?

— Non.

— Où habitez-vous ? Nous allons peut-être dans la même direction.

— Ça m'étonnerait.

Il eut un sourire narquois.

— Il me suffit de vous regarder pour savoir où vous vivez, déclara-t-il.

Audacieux et moqueur, il la détailla de la tête aux pieds. Elle sentit son regard se poser sur son chapeau de feutre et sa plume de faisan quelque peu fatiguée, sa cape de velours noire, achetée par sa tante Theodora deux ans plus tôt à Paris, puis sur sa jupe longue, en serge bleue, à la coupe impeccable.

— Beacon Hill, conclut-il.

— Non. Commonwealth Avenue.

— Oh ! Mais alors, diable, qu'est-ce qui peut pousser une jeune femme fortunée à se compliquer la vie en voulant devenir avocate ? Quel âge avez-vous ? Vingt-six ans ?

Elle n'en avait que vingt-cinq mais ne vit pas la nécessité de rectifier son appréciation.

— À votre âge, les femmes de votre milieu ne sont-elles pas déjà mariées à des hommes aussi fortunés qu'elles et mères d'une tripotée d'enfants trop gâtés ?

Honora pensa à son père et sentit une blessure se rouvrir.

— J'ai mes raisons pour rester célibataire, monsieur Davis, et je crois qu'elles ne vous concernent pas plus que mon âge.

— Dites-vous que l'on remarque tout de suite que vous êtes une vieille fille. Je ne vous ai pas arraché un secret.

Brusquement il éclata d'un rire franc et bruyant qui attira la curiosité des passants.

— Bloomfield avait raison. Nous aurions dû nous laisser convaincre par votre plaidoyer !

Surprise, elle ne tarda pas à se ressaisir.

— Quelle générosité tout à coup ! ironisa-t-elle.

Davis scruta son visage.

— Savez-vous pourquoi vous ne réussirez pas, mademoiselle Elliott ? Vous prenez chacun de vos échecs pour une défaite personnelle. Il vous manque cette aptitude qu'ont les hommes de séparer leur vie personnelle de leur vie professionnelle. De plus, vous éprouvez du ressentiment.

— Quelle théorie aussi intéressante qu'absurde !

— Vraiment ? Regardez la façon dont vous vous comportez avec moi. Je sais que vous ne m'aimez pas. Et pourquoi ? Parce que je m'oppose à vous pendant les cours. De là, un sentiment de rejet permanent alors que vous ne me connaissez pas.

Il avait raison. Elle ignorait d'où il venait, où il vivait, bien qu'elle le soupçonnât d'habiter l'un des quartiers pauvres de la ville. Elle ne savait rien de ses parents, de sa famille ni de la façon dont il passait ses week-ends.

— Si j'en crois votre attitude pendant les cours, je peux affirmer que vous êtes arrogant et plein de préjugés.

Elle eut l'impression de marquer un point, mais, aussitôt, il contre-attaqua :

— C'est bien ce que je disais : vous ne voyez en moi qu'un ennemi.

— Et pourquoi vous verrais-je autrement ?

Il prit un ton moqueur.

— Vous êtes la première à avoir des préjugés, mademoiselle Elliott. Mais si vous les abandonniez, vous seriez obligée de reconnaître que vous vous êtes trompée à mon sujet et ça, ça vous dérangerait ! Dommage. Je suis quelqu'un d'agréable, vous savez. Et plutôt beau garçon.

Honora le détailla à son tour. Sans être ce que l'on appelle habituellement un bel homme, il avait pour lui de grands yeux verts, pétillants d'intelligence et d'humour, et vibrait d'énergie et de détermination, au point qu'on en oubliait de le trouver quelconque. Il avait les joues creuses et la lèvre inférieure trop charnue, mais il ne cherchait pas à masquer ces défauts sous une barbe ou des moustaches. « Je suis ainsi et pas autrement », semblait-il dire.

— Je n'irai pas jusqu'à affirmer que vous êtes bel homme, rectifia Honora.

Il rit.

— En vérité, moi non plus.

Ils arrivèrent au bout de la rue où attendait un coupé à quatre places.

Robert Davis laissa son regard glisser sur la laque noire et brillante de la voiture.

— C'est à vous ?

— À ma tante.

Tandis qu'elle retenait son chapeau qu'une bourrasque menaçait d'emporter, il fit courir son regard sur la robe luisante de l'un des deux superbes chevaux que tenait par la bride un cocher en livrée.

— Ces deux merveilles doivent valoir une fortune...

Honora ignora cette remarque déplacée.

— Eh bien, monsieur Davis, nous avons eu une conversation des plus intéressantes... Mais je ne verrais aucun avantage à la poursuivre.

Davis se crispa.

— Si je comprends bien, mademoiselle n'a que faire d'un Robert Davis ! dit-il.

— Pardonnez-moi, mais...

— Oh, vous êtes tous les mêmes dans votre milieu ! Pourris, gâtés, vous croyez pouvoir tout vous permettre parce que papa a de l'argent, parce que vous vivez dans le confort et que vous allez vous acheter votre garde-robe, chaque printemps, à Paris. (Cette fois-ci, ce fut son emportement et non le vent glacial qui le fit frissonner.) Quant à vous, vous êtes de la pire espèce. Vous prenez la place d'un homme qui espère pouvoir améliorer sa condition après plusieurs années de dur labeur, et cela simplement parce que mademoiselle s'ennuie chez elle.

Robert Davis s'égarait. Les vrais bourgeois de Boston ne s'habillaient pas à Paris, n'affichaient pas leur fortune. Quant à elle, elle n'avait plus ni mère ni père. Mais son éducation lui interdisait de répliquer.

— Voudriez-vous m'excuser, monsieur Davis...

Laissant tomber ses livres sur le trottoir, il enlaça brusquement Honora, l'attira dans ses bras et lui infligea le baiser de la vengeance.

Curieusement, elle sentit monter en elle un émoi brûlant au contact de ses lèvres impérieuses. Mais déjà le cocher intervenait en criant :

— Hé ! Arrêtez ! Lâchez mademoiselle Elliott !

Robert Davis n'attendit pas que Simms employât la force. Il libéra Honora, lui lança un regard triomphant puis s'empressa de ramasser ses livres et de s'éloigner, sans se retourner.

— Je vais vous faire arrêter ! hurla-t-elle.

Continuant de marcher, il prit tout de même la peine de se tourner à demi et de lui rétorquer :

— Rien n'interdit d'embrasser une femme en public.

Simms s'inquiétait :

— Il ne vous a pas fait mal, n'est-ce pas, mademoiselle ?

Elle secoua la tête tout en suivant Davis d'un regard outré.

— Il s'est contenté de m'embrasser, cria-t-elle afin qu'il pût l'entendre. Mais j'aurais préféré m'éviter une expérience aussi décevante ! (Elle se tourna vers Simms.) Rentrons maintenant.

Simms l'aida à monter dans le coupé. Lorsqu'elle jeta un coup d'œil par la vitre arrière, elle vit Robert Davis lui adresser un petit signe d'adieu moqueur.

— Quel effronté, ce garçon ! s'indigna-t-elle.

D'un geste nerveux, elle laissa tomber ses livres sur la banquette de cuir. Les battements de son cœur ne s'étaient pas encore apaisés et ses lèvres portaient l'empreinte douloureuse du baiser vengeur de Davis.

Habituée à l'hostilité systématique du garçon, elle restait perplexe en songeant que cette fois-ci il n'avait pas agi comme un adversaire décidé. Peu à peu sa colère céda la place à la réflexion. À l'évidence Robert Davis en voulait aux riches. Ses vêtements usés jusqu'à la corde comme son agressivité permanente à l'égard d'une classe aisée et privilégiée laissaient entendre qu'il ne connaissait précisément ni la fortune ni les privilèges. Mais, dans ce cas, pour quelle raison l'avait-il abordée après les cours ?

Elle ne s'attarda pas sur cette question. D'autres préoccupations plus urgentes lui revenaient déjà à l'esprit.

Commonwealth Avenue ressemblait à un boulevard parisien. Elle en avait la largeur, l'architecture et la verdure, et au 165 de cette artère élégante et bien aérée, Honora contempla la maison de sa tante avant d'y pénétrer. Qu'eût dit Robert Davis des sculptures entourant les fenêtres ? Et des deux salons, l'un au premier étage pour les invités, l'autre pour la famille au rez-de-chaussée ? Et que penserait-il du chauffage central s'il était habitué aux poêles à charbon ? Il lui faisait redécouvrir en somme une maison qu'elle considérait simplement comme son foyer, sans se poser de question.

À l'instant où elle pénétra dans le hall lambrissé, le maître d'hôtel surgit pour prendre sa cape.

— Comment se sont passés les cours aujourd'hui, mademoiselle ?

— Je les ai trouvés particulièrement stimulants, Jackson.

Elle retirait ses gants lorsqu'elle remarqua une grande caisse en attente dans le hall.

— Qu'est-ce que c'est ?

— Encore un tableau venant de Paris.

— Ma tante ne s'est pas précipitée pour l'ouvrir ?

— Votre tante est absente, mademoiselle. Elle est allée chasser.

« Chasser » consistait pour Theodora Putnam Tree à partir dénicher une nouvelle pièce pour sa collection d'art ou sa garde-robe et à ne jamais revenir bredouille.

— Elle est seule ?

— Non. M. Saltonsall l'accompagne.

Évidemment... Honora sourit en enlevant son chapeau et en lissant sa chevelure de jais.

Elle monta se changer dans sa chambre puis redescendit pour étudier dans la bibliothèque. À l'instant où elle traversait le hall, la porte d'entrée s'ouvrit brusquement, livrant passage à une tornade.

— Vous devez admettre qu'il est très drôle !

Theodora Putnam Tree s'adressait au grand, jeune et bel homme qui la suivait, chargé de boîtes à chapeaux.

À quarante ans, aussi élancée que sa nièce, l'œil noir et

mystérieux comme une nuit sans lune, Theodora, veuve Tree, arborait avec panache une chevelure blanchie qui n'était autre qu'une caractéristique familiale.

Dès qu'elle aperçut la caisse, elle manifesta sa joie.

— Oh, Wesley, mon tableau est arrivé !

Elle agita la main en direction du maître d'hôtel qui venait d'accourir.

— Jackson, prenez ces boîtes à chapeaux et apportez-nous ce qu'il faut pour ouvrir cette caisse avant que je défaille d'impatience.

Sans même reprendre son souffle elle s'adressa à Honora en avançant vers elle pour l'embrasser :

— Comment se sont passés tes cours, ma chérie ? As-tu gagné ton simulacre de procès ?

Honora sourit, salua Wesley qui entassait les boîtes à chapeaux sur les bras de Jackson et répondit à sa tante :

— La classe n'a pas été convaincue. Mais le professeur m'a soutenue...

— Ces jeunes gens croient encore à leur supériorité ! Ce n'est pas grave...

Theodora retira ses gants, les lança vers la longue table de marbre. Sans même remarquer qu'ils étaient tombés par terre, elle se tourna vers Wesley :

— Voudriez-vous apporter la caisse dans le salon afin que nous puissions mettre fin au suspense ?

Comme Honora, Wesley Saltonsall avait vingt-cinq ans. À défaut d'une intelligence particulière, il possédait du charme, une séduction toute masculine et l'art de mettre les gens à l'aise quelles que fussent les circonstances.

Il se montrait beaucoup moins assidu à son travail, dans l'entreprise familiale de transports maritimes, qu'auprès de Theodora dont il était l'amant. Oh, le secret était bien gardé ! Honora n'aurait jamais rien soupçonné si elle ne les avait surpris un après-midi à flirter au premier étage.

Wesley sourit. Deux charmantes fossettes creusèrent ses joues.

— Nous allons mettre fin au suspense immédiatement, dit-il.

Il tira la caisse jusqu'au salon, l'ouvrit sous le regard fébrile de Theodora, et en sortit le tableau dont elle arracha aussitôt l'emballage. On eût dit une enfant au pied du sapin de Noël.

Les mains serrées sur la poitrine, elle s'émerveilla devant la nature morte représentant des oranges posées sur une nappe bleu et blanc ainsi qu'un compotier rempli de pommes à l'arrière-plan.

— C'est magnifique !

— On a envie de les manger, observa Honora. Qui est le peintre ?

— Paul Cézanne. C'est mon premier tableau de lui, mais certainement pas le dernier.

Submergés par l'admiration, ils n'entendirent pas la sonnette de la porte d'entrée. Jackson fut le seul à réagir. Il alla ouvrir et revint quelques secondes plus tard en annonçant :

— Excusez-moi, mademoiselle Honora, mais un monsieur vous demande. Il dit s'appeler Robert Davis.

Robert Davis n'avait jamais vu de maître d'hôtel auparavant. Il se demanda s'ils donnaient tous l'impression, comme Jackson, d'avoir avalé leur parapluie.

— Veuillez attendre un instant, lui dit Jackson. Je vais voir si Mlle Elliott est rentrée.

Il referma la porte en laissant Robert attendre dans le vent de cette fin d'après-midi de plus en plus froide.

Honora devait être ici. Elle lui avait dit qu'elle rentrait et il l'avait vue monter dans le coupé.

La porte se rouvrit. Le maître d'hôtel annonça en s'effaçant pour le laisser passer :

— Mlle Elliott va vous recevoir.

Il entra dans le hall qui n'était pas plus grand que celui de sa pension de famille. Mais la similitude s'arrêtait là. Un délicat parfum de cire d'abeille remplaçait les relents de cuisine. Le parquet et les lambris possédaient un lustre trahissant leur qualité et leur prix. Il se demanda si l'on considérait ici le luxe comme une évidence, ce que jamais il ne pourrait faire.

À peine eut-il le temps de jeter un coup d'œil à un miroir ovale qui, dans son encadrement d'or, dominait une longue table de marbre, que déjà une femme apparaissait dans l'embrasure d'une porte. Sa vitalité sembla emplir le hall.

— Bonsoir, monsieur Davis, dit-clle d'une voix chaude et élégante en lui tendant la main. Je suis Theodora Tree, la tante d'Honora.

« Theodora, bien entendu ! » songea-t-il. Ce genre de femme ne pouvait s'appeler tout simplement Alice ou Mary...

Elle était belle avec son visage lisse, jeune et ce contraste surprenant entre les sourcils bruns et ce nuage de cheveux couleur de neige. Mais il lui fallait réagir, ne pas la laisser ainsi la main tendue. Il prit cette main délicate dans la sienne, hésita entre la serrer vigoureusement ou la baiser et, finalement, se contenta de s'incliner brièvement.

— Je suis ravi de vous rencontrer, mademoiselle Tree.

Flattée, elle rectifia tout de même :

— Mme Tree. Je suis veuve.

Au soudain pétillement de ses yeux, aussi noirs que ceux de sa nièce, succéda un bruissement de taffetas tandis qu'elle se dirigeait vers le salon, en priant Robert Davis de la suivre.

Il découvrit Honora et un homme, jeune et grand, en admiration devant une nature morte dont ils estimaient le prix justifié, compte tenu de sa valeur artistique. Comment pouvait-on payer si cher un simple tableau ?

Honora prit un ton sec en s'adressant à lui.

— Monsieur Davis... Quelle surprise !

Il se sentit intimidé. Elle avait troqué son habituelle tenue d'étudiante, composée d'un chemisier blanc et d'une jupe stricte, contre une robe moirée, sans corset, qui révélait ses formes. En revanche, elle avait gardé le médaillon d'or, suspendu à une cordelette de satin, dont sans doute elle ne se séparait jamais. Sa chevelure cascadait sur ses épaules. Il aurait aimé y plonger ses mains, y enfouir son visage...

— Je vous présente Wesley Saltonsall, annonça Theodora. Un ami de la famille.

— Davis, répondit Robert en tendant la main, le sourire assorti de ses deux charmantes fossettes.

Mais déjà il classait Wesley dans la catégorie des fils de bourgeois qui n'ont jamais lavé une paire de chaussettes de leur vie.

— Qu'est-ce qui nous vaut le plaisir de cette visite, monsieur Davis ? demanda Honora.

— J'avais besoin de vous parler.

Elle lui lança le regard méfiant qu'il lui connaissait si bien, s'interrogeant de toute évidence sur les divers mobiles possibles de son interlocuteur.

— Ça ne pouvait pas attendre demain ?

— Non.

— Très bien. Suivez-moi. Nous serons dans la bibliothèque, tante Theodora. Ne t'inquiète pas si tu entends un bruit de vitres brisées !

Elle entraîna Robert à travers le hall vers la bibliothèque tandis que résonnait l'éclat de rire de Theodora et que flottait dans son sillage un parfum de rose.

Honora referma la porte de la bibliothèque derrière elle et attaqua :

— Que voulez-vous, monsieur Davis ? Après la façon dont vous m'avez insultée...

— Je ne vous ai pas insultée. Je vous ai embrassée.

Il faillit ajouter qu'il recommencerait sans attendre s'il était certain qu'elle y consentît...

— M'embrasser sans mon autorisation revient à m'insulter. (Elle s'avança vers lui.) Je ne peux apprécier un tel comportement de la part d'un homme que je connais à peine.

Baissant la tête, il se composa un air contrit.

— Je ne sais pas ce qui m'a pris. Dès que vous vous êtes éloignée, j'ai compris que je m'étais très mal comporté. Je viens par conséquent m'excuser.

— Pardon ?

— Vous m'avez bien entendu. Je suis venu m'excuser.

— Je vois.

— Vous feriez mieux d'accepter ces excuses parce que je n'en ferai pas d'autres.

Sous l'effet de la colère, les yeux d'obsidienne d'Honora lancèrent des éclairs.

— Contrairement à ce que vous pourriez croire, je ne vous en veux pas et j'accepte vos excuses... Mais une chose m'intrigue. Pourquoi êtes-vous ici ? Vous pouviez attendre de me retrouver demain en cours.

— L'avocate en vous cherche les mobiles, il me semble. (Il sourit en regardant autour de lui.) Je voulais voir où vous viviez. Je suis sûr qu'il y a un autre salon à l'étage et que vous avez le chauffage central.

— Vous ne me ferez pas croire que vous êtes venu uniquement pour constater ce genre de chose. Allons, monsieur Davis, avouez-moi le vrai motif de cette visite ?

— Écoutez, mademoiselle Elliott, je suis un homme qui ne se cache pas derrière les belles paroles et les belles manières, comme votre ami Saltonsall. Je suis direct, simple, et je vous avouerai que je suis venu ici avec l'espoir que vous m'accordiez une seconde chance.

— Une seconde chance pour faire quoi ?

— Pour vous prouver que vous vous trompez à mon sujet.

Au lieu de tourner les talons, comme il s'y attendait, elle croisa les bras et retrouva son regard inquisiteur.

— Pourquoi accordez-vous tant d'importance à ce que je peux penser de vous ?

— C'est comme ça.

Silencieuse pendant quelques instants, elle continua à l'étudier.

— Contrairement à ce que vous pouvez croire, je ne suis pas fortunée. (D'un geste ample, elle désigna ce qui les entourait.) Tout appartient à ma tante. Je dépends entièrement de sa charité.

— Que voulez-vous que ça me fasse ? Oh, mais je comprends ! Vous me prenez pour un coureur de dot !

— Vous ne seriez pas le premier, répliqua-t-elle avec un sourire exaspérant.

Il se rapprocha d'elle au point de pouvoir distinguer le cercle d'or de ses pupilles noires et de se croire devant le phénomène étrange d'une double éclipse solaire.

— Je n'ai pas besoin de l'argent d'une femme. Je suis capable d'en gagner des montagnes sans l'aide de personne.

Elle ne songea ni à faire un pas en arrière ni à détourner son regard.

— Dans ce cas, je regrette ce que j'ai dit. Je suis désolée.

— Vous pouvez l'être.

Il s'écarta d'elle, arrangea le col de son manteau et changea de ton pour ajouter :

— Nous pourrions nous entraider, vous savez.

— Nous entraider ? De quelle façon ?

— J'ai remarqué que vous n'excellez pas en droit constitutionnel.

Elle fit la grimace.
— Ce n'est pas utile de me le rappeler.
— Moi, j'y excelle, par contre. Négocions un accord. Je vous aide dans ce domaine et en contrepartie, vous me donnez une seconde chance.
Il crut qu'elle allait éclater de rire, mais il se trompait.
— Si j'accepte et déclare que nous faisons une trêve, cesserez-vous de vous acharner contre moi pendant les autres cours ?
— Non. Ceci n'est pas négociable. Vous n'avez donc pas encore compris que je m'acharne en réalité à vous faire donner le meilleur de vous-même ?
Elle parut sceptique.
— Vraiment ?
— Bien sûr. Il faut que vous appreniez à ne jamais attendre que l'on vous traite avec courtoisie dans un tribunal. Vos adversaires ne chercheront jamais à vous ménager.
— Mais je n'espérais pas un traitement de faveur...
— Alors, je dois continuer à vous malmener.
Elle scruta son visage.
— Bien. D'accord !
Il lui tendit la main.
— Marché conclu.
Elle manifesta quelque réticence à lui serrer la main comme si elle craignait qu'il ne l'attirât dans ses bras pour l'embrasser. Il se dit qu'elle devait lire dans ses pensées et, refrénant ses envies, se contenta de lui donner une vigoureuse poignée de mains.
Au même instant, on frappa à la porte.
— Entrez ! lança Honora.
Theodora apparut.
— N'entendant pas de bruit de verre, je commençais à m'inquiéter.
— Comme tu peux le constater, les vitres sont intactes. Et nous venons juste d'achever notre discussion.
— Parfait. Alors M. Davis peut se joindre à nous pour le thé.
Robert n'avait rien mangé depuis le matin et à la perspective de retrouver le maigre repas que lui servait sa propriétaire — un éternel morceau de mouton nerveux, accompagné de

chou archicuit —, il sentit son estomac se contracter. Il remercia Mme Tree, l'assurant qu'il serait ravi de rester pour le thé.

Honora le regarda engloutir ce qu'on lui servait, comme s'il s'agissait du dernier repas de sa vie. Wesley étant parti à son club, Davis se retrouva seul avec les deux femmes dans le petit salon du premier étage, devant un thé somptueux, servi dans une théière en argent et des tasses de porcelaine anglaise. Honora avait observé que sa tante avait généreusement augmenté les portions de toasts beurrés, de muffins, de jambon et de rosbif froid.

— Servez-vous, monsieur Davis, ne cessait de répéter Theodora en lui remplissant sa tasse de thé.

En robe d'intérieur de soie fuchsia, la tante d'Honora avait l'air d'un oiseau exotique. En revanche, elle s'abstint d'afficher son goût original pour la bière à l'heure du thé.

— Je ne saurais refuser, avoua Robert.

Il prit une pleine assiette de viande et de pain qu'il installa sur ses genoux.

Honora grignota un muffin puis lui demanda :

— Vous êtes de Boston, monsieur Davis ?

— De Lowell, précisément.

— Lowell est célèbre pour ses usines de textile, commenta Theodora.

— J'ai travaillé dans le textile justement.

Honora commençait à comprendre l'hostilité de Robert à l'égard de la bourgeoisie.

— Quel genre de travail faisiez-vous ? demanda Theodora.

Robert avait englouti son rosbif et se resservait.

— J'ai commencé comme tisseur, puis je suis devenu contremaître.

Honora remarqua :

— Quelle preuve de volonté et d'ambition !

Il lui adressa un regard pénétrant.

— Il en faut si l'on veut arriver à quelque chose dans le monde où nous vivons.

— Et à quoi voudriez-vous arriver ? s'enquit Theodora.

Il s'essuya la bouche avec sa serviette puis reposa sur la table l'assiette vide, témoin de son appétit féroce.

— Je voudrais devenir conseiller juridique de gens comme William Rockfeller à New York. Les aider à augmenter leur fortune et à sauvegarder leurs acquis.

— Moi, je préfère défendre la veuve et l'orphelin, déclara Honora.

— Vous faites vos études dans ce but ?

— Parfaitement.

Voulant éviter de parler de sa famille, elle se contenta de lui expliquer :

— J'appartiens à une lignée de bas-bleus...

Robert se tourna vers Theodora.

— Êtes-vous vous-même avocate, madame Tree ?

— Non. Mais je crois à l'éducation des femmes, et j'ai toujours encouragé Honora à suivre la voie qu'elle s'était choisie.

Robert revint à Honora.

— Vos parents sont à Boston ?

— Mes parents sont morts, répondit-elle sur un ton laissant entendre que le sujet était clos. Et les vôtres, où sont-ils ?

— Ils sont également décédés.

Elle baissa les yeux un instant.

— Je suis curieuse de savoir pourquoi vous suivez ces cours. N'auriez-vous pas pu entrer en apprentissage chez un avocat ? Ça vous aurait évité bien des frais.

— J'ai travaillé chez un avocat pendant un certain temps. Mais je n'ai pas appris grand-chose. Les cours sont très utiles. Vous savez, j'ai économisé sou par sou. Je peux me permettre d'aller à l'université.

L'espace d'un instant, elle avait pu lire une certaine amertume dans son regard. À l'évidence, il n'avait pu économiser qu'un strict minimum. Entre l'état de ses vêtements et sa maigreur, on devinait facilement ses difficultés.

— Où vivez-vous à Boston ? demanda Theodora.

— J'habite une pension de famille dans le quartier sud. (Il regarda Honora puis sa tante comme s'il les mettait au défi de faire un commentaire par trop prévisible...) Ma chambre est au moins deux fois plus petite que ce salon mais c'est propre, le loyer raisonnable et je me dis que, mon diplôme en poche, j'en aurai fini avec les établissements de ce genre.

— C'est évident, affirma son hôtesse. N'hésitez pas à vous

resservir, monsieur Davis, ajouta-t-elle en lui reversant du thé. Si de la nourriture retourne à la cuisine, mon cuisinier se sent insulté et nous met au pain et à l'eau pour nous punir.

Robert ne se le fit pas dire une autre fois.

Quand il ne resta plus que des miettes de pain, il vida sa tasse de thé, s'essuya la bouche et remercia Theodora de son hospitalité.

— Honora va vous accompagner à la porte, monsieur Davis.

Dans le hall, il revint à son idée :

— Donnez-moi cette seconde chance et vous ne le regretterez pas.

— Nous avons dit que c'était un marché conclu. Je ne l'ai pas oublié.

Il prit la main d'Honora et la porta à ses lèvres.

— Au revoir. À demain.

— À demain.

Quand elle lui ouvrit la porte, le vent s'engouffra dans le hall et, au passage, la fit frissonner. Le soleil venait de se coucher, laissant derrière lui un halo bleu outremer.

— Je regrette de ne pouvoir mettre le coupé à votre disposition. On l'a déjà remisé pour la nuit.

Il frissonna à son tour.

— Ça ne fait rien. Je vais retourner chez moi comme je suis venu. Tout simplement.

Sans doute à pied, se dit-elle en se retenant de lui prêter de l'argent pour prendre un tramway.

Au pied du perron, il se retourna, posa sur elle un regard pénétrant, puis remonta son col et s'éloigna d'un pas vif.

La porte refermée, Honora apprécia de retrouver la lumière et la douce chaleur de la maison tandis qu'elle pensait à celui qui affrontait le froid glacial de cette soirée automnale.

2

Le lendemain, Honora arriva en avance à son cours de droit constitutionnel.

Plusieurs étudiants étaient déjà là et discutaient entre eux. Avec des airs de conspirateurs, ils se turent dès qu'elle pénétra dans la salle.

Elle les salua, s'assit au premier rang et ouvrit son cahier de notes. D'autres étudiants arrivèrent à leur tour. Elle perçut des murmures et des petits rires narquois sans y prêter attention.

Elle ne leva les yeux que lorsque quelqu'un vint s'asseoir sur le pupitre voisin du sien. Le sourire railleur d'Hubert Adcock la surprit. Il avait tout du sale gamin qui s'apprête à arracher les ailes d'une mouche sans défense.

— Oui ? dit-elle en réprimant un frisson de dégoût.

Adcock s'adressa au reste de la classe.

— Messieurs, je requiers votre attention... Je parierais qu'aucun d'entre vous ne sait qu'il suit des cours en compagnie de la fille d'un assassin.

Honora se sentit blêmir et crut que sa respiration se bloquait, tandis qu'Adcock se réjouissait d'avoir suscité l'effarement général.

— Oui, messieurs, la femme qui est dans notre classe est la fille d'un certain Jasper Elliott, riche marchand de viande qui, coupable d'avoir liquidé un associé, a été pendu pour son crime.

Folle de rage, Honora eût volontiers tordu le cou d'Adcock.

Sans se départir de son sourire fielleux, Adcock lança :

— Est-ce que le doyen sait que nous avons parmi nous la fille d'un assassin ?

— Allons le mettre au courant ! proposa quelqu'un.

Adcock se rapprocha d'Honora, la regarda sous le nez.

— Quelle personne sensée pourrait avoir envie d'être défendue par la fille d'un...

Il n'eut pas le temps d'achever sa phrase. Une main surgit de nulle part l'avait attrapé au collet et l'arrachait au pupitre sur lequel il s'était juché.

Livide, le regard noir, Robert Davis traîna à travers la salle un Adcock qui étouffait et qui, les yeux exorbités, se retrouva plaqué contre le mur le plus proche.

— Pourquoi tu ne t'en prends pas à quelqu'un de ton gabarit, hein ?

Deux autres garçons se levèrent d'un bond et, poings serrés, visages crispés par un désir de vengeance, se précipitèrent à la rescousse d'Adcock. Mais à peine eurent-ils le temps d'empoigner Davis qu'une voix furieuse les apostropha.

— Qu'est-ce qui se passe ici ?

Se figeant, ils regardèrent « Pudding » Weymouth, le professeur de droit constitutionnel, entrer dans la salle de cours. Corpulent, ventru comme un pudding de Noël, ce qui lui valait son surnom, Weymouth avait une allure bon enfant, bien qu'il fût plus strict qu'on ne pouvait le croire. Rarement d'humeur légère, il fut pris ce matin-là d'une colère qui fit trembler ses chairs adipeuses.

— Je les avais prévenus, cria-t-il. Je savais que la présence d'une femme déclencherait des bagarres. (Il se dandina jusqu'à l'estrade, le front humide.) Mais personne ne m'a écouté. « Il faut être de son époque, m'ont-ils répondu. Les femmes ont autant que les hommes droit à l'éducation. »

Davis rejeta Adcock comme un poison.

— Il a insulté cette jeune femme.

— Allez vous asseoir, commanda Weymouth aux supporters d'Adcock. Je ne veux pas de voyous dans ma classe, sous aucun prétexte. (Puis il se tourna vers Adcock et Davis.) Avez-vous insulté Mlle Elliott, monsieur Adcock ?

Tout en frottant sa pomme d'Adam rougie et en foudroyant Davis du regard, Adcock répondit d'une voix rauque :

— J'ai seulement dit la vérité à son sujet.

Honora se leva, bouleversée mais déterminée à s'expliquer.

— Une demi-vérité, monsieur Adcock.

Weymouth leva ses mains charnues.

— Cessons de perdre du temps ! s'exclama-t-il.

Mais Honora insista.

— Monsieur le professeur, je vous demande l'autorisation de m'adresser à la classe.

Weymouth soupira.

— D'après ce que j'ai entendu dire, vous êtes du genre tenace...

— Monsieur le professeur...

— Bien ! Bien ! rétorqua Weymouth en s'épongeant le front avec son mouchoir. Faites-nous votre discours, mais le plus rapidement possible, mademoiselle Elliott. J'ai un cours à faire.

La tête haute, Honora fit face aux étudiants.

— Aux futurs avocats que nous sommes, on apprend qu'il faut faire preuve d'objectivité en basant notre jugement sur des preuves. Or, messieurs, vous n'avez nullement respecté cette règle. Il est exact que mon père, Jasper Elliott, a été reconnu coupable d'assassinat et exécuté à Chicago il y a dix ans. Mais M. Adcock a négligé un fait essentiel : un an après son exécution, un autre homme a avoué le crime en question. Mon père a été victime d'un véritable complot.

Elle promena sur la classe un regard méprisant.

— J'ajouterai que même si mon père avait été coupable, je n'en serais pas moins apte à devenir avocate. (Puis elle se tourna vers Adcock.) Je vous conseille de vérifier vos informations, monsieur Adcock, avant de vous répandre en fausses accusations. Ou bien, un jour, quelqu'un vous traînera en justice pour diffamation.

Bien décidée à ne pas fuir, à ne pas leur donner la satisfaction de la voir sortir en courant, les yeux baignés de larmes, Honora se figea et s'assit en ignorant les regards hostiles qui la poignardaient dans le dos.

Weymouth lui jeta un regard méprisant puis se pencha sur ses notes.

Adcock, étouffant de rage, les lèvres serrées, regagna soudain sa place comme un chien qui vient de recevoir un coup de trique.

— En ce qui vous concerne, monsieur Davis, annonça le professeur, je vous préviens que je ne supporterai pas une autre scène de ce genre dans ma classe. Est-ce clair ?

— Oui, monsieur.

Robert Davis vint s'asseoir à côté d'Honora, mais s'abstint de lui jeter le moindre regard.

Elle ne parvenait pas à se concentrer. Les terribles semaines qui avaient suivi l'arrestation de son père lui revenaient à la mémoire. Soudain, elle avait eu l'impression d'être une pestiférée. Les amis de la famille fuyaient, les voisins changeaient de trottoir pour ne pas la croiser avec sa mère, ses anciens camarades lui lançaient des pierres et l'appelaient « La fille du boucher ».

Pendant tout le cours, elle feignit une attention absolue alors que les paroles de Weymouth ne la concernaient pas plus qu'un bourdonnement d'abeilles un jour d'été. Quand, au bout de ce qui lui parut une éternité, le professeur regarda enfin l'horloge accrochée au mur et annonça que ce serait tout pour aujourd'hui, elle poussa un soupir de soulagement en fermant les yeux.

Elle ne les rouvrit que pour constater que Robert Davis scrutait son visage.

— Vous avez un autre cours aujourd'hui ?

Surprise par sa voix attentionnée, elle secoua la tête, l'air désarmé.

— Moi non plus, dit-il. Pourrais-je vous raccompagner ?

L'œil désapprobateur, elle lui fit observer :

— La dernière fois que vous avez voulu m'accompagner, vous m'avez embrassée sans me demander mon avis.

Il se leva.

— Je vous promets de me conduire en gentleman cette fois-ci. On pourrait peut-être étudier ensemble.

— Pourquoi pas.

Elle le laissa prendre ses livres, puis ils quittèrent la classe sans incident.

Dehors, la fraîcheur de l'air automnal dissipa les souvenirs douloureux.

— Je vous remercie d'avoir pris ma défense, dit-elle. Mais je peux me défendre moi-même.

— Ça ne vous fatigue pas ?

— De ?

— D'être forte. Tout le temps.

— Si j'oubliais de l'être, des types comme Adcock ou Weymouth ne feraient de moi qu'une bouchée... Qui, mieux que vous, peut comprendre ça ?

— Je comprends. Mais je sais aussi qu'il y a des moments où il faut laisser sa fierté de côté et accepter que les autres vous aident.

Davis visait juste. Elle releva le col de son manteau afin de lui dissimuler son émotion.

— La voiture est tout près d'ici. Nous travaillerons dans la bibliothèque. Ma tante n'y verra pas d'inconvénient.

Dès qu'elle fut installée dans le coupé, elle s'adossa au siège de cuir, ferma les yeux, se mordit la lèvre. Elle maudissait Adcock et maîtrisait difficilement l'envie de crier sa douleur, de jeter aux orties son fameux sang-froid.

Assis en face d'elle, Robert demanda :

— Est-ce vrai ce qu'Adcock a dit de votre père ?

— En gros, oui.

Il y eut un long silence.

— Ça a dû être très dur pour vous.

— Effectivement...

— Racontez-moi.

Elle baissa les yeux.

— Vous allez me trouver bien ingrate après ce que vous avez fait pour moi tout à l'heure. Mais il m'est toujours difficile de parler de moi à un étranger.

— Je me considère comme votre ami. Et les amis se font des confidences, non ?

Un instant, elle resta songeuse. N'était-il pas temps pour elle d'accorder sa confiance à quelqu'un de son âge et non plus seulement à sa tante ?

— Je n'oublierai jamais le matin où mon père a été arrêté. Je venais d'avoir quinze ans. Nous étions en train de prendre le petit déjeuner quand Moïra, notre gouvernante, est entrée dans la salle à manger, l'air affolé, comme si elle avait vu une sorcière. Trois policiers la suivaient.

La gorge serrée, Honora raconta à Davis comment son père, qu'elle adorait, s'était levé interloqué et avait demandé de sa belle voix de baryton : « Qu'est-ce que cela signifie, messieurs ? »

Sortant un mouchoir, elle se tamponna les yeux.

— Lorsque les policiers lui ont annoncé qu'ils venaient l'arrêter pour l'assassinat de son associé, je l'ai vu se recroqueviller sous mes yeux. En une seconde, il a perdu sa magnifique prestance.

— Mais quelles preuves détenaient-ils contre lui ?

— Son associé était un financier qui l'avait mal conseillé en matière d'investissements. Tout le monde savait qu'il avait perdu beaucoup d'argent et qu'ils avaient eu de sévères altercations. Des gens sont venus affirmer qu'il avait proféré des menaces de mort à l'encontre de cet homme... Alors, quand on a retrouvé son cadavre dans sa bibliothèque, on a tout de suite accusé mon père.

— Une accusation sans fondement !

— Mon père était passé chez cet homme la veille au soir. Malheureusement, il n'avait dit à personne où il allait. Il a juré que son associé était en vie lorsqu'il l'avait quitté. Mais aucun des serviteurs — de congé ce soir-là — n'a pu en témoigner.

— Et le chauffeur de votre père ? Il avait pu voir ou entendre quelque chose...

— Non. Père lui avait permis de s'absenter pendant une demi-heure.

— Et les voisins ?

— Ils ont certifié qu'ils n'avaient rien entendu.

— Restait l'arme du crime...

— Père travaillait souvent jusqu'à des heures tardives et gardait un pistolet dans son bureau. La police l'a cherché en vain. Ils en ont conclu que mon père s'en était servi puis débarrassé. Pour comble de malheur, l'arme du crime était du même type que celle de mon père.

— On a donc accusé votre père de meurtre avec préméditation.

Les yeux embués de larmes, elle regarda la rue.

— Son exécution a brisé ma mère. Elle ne cessait de pleurer, marchait comme dans un brouillard. J'ai essayé de l'aider autant que j'ai pu, mais elle restait inconsolable. Elle s'est mise à décliner et a fini par mourir de désespoir.

Robert vint s'asseoir à côté d'elle et prit ses mains dans les siennes. Elle n'eut qu'un instant d'hésitation avant d'accepter ce geste de réconfort.

— Avez-vous assisté au procès ? demanda-t-il d'une voix douce.

— Oui. L'avocat de papa pensait que ma présence susciterait de la sympathie dans le jury. J'y suis allée chaque jour. J'ai entendu des gens salir mon père sans l'avoir connu.

Soudain elle revit son père, blême, résigné, dans sa cellule, la veille de son exécution. Elle était venue avec sa mère lui dire adieu.

Davis serra ses mains dans les siennes.

— Vous avez dit tout à l'heure que quelqu'un s'était finalement accusé de ce crime.

— La femme du financier avait un amant. Ils se sont mis d'accord pour tuer le mari, dans le but d'hériter de sa fortune, et pour faire porter les soupçons sur mon père. C'est l'amant qui s'est introduit dans le bureau de mon père pour lui voler son arme. Mais dès qu'elle hérita de la fortune de son financier de mari, la femme se sépara de son complice pour épouser quelqu'un d'autre. Jamais elle n'aurait pensé qu'il révèlerait leur secret à ses propres dépens. Elle ne s'était pas rendu compte de son attachement maladif pour elle.

— Il a été condamné ?

— Oui. Et elle aussi. Ils ont été pendus ensemble.

Robert murmura :

— Il n'y a pas de vengeance plus infernale que celle d'un amant délaissé...

— Mais ça n'a pas fait revenir mon père. Les gens oublient qu'il a été blanchi. On ne se souvient que de son exécution.

Elle défit sa cape de façon à pouvoir ouvrir le médaillon d'or dont elle ne se séparait jamais.

— Voici une photo de mes parents en des temps plus heureux. Ils s'appelaient Minerva et Jasper.

— Vous avez hérité la beauté de votre mère, observa Robert en se rejetant contre le dossier de cuir. Ainsi, vous voulez devenir avocate à cause de ce qui est arrivé à votre père.

Elle referma le médaillon avec un sourire machinal.

— Eh bien, oui ! Aussi fou que ça puisse paraître.

— Pourquoi fou ?

— N'est-ce pas une folie que d'affronter tous les Weymouth et Adcock du monde quand je pourrais me contenter de me marier, d'avoir des enfants et d'oublier toutes les injustices de cette société ? D'autant que le fait de devenir avocate ne me ramènera pas mon père.

Robert la regarda mais se tut.

— Ce qui est arrivé à mon père m'a profondément marquée en vérité. Comme la plupart des gens, j'ai été élevée dans le respect de la loi. Je pensais que les coupables étaient punis et les innocents toujours libérés... Quelle naïveté ! J'ai vu mon propre père exécuté pour un crime qu'il n'avait pas commis. J'ai été atterrée, furieuse et je me suis sentie tellement impuissante ! Ça a été un calvaire.

— Étant donné l'impossibilité de prouver son innocence, il est normal que vous n'ayez rien pu faire, remarqua Robert gentiment.

— C'est exact. Mais si je deviens avocate, j'aimerais pouvoir épargner à d'autres un sort aussi injuste.

Robert ne cacha pas sa perplexité.

— Vous vous rendez compte que jamais une femme n'a plaidé dans une affaire criminelle sur la côte Est.

— Eh bien, je serai la première ! J'innoverai.

— J'admire votre détermination, et votre idéalisme, mais je vous vois mal partie.

— Je travaillerai s'il le faut avec un acharnement sans égal.

— C'est après la mort de votre mère que vous êtes venue à Boston ?

— Oui. Sa sœur m'a offert de m'héberger. Père avait perdu beaucoup d'argent et j'étais sans ressources. Par ailleurs, le mari de tante Theodora venait de mourir. Elle a donc insisté pour que je vienne vivre avec elle.

— Vous avez eu de la chance de la trouver.

— Beaucoup, oui. Elle a été une mère pour moi.

Ils arrivèrent à destination, passèrent le reste de la matinée à étudier ensemble, déjeunèrent et reprirent leur travail jusqu'au soir.

Cette nuit-là, elle rêva de son père. Toujours le même songe. Elle voyait de la neige tomber d'un ciel bas sur la cour de la prison où son père, mains liées dans le dos, marchait vers la potence en laissant sur la neige l'empreinte de ses pas.

Elle criait son nom, tentait de le sauver, mais s'enfonçait dans la neige. Il montait les marches menant à la potence. Ses mains étaient soudain libres et Honora, près de lui, lui passait elle-même la corde autour du cou.

Quand la trappe s'ouvrait, elle hurlait de désespoir. Puis la potence disparaissait et il ne restait plus que des empreintes de pas sur la neige.

Haletante, baignée de sueur, elle se réveilla les mains crispées sur le drap, le cœur battant à se rompre. Elle alluma sa lampe de chevet et s'assit. Ce n'était qu'un rêve, se dit-elle, les genoux serrés contre sa poitrine. Ce n'était vraiment qu'un rêve.

Mais le sommeil serait long à revenir. Elle le savait aussi.

Deux semaines plus tard, tout en attendant le résultat du dernier contrôle en droit constitutionnel, elle regardait, par la fenêtre de la classe, les nuages gris du ciel de novembre. De toutes ses forces, elle espérait que l'aide de Robert Davis avait porté ses fruits.

Elle retint sa respiration quand Pudding Weymouth pénétra dans la salle, le pas lourd, tapotant un mouchoir sur son front transpirant, l'estomac en avant comme la proue d'un navire.

Il posa sa serviette sur le bureau, en sortit les copies et commença à les distribuer. Assis à sa droite, Robert répondit par un sourire encourageant au regard inquiet que lui adressait Honora. Dès que Weymouth se rapprocha d'elle, elle prit une profonde inspiration et formula une dernière prière.

Weymouth s'arrêta à sa hauteur. Elle leva les yeux vers lui.

— Vous avez fait des progrès, mademoiselle Elliott, annonça-t-il sèchement en lui tendant sa copie.

Elle se décrispa dès qu'elle vit le A noté près de son nom. Ravie, elle aurait pu se lever et serrer Pudding dans ses bras. Mais elle n'oubliait pas Robert. Elle se tourna vers lui. Il souriait également en tenant à la main son devoir portant la même appréciation.

— Félicitations, lui dit-il plus tard.

Le cours était terminé. Ils traversaient le campus. Radieuse, les joues rosies par le froid autant que par l'exaltation, Honora arborait encore un large sourire.

— Sans votre aide, je n'aurais pas fait tant de progrès, monsieur Davis.

Ses yeux verts pétillant de plaisir, Robert l'étudia un instant.

— Puisque vous m'êtes redevable, vous pourriez au moins m'appeler Robert.

Une chaleur inhabituelle monta aux joues d'Honora.

— D'accord... Robert. Mais dans ce cas, vous m'appelez Honora.

— Ce ne sera pas une corvée !

— Voudriez-vous venir à la maison ? Nous pourrions fêter cela autour d'un bon repas.

— J'ai l'impression de prendre pension chez vous... (Ses yeux souriaient.) Ce n'est pas que je m'en plaigne, remarquez.

— Tante Theodora pense que vous avez besoin de grossir un peu.

Robert tapota son ventre plat à travers son pardessus usé jusqu'à la corde.

— Je risque de ressembler à Pudding un de ces jours !

Ils rirent et plaisantèrent jusqu'à ce qu'ils montent dans le coupé. Robert surprit Honora en s'asseyant à côté d'elle.

— Accepteriez-vous un baiser de félicitations ?

Un délicieux frisson courut en elle au souvenir du baiser qu'il lui avait volé. Cette fois-ci, au moins, il lui demandait sa permission.

— Vous n'avez pas peur de moi tout de même ? demanda-t-il.

Exaltée par son succès, elle se sentit subitement pleine d'audace.

— Devrais-je avoir peur ?

— Oh, oui !

Il se tourna vers elle, lui fit relever le menton, scruta son visage avec tant de désir manifeste qu'elle sentit son cœur s'affoler. Fermant les yeux, il prit ses lèvres. Le trouble la submergea. Lorsqu'il s'écarta d'elle, elle eut l'impression de se retrouver sans feu par une froide journée hivernale. Elle eut envie de l'attirer contre elle, mais cette audace-là lui manqua.

— Félicitations ! dit-il.

— Je vous dois mon succès. Sans vous, je...
— Ce fut un plaisir de vous aider.
Ils achevèrent le parcours en silence.

Trois semaines plus tard, au crépuscule, un étranger se présenta à la porte de tante Theodora en demandant à la voir au sujet d'une affaire de la plus haute importance. La carte du visiteur incita Jackson à le faire entrer immédiatement. Il savait que sa maîtresse attendait cette visite avec impatience. Theodora reçut l'homme dans la bibliothèque où ils discutèrent pendant une heure.

Theodora relut le rapport qu'on venait de lui remettre puis l'enferma dans l'un des tiroirs du bureau de son mari, priant pour que jamais personne d'autre ne le vît.

3

Quinze jours avant Noël, Honora avait déjà acheté un cadeau pour Robert. Elle s'enferma dans la bibliothèque pour envelopper les gants de cuir beurre-frais destinés à remplacer la paire en laine, mangée par les mites, qu'il était contraint de porter.

Elle achevait de nouer le ruban lorsque tante Theodora apparut, en agitant une enveloppe couleur crème.

— Ceci vient tout juste d'arriver, ma chérie. C'est un courrier de Penelope Grant qui ressemble fort à une invitation.

Penelope Grant avait été la meilleure amie d'Honora à Boston jusqu'au moment où elle avait épousé un jeune avocat à l'avenir prometteur et commencé à faire des enfants.

Honora ouvrit l'enveloppe élégante et lut le message.

— Penelope m'invite à un dîner, suivi d'une soirée, samedi prochain. Je peux être accompagnée.

— Tu vas y aller ?

Honora grimaça.

— Il est vrai que nous n'avons plus grand-chose en commun, elle et moi...

— Qu'importe ! Tu n'as pas vu tes amis depuis longtemps. Il me semble que tu as besoin de te détendre un peu. Tes études n'en souffriront pas. Au contraire, dirais-je.

Honora regarda le paquet qu'elle venait de faire.

— Je pourrais demander à Robert de m'accompagner.

Theodora manifesta son étonnement.

— Vraiment ?

— Tu n'as pas l'air de m'approuver. Puis-je te demander pourquoi ?

— Crois-tu qu'il sera à son aise dans ce genre de réception ?

— Il n'a pas à avoir honte. Il n'est plus ouvrier mais étudiant en droit... Je ne comprends pas ta réserve, tante Theodora. Il me semblait que tu appréciais Robert.

— Enfin, tu sais bien que la société bostonienne est très fermée ! On y tolère mes excentricités parce que ma famille est implantée ici depuis deux siècles et que j'ai épousé un Tree dont les ancêtres sont bostoniens depuis plus longtemps encore. Mais tous ces gens peuvent être tellement snobs ! Je ne voudrais pas que Robert se sente mal à l'aise.

Honora restait songeuse.

— Je me demande d'ailleurs, ajouta sa tante, si Robert possède la moindre tenue de soirée. Tu ne le vois pas arriver chez les Grant dans ses vêtements habituels.

— Je n'avais pas pensé à tout ça, ma tante. Il est vrai qu'il n'a même pas de quoi s'acheter une nouvelle chemise.

Mais, soudain, Honora eut une idée.

— Je sais ce que l'on peut faire ! Il y a encore des vêtements d'oncle Sydney dans le grenier, n'est-ce pas ?

Theodora hocha la tête.

— Peut-être que l'on peut trouver quelque chose pour Robert. Évidemment, si tu acceptes de voir les habits d'oncle Sydney portés par un autre homme.

— Je préfère que quelqu'un les utilise plutôt que de les laisser moisir dans un coin, répondit Theodora en s'approchant de la cheminée. Il me semble que Robert a la même taille et la même corpulence que Sydney. Mais ne mets-tu pas la charrue avant les bœufs ? Qui te dit que Robert acceptera de t'accompagner ?

— Je lui poserai la question lundi.

— S'il refuse, ne sois pas déçue.

Le lundi suivant, lorsqu'elle lui demanda de l'accompagner chez les Grant, Robert accepta, sans laisser transparaître d'éventuelles réticences. Il n'en fut pas de même lorsque Theodora lui proposa d'emprunter les vêtements de son mari. Honora parvint finalement à le convaincre d'accepter, mais pour Theodora ce n'était pas bon signe. Toutefois, elle préféra se taire.

— Comment me trouves-tu ?

Honora se détourna du miroir sur pied pour s'offrir à l'inspection de sa tante.

Le vert étant sa couleur favorite, elle avait sorti de la penderie une robe longue en velours vert mousse et moire ivoire qui mettait parfaitement en valeur sa chevelure et ses yeux noirs. Fiona, la gouvernante, lui avait confectionné un chignon très élaboré qu'ornait une aigrette blanche. Pour une fois, elle avait abandonné son médaillon.

— J'ai exactement ce qu'il faut pour mettre la touche finale à ta tenue, annonça Theodora en quittant la pièce.

Quelques instants plus tard, elle revint avec une somptueuse paire de boucles d'oreilles serties d'émeraudes.

— Oh, tante Theodora... comment pourrais-je accepter de porter ces bijoux ?

Elle savait qu'il s'agissait de l'ultime cadeau de son oncle Sydney à sa femme, un cadeau que Theodora ne parvenait pas à mettre tant sa valeur sentimentale était forte.

— Ne sois pas stupide. Elles ont été achetées pour être portées.

Honora les mit à ses oreilles. Theodora recula afin de juger de l'effet produit.

— Parfait. C'est exactement ce qu'il fallait.

Émue, Honora serra sa tante dans ses bras. Fiona interrompit ses effusions muettes.

— M. Davis est arrivé.

Il l'attendait dans le hall. Au sommet des escaliers, elle marqua un temps d'arrêt. Lorsqu'il se tourna lentement vers elle, elle sentit son cœur frémir.

L'habit de soirée de l'oncle Sydney lui allait comme un gant. La veste noire et le plastron blanc accompagnaient à merveille ses cheveux bruns et ses yeux verts, le rendant presque beau.

Ce qu'il pensait d'elle se reflétait dans ses yeux. Avec admiration, il la suivit du regard tandis qu'elle descendait gracieusement vers lui.

— Vous êtes magnifique, dit-il quand il lui prit la main pour la porter à ses lèvres.

— Et vous superbe.

Un sourire sans illusion se dessina sur ses lèvres sensuelles.

— Alors on a raison de dire que les tailleurs font les grands seigneurs.

Dans le sillage d'Honora, sa tante apparut et protesta.

— Allons, allons, monsieur Davis, pas de fausse modestie ! Vous avez une allure splendide et je suis certaine que vous n'en doutez pas.

— Si vous le dites, madame.

— Je l'affirme, oui. (Theodora tendit à sa nièce son réticule.) Il est six heures et demie. Si vous voulez arriver pour sept heures, il faut partir maintenant.

Jackson présenta à Robert la longue cape en satin noir qu'Honora devait porter. Dès qu'elle fut prête, Robert mit son pardessus, son haut-de-forme en soie, et ils partirent.

Dans le coupé, Robert prit place à côté d'Honora.

— Je suis contente que vous m'accompagniez ce soir, dit-elle.

— Je me réjouis de rencontrer vos amis.

— Vous êtes très chic.

Il rajusta sa cravate blanche.

— Je n'ai jamais eu de costume aussi élégant. Je n'ai toujours porté que des vêtements cousus par ma mère.

— Tante Theodora craignait que vous refusiez son offre.

— Il est vrai que des habits empruntés me donnent l'impression qu'on me fait la charité, mais si je voulais être vêtu correctement pour vous accompagner, je n'avais pas le choix. En aucun cas je n'aurais voulu vous gêner.

Honora devint grave.

— Vous ne m'auriez pas gênée de toute façon. Je ne juge pas les gens sur leur apparence.

— Mais c'est ce que font la plupart des gens.

— C'est idiot.

— Si Pudding pouvait vous voir, il... Non. Peu importe.

— Qu'alliez-vous dire ?

— Rien.

— Je vous en prie, Robert, je n'aime pas les devinettes.

— Je voulais dire que si Pudding vous voyait maintenant,

il changerait d'idée quant à la présence de jolies femmes dans le prétoire. Mais je suis sûr que vous vous sentez insultée par ce genre de remarque.

— Non. Pas du tout.

Elle était absolument ravissante, telle l'œuvre d'un artiste qui aurait joué sur le contraste entre le noir de sa cape et de sa chevelure et l'ivoire de son visage où, seuls, son rouge à lèvres et l'émeraude des pendentifs jetaient deux notes de couleur. Elle avait quelque chose de mystérieux et de fascinant. Robert avait terriblement envie de l'embrasser, de sentir ses lèvres s'écarter sous sa bouche impérieuse.

Il aspira profondément l'air empli de son parfum de rose et se rejeta contre le dossier du siège. Le baiser — et peut-être un peu plus — si Honora le lui permettait, comme il croyait le pressentir, devrait attendre quelques heures...

Quand ils arrivèrent à Beacon Hill, chez les Grant, une servante prit leurs manteaux et les introduisit dans le salon où les invités admiraient l'arbre de Noël illuminé par des bougies blanches, chargé de cornets remplis de sucreries pour les enfants, décoré de guirlandes scintillantes et surmonté d'un ange dont les ailes déployées parvenaient à toucher le plafond.

— On l'a remorqué depuis Lexington, disait Amos Grant à Wesley Saltonsall de sa voix forte et sentencieuse. Ça nous en a pris du temps ! Mais on ne voulait pas décevoir les garçons.

Les conversations s'arrêtèrent au moment où Honora et Robert apparurent. Petite femme blonde, Penelope se leva du sofa où elle parlait avec l'épouse du banquier de Theodora.

Penelope avança, mains tendues vers Honora.

— Honora. Nous sommes ravis que tu aies pu venir. Il y a si longtemps que nous ne t'avons vue !

Elles se donnèrent l'accolade. Puis Penelope regarda Robert en attendant qu'il lui fût présenté.

— Robert Davis. Penelope Grant. Robert est un camarade de cours.

Penelope sourit malicieusement :

— Un très distingué camarade, je vois.

Robert ne se laissa pas intimider. Il lui rendit son sourire et baisa sa main.

— Je suis ravi de vous rencontrer, madame Grant.

— Venez vous joindre à mes autres invités, proposa Penelope.

Ils s'avancèrent dans la pièce accueillante où l'on sentait la bonne odeur d'un feu de bois.

Connaissant tout le monde, Honora put observer le comportement de Robert dans la fosse aux lions ainsi que les réactions qu'il provoquait. Il paraissait très à l'aise parmi tous ces banquiers, ces hommes de loi et ces riches armateurs. Mais quand ils s'apprêtèrent à saluer Wesley Saltonsall, Honora retint son souffle. De toutes les personnes présentes, il était le seul à savoir que Robert portait des vêtements empruntés.

Cependant Wesley manifesta son habituelle courtoisie.

— Heureux de vous revoir, Davis, dit-il en tendant la main. (Puis il se tourna vers Amos Grant.) Si *Cutter, Bailey and Rye* a besoin d'un autre avocat, Davis est votre homme. À moins qu'Honora puisse être la femme de la situation.

Honora lui rendit son sourire.

— C'est très aimable de votre part, Wesley. Merci.

Jeune mais déjà menacé d'embonpoint, le gilet tendu sur un ventre proéminent, Amos Grant s'éclaircit la gorge avec ostentation.

— *Cutter et Bailey* n'ont jamais engagé de femme et cela reste hors de question.

Honora frémit. Elle allait assener à Amos Grant une repartie cinglante lorsque Penelope, sentant venir l'incident fâcheux, se précipita vers eux en proposant une boisson. Puis elle entraîna Honora vers un groupe de femmes.

Robert prit la carafe que Freddie Horsley, banquier et sportif convaincu, poussait vers lui à travers la table, et se versa prudemment deux doigts de porto.

Le somptueux dîner était terminé. Les femmes s'étaient retirées au salon, laissant les hommes à leur porto et aux cigares cubains d'Amos Grant.

Calé contre le dossier de sa chaise, le gilet à demi déboutonné sur son ventre rebondi, Amos Grant chassa bruyamment de sa gorge un chat imaginaire.

— Alors, Davis, vous êtes de Boston ?

— Non, je suis originaire du Maine.

Grant tira sur son cigare.

— J'ai une villa à Bar Harbor. Penelope et les enfants y passent toujours l'été. Moi, je les rejoins le week-end.

« Nous y voilà, pensa Robert. Ils vont maintenant chercher à savoir si je suis l'un des leurs. »

Il envisagea un instant de s'inventer un passé bien différent du sien. Mais la présence de Wesley l'en empêcha. Si tout devait être rapporté à Honora et à sa tante, il valait mieux dire la vérité. Du moins, pour le moment.

Vidant son verre, il pria pour que tout se passât pour le mieux.

— Ma famille possédait une ferme près de Portland.

— Combien d'hectares ? Deux cents ? Quatre cents ?

— Seulement quatre-vingts.

Il vit Grant analyser l'information et, visiblement, en conclure qu'il n'était pas « l'un d'eux ».

Freddie Horsley remarqua :

— La chasse est bonne dans le Maine.

Horsley pensait que la plupart des animaux n'étaient sur terre que pour être chassés ou pêchés. Il n'en restait pas moins aux yeux de Robert le plus sympathique des invités des Grant.

— Vous chassez souvent, Davis ?

— Non. Seulement à l'occasion.

C'était un mensonge que Robert jugeait sans conséquence. Personne n'irait vérifier.

Saltonsall sourit.

— Lorsque Freddie parle de chasse, il s'agit toujours de chasse à courre.

Autre banquier, plus âgé que le reste des invités, Cleavon Frame intervint :

— Quel sport idiot que la chasse au renard ! Comment peut-on avoir envie de se lever à l'aube en hiver et d'aller se les meurtrir sur le dos d'un cheval ?

— Moi, j'aime ça ! s'écria Freddie, indigné. De plus, la selle ne les meurtrit pas. Elle les durcit pour le plus grand plaisir des dames.

Un énorme rire secoua les convives, y compris Robert qui ne souhaitait volontairement pas se démarquer.

Frame rectifia :

— À ton âge, Freddie, tu devrais savoir qu'on ne contente pas les dames si facilement.

Freddie resta songeur. Le rire collectif reprit puis cessa. Frame tira longuement sur son cigare.

— Depuis combien de temps connaissez-vous Honora ? demanda-t-il à Robert.

— Depuis plusieurs mois. Nous suivons les mêmes cours.

Frame hocha la tête.

— Ces deux derniers étés, elle a été en stage chez *Royce and Ellis*.

Grant fit entendre un raclement de gorge désapprobateur.

— Je m'en étonne...

— Pourquoi ? N'oubliez pas que les Tree ont toujours compté parmi nos meilleurs clients. Si nous ne la prenions pas nous risquions de perdre la confiance de sa tante, mon cher. Mais nous avons dû l'isoler afin qu'elle ne puisse distraire les hommes de leur travail. (Il eut un petit rire concupiscent.) Surtout moi, figurez-vous. C'est une sacrée belle fille. Évidemment, nous ne l'engagerons pas lorsqu'elle aura achevé ses études.

— Vous la jugez incompétente ? demanda Robert.

Frame haussa les épaules.

— Elle pourrait être l'as des as que nous nous passerions de ses services. C'est ainsi.

— Pouvez-vous imaginer, intervint Grant, l'effet que produirait une femme comme elle sur un jury ? Elle obtiendrait l'acquittement de n'importe qui ! Et combien de gens feraient appel !

— Sans parler de l'absurdité d'appeler une femme « maître », ajouta Frame.

Robert se tut, jugeant inutile, et nuisible pour son avenir, d'essayer de convaincre des hommes tellement persuadés de leur bon sens.

Visiblement gêné par cette amorce de controverse, Saltonsall avait préféré siroter son porto.

— Vous avez de la chance, Davis, dit-il pour changer de sujet, Honora est une jeune femme dont n'importe quel homme pourrait être fier.

Robert sourit.

— Je suis gâté, admit-il.

— Si elle était ma fille, il y a longtemps que je l'aurais mariée, riposta Freddie. Sa tante lui laisse trop de liberté. Ce n'est jamais bon pour une femme. Un jour, c'est elle qui se mettra en tête de dire à son mari ce qu'il doit faire. Puis elle voudra voter. Ce sera sans fin et sans limites.

Frame secoua la tête.

— Theodora commet une erreur. Elle n'a jamais su être raisonnable, de toute façon. Son mari n'aurait jamais dû lui laisser gérer sa fortune.

Saltonsall bougea sur sa chaise, changea de position mais garda le silence.

Grant tira sur son cigare et exhala un nuage de fumée avant de regarder Robert dédaigneusement.

— Dommage que vous n'ayez pas fait Harvard. *Cutter and Bailey* n'engage que des gens qui sortent de Harvard.

La famille, l'université : tout vous marque à vie... Robert éprouva un ressentiment qu'il eut du mal à maîtriser.

— Harvard, c'était trop pour moi, dit-il.

Frame remarqua :

— Ainsi vous êtes un autodidacte.

Le ton de Frame encouragea Robert aux confidences.

— Oui, monsieur. J'ai quitté la ferme familiale, il y a seize ans, sans un sou en poche. Je suis devenu contremaître dans une usine de textile à Lowell. Après la mort de mes parents, j'ai vendu la ferme un bon prix à une aciérie et j'ai utilisé cet argent pour faire des études.

— Vous ne manquez pas d'ambition, souligna Freddie Horsley. Honora Elliott peut être une femme idéale pour un homme ambitieux, à condition qu'il la fasse renoncer à son absurde projet de devenir avocate.

— Et qu'il lui apprenne à se taire, ajouta Grant entre deux bouffées de cigare. Une femme n'a pas à nous faire savoir ce qui lui passe par la tête.

Frame approuva.

— On juge un homme sur le choix de son épouse. Une belle femme est un atout important dans la carrière d'un homme, surtout si elle a une famille et des relations comme celles d'Honora.

À défaut de pouvoir déchiffrer exactement ce que ce genre

de conversation impliquait, Robert resta sur ses gardes et, prudemment, répondit :

— Honora et moi ne sommes que des amis. Il n'a pas été question de mariage entre nous.

« Pas encore », songea-t-il.

— Vous pourriez tomber beaucoup plus mal, jeta négligemment Saltonsall en vidant son verre, le regard lointain.

La conversation se ralentit puis s'essouffla avec le dernier cigare. Grant se redressa, se gratta la gorge et annonça qu'il était temps de rejoindre ces dames.

Plus tard, après le café, Honora et Robert furent les premiers à prendre congé de leurs hôtes.

Honora ajustait sa cape lorsqu'elle se rendit compte qu'elle oubliait quelque chose.

— Robert, je suis désolée, mais j'ai laissé mon réticule dans le salon. Voudriez-vous aller me le chercher ?

— Bien sûr.

Au moment d'entrer dans le salon, il surprit Freddie Horsley en train d'affirmer d'une voix dédaigneuse :

— Ce jeune Davis est évidemment un arriviste !

Robert se figea. Il n'avait trompé aucun des amis d'Honora, qui le prenait exactement pour ce qu'il était.

— Oui, je pense qu'il est ici ! lança-t-il d'une voix forte avant d'entrer dans la pièce.

Il avait plus songé à son propre embarras qu'à celui des convives de Grant. Mais seul Saltonsall laissa transparaître sa gêne. Les autres affichèrent un air innocent et un sourire de bienséance.

— Est-ce que quelqu'un a vu le sac d'Honora ?

Saltonsall lui tendit ce qui semblait être l'objet de sa recherche.

— Est-ce celui-là ?

Robert acquiesça, prit le réticule et souhaita à tous une bonne nuit alors qu'il eût aimé leur dire d'aller au diable.

Robert semblait contrarié.

Assise en face de lui, dans le coupé, Honora avait remarqué son front plissé et ses lèvres pincées. Ses yeux verts ne reflétaient aucun plaisir, aucune trace de cette convivialité qui généralement s'attache à une soirée réussie. Et il restait résolument muet.

— La soirée vous a plu ? demanda-t-elle.

Il secoua la tête sans la regarder.

— Et vous ?

— Pas vraiment.

— Pourquoi ? Vous étiez entre amis pourtant ?

— Ce ne sont pas des amis, mais de simples connaissances. C'est différent. (Elle regarda par la vitre les rues désertes, les maisons sombres et silencieuses.) Je sais qu'ils appartiennent à un monde mesquin, rempli de préjugés. Ils vous ont montré ce qu'ils sont. C'est tout.

Elle se tourna vers lui.

— Avez-vous quand même suffisamment impressionné Amos pour qu'il vous propose d'entrer chez *Cutter, Bailey and Rye* ?

Robert se mit à rire.

— Il m'a plutôt fait savoir qu'ils n'engageaient que des gens sortant d'Harvard, dit-il d'une voix qui trahissait une évidente amertume.

— Ils ont été détestables, si je comprends bien... Je suis désolée. Tante Theodora m'avait pourtant prévenue.

— Ce n'est pas votre faute.

— Qu'ont-ils dit d'autre ?

— Rien qui vaille la peine d'être répété.

La mâchoire crispée, Robert dissimulait difficilement sa blessure d'amour-propre.

— Je les déteste ! s'insurgea Honora. J'aurais envie de retourner là-bas et de leur dire ce qu'ils m'inspirent.

Elle regardait Robert en se reprochant de n'avoir pas su le protéger. Il fallait qu'elle le console et qu'il lui pardonne. Elle se glissa à côté de lui, lut la surprise sur son visage mais, dans son élan, posa sa main gantée sur sa joue.

— Je regrette vraiment, dit-elle, ce qu'ils vous ont fait.

Elle effleura la bouche de Robert de ses lèvres puis, soudain hésitante, s'écarta de lui.

Il s'empressa de réagir. N'avait-il pas, plus que tout, attendu une telle invite de sa part ? Avec un soupir de bien-être, il l'attira dans ses bras. Elle sentit sa chaleur à travers leurs vêtements tandis que le désir donnait un éclat d'émeraude à ses yeux verts.

Prenant son visage entre ses mains, il caressa délicatement sa joue.

— Vous n'avez rien à vous reprocher, murmura-t-il.

Puis il chercha sa bouche.

Les yeux fermés, elle savoura la douce chaleur de ses lèvres l'incitant à s'abandonner, l'émoi qui lui donnait une fièvre délicieuse, la façon dont ses sens semblaient s'ouvrir à lui comme des fleurs tropicales après la pluie. Mais quand son baiser devint plus intime, elle eut un sursaut et s'arracha à son étreinte.

Il posa une main tendre sur sa joue en feu.

— Laissez-moi vous embrasser comme s'embrassent les amants... Je vous en prie.

L'attrait de l'inconnu la poussa à lui offrir sa bouche. Elle décela dans son souffle un petit goût de café. Puis, la main sur sa nuque, il s'enhardit, provoquant en elle un émoi qui fit rapidement taire toute pensée cohérente. Elle attendit quelque chose que son inexpérience ne lui permettait pas de connaître mais qui semblait l'attirer comme un aimant.

Haletant, Robert abandonna ses lèvres le temps de déboutonner sa cape. À peine consciente de ses gestes, elle fut surprise par la morsure de l'air frais sur sa peau enflammée. Si elle comprit où Robert l'entraînait, elle ne trouva cependant pas la force de l'arrêter.

4

Ainsi, elle se laissait séduire... C'était donc de cette manière que les choses se passaient ?

Douces et sensuelles, les lèvres de Robert dansaient sur son cou, y posaient des perles de feu, provoquaient des frissons qui couraient tout au long de ses bras. Elle laissa échapper un râle de plaisir quand elle sentit sa main se glisser sous la cape entrouverte.

Il l'embrassa longuement tout en la caressant sans détour. Jamais personne n'avait eu avec elle un contact aussi intime. Ce bouleversement érotique la désarmait. Son corps réagissait à son insu. Sous les caresses de Robert, la pointe de ses seins se durcit tandis qu'une langueur suave lui enlevait toute pesanteur. La raison avait cédé la place à un immense désir charnel.

Gémissante contre sa bouche, elle enfouit ses doigts dans la douceur de ses cheveux. À bout de souffle lorsque leurs lèvres se séparèrent, Robert n'en murmura pas moins des mots d'amour et des compliments.

— Vous êtes si belle, dit-il finalement.

Puis il reprit sa bouche.

Les yeux fermés, toute frémissante, elle soupira d'aise. Mais elle s'alarma bientôt de sentir ses doigts s'insinuer sous son décolleté. Quand sa main caressa sa poitrine dénudée elle retrouva ses esprits et éprouva un sentiment de honte.

— Non, Robert ! Non !

Elle retira sa main de son corsage et se réfugia au bout du siège avec des airs d'animal apeuré. Son cœur s'apaisa, elle retrouva son souffle et sa maîtrise. Restait une profonde gêne tandis qu'elle réajustait son corsage en ayant conscience du regard de Robert posé sur elle. Que devait-elle dire ? Elle l'ignorait.

— J'ai pris des libertés, dit-il doucement. Mais je ne prétends pas le regretter. (Devant sa raideur et son mutisme, il ajouta :) Il me semble que vous ne regrettez pas non plus.

Elle sourit sans toutefois oser le regarder. Il avait raison.

— Nous nous sommes laissé emporter, dit-elle.

— Honora, regardez-moi. (Elle releva la tête.) Vous ne m'en voulez pas, j'espère ?

— Non. Je ne suis pas une enfant, Robert. Je sais que les rapports amoureux ne se limitent pas à des baisers.

Il eut un sourire séducteur.

— Vous êtes une vraie femme, vous savez.

— Oh... Ne vous méprenez pas. Je ne suis avertie qu'en théorie. Je n'ai pas joué avec vous.

Ces aveux d'ingénue lui remirent les idées en place. Il prit sa main et la porta à ses lèvres sans la quitter du regard.

— Je n'ai pas la même éducation que vos amis. J'ai l'habitude d'être franc et de faire ce que mon cœur me dicte.

Son cœur ou son corps... Il prit une longue et vibrante inspiration.

— Quand je suis avec vous, j'ai toujours envie de vous faire l'amour. C'est plus fort que moi.

— Mon Dieu, Robert, quels propos vous tenez !

— Vous voilà offensée maintenant, dit-il en se reculant vers le coin opposé du siège et en baissant la tête. J'ai voulu séduire une jeune femme très respectable et je suis coupable.

— Je n'ai pas l'intention de laisser qui que ce soit abuser de moi.

Elle tut le désir qu'il lui inspirait, la façon dont ses caresses la troublaient, l'envie de retrouver ses bras et ses lèvres.

— Je ne recommencerai pas, affirma-t-il.

— J'en suis soulagée. Parce qu'autrement j'apprécie votre compagnie. Contre toute attente, il faut bien le reconnaître.

Il se détendit, sourit.

— Alors nous restons amis ?

— Oui.

La voiture ralentit puis s'arrêta. Honora regarda les fenêtres sombres de la résidence de sa tante. Toute la maison paraissait endormie et paisible.

— Nous voilà déjà arrivés, dit-elle.

Simms, le conducteur du coupé, prit le temps de bâiller avant d'ouvrir la portière. Robert aida Honora à descendre et l'accompagna jusque dans le hall où une lampe accueillante était restée allumée sur la table de marbre.

Sa clarté n'atteignait pas l'entrée du bureau où une Theodora inquiète se tenait aux aguets, comme un chat qui a repéré un oiseau. Tout en somnolant de temps à autre, elle n'avait cessé d'attendre le retour de sa nièce. Sortie de sa semi-torpeur par le bruit des sabots de l'attelage, elle s'était précipitée vers la fenêtre afin de s'assurer que c'était bien son coupé qui rentrait. Puis elle s'était postée dans l'embrasure de la porte, au fond du hall.

Elle vit Robert et Honora échanger un long baiser avant de se souhaiter une bonne nuit et de se séparer. Elle observa sa nièce qui venait de se débarrasser de sa cape mais s'attardait dans l'entrée, en caressant machinalement la soie du vêtement replié sur son bras, le regard absent, perdue dans un rêve.

Honora tombait-elle amoureuse de Robert ? Theodora se posa la question en frémissant d'appréhension. Si tel était le cas, elle serait contrainte d'intervenir...

Honora s'arrêta devant la porte de la chambre de sa tante puis se dit qu'il était trop tard pour la réveiller. Dès qu'elle fut elle-même couchée, bien au chaud sous une montagne de couvertures, elle ferma les yeux et s'apprêta à dormir.

Mais le sommeil se fit attendre. Elle se revoyait dans les bras de Robert. Que de privautés elle avait accordées à un homme ce soir ! Elle se sentit rougir de honte tandis que lui revenaient à la mémoire les histoires terrifiantes de femmes légères et damnées qui se murmuraient parmi les adolescentes.

Puis elle préféra sourire. Elle n'avait nullement l'intention de se condamner au pire ni de se vouer aux gémonies. Elle se contenta de repenser aux yeux de Robert, brillants de désir, à la douceur soyeuse de ses cheveux entre ses doigts. Il lui plaisait et la faisait frémir de délice.

En se disant qu'elle ne le reverrait pas avant lundi, elle se demanda comment elle allait survivre jusque-là.

Theodora recommença à s'inquiéter lorsqu'en allant demander à Honora comment s'était passée la soirée, elle la trouva rayonnante, comme le sont les jeunes femmes amoureuses.

Elle quitta la chambre de sa nièce pour classer des papiers dans son bureau. Ceux qu'elle avait enfermés dans un tiroir auraient le pouvoir de briser le cœur d'Honora. Devait-elle les lui montrer sans plus attendre ? Non. À quelques jours de Noël, elle ne pouvait faire preuve d'une telle cruauté.

Elle se dit qu'elle attendrait son heure.

Honora respira la fraîche odeur des rameaux de sapin qui ornaient le manteau de la cheminée. « Ce Noël va être mon plus beau Noël depuis la mort de papa. Robert sera ici dans quelques minutes. Qu'est-ce qui pourrait venir gâcher la fête ? »

L'arbre de Noël, dans ce salon du premier étage, occupait tout un coin de la pièce. Les branches étaient chargées de bougies blanches et de rubans d'or et d'argent, et sous cette élégante décoration attendait une profusion de cadeaux, parmi lesquels les gants beurre-frais, achetés pour Robert, ainsi que le blaireau en poils de sanglier et manche d'ivoire et le savon à barbe français que lui destinait Theodora. Honora espérait que ce genre de cadeau ne l'embarrasserait pas.

En robe de velours vert assortie à celle de sa nièce, Theodora puisa dans le saladier d'argent qui contenait la sangria et en remplit un verre qu'elle offrit à Honora.

— Dis-moi ce que tu penses de ça.

Tout en goûtant le riche mélange de vin et d'épices, Honora se dirigea vers une fenêtre et regarda la rue déserte et le parc qui la longeait.

— C'est délicieux.

Elle se tourna vers sa tante.

— Tu attends Wesley aujourd'hui ?

Theodora s'efforça de sourire.

— Non. Il a des obligations familiales.

Theodora semblait s'être amourachée de Wesley bien qu'elle prétendît le contraire.

L'arrivée du coupé attira l'attention d'Honora.

— Voilà Robert. Il porte le pardessus d'oncle Sydney et il a des paquets dans les bras.

Theodora vint jeter un coup d'œil.

— Mon Dieu ! J'espère que ce cher garçon ne s'est pas ruiné pour nous.

Robert les aperçut, sourit et monta le perron quatre à quatre tandis que les deux femmes allaient l'attendre sur le palier.

Pâle, frigorifié, il n'en avait pas pour autant perdu sa belle énergie habituelle. Il mit dans les mains d'Honora une boîte enveloppée dans du papier journal et entourée d'une vulgaire ficelle. Puis il donna un autre paquet à Theodora en précisant qu'il ne s'agissait que de chocolats à la menthe.

Mais les chocolats à la menthe étaient ceux que Theodora préférait. Elle lui souhaita un bon Noël et l'embrassa sur la joue.

— Voulez-vous quelque chose qui vous réchauffe avant le dîner ?

Il se frotta les mains l'une contre l'autre en réprimant un frisson.

— Avec plaisir.

Dès qu'ils furent installés dans le salon et que Jackson eut apporté un grog bouillant à Robert, Honora lui tendit ses cadeaux.

— C'est pour vous, dit-elle presque timidement. J'espère que ça vous plaira.

Visiblement peu habitué à recevoir des cadeaux, il parut gêné.

— C'est trop. Vous m'avez déjà beaucoup gâté.

— Mais non ! affirma Theodora. Nous ne faisons que vous remercier pour l'aide que vous apportez à Honora. Grâce à vous, elle a eu un A en droit constitutionnel.

— C'est vrai, répondit-il avec fierté.

Il posa son verre et ouvrit le plus grand des deux paquets, celui qui contenait le blaireau et le savon à raser. Ébahi, il regarda Theodora.

— Je ne sais que dire.

Theodora sourit.

— J'ai pensé que ça vous plairait.

— Ça me plaît beaucoup.

— Et maintenant, mon cadeau ! dit Honora.

Elle retint son souffle. Elle souhaitait tant qu'il ne fût pas déçu !

Quand il découvrit les gants, son émotion fut manifeste.

— Des gants... murmura-t-il.

Puis il en caressa le cuir très doux, comme il eût caressé la joue d'Honora, et se décida à les essayer. Ils lui allaient à merveille. Honora soupira de soulagement.

Se levant, il s'approcha d'elle, prit sa main et la porta à ses lèvres, le regard plongé dans le sien.

— Je n'ai jamais rien eu de plus luxueux, dit-il. Maintenant, à votre tour d'ouvrir votre cadeau.

Honora commença à défaire la ficelle.

— Ce n'est pas grand-chose.

— Je suis sûre que ça me plaira.

Le contenu de la boîte était également enveloppé dans du papier journal. Elle le déplia, resta muette. Robert lui offrait une petite chouette sculptée dans le bois, les serres agrippant une branche d'arbre, les ailes déployées comme si elle s'apprêtait à fondre sur une proie.

Honora regarda Robert avec une émotion comparable à celle qu'il venait d'éprouver.

— Je l'ai sculptée moi-même, dit-il. On prétend que la chouette est un symbole de sagesse, et j'ai pensé que cela vous convenait parfaitement.

Un homme qui lui reconnaissait de la sagesse lui faisait le plus grand des compliments.

— Mais où avez-vous trouvé le temps de sculpter ? demanda-t-elle étonnée.

— Je l'ai grappillé ici et là.

Il avait dû effectivement jongler avec les heures. Ses études, l'aide qu'il lui apportait et les petits travaux que lui demandait sa logeuse lui laissaient peu de loisirs.

— Ça vous a certainement pris des semaines.

Elle détaillait l'objet, admirait les plumes qui avaient demandé tant de minutie pour pouvoir donner cette impression de légèreté.

— Je n'ai jamais reçu un cadeau aussi ravissant. J'en prendrai soin toute ma vie.

Sa joie et sa satisfaction étaient profondes. Il y avait de la magie dans l'air.

Ils discutèrent en savourant la sangria. Au cours de la conversation, Robert raconta une anecdote hilarante au sujet de Pudding Weymouth tout en imitant le professeur, sa démarche et sa façon de s'éponger le front. Les deux femmes, hurlant de rire, n'entendirent pas arriver un autre visiteur.

— Madame, M. Saltonsall est ici, annonça Jackson, visiblement mal à l'aise. Je crains qu'il soit...

Il fut interrompu par le visiteur inattendu.

— Ivre, mon vieux ?

Wesley titubait tellement qu'il dut se retenir au montant de la porte pour ne pas trébucher. Échevelé, il avait aussi noyé dans l'alcool l'éclat de ses yeux bleus.

La stupéfaction régnait. Ne sachant où regarder, Wesley fixa Robert. Puis, les yeux plissés, les narines dilatées, il avança d'un pas incertain.

— J'aurais dû me douter que je vous trouverais ici, Davis. Vous avez l'art de vous tromper de maison.

Honora se leva d'un bond.

— Je vous serais reconnaissante de ne pas insulter mon invité.

Tout en tanguant dangereusement, Wesley eut un petit rictus méprisant.

— Votre invité, ce sale arriviste ?

Theodora se leva à son tour.

— Wesley...

Rouge de colère, Robert abandonna son siège. Mais avant qu'il pût ouvrir la bouche, Theodora intervint.

— Wesley Saltonsall, je n'ai pas l'intention de tolérer votre grossièreté, aussi ivre que vous soyez.

— Un sale arriviste, répéta néanmoins Wesley.

Tant de haine brillait dans son regard qu'Honora se plaça instinctivement entre les deux hommes.

— Vous auriez dû le voir chez les Grant, continua Wesley. Il léchait les bottes de Cleavon Frame. Elles avaient bon goût, Davis ? C'était à vomir. Mais un arriviste, ça se repère à des kilomètres. (Il tituba). Ils se sont tous moqués de lui dès qu'il a eu le dos tourné... Ah, oui, ils ont bien ri !

Theodora s'impatienta.

— Ça suffit !

— Mais enfin, vous ne comprenez pas qu'il s'accroche à votre nièce pour accaparer votre fortune ?

Honora eut envie de le gifler.

— Jackson, veuillez reconduire M. Saltonsall à sa voiture.

Les yeux brusquement emplis de larmes, Wesley abandonna son arrogance.

— Je ne peux croire qu'il vous ait embobinées toutes les deux. C'est pas possible... (Laissant échapper un soupir de détresse, il s'appuya à un coin de table et avoua finalement ce qui le tourmentait.) Père veut que j'épouse Selena Cabot.

Theodora resta de marbre.

— Qu'y a-t-il de si étonnant ? N'est-il pas grand temps de vous marier ?

Il se redressa soudain avec l'air effaré du petit garçon dont le père vient de vendre le poney préféré. La remarque de Theodora l'avait ébranlé malgré son ivresse.

— Mais je ne l'aime pas ! Je ne peux pas l'aimer. Vous savez bien pourquoi.

On vit s'assombrir un peu plus le regard de Theodora.

— Je sais. Mais nous en parlerons plus tard. En privé. Quand vous serez sobre.

Wesley sembla s'affaisser sur lui-même. Les larmes qu'il versait sur son sort laissaient des traces sur ses joues. Il tendit une main tremblante vers Theodora et caressa sa joue.

— Elle a des cheveux couleur de neige et des yeux de jais, ma garce au cœur de pierre. Vous ne m'aimez pas. Vous ne voulez de moi que dans votre lit.

Theodora se crispa comme si elle venait d'être frappée. Honora, horrifiée, faillit suffoquer. Quant à Robert, il traita Wesley de salaud, s'avança vers lui mais s'immobilisa sur un signe de Theodora.

— Désolé, gémit Wesley. Je ne pense pas ce que j'ai dit.

Il attrapa Theodora par la manche, la serra dans ses bras à l'étouffer et la supplia :

— Ne me haïssez pas. Ne me jetez pas dehors. J'ai trop bu. Je ne suis pas moi-même.

Il devenait si pitoyable qu'Honora, gênée pour lui, préféra détourner le regard.

Theodora se libéra de son étreinte désespérée et prit son visage maculé de larmes entre ses mains.

— Mon pauvre garçon, vous êtes à bout de nerfs. Il vous faut dormir. Je vais vous installer dans la chambre d'amis.

Elle fit signe à Jackson de l'aider et ils quittèrent le salon en soutenant Wesley.

Pétrifiée, Honora écouta le bruit de leurs pas jusqu'à ce qu'il s'estompât. L'atmosphère restait lourde, chargée d'émotion, comme si la vindicte exécrable de Wesley restait suspendue dans l'air et empoisonnait le Noël d'Honora.

Les accusations formulées contre Robert lui paraissaient invraisemblables. Sortant lentement de sa stupeur, elle finit par regarder son invité. Il dissimulait mal sa colère.

— Je ne sais pas ce qu'il lui a pris, dit-elle. Ça ne lui ressemble pas.

— S'il n'était pas si ivre, je lui demanderais de me suivre dehors. J'ai tellement envie de lui briser la mâchoire !

La hargne que trahissait la voix de Robert l'impressionna.

— Je crois sincèrement qu'il ne pensait pas ce qu'il a dit.

— Oh, mais non ! Je ne suis pas de cet avis. Vous connaissez le vieil adage : La vérité est au fond du verre. L'alcool lui a donné le courage de dire ce qu'il pensait de moi. (Il marqua une pause puis ajouta :) J'ai cru comprendre qu'entre votre tante et lui...

— Oui. Ils sont amants. En dépit de la différence d'âge... Seriez-vous choqué ?

— Non. Mais je suis sûr que sa famille n'apprécierait pas.

— Oh, ils trouveraient un moyen pour chasser ma tante de cette ville ! Même son nom ne pourrait la protéger contre un tel scandale.

— Cela n'empêche pas votre tante d'être une femme remarquable.

— Absolument.

Honora prit impulsivement le verre de Robert et but une gorgée de grog refroidi. L'alcool lui fit du bien.

— Je vous prie d'oublier les stupidités de Wesley. Je suis certaine qu'il n'y a rien de vrai dans ce qu'il a dit.

Robert s'approcha du sapin et fixa son regard sur les décorations.

— C'est vous qui faites erreur, Honora. Je suis un arriviste.

Les mains soudain tremblantes elle reposa le verre avant qu'il ne lui échappât.

— Voudriez-vous vous expliquer ?

— Mais qu'y a-t-il à expliquer ? Je n'ai ni nom ni fortune et je suis avide d'argent et de pouvoir. Selon les critères de Saltonsall cette situation fait de moi un arriviste, je suppose.

Honora serra les poings.

— Un arriviste, c'est quelqu'un qui se sert des autres pour parvenir à ses buts. Est-ce votre cas, Robert ?

Il se précipita vers elle, la prit par les épaules.

— Non ! Je ne me sers nullement de vous pour m'approprier la fortune de votre tante. Oh, un jour je serai riche, mais ce sera grâce à mon travail.

— C'est ce que je souhaitais entendre.

Le soulagement fut tel qu'elle se sentit vidée tout à coup.

— J'ai besoin que vous ayez foi en moi, dit-il.

Le regard lourd de désir, il l'attira dans ses bras et l'embrassa.

Lorsque leur étreinte s'acheva Honora s'empressa de demander :

— En sortant de chez les Grant, vous aviez l'air sombre. Vous aviez surpris des remarques désagréables à votre encontre, n'est-ce pas ?

Il alla vers la cheminée et posa un coude sur le manteau.

— Quand je suis retourné dans le salon pour prendre votre sac, j'ai entendu Freddie Horsley déclarer que je n'étais qu'un petit arriviste. J'ai été déçu. J'avais eu l'impression pendant toute la soirée que je lui étais sympathique.

— Vous avez pris ça pour un coup de poignard dans le dos, j'imagine.

— Exactement.

— Quelle bande d'hypocrites ! (Elle s'approcha de lui et posa sa main sur son bras.) Pourquoi n'avez-vous rien dit ?

Il sourit.

— Parce que je vous voyais très bien retourner là-bas et leur assener leurs quatre vérités.

— Je l'aurais fait.

Robert cessa de sourire.

— Je me demandais si Horsley n'avait pas en partie raison, en vérité.

Elle glissa son bras autour de sa taille et appuya sa tête sur son épaule.

— Je regrette cette soirée. Ce sont tous des hypocrites. Je me moque de ce qu'ils pensent.

Robert prit son poignet et se tourna vers elle.

— En voulant me défendre vous risquez de perdre vos amis. Est-ce raisonnable ?

— Oui, parce que je suis sûre d'avoir raison.

— Honora Elliott prend la défense des faibles.

Elle posa sa main sur son bras.

— Vous ne devez jamais laisser personne vous donner un sentiment d'infériorité. Il faut que vous soyez fier de vous, Robert Davis. Des hommes comme Wesley ont tout reçu sur un plateau d'argent. Vous, vous réussirez grâce à votre travail. Rien n'est plus satisfaisant que la récompense de l'effort.

Avant que Robert ait pu lui répondre, Theodora réapparut dans un bruissement de taffetas.

— J'ai donné de l'aspirine à Wesley. Ça l'aidera à retrouver des idées claires. Jackson s'occupe de le mettre au lit. Alors il ne nous reste plus qu'à continuer nos festivités !

Ils s'attablèrent. Le repas fut délicieux, l'atmosphère aussi joyeuse que possible. Mais tous trois sentaient au fond d'eux-mêmes que le charme avait été rompu.

Le lendemain matin, Wesley, dégrisé et contrit, s'excusa auprès d'Honora. Elle ne lui cacha pas ce qu'elle pensait de ses accusations. Écoutant sa nièce défendre avec ferveur Robert Davis, Theodora se sentit soudain mal à l'aise.

Quand l'hiver toucha à sa fin, libérant Boston de ses griffes de glace, Theodora fut peinée de constater que la liaison entre Robert et sa nièce s'épanouissait en même temps que les crocus.

Était-ce le moment de sortir les documents enfermés dans le tiroir du bureau ?

5

Un coup de vent se leva, vif et piquant, et joua avec la longue jupe d'Honora tandis qu'elle se promenait avec Robert dans le jardin public. Dès qu'ils virent un banc libre, ils s'assirent. Près d'un parterre fleuri, en cette fin avril, de tulipes rouges et jaunes, ils regardèrent un petit garçon en culotte de golf qui courait sur la pelouse en essayant de faire s'élever son cerf-volant.

Heureuse, Honora écoutait en souriant les cris des enfants qui jouaient ici et là. En dépit de la brise fraîche, le soleil lui chauffait agréablement les épaules.

— Je n'arrive pas à croire que je vais avoir mon diplôme en juin, dit-elle. Cleavon Frame m'offrira peut-être un poste chez *Royce et Ellis*.

Robert allongea son bras sur le dossier du banc.

— Vous pensez vraiment que c'est possible ?

Elle suivit du regard la barque en forme de cygne qui glissait sereinement avec ses passagers sur la surface miroitante du lac.

— Je ne suis pas très optimiste. Mais j'entends poser ma candidature.

— Que ferez-vous s'ils refusent ?

— Je taperai à d'autres portes. Je finirai bien par avoir une proposition, ne serait-ce que par complaisance à l'égard de tante Theodora.

— Et sinon ?

— Eh bien, j'emprunterai de l'argent pour me mettre à mon compte.

— Ici, à Boston ?

— Où pourrais-je aller ?

— À New York, avec moi.

Tous les bruits qui l'entouraient se turent. Elle n'entendit plus que l'écho prolongé des paroles de Robert. Elle se figea.

— Vous voudriez que j'aille avec vous à New York ?

— Oui.

Elle se mit à jouer avec son médaillon.

— Vous aimeriez faire de moi votre maîtresse, n'est-ce pas ?

— Mais pour qui me prenez-vous ? Je veux que vous soyez ma femme. (Devant son mutisme, il s'irrita.) Au cas où vous n'auriez pas entendu, je viens de vous demander en mariage.

— Je dois avouer que je ne sais que dire.

— En d'autres circonstances, j'aurais pu apprécier un changement aussi surprenant...

Elle se sentait prise de vertige et s'évertuait à garder la tête froide.

— Nous nous connaissons depuis peu, remarqua-t-elle. Je ne sais presque rien de vous.

— Que voulez-vous savoir ?

Elle lissa sa jupe de serge bleue.

— Vous avez l'expérience de la vie, Robert. Je suppose que je ne suis pas la première femme que vous ayez rencontrée.

— Ah, je vois...

Visiblement, il se retint de sourire.

— Ne me parlez pas de jalousie féminine, Robert. J'attends une vraie réponse.

— J'ai trente-deux ans. Il y a évidemment eu d'autres femmes. Mais elles n'ont pas été aussi nombreuses que vous le suggérez, et pas une seule ne m'a donné envie de me marier.

— Vous me rassurez.

— Je veux vivre avec vous. J'en suis certain. (Les coudes sur les genoux, il fixa son regard sur la pelouse.) Je sais aussi que vous méritez mieux qu'un homme comme moi. Je ne suis pas riche. Je n'appartiens pas à la bourgeoisie de Boston. Mais je suis sûr de pouvoir être un bon mari pour vous.

Les mains croisées sur sa poitrine, Honora sentit son vertige disparaître.

— Je me moque de la fortune des gens ou de leur milieu

social. Je ne doute pas que vous seriez un bon mari. (Son regard retrouva la barque en forme de cygne.) Mais je préfère être honnête et vous dire tout de suite que j'ai des projets et que le mariage n'en fait pas partie.

« D'ailleurs, lui avait-il dit une seule fois qu'il l'aimait ? Même pas », pensa-t-elle.

— On peut toujours modifier ses projets, objecta-t-il.

Elle pensa au bouleversement que la mort de ses parents avait provoqué dans sa vie.

— Je suis bien placée pour le savoir, dit-elle.

— Si vous attendez un grand bourgeois du genre de Saltonsall, sachez qu'il ne pourrait vous donner ce que je vous apporte.

— À savoir ?

— Une complicité dans le travail. Nous serons tous deux avocats. Nous pourrions nous entraider.

Elle resta songeuse.

— Évidemment, ce serait une bonne base.

— D'autant que j'approuve vos ambitions et que, contrairement à d'autres, je ne les considère pas comme indignes d'une femme.

— Vous marquez un point.

Il la regarda.

— J'ai aussi une autre raison de vous demander de m'épouser.

— Laquelle ?

Il se montra mal à l'aise comme si le banc était devenu inconfortable. Puis il sortit un mouchoir et, imitant Pudding Weymouth sans s'en rendre compte, se tamponna le front.

— Oh, et puis, zut ! Je ferais mieux de parler avant de perdre tous mes moyens... Je vous aime. Je vous ai aimée dès que je vous ai vue.

Émue, elle demanda :

— Au cours de Bloomfield ?

— Non. Il y a trois ans. Quand on a commencé à suivre le même enseignement.

— C'est une blague ! Vous ne cessiez de m'éviter. Les seules fois où vous m'avez adressé la parole c'était pour me contredire sur un point ou un autre.

— Je n'osais pas vous parler franchement... Nous avons

tous nos lâchetés. (Il se rejeta contre le dossier du banc et frotta sa joue soigneusement rasée.) J'ai provoqué un stupide malentendu. J'aurais dû me jeter à vos pieds et vous demander en mariage. J'aurais dû vous offrir des fleurs.

Il se leva d'un bond, se précipita sur les plates-bandes et arracha une poignée de tulipes avec leurs racines.

Des passants s'arrêtèrent. Le petit garçon au cerf-volant regarda Robert avec envie. Combien de fois s'était-il entendu répéter qu'il ne fallait pas toucher aux fleurs du jardin public ?

Confuse, Honora s'exclama :

— Robert ! Ça ne se fait pas. Vous allez avoir des ennuis.

Il ignora cette funeste perspective, tomba à genoux et lui mit les fleurs entre les mains.

— Mademoiselle Elliott, voulez-vous m'épouser ?

Redoutant la présence d'un gardien, elle jeta un regard inquiet autour d'elle.

— Je refuse d'être complice de ce vandalisme éhonté !

Robert sourit, se releva, lui reprit les fleurs et les jeta.

— Qu'avez-vous fait de votre esprit d'aventure, mademoiselle Elliott ? Et le romantisme dans tout ça, où est-il ?

Elle ne put s'empêcher de rire.

Pour prouver publiquement son amour, il l'embrassa puis, laissant ses mains sur ses bras, demanda :

— Quelle est votre réponse ?

— Je ne peux pas répondre maintenant. Il me faut encore un peu de temps.

— L'avocate me demande un sursis, dit-il en éclatant de rire.

— Ne vous moquez pas de moi. Le mariage est une affaire sérieuse.

Il cessa de rire aussitôt.

— Vous avez raison. Prenez votre temps. Enfin jusqu'aux diplômes. Parce que après je pars pour New York. Avec ou sans vous.

Theodora écrivait à son marchand de tableaux parisien lorsqu'elle éprouva le besoin de lever les yeux. Les arbres qu'elle voyait de sa fenêtre étaient chargés de bourgeons. La nature renaissait. Elle se sentait bien. La vie ne pouvait être plus agréable. Wesley était toujours son amant. Honora et Robert Davis se contentaient d'être de bons amis. Elle reprit sa lettre, satisfaite et le cœur léger.

Puis Honora entra. Tout en continuant à écrire, Theodora lui demanda :

— Comment s'est passée la promenade ?

Honora se servit une tasse du café que sa tante gardait toujours à portée de main pendant la matinée, puis elle s'assit sur le sofa en cuir et but quelques gorgées avant d'annoncer :

— Robert m'a demandée en mariage.

La plume cessa de courir sur la feuille de velin blanc. Theodora regarda sa nièce.

— Je crois entendre ta réponse...

— Il a fait sa demande dans le jardin public.

— Mais encore.

— Eh bien, je lui ai répondu que je devais réfléchir.

— Tu as eu raison.

Theodora mit un point final à sa lettre, ferma l'encrier, puis tamponna la feuille avec le buvard avant de la plier.

— Tu penses l'épouser ?

Honora se leva, s'approcha de la fenêtre et regarda une automobile dont le chauffeur jouait de sa trompe comme un sourd.

— Il met ma vie sens dessus dessous. C'est indéniable. Moi qui n'ai jamais pensé au mariage, j'entends tout à coup un homme me dire qu'il veut passer le reste de sa vie avec moi.

Theodora se leva à son tour, s'avança vers sa nièce et posa une main sur son bras.

— Tu l'aimes ?

— Peut-on parler d'amour ? Je crois plutôt qu'il s'agit de désir...

Theodora refréna un soupir de soulagement. Tout n'était pas perdu.

— Devenez amants. Ce sera beaucoup plus simple que de vous marier.

— Il dit qu'il veut que je sois sa femme non sa maîtresse.

— Quand ton oncle m'a demandée en mariage, j'ai été la plus heureuse des femmes. Mais moi, je savais que je l'aimais. Je voulais plus que tout vivre avec lui. (Elle tapota les bras d'Honora.) Toi, ce sont tes ambitions professionnelles qui te préoccupent avant tout.

Honora tira sur son médaillon.

— Robert le sait. Mais il dit que nous aurons un respect mutuel de notre travail et que nous pourrons nous entraider.

— Il est évident que tout autre homme te demanderait d'abord de renoncer à tes ambitions pour mieux servir les siennes.

Songeuse, Honora retourna s'asseoir sur le sofa.

— Ça demande vraiment réflexion. Il faudrait que je quitte Boston et que je partage la vie et le lit d'un homme que je connais peu, au fond.

— Sache qu'on peut passer toute une vie avec un homme sans jamais le connaître vraiment. Cela fait partie de cette aventure qu'est le mariage.

— Il y a aussi les considérations pratiques.

— C'est-à-dire ?

— Eh bien, j'ai toujours eu des serviteurs... Au début on ne pourra pas vivre confortablement. Crois-tu qu'il me demandera de faire le ménage et la cuisine ?

L'air dégoûté d'Honora fut si comique que Theodora éclata de rire.

— Ah, voilà une excellente raison pour rester célibataire !

Mais Theodora retrouva vite son sérieux.

— La vie n'est qu'une succession de choix. Et tout choix a ses conséquences et son prix.

Honora abandonna le sofa.

— Je suis désorientée. Il faut que je réfléchisse, tante Theodora. Je te prie de m'excuser.

— Attends un instant.

Le cœur serré, Theodora alla ouvrir le tiroir où étaient enfermés les documents qu'elle eût préféré ne jamais montrer à sa nièce. Elle les sortit et les lui tendit.

— Avant de prendre une décision, lis ça.

— Qu'est-ce que c'est ?

— Tu verras. J'espère que ça t'aidera à te faire une opinion sur Robert Davis.

Le front soucieux, Honora se rassit et lut le premier feuillet. L'incrédulité marqua son visage. Lorsqu'elle eut achevé la lecture des documents, elle les jeta d'un geste rageur à côté d'elle. Blême, elle donna l'impression d'être sur le point de s'évanouir.

— Ce n'est pas possible... Je n'y crois pas.

Theodora vint la rejoindre, prit ses mains glacées dans les siennes.

— Tout est parfaitement exact. J'en suis navrée.

— Mais comment... ?

— J'ai engagé le meilleur détective privé de Boston. C'est son rapport que tu viens de lire.

Honora se leva d'un bond.

— Tante Theodora, on ne fait pas des choses pareilles !

— Je comprends ta colère, mais je n'ai pas l'intention d'exprimer des regrets. Nous ignorions tout de Robert. Il était de mon devoir de m'informer sur son compte.

Honora se mit à marcher de long en large.

— Pourquoi ne m'en as-tu pas parlé plus tôt ?

— Tant qu'il n'y avait rien de sérieux entre vous, ça ne s'imposait pas. Maintenant qu'il est question de mariage, c'est autre chose.

— Ce ne sont peut-être que des allégations sans fondement.

— J'admire ta loyauté envers lui. Mais il y a les gens qui l'ont connu quand il travaillait à Lowell et qui ont témoigné. Le détective a leurs noms. Si tu veux aller à Lowell et leur parler...

— Ce ne sera pas nécessaire. (Honora se frotta le front nerveusement.) Robert n'a jamais fait allusion à tout ça.

— Il est clair qu'il voulait te le cacher. (Theodora vint passer son bras autour des épaules de sa nièce.) Je le condamne peut-être un peu vite. À toi de voir s'il peut se justifier.

— Effectivement. Il y a toujours deux sons de cloche pour une même histoire. Je ne le condamnerai pas sans avoir entendu sa version.

— Espérons qu'elle pourra être satisfaisante. (Theodora retira son bras.) Je t'ai fait de la peine, je le sais. Mais il fallait que tu sois avertie.

— Si ce que dit ce rapport est vrai, je saurai que je manque d'intuition.

Theodora pensa à Wesley.

— L'amour peut aveugler n'importe qui. De toute façon, il ne faudra pas t'en vouloir.

— Je te prie de m'excuser. J'ai besoin d'être seule pour réfléchir.

Honora se dirigea vers la porte d'un pas alourdi par la tristesse.

— Que comptes-tu faire ?

Elle se retourna vers sa tante.

— Il vient dîner ce soir. Je verrai ce qu'il a à dire.

En descendant Commonwealth Avenue, Robert ne cessait de sourire. Il se rendait chez la femme qu'il avait demandée en mariage et qui allait, ce soir même, accepter. Il en éprouvait la certitude jusqu'au tréfonds de lui-même.

Il l'avait surprise. Elle ne s'y attendait pas et elle avait naturellement tenu, avec son tempérament de future avocate, à peser le pour et le contre, à rester logique et rationnelle, comme s'il s'agissait d'accepter ou de refuser la défense d'un client. Mais il y avait aussi ce qu'elle désirait profondément, et il était persuadé qu'elle avait envie de partager sa vie.

Lorsqu'il arriva chez elle, il la trouva assise sur le sofa dans la bibliothèque, le regard fixé sur des notes de cours. Elle ne s'était pas encore changée pour le dîner et portait le chemisier bleu pâle dont la couleur lui allait si bien et la jupe bleu roi qu'il lui avait vus dans la matinée. Elle sourit quand il vint vers elle, se leva et l'embrassa sur la joue.

— Dois-je comprendre que vous acceptez de m'épouser ?

— Je n'ai pas encore pris de décision. J'ai quelques questions préalables à vous poser.

Il leva les yeux au ciel.

— Vous ne cessez donc jamais de vous conduire en avocate ?

— Jamais. Voulez-vous un verre de xérès avant de dîner ?

Il accepta. Elle le servit, lui apporta le verre et s'assit dans le fauteuil en face de lui au lieu de s'asseoir à côté de lui sur le sofa. Mais la signification de cette attitude lui échappa.

— Parlez-moi de votre vie à Lowell.

— Je vous ai déjà tout raconté.

— Le poste de contremaître devait impliquer des responsabilités bien lourdes pour un si jeune homme.

— Oui. Mais ça ne me dérangeait pas. J'aime diriger.

Honora s'était également servi un verre de xérès. Elle en but quelques gorgées.

— L'ambitieux jeune homme, avec beaucoup de responsabilités, a dû attirer une nuée de femmes.

Il scruta son visage, mais elle avait mis son masque d'avocate.

— Une nuée ? Certainement pas.

— Ne me dites pas qu'aucune femme ne courait après vous.

Il commençait à se demander où elle voulait en venir.

— Non, je ne dis pas ça. Mais nous en avons parlé ce matin. Aucune ne m'intéressait vraiment. (Il posa son verre, se leva, plongea ses mains au fond de ses poches et serra les poings.) Pourquoi revenez-vous là-dessus ?

Avec un sourire désarmant, elle observa :

— Les femmes veulent toujours connaître le passé des hommes.

— Et si je faisais la même chose avec vous ?

— Je vous réponds tout de suite qu'il n'y a eu personne avant vous.

Il retrouvait l'étudiante qui s'exerçait à mener un interrogatoire. Elle savait très bien endormir un témoin avec des commentaires en apparence anodins. Maintenant il ne doutait plus qu'elle eût une idée derrière la tête. Mais laquelle ?

Il la regarda.

— On m'a appris qu'un gentleman ne parle jamais de ses... aventures avec une lady.

Elle posa son verre, se leva et se dirigea vers le bureau comme pour mettre de la distance entre eux. Puis elle se mit à jouer avec son médaillon.

— Parlez-moi de Priscilla Shanks.

Elle observa sa réaction. Elle le vit blêmir tandis que de fines gouttelettes de sueur perlaient sur son visage. Il ouvrit la bouche mais la voix lui manqua.

— Voulez-vous me dire qui elle était ? demanda-t-elle sans animosité.

Il s'éclaircit la gorge, en essayant de reprendre contenance.

— Comment se fait-il que vous en ayez entendu parler ?

Honora prit des feuillets sur le bureau et les lui montra.

— Tout est là-dedans. Tante Theodora a engagé un détective privé afin d'en savoir un peu plus sur vous.

Quelle vieille garce hypocrite... Une bouffée de colère le saisit. Il alla arracher les papiers des mains d'Honora, les parcourut puis les froissa rageusement au creux de ses paumes.

— Que reste-t-il à dire ? Vous m'avez déjà jugé et condamné.

— Non. Je crois à l'innocence d'un homme tant que sa culpabilité n'a pas été prouvée. Je vous donne une chance de vous défendre.

— Quels procédés ! Pendant que je croyais que vous aviez confiance en moi, vous fouilliez dans ma vie comme si j'étais un criminel. Que s'est-il passé, Honora ? Votre tante a-t-elle craint que je lui vole sa fortune ?

Il vit son expression se durcir.

— Ça vous va bien de parler de confiance ! C'est vous qui m'avez trompée en m'assurant qu'aucune femme n'avait compté pour vous jusqu'à présent. Si ce rapport dit la vérité, vous n'allez tout de même pas prétendre que ce n'est rien de faire un enfant à une fille de seize ans, laquelle s'est noyée parce que vous la rejetiez ! Où est le sens de vos responsabilités ?

D'un geste incontrôlable, il lança les papiers en boule sur le bureau.

— Vous savez ce qui me fait le plus mal ? C'est que vous ayez cru si facilement à ce fichu rapport.

— Mais ces faits sont véritables ! Il suffit de se rendre sur place. Maintenant, Robert, je ne demande qu'à vous croire. Qu'attendez-vous pour être convaincant ?

Il baissa la tête. Il avait trop à perdre pour continuer à mentir.

— Ce qui est dit dans rapport est entièrement exact. J'étais le père de son enfant.

Il leva les yeux sur Honora, et la déception qu'il vit sur son visage lui fit plus de mal que s'il y avait lu du dégoût.

— J'aimais bien Priscilla. Sans plus, continua-t-il. J'étais contremaître. J'avais une belle maison et un avenir prometteur...

Honora eut un sourire amer.

— Elle n'a pas conçu son enfant seule.

D'un geste, Robert exprima son impuissance.

— Nous avons cédé à l'envie de passer une nuit ensemble. Et je vous jure qu'il n'y en a pas eu d'autres... Quand elle m'a annoncé qu'elle était enceinte, je lui ai proposé de l'aider à élever l'enfant. Mais elle voulait se marier par souci des convenances.

— Pourquoi ne l'avez-vous pas épousée ?

— Je ne l'aimais pas suffisamment. Et puis je voulais faire des études. Avec une femme et un enfant à charge, je n'aurais pu réaliser ce projet. Vous me comprenez.

— Je peux comprendre votre ambition. Mais de là à les abandonner...

— J'ai proposé de l'argent. Si j'avais pu imaginer qu'elle préférerait se suicider, je l'aurais épousée, en essayant de tout concilier. Mais à quoi bon penser à ça maintenant. C'est trop tard, n'est-ce pas ?

— Oui... Il est même trop tard pour beaucoup de choses.

Une froide appréhension le traversa.

— Que voulez-vous dire ?

Elle chercha un soutien en s'agrippant au bord du bureau.

— Je ne sais pas si je peux vous faire confiance.

— Mais pourquoi ?

— Vous ne comprenez pas que vous avez été malhonnête avec moi en me cachant cet épisode de votre vie ? Vous avez menti par omission. Avez-vous cru que je n'accorderais aucune importance à cette liaison dramatique ? Aviez-vous l'intention de m'en parler une fois que nous serions mariés ?

Il sentait qu'elle lui échappait. Il s'emporta :

— Si vous ne voulez pas m'épouser, eh bien, dites-le ! Mais ne cherchez pas une excuse.

Elle rosit mais ne se laissa pas fléchir.

— Ce n'est pas une excuse. C'est une question de confiance.

— Encore faudrait-il que vous soyez capable d'avoir confiance en quelqu'un. (Devant son silence, il ironisa.) Seriez-vous finalement à court d'arguments ?

— Que pourrais-je ajouter ? Vous m'avez profondément blessée.

Du regard, elle lui montra la porte.

— Vous feriez mieux de partir.

Il fit une dernière tentative de réconciliation.

— D'accord. J'ai commis une erreur. J'aurais dû vous parler de Priscilla. Je regrette.

— Moi aussi, répondit-elle, la lèvre tremblante.

Il s'avança vers elle.

— Je vous promets de tout vous dire désormais.

N'allait-elle pas déposer les armes, se jeter dans ses bras, implorer son pardon ?

Elle ne bougea pas. Il ravala son orgueil.

— Si vous voulez que je rampe à vos pieds, je le ferai. Pardonnez-moi et n'en restons pas là.

— Non. Je ne peux pas. Je me sens trahie.

— Il me semblait que notre amour pourrait nous aider à surmonter les obstacles.

— Il faut plus que de l'amour pour qu'un mariage soit solide. Il faut à la base une véritable honnêteté et une confiance mutuelle.

Il supplia, la main tendue vers elle.

— Honora, ne me condamnez pas à cause de cette petite erreur. Nous sommes faits l'un pour l'autre, et vous le savez.

— Je ne le crois plus.

— Je vous en prie. Pardonnez-moi.

Elle avait retrouvé son masque d'avocate inflexible.

— Je regrette que nous devions nous séparer de cette façon. Au revoir, Robert.

Bien déterminé à la prendre dans ses bras, à l'embrasser, à l'amadouer avec ses caresses, il se précipita vers elle. Mais elle le prit de court.

— Sortez !

Un instant, il s'immobilisa puis quitta la pièce en claquant la porte derrière lui.

Le bruit de la porte résonnant dans la bibliothèque lui donna un coup au cœur. Mais elle ne tarda pas à savourer le silence qui suivit leurs éclats de voix. Elle avait besoin d'être seule. Et de l'oublier.

Quelques instants plus tard, elle s'enferma dans sa chambre, se déshabilla et passa une tenue confortable. Mais au moment où elle allait s'allonger sur son lit, elle ne put s'empêcher de regarder la chouette que Robert avait sculptée pour elle et qui trônait sur la cheminée.

Ce fut comme un déclic. De tendres souvenirs affluèrent à sa mémoire. Elle revit Robert l'aidant dans ses études, prenant son parti contre Hubert Adcock. Elle l'imagina penché sur le bois d'où il avait fait naître l'oiseau de la sagesse...

Les yeux fermés, elle laissa couler ses larmes. Il avait dit que chaque homme avait ses lâchetés. Qu'en était-il des femmes ?

Quand les larmes se tarirent, elle commença à se ressaisir. Non, elle ne lui pardonnerait pas de lui avoir caché sa malencontreuse liaison, d'avoir estimé que ce serait pour elle sans importance. De quel droit pensait-il à sa place ?

Mais la fatigue nerveuse eut raison de ses réflexions. Elle ferma les yeux et s'endormit.

Le lendemain, Honora appréhenda l'instant où elle retrouverait Robert en cours. Mais elle s'inquiétait inutilement. Il s'assit à l'autre bout de la classe, garda son regard fixé sur le professeur, prit des notes. À la fin du cours, il disparut avant avant même qu'Honora eût le temps de ramasser ses livres.

Au cours des semaines suivantes, il conserva cette attitude. Honora en déduisit que leur relation était définitivement achevée.

Puis un lundi matin, à la mi-mai, elle remarqua son absence. Le jeudi, il n'était toujours pas revenu. Le vendredi, à l'heure du cours de droit civil, elle le chercha avec anxiété.

Il avait dû lui arriver quelque chose, autrement jamais il n'aurait manqué toute une semaine de cours. C'était sa carrière qui était en jeu.

— Mademoiselle Elliott ? fit Pudding Weymouth. J'aimerais vous parler tout à l'heure.

À la fin du cours, Honora s'approcha de son bureau.

— Oui, monsieur ?

— Vous et M. Davis, vous êtes amis, n'est-ce pas ?

— Nous nous connaissons.

— Oui, enfin nous nous comprenons. (Son triple menton ballotta alors qu'il se carrait au fond de sa chaise.) Savez-vous ce qui a motivé son absence pendant toute la semaine ?

— Non. Je l'ignore.

Il manifesta son incrédulité puis, plus explicitement, sa désapprobation :

— Cette institution ne me paie pas suffisamment pour que je me préoccupe des étudiants qui s'abstiennent de suivre les cours, mademoiselle Elliott. Mais M. Davis est promis à un avenir brillant et, pour cette raison, je fais une exception. Dites-lui de ma part que s'il n'a pas une bonne excuse pour justifier ses absences, il sera noté en conséquence et ne recevra pas son diplôme le mois prochain.

6

En regardant par la vitre du coupé, tandis qu'elles se lançaient au secours de Robert, Theodora observa :

— Je devrais m'acheter une automobile. Avec toute cette circulation, on en a pour des heures.

Assise à ses côtés, Honora jouait nerveusement avec son médaillon, tentait de se rassurer, se répétait que Robert devait avoir eu un empêchement sérieux mais sans gravité. Non, se dit-elle finalement, rien ne peut raisonnablement empêcher Robert de suivre ses cours.

Il lui restait à comprendre pourquoi elle se faisait tant de souci pour un homme qui avait manqué d'honnêteté envers elle et qu'elle avait voulu exclure de sa vie.

Elles trouvèrent facilement l'adresse de Robert. Le coupé s'arrêta devant une pension de famille des quartiers pauvres de Boston. La rue était étroite, les maisons identiques, à l'exception de cette pension construite sur un modèle différent, moins conventionnel.

Honora et sa tante descendirent du coupé. Au-delà d'une palissade blanche fraîchement repeinte, une pelouse étroite mais bien entretenue précédait la maison d'un blanc immaculé, elles aussi. Dans ce travail méticuleux, Honora reconnut l'œuvre de Robert. Elle poussa le portail, dont le grincement dut avertir les occupants de la maison, s'avança vers le porche, suivie de sa tante, puis sonna. Theodora balaya du regard le voisinage en exprimant plus de curiosité que de dédain.

La porte s'entrouvrit.

— Que désirez-vous ?

— Je suis une amie de Robert Davis. Il n'est pas venu à ses cours cette semaine et je me suis inquiétée.

La porte s'ouvrit toute grande. Une femme d'une soixantaine d'années apparut, aussi impeccable que sa demeure. Elle inspecta ostensiblement ses deux visiteuses puis, rassurée, les invita à entrer.

Honora se présenta puis présenta Theodora. Le hall avec son joli papier à fleurs, son luxuriant caoutchouc et sa moquette était particulièrement accueillant. On pouvait simplement regretter que flottât dans l'air quelque relent de cuisine.

— Je suis Mme Routledge, dit la femme d'un ton chaleureux. Je suppose que vous êtes l'amie de M. Davis, jeune demoiselle. Il m'a si souvent parlé de vous que j'ai l'impression de vous connaître. Mais je dois tout de même prendre des précautions en ouvrant ma porte. Il y a tellement d'étrangers de nos jours...

Honora s'efforça de sourire.

— Si M. Davis est ici, voudriez-vous l'avertir de notre présence ?

— Il est malade, annonça Mme Routledge.

Honora lança à sa tante un regard inquiet.

— A-t-il vu un médecin ?

— Non.

— Où est-il ? demanda Theodora.

— Dans sa chambre. Suivez-moi.

Au premier étage, elle s'arrêta devant une porte fermée.

— C'est ici.

Le cœur battant, Honora ouvrit la porte. Une odeur d'air vicié et de maladie faillit la faire reculer. Robert était couché dans un lit étroit qui voisinait avec une armoire et une table disposée près de la fenêtre et couverte de feuillets. Ce maigre mobilier, dans cette petite chambre, donnait l'impression que la pièce était spacieuse.

Honora s'affola. Elle arrivait trop tard. Robert était mort. En gémissant, elle se précipita vers le lit. Couché sur le dos, son visage émacié et blême tourné vers le mur, une couverture mangée par les mites tirée sous son menton barbu, il frissonna.

Les morts ne frissonnent pas. Mais Honora craignit encore d'avoir rêvé.

— Robert ?

Elle caressa sa joue. Sa peau était humide. Il bougea. Ses yeux roulèrent sous ses paupières fermées. Elle chercha sa carotide et ressentit un immense soulagement lorsqu'elle sentit son sang battre sous ses doigts.

— Depuis combien de temps est-il dans cet état ?

— Depuis hier. Mais ça faisait plusieurs jours qu'il ne se sentait pas bien.

Honora aperçut sous la couverture la chemise et le pantalon qu'il n'avait pas eu la force d'enlever. Ils dégageaient une lourde odeur de transpiration due à la fièvre.

Elle regarda sa tante.

— Emmenons-le à la maison.

— Honora ?

Robert avait soulevé ses paupières. La fièvre brouillait l'éclat de ses yeux verts.

Une main rassurante posée sur son épaule, elle lui sourit.

— Tout va s'arranger. Tante Theodora m'accompagne. Nous allons vous emmener avec nous pour que vous puissiez vous rétablir.

Theodora lui demanda :

— Si nous vous aidons, vous réussirez à descendre les escaliers ?

Il fit un signe de tête affirmatif. Honora enleva la couverture. Privé de sa chaleur, il fut secoué de frissons, claqua des dents mais parvint à mettre ses pieds par terre et, aidé par Honora, à s'asseoir.

Simms, le cocher, fut appelé à la rescousse. Imitant Honora, il prit le malade sous le bras afin de le soutenir jusqu'à la voiture. Affaibli, fiévreux, Robert soupira et trembla tout en se laissant tomber dans un coin du siège. Honora lui passa sur les épaules la couverture que Theodora avait eu le réflexe de prendre sur le lit. Puis elle l'invita à appuyer sa tête sur son épaule et posa sa joue sur ses cheveux.

Installé dans la chambre d'amis, Robert gisait sous la montagne de couvertures que lui imposait Honora, laquelle appliquait des compresses froides sur son front brûlant.

Lorsqu'elle le vit s'endormir, Honora s'assit dans le fauteuil près du lit et ferma les yeux.

Theodora avait appelé un médecin immédiatement. Une telle fièvre était dangereuse, avait déclaré celui-ci mais si elle retombait suffisamment vite, le malade survivrait.

« Et s'il mourait ? » songea Honora angoissée, les yeux noyés de larmes. Puis elle se ressaisit, furieuse contre elle-même. Elle comprenait mal sa réaction, cette inquiétude, parce que cet homme, qui lui avait menti et qu'elle avait entrepris d'exclure de sa vie, était en danger.

Il ne pouvait y avoir qu'une explication : l'amour. Elle l'aimait en dépit de ce qu'elle avait appris sur lui. Elle n'oublierait pas la façon dont il avait rejeté Priscilla Shanks, mais si ce devait être la seule erreur de sa vie, elle renonçait à l'abandonner.

Quand elle lui enleva la compresse pour la tremper dans l'eau froide, son regard suivit le dessin de ses sourcils, de son nez, de sa bouche. Il lui avait manqué. S'il voulait encore d'elle, elle était prête à l'épouser.

Mais avant, il fallait qu'il pût vaincre sa fièvre...

— Honora ! Ne me quittez pas !

Elle sursauta en ouvrant les yeux. Elle avait fini par s'assoupir dans le fauteuil. L'horloge sur la cheminée sonna deux heures du matin. Robert s'était redressé et regardait vers elle, les yeux brillants de fièvre.

Aussitôt elle se leva, balaya des mèches collées sur son front.

— Je ne vous quitterai plus jamais, Robert.

Mais il ne la voyait ni ne l'entendait.

— Je ne peux pas la perdre, dit-il, le souffle court. Je ne peux pas vivre sans elle.

Honora comprit que la fièvre le faisait délirer.

— Honora ! cria-t-il comme un appel au secours.

Elle voulut l'inciter à s'allonger mais il la frappa soudain avec tant de violence qu'elle recula, le bras douloureux, et n'évita de perdre l'équilibre qu'en se rattrapant au fauteuil.

Étourdie par le coup qu'il lui avait involontairement porté, elle le vit continuer à battre des bras, à mener son combat contre son invisible ennemi avant de retomber sur les oreillers. Puis, peu à peu, le démon du délire relâcha son étreinte. Il se détendit. Sa tête retomba sur le côté. Dans un immense soupir, il donna l'impression de rendre son dernier souffle.

Le bras meurtri, Honora s'approcha doucement de lui, posa une main sur son front. Il avait cessé d'être brûlant.

La fièvre était tombée. Robert vivrait.

Elle le laissa dormir jusqu'à cinq heures de l'après-midi.

À l'instant d'entrer dans la chambre, elle se sentit embarrassée, en repensant à la façon dont elle l'avait mis à la porte, et il ne devait guère se souvenir de ce qui s'était passé ensuite.

Elle respira profondément, redressa la tête et entra avec, sur un plateau, le bouillon de viande qu'elle lui avait fait préparer. Assis sur le lit, le dos calé contre les oreillers, il avait les yeux fermés.

— Comment vous sentez-vous ? demanda-t-elle en posant le plateau sur le lit.

Il ouvrit les yeux, mais la réserve qu'elle y lut l'attrista.

— Ça va mieux, dit-il.

— On vous a préparé un bouillon de viande pour que vous puissiez reprendre des forces.

Elle s'assit à son chevet et le regarda boire.

Quand il eut fini, il demanda :

— Pourquoi êtes-vous venue me voir là-bas ?

— J'étais inquiète.

— Qui vous a demandé de vous mêler de ce qui ne vous regarde pas ?

— Ah, ça par exemple ! Savez-vous que si je n'étais pas intervenue, vous seriez mort, tout seul, dans votre misérable petite chambre !

Il reposa la tasse vide.

— Vous attendez sans doute des remerciements.

Elle se leva, le débarrassa du plateau, le visage fermé. Pourquoi réagissait-il ainsi ?

— J'ai cru agir comme on le doit envers un ami, dit-elle mais je m'aperçois que je me suis trompée.

— La dernière fois que nous nous sommes parlé, vous m'avez traité comme un criminel qui pouvait bien disparaître et ne jamais revenir. Puis je tombe malade et vous venez à mon secours... Pourquoi ? demanda-t-il, la voix soudain radoucie.

Elle détourna le regard.

— Pudding Weymouth a réagi à votre absence en me faisant savoir qu'il vous sanctionnerait si vous ne réapparaissiez pas lundi. Je devais vous transmettre le message.

— Vous auriez pu m'envoyer un mot.

— Et si vous ne l'aviez pas reçu ?

Il parvint à sourire.

— Vous tentez d'éluder ma question. Alors je vais la répéter : Pourquoi êtes-vous venue me voir ?

Comment lui cacher plus longtemps la vérité ?

— Je craignais que quelque chose vous soit arrivé.

— Et en quoi cela avait-il de l'importance ? Vous aviez décrété que vous ne vouliez plus me voir.

— Oh, cette discussion ne mène nulle part...

Elle voulut s'éloigner mais il l'attrapa par le poignet.

— Pourquoi, Honora ? demanda-t-il d'une voix douce.

Elle ne put retenir ses larmes.

— Je me suis rendu compte que je vous aimais.

— Pardon ?

— Vous avez bien entendu.

— Redites-le.

Ravalant son orgueil, elle s'assit sur le bord du lit.

— Vous m'avez manqué. J'ai essayé de vous oublier. J'ai échoué. C'est impossible.

Il soupira comme s'il venait de déplacer une montagne et se rejeta contre les oreillers.

— Dois-je comprendre que vous avez finalement l'intention de m'épouser ?

Elle baissa les yeux.

— Si votre offre tient toujours. Oui.

— Regardez-moi, Honora... Êtes-vous prête à me pardonner mon silence à propos de Priscilla ? Puis à l'oublier ? Je reconnais que j'ai commis à son égard une terrible erreur. Mais je ne veux pas que l'on me lance sans cesse cette histoire à la figure. Vous comprenez ?

Elle acquiesça.

— Personne n'est parfait. Et je le suis sans doute moins

que quiconque. Vous avez tant de qualités, Robert, que je ne peux vous tenir plus longtemps rigueur de cette faute.

— Je n'en commettrai plus jamais, assura-t-il. (Mais soudain l'embarras se peignit sur son visage.) Tout mon argent passe dans mes cours. Je suis aussi pauvre qu'un rat d'église. Comment vais-je vous offrir un mariage décent ? Je n'ai même pas de quoi acheter une alliance...

— Eh bien, il faudra que je l'achète moi-même !

— Un homme digne de ce nom doit au moins être capable d'offrir une alliance à sa fiancée le jour du mariage, dit-il, le rouge aux joues. Qu'est-ce que votre tante va penser de moi ?

— Elle pensera que vous m'aimez trop pour vous arrêter à ces contingences matérielles.

— Croyez-vous ? C'est pourtant bien elle qui a engagé un détective pour enquêter sur moi.

— Ne lui en veuillez pas. Elle voulait s'assurer que je ne risquais pas d'être malheureuse.

— J'ai tout de même l'impression qu'elle ne me porte pas vraiment dans son cœur ces derniers temps.

— N'est-elle pas venue vous chercher avec moi ? Elle vous accepte. Elle considère déjà que vous faites partie de la famille.

Il caressa sa joue.

— Vous êtes la plus merveilleuse des femmes, Honora.

Elle prit sa main, mêla ses doigts aux siens.

— Quand j'ai ouvert la porte de cette chambre, là-bas, dans cette pension de famille, j'ai cru que vous étiez mort. C'est alors que j'ai réalisé à quel point je vous aimais. Je me suis dit que j'avais été folle de me séparer de vous.

— Je ne regrette plus d'avoir été malade. Cela vous a permis d'y voir clair dans vos sentiments.

Le désir brûla tout à coup dans ses yeux verts. Elle s'écarta aussitôt de lui.

— Non, Robert Davis. Vous êtes encore trop faible.

Souriant, il l'attira contre lui.

— J'ai assez de force pour vous embrasser.

Elle fronça le nez.

— Je refuse de vous embrasser avant que vous ayez pris un bain.

Il feignit l'indignation.

— Voudriez-vous dire que je ne sens pas bon, mademoiselle Elliott ?

— J'ai connu des chevaux qui sentaient moins mauvais.

Elle rit et se libéra de son étreinte. Dès qu'il voulut l'attraper de nouveau par le poignet, elle se leva et s'éloigna du lit, hors de sa portée.

Il se laissa tomber en riant sur les oreillers.

— Quel romantisme !

— Nous ne perdons rien pour attendre. Remettez-vous d'abord d'aplomb. Et maintenant, il faut m'excuser. Je dois aller apprendre à tante Theodora la bonne nouvelle.

Theodora parvint à dissimuler sa désapprobation. Bien que persuadée que Robert Davis n'était pas l'homme qui pouvait convenir à sa nièce, elle s'inclinait devant le choix de celle-ci. L'amour est aveugle à la logique. Elle ne le savait que trop.

S'efforçant de sourire, elle serra sa nièce dans ses bras en la félicitant avec chaleur. Pourtant elle pensait encore au rapport du détective. La façon dont Robert avait traité cette jeune Priscilla trahissait, lui semblait-il, une grave carence. Elle aurait juré que ce garçon avait le cœur sec et qu'Honora ne tarderait pas à en souffrir.

Le vendredi 21 juin, Honora se réveilla en se disant : « Aujourd'hui, je me marie ! »

Juste une semaine après avoir obtenu son diplôme, elle allait devenir Mme Honora Davis.

Elle se leva, se précipita vers la fenêtre, ouvrit tout grands les rideaux et fut ravie de découvrir une belle journée d'été, claire et ensoleillée. « Heureuse est la mariée quand le soleil brille sur elle », récita-t-elle en souriant à sa future image, sous le voile blanc et le soleil radieux.

Puis elle prit sur son secrétaire un petit écrin, l'ouvrit et regarda le sobre anneau d'or que Robert lui glisserait au doigt. Personne ne saurait qu'elle s'était acheté elle-même son alliance.

On frappa à sa porte. Elle cacha le bijou tandis que Theodora entrait en portant le plateau du petit déjeuner.

— Bonjour, douce mariée.

Elle posa le plateau, embrassa Honora et ajouta :

— Douce et ravissante comme aucune autre avant toi, je te l'assure.

Les larmes jaillirent. Honora allait quitter la maison qui avait été la sienne pendant dix ans et n'aurait plus le bonheur de voir sa tante chaque jour.

Theodora essuya sa joue tendrement.

— Pourquoi ces larmes ?

— Je me sens un peu mélancolique, c'est tout. (Elle éprouva le besoin de serrer sa tante dans ses bras.) Tu vas beaucoup me manquer.

— Allons, allons. Tu viendras me voir quand tu voudras. Et qui sait ? J'ai peut-être des cheveux blancs, mais je peux encore me déplacer et faire le voyage de New York, de temps en temps.

Larmes et rires se mêlèrent.

— Je te rappellerai cette excellente idée, répliqua Honora en séchant ses larmes. Je regrette que papa ne soit pas là pour me conduire à l'autel et maman pour partager ma joie. Ils auraient aimé Robert.

— Et ils auraient été très heureux pour toi (Fébrilement, Theodora fouilla dans ses poches.) J'ai quelque chose à te donner.

Elle leur avait déjà offert tous les livres de droit nécessaires à l'exercice de leur future profession ainsi qu'une somme de deux mille dollars comme cadeau de mariage. Elle réglait les frais de la noce et leur prêtait la villa familiale à Manchester, au bord de la mer, pour leur lune de miel. Alors que pouvait-elle encore lui offrir ?

Theodora demanda à sa nièce de s'asseoir, puis sortit de sa poche une petite boîte de carton.

— C'est pour toi. Avec ça tu es sûre de ne pas avoir d'enfant avant de le souhaiter vraiment.

La boîte contenait d'étranges caoutchoucs en forme de petites coupelles.

— Qu'est-ce que c'est ?

— Des préservatifs pour les femmes que l'on appelle des pessaires.

— Comment te les es-tu procurés ? Tu sais que c'est illégal.

— Aurais-tu l'intention de me livrer à la police ?

— Bien sûr que non.

— Tu vas vite t'apercevoir, ma chérie, que rien n'est jamais ni tout noir ni tout blanc. Ces préservatifs sont peut-être illégaux mais ils ne devraient pas l'être. Ils permettent à une femme d'avoir le contrôle de son corps et de sa destinée.

On pouvait penser à Priscilla Shanks et se dire qu'elle serait encore en vie si elle avait pu éviter d'être enceinte.

— Moi, je ne pouvais pas être mère, poursuivit Theodora. Je n'en ai donc jamais eu besoin. Mais toi, il faut que tu les utilises. Veux-tu que je t'explique comment t'en servir ?

Honora continuait à regarder les pessaires avec perplexité.

— Je devrais peut-être en parler à Robert.

— C'est toi qui risques de te retrouver enceinte dès ta nuit de noces, pas lui, remarqua sèchement Theodora. Ce n'est pas lui non plus qui devra interrompre sa carrière pour s'occuper d'un enfant. Il me semble que ces considérations te donnent des droits.

Honora soupira.

— Je t'objecterai tout de même une chose, tante Theodora : j'aimerais avoir pour principe de ne rien cacher à mon mari.

— Oh, mais toutes les femmes ont leurs secrets ! Est-ce que Robert a parlé d'avoir un enfant tout de suite ?

— Nous n'avons pas abordé le sujet.

L'exaspération se peignit sur le visage de Theodora.

— Vous devriez. Et sans tarder. Si tu as un enfant dès l'année prochaine, tu seras une mère et jamais une avocate. Est-ce ce que tu désires ?

— Non, bien sûr. J'ai trop travaillé pour obtenir ce diplôme. (Elle regarda les pessaires puis Theodora.) Apprends-moi à m'en servir.

Ce jour-là, l'air marin apportait non pas une odeur forte de saumure mais un parfum de fraîcheur. Robert, les yeux fixés sur l'océan, déclara :

— Je me sens chez moi ici.

Leur lune de miel commençait enfin. La messe comme le repas avaient paru interminables à Honora. Elle bouillait d'impatience en attendant de pouvoir être seule avec Robert et de se promener avec lui, main dans la main, au bord de l'océan vert.

Elle l'enveloppa d'un regard possessif et sourit.

— J'ai toujours aimé cette plage au crépuscule. Tout devient si calme. Écoute. Les vagues ne sont plus qu'un murmure.

— Oui. C'est exactement ce qu'il nous faut.

Leurs pas s'enfonçaient dans le sable sec. Robert s'arrêta pour regarder la villa, nichée parmi les pins, au-delà des dunes.

— Depuis combien de temps ta famille possède-t-elle cette maison ?

— Ce fut le cadeau de mariage d'oncle Sydney à tante Theodora.

— Un beau cadeau...

— Nous avions l'habitude de venir ici chaque été et aussi en automne quand je ne suivais pas encore les cours de droit. (Elle contempla le ciel crépusculaire, traversé de longs rubans roses et pourpres.) Maintenant, je vais passer mes étés dans un cabinet d'avocats.

Robert sourit.

— Ça ne durera pas. Avant longtemps nous passerons nos week-ends d'été à Newport, à l'instar des Vanderbilt et des Astor. Peut-être même aurons-nous notre propre villa là-bas.

Elle se pencha vers lui et effleura ses lèvres.

— Ce qui compte avant tout c'est que nous soyons ensemble.

— Tu as raison.

Prenant son visage entre ses mains, il l'embrassa, sensuel et insistant.

Elle s'écarta.

— Rentrons, dit-elle.

Au premier étage, les fenêtres de la chambre, ouvertes sur l'océan, laissaient entrer la brise marine. On percevait le clapotis des vagues sur le sable sec et, de temps à autre, le cri d'une mouette dérivant dans le ciel.

Debout près d'une fenêtre, dans les dernières lueurs roses du couchant, Honora attendait son mari. Sans qu'ils aient abordé le sujet des enfants, elle avait pris ses précautions puis, les cheveux défaits, avait passé un peignoir de soie blanche dont la fraîcheur contrastait avec la brûlure charnelle de l'attente. Une saute de vent la fit frissonner tandis que les rideaux se gonflaient comme des voiles.

Lorsque Robert vint la rejoindre, il découvrit une femme nouvelle. Libérée de ses cols montants, de ses manches gigot, de ses longues jupes, de son corset qui la protégeait des hardiesses comme une armure, elle semblait presque évanescente, légère au point de pouvoir s'envoler au-dessus de l'océan. Il la voyait de profil. Sa chevelure, brillante comme un cristal noir, cascadait sur ses épaules. Sous son peignoir entrouvert, la brise faisait flotter les rubans de satin bleu de la chemise de nuit, dont le fin tissu se plaquait sur son corps.

Robert sentit venir le trouble à la vue de ses formes et de ses cuisses fuselées et s'imagina prisonnier de ses longues jambes. Il avait tant à lui apprendre...

— Tu es mienne désormais.

Elle sursauta au son de sa voix chaude, se retourna, vit son regard brillant et songea qu'il n'avait sur lui que son peignoir en soie verte.

— N'aie pas peur, dit-il doucement, comme s'il pouvait lire dans ses pensées.

Il s'avança vers le lit en bois d'érable et lui tendit la main.

— Je n'ai pas peur, affirma-t-elle.

Le fait de traverser la pièce pour aller le rejoindre la sortit de son angoisse diffuse. Elle mit sa main dans la sienne. Mais il décela une certaine appréhension dans son sourire.

— Je ne te ferai jamais de mal, murmura-t-il en lui prenant le menton.

— Je le sais.

Les doigts mêlés à sa chevelure, il déposa mille baisers sur son visage. Puis il joua avec ses lèvres et le jeu devint vite enivrant.

Elle l'entendit lui murmurer :

— Tu es si belle... Je peux à peine croire que tu es mienne...

Il la fit s'asseoir au bord du lit et déboutonna sa chemise de nuit. Devant sa nudité, l'éclat de son regard s'accentua.

— Tu es parfaite, dit-il.

S'agenouillant devant elle, il prit ses seins au creux de ses mains. Les yeux fermés, la tête renversée, elle laissa échapper un gémissement tandis que le feu du plaisir se répandait dans son corps. Sa bouche sur la pointe d'un sein lui arracha un cri. Surprise par l'intensité de sa réaction, elle enfouit ses doigts dans ses cheveux.

Brusquement, il se leva, défit la ceinture de son peignoir qu'il laissa tomber à ses pieds, offrant au regard d'Honora ses épaules larges, sa silhouette élancée, et son éloquente virilité.

Elle se leva à son tour pour retirer son peignoir et sa chemise de nuit. Nue devant un homme pour la première fois de sa vie, elle constata que l'amour lui évitait toute gêne, la laissant savourer la fierté d'inspirer un désir si manifeste.

Elle se glissa dans le lit, savourant le contraste des draps frais et de sa peau brûlante. Puis Robert la rejoignit et se plongea dans la découverte de son corps avec une lenteur appliquée et grisante. Elle eût aimé lui donner elle aussi du plaisir, mais il immobilisa sa main.

— Laisse-moi te prouver mon adoration, ma chérie.

— Je voulais te donner aussi du plaisir...

— Le fait que tu sois mienne suffit à m'en donner.

Elle avait tant souhaité l'accueillir en elle qu'elle ne ressentit aucune douleur.

— Tu es à moi, murmurait-il en se mouvant en elle.

Elle l'entendit répéter ces mots au rythme de ses mouvements, au rythme de la montée irrépressible du plaisir. Ils l'accompagnèrent comme un battement de tambour jusqu'à l'explosion où, dans un miroitement de lumières, elle cria son nom, tandis qu'il laissait échapper un râle triomphant. Elle lui appartenait. Pour toujours.

Plus tard, lorsqu'il lui eut fait l'amour une autre fois, refusant de nouveau toute initiative de sa part, Honora, les yeux grands ouverts dans l'obscurité, s'étonna de se sentir tout à la fois un objet de désir et une femme comblée.

7

New York

Elle lut l'inscription JEDEDIAH CRAWLEY. AVOCAT sur la porte vitrée qu'elle s'apprêtait à franchir. Cette fois-ci, il fallait que ce soit la bonne. Depuis trois mois qu'elle vivait à New York avec Robert, elle avait tant couru les cabinets d'avocats qu'elle ne pouvait plus compter le nombre de démarches qu'elle avait faites. Mais, en dépit des lettres de recommandation rédigées en sa faveur par d'éminents juristes bostoniens, amis de sa tante, on lui opposait un refus systématique. Les hommes de loi new-yorkais lui interdisaient leur bastion.

Se redressant, elle ouvrit la porte et entra.

Jedediah lui parut sympathique dès que la réceptionniste l'introduisit dans son petit bureau, surchargé de dossiers. D'une forte carrure, la voix tonnante, le sourire généreux et la poignée de main vigoureuse, il lui rappelait son père.

— Asseyez-vous, madame Davis. C'est toujours un plaisir de recevoir quelqu'un qui vient de Boston.

Quand ils furent tous deux assis, il poursuivit :

— Ainsi vous êtes la nièce de Sydney Tree. En fait, j'ai quelques souvenirs de vous. Je n'avais pas encore quitté Boston quand vous êtes venue vivre chez Theodora... Je travaillais chez Sydney. Mais après sa mort tout a changé. Ça marchait mais ce n'était plus la même chose. Comment va Theodora ?

— Oncle Sydney lui manque.

— Quelle femme, votre tante ! Quelle femme ! Si Sydney

ne m'avait pas pris de vitesse, je l'aurais demandée en mariage.

— Ça ne m'étonne pas. Elle est encore très courtisée.

— Elle était faite pour l'être.

L'aimable Crawley regarda Honora avec attention, marqua un silence puis demanda :

— Si vous êtes venue, comme je l'imagine, pour un conseil juridique, madame Davis, je suis à votre disposition.

— Je ne cherche pas un conseil, mais un emploi, monsieur Crawley.

— Un emploi ? (Son sourire s'élargit.) Mais bien sûr ! Je ne demande qu'à aider la nièce de Sydney ! Êtes-vous dactylo ? Sténographe ?

— Pas du tout. Je suis avocate.

Effaré, il se rejeta au fond de son fauteuil, qui grinça sous son poids.

— Avocate ?

Honora hocha la tête et, sans lui laisser le temps de reprendre la parole, étala ses lettres de recommandation sur son bureau.

Contrairement à la plupart des avocats qu'elle avait contactés, Jedediah eut au moins la courtoisie de lire ces lettres.

— La recommandation de Cleavon Frame fait grand effet, madame Davis. Oui, vraiment. Je me souviens très bien qu'il démarrait à peine dans la profession quand j'ai quitté Boston.

Honora se tenait raide sur sa chaise, s'efforçant de dissimuler l'espoir qu'elle mettait en cet homme, par souci de pudeur.

Crawley s'arracha à son fauteuil, s'avança vers la fenêtre et regarda Wall Street. Elle crut qu'il se plongeait dans une contemplation sans fin.

Quand il se retourna ce fut pour lui demander :

— Personne ne vous a prévenue ?

— Si. Beaucoup de gens ont même essayé de me décourager. Mais j'ai la tête dure. Je veux continuer à croire que quelqu'un m'engagera tôt ou tard.

Le visage de Crawley exprima tant de tristesse qu'Honora en eut les larmes aux yeux.

— Je crains que vous ne fassiez fausse route.

Immobile, elle regardait son rêve partir en fumée.

— Savez-vous qu'aucune femme n'est inscrite au barreau de New York ?

— C'est ce que j'ai appris. Mais j'espérais créer un précédent.

— Écoutez, je crois que vous auriez plus de chance si vous alliez vers l'ouest, dans le Wyoming ou l'Idaho, par exemple. Ils ont tellement besoin d'avocats là-bas qu'ils se moqueront que vous soyez une femme.

« Peut-être. Mais Robert rêvait de travailler dans la grande finance new-yorkaise », pensa-t-elle.

— Je ne peux pas quitter New York pour le moment.

Crawley retourna s'asseoir.

— J'aimerais vous aider, madame Davis, mais je ne vois pas ce que je peux faire.

Elle se leva, comme pour se donner le courage de lancer un dernier appel au secours.

— Vous pourriez peut-être m'engager comme assistante. Je pourrais faire des recherches pour vous. Prendre des dépositions. Mettre à jour des dossiers. Que sais-je encore ?

Le regard chargé de regret, Crawley observa :

— J'ai déjà quelqu'un pour ce genre de travail... Ça me suffit, vous savez. Je suis le seul avocat ici.

Il marqua une pause avant de nommer plusieurs cabinets auxquels elle pouvait s'adresser.

— Je les ai déjà tous vus, répondit Honora. (Elle ramassa ses lettres de recommandation et les mit dans son porte-documents.) Et la réponse a été la même partout.

— Je suis franchement désolé, madame Davis.

Elle lui souhaita une bonne journée et sortit de son bureau avec une confiance en elle-même fortement ébranlée et un profond découragement.

Sa déception était si grande qu'elle n'eut pas la force de rentrer chez elle immédiatement, sachant qu'elle trouverait l'appartement vide à cette heure. Elle prit alors un tramway qui l'emmena à proximité du Palais de justice, bâtiment de brique rouge, à l'angle de White Street.

Entre l'arrêt du tram et le Palais, elle vit qu'un prisonnier, escorté par la police, traversait le « Pont des Soupirs » qui, enjambant Franklin Street, relie le tribunal à la prison adjacente. Elle frissonna en pensant à l'étroite cellule sans fenêtre qui attendait le coupable et au sentiment de désespoir qui devait l'étreindre.

À l'instant où elle pénétra dans l'immense rotonde centrale du Palais, elle se souvint du jour où Robert était venu ici pour la première fois. Il avait pris un air dégoûté en découvrant cette superposition de galeries et de corridors si mal éclairés par la lumière glauque qui tombait de la verrière couverte de suie et en respirant cet air chargé de relents d'ail, de fumée de cigare, d'odeur de transpiration et de repas préparés dans les cuisines de la prison pour le déjeuner des prisonniers. Robert s'était demandé comment on pouvait raisonnablement avoir envie de travailler dans un endroit pareil. Peut-être avait-il raison après tout.

Elle s'écarta pour laisser passer un policier et son prisonnier et observa le flot humain qui s'agitait sous la verrière : Italiens aux énormes moustaches, Chinois en longues blouses bleues, une natte dans le dos, rabbins barbus, policiers au visage sévère, avocats mâchouillant de gros cigares à l'odeur âcre. Elle écouta les commis d'avocats vanter les mérites et les succès de leurs patrons, en rêvant qu'un jour elle aurait les moyens de payer l'un de ces hérauts pour agrandir sa clientèle. Elle surprit le rendez-vous que se donnaient un juge et un avocat chez *Pont's*, le restaurant de Franklin Street, où elle risquait de ne jamais être admise.

Sur le point de ressortir, elle remarqua une famille qui se tenait en retrait de l'autre côté de la rotonde. Le père, qui avait une vingtaine d'années, était accroupi devant une jolie petite fille blonde, tandis que la mère, jeune femme ravissante, s'essuyait les yeux, incapable de dissimuler l'angoisse et la résignation que trahissait son visage. Honora comprenait ce qu'elle éprouvait. Elle eût voulu pouvoir les aider bien qu'à ce stade du processus judiciaire ils eussent déjà un avocat. Elle souhaita qu'il fût meilleur que celui de son propre père... Finalement l'homme se releva et étreignit la femme. Puis un policier l'emmena.

Honora resta un moment pétrifiée. Elle revoyait le procès de son père et l'instant où il s'était agenouillé devant elle pour lui dire au revoir — exactement comme cet homme venait de le faire devant sa petite fille — pendant que sa mère, tout comme cette femme, pleurait en silence.

Mais dès qu'elle s'arracha au passé, elle retrouva brusquement l'espoir de réaliser son rêve.

Quelque chose venait de lui redonner confiance. D'un pas alerte elle quitta le Palais de justice en se disant que, tôt ou tard, d'une façon ou d'une autre, elle défendrait ceux qui en avaient besoin.

Quand elle regagna son appartement, elle trouva Robert assis dans le salon et absorbé dans la lecture du *World*. Mais à l'instant où il la vit, il reposa le journal.

— Tu as eu de la chance aujourd'hui ?

Elle enleva son chapeau et le jeta sur la chaise la plus proche avec un geste de dégoût.

— Non. Aucune.

Il se leva et vint poser ses mains sur ses épaules, le regard compatissant.

— N'abandonne pas. Garde espoir.

Elle appuya sa tête sur son épaule.

— Le monde est cruel, mais je sais que tu es là pour me réconforter.

Il était son point de repère dans cette ville inconnue. C'était lui qui avait trouvé ce spacieux appartement de sept pièces dans un quartier agréable en lui assurant que les frais de location seraient vite justifiés. Ne fallait-il pas se réserver une oasis de calme et de bien-être quand on vit dans une ville trop souvent implacable ? Tous les rejets, toutes les déceptions qu'elle avait essuyés les semaines suivantes avaient donné raison à Robert. Dès qu'elle retrouvait son appartement, elle se sentait revigorée.

Robert ne put dissimuler plus longtemps l'exaltation qui le faisait sourire aux anges.

— J'ai de bonnes nouvelles. Elles vont te faire plaisir. (Il fit une pause pour ménager son effet.) J'ai trouvé un emploi.

Dans un cri de joie, elle sauta à son cou et l'embrassa.

— Oh, Robert, c'est formidable ! Qui t'a engagé ? Que vas-tu faire comme travail ? Quand...

Il suspendit son flot de questions en la soulevant dans ses

bras pour la faire tourbillonner jusqu'au vertige, tandis que fusaient leurs éclats de rire.

— J'ai été engagé ce matin par le cabinet *Fitch, Martin and Fogg*.

— Oh, Robert, je suis si heureuse pour toi ! Tu as tellement travaillé que ce n'est que justice. (Elle le prit par la main et l'entraîna vers le sofa.) Viens t'asseoir et raconte-moi comment ça s'est passé.

Robert s'assit, tourné vers elle, le visage rayonnant.

— J'ai été reçu par Fogg en personne. J'ai cru qu'il allait me dire qu'il ne prenait que des gens sortant d'Harvard ou de Yale, mais dès que je lui ai montré les recommandations des amis de ta tante, j'ai senti que la partie était gagnée.

Si Fogg était l'un des fondateurs de la firme, elle ne pouvait qu'être récente. Les anciens établissements comme *Cutter, Bailey and Rye* de Boston gardaient les noms de leurs créateurs depuis longtemps disparus.

— Fogg s'est spécialisé dans le droit fiscal. Je vais pouvoir apprendre un tas de choses avec lui. (Il se leva et se mit à marcher de long en large avec une énergie débordante.) Ma vie professionnelle démarre enfin, Honora.

Elle joua avec son médaillon, en regardant vers la fenêtre.

— Au moins, tu n'auras pas connu les sourires ironiques que s'attire une femme quand elle cherche du travail dans ce milieu.

Il s'immobilisa.

— Tu t'attendais à rencontrer de sérieux obstacles. Ne l'oublie pas.

— Certes. J'en ai eu conscience dès le moment où j'ai voulu devenir avocate. (À son tour, elle se leva.) Et aujourd'hui, je suis décidée à m'établir à mon compte s'il le faut.

— Tu as pesé le pour et le contre ?

— Mais Robert, je n'ai pas le choix.

Il s'avança vers elle et lui prit les mains.

— Ne te fâche pas. Je ne doute pas de tes capacités. Mais je pensais simplement à la concurrence. Tu vas être comme un petit poisson dans un grand bassin plein de requins.

Elle retira ses mains des siennes.

— Que t'arrive-t-il ? Tu veux me décourager ?

— Je suis réaliste. Je veux t'éviter de graves difficultés. Et puis, il faut que tu songes au loyer si tu loues des bureaux. Et au salaire de l'assistant dont tu auras besoin. Nous ne pouvons pas nous permettre ces frais actuellement.

— Ce n'est pas mon avis. Nous avons l'argent dont tante Theodora nous a fait cadeau. La somme est importante. Tu le sais puisqu'elle constitue notre bien commun.

— Elle permet effectivement de payer notre loyer et nos dépenses actuelles tout en nous laissant une marge conséquente. Mais il faut qu'elle dure jusqu'à ce que je gagne suffisamment. Ce n'est pas exactement pour demain.

Honora éprouvait une colère qu'elle ne parvint pas à dissimuler.

— J'ai l'impression que tu ne crois plus en moi, Robert.

— Tu te trompes, ma chérie. Mais je suis plus réaliste que toi. Je veux t'éviter les pires désillusions. Tu as tendance à rêver.

— Tu ne m'avais jamais dit que tu me considérais comme une rêveuse irréaliste. C'est une révélation.

— Tu n'as pas rêvé que tu faisais des études de droit. Tu les as vraiment faites et réussies. Mais maintenant, il y a la pratique et les conditions dans lesquelles elle s'opère. Tu crois que tu peux tout réussir parce que tu as vécu dans un milieu très protégé.

— Ce n'est pas vrai !

Il vint poser une main apaisante sur son épaule.

— Pourquoi ne ferais-tu pas des recherches pour m'aider dans mon travail ? Ça t'occuperait.

— Je pourrais aussi broder, non ?

Sa main retomba. Il soupira.

— J'essaie seulement de t'aider. (Il alla retrouver le sofa et son journal.) Pardonne-moi si je t'ai blessée, dit-il. Mais je me contentais de te donner mon opinion. C'est la moindre des honnêtetés entre mari et femme.

— M'interdirais-tu d'ouvrir mon propre cabinet ?

Il leva les yeux de son journal.

— Bien sûr que non. Je te demande seulement d'être prudente.

Honora sortit de la pièce en éprouvant pour la première fois depuis son mariage un sentiment de solitude.

« C'est le premier accroc dans notre vie de couple » pensa-t-elle.

Elle emmena avec elle la tasse de thé que lui avait préparée Tilly, leur bonne, et alla se réfugier dans la bibliothèque, une pièce deux fois plus petite que la bibliothèque de tante Theodora et où les étagères attendaient d'être remplies. Elle referma la porte derrière elle avec un soupir de désarroi et s'installa dans un fauteuil. Mais sa colère l'avait suivie, comme un esprit malveillant.

Elle se sentait trahie. Comment Robert pouvait-il voir en elle une petite fille gâtée, riche, élevée dans du coton et par conséquent parfaitement irréaliste, capable de croire qu'elle finirait bien par avoir le monde à ses pieds ?

Certes sa tante lui avait permis de vivre dans un milieu fortuné et influent. Certes elle restait pour elle un puits d'amour et un refuge auquel elle pouvait penser avec bonheur quand on refusait de lui donner sa chance. Toutefois Robert faisait fausse route quand il la voyait d'emblée écraser par la concurrence parce qu'elle était une femme. N'avait-il pas appris à connaître sa ténacité ? Elle avait simplement besoin de trouver l'occasion de faire ses preuves.

— Toujours fâchée ? demanda Robert en entrant dans la chambre.

Assise devant sa coiffeuse, elle essayait de débusquer des cheveux blancs prématurés. Pendant tout le reste de l'après-midi, elle avait évité Robert, qui avait fini par sortir en la laissant avec Tilly. Il était revenu pour le dîner mais ils avaient partagé leur repas dans un silence glacial. Honora était ensuite retournée dans la bibliothèque puis avait décidé de se coucher tôt.

Elle se retourna vers lui.

— Je ne suis pas fâchée. Mais enfin tu m'as dit des choses blessantes cet après-midi.

— Je voulais m'exprimer honnêtement... Tu sais, tous les gens mariés se fâchent de temps en temps. Puis ça passe. Si tu m'en veux, je dormirai dans la bibliothèque.

Soudain, la froideur, le silence, le malaise qui les avaient éloignés l'un de l'autre lui parurent absurdes.

— Je ne t'en veux pas, affirma-t-elle.

Il s'approcha d'elle, l'incita à se lever et la prit dans ses bras. Ses lèvres effacèrent les derniers vestiges de sa colère et refermèrent sa blessure. Elle l'enlaça pour mieux lui prouver qu'elle lui pardonnait.

Quand ils relâchèrent leur étreinte, Robert lui murmura :

— J'ai envie de te faire l'amour.

Un homme comme lui ne pouvait trouver meilleure façon de s'excuser sans porter atteinte à son immense fierté.

Quand Honora l'embrassa à nouveau, il demanda :

— Tu ne veux pas aller te déshabiller ?

— J'y vais.

Dans la salle de bains, elle prit ses précautions habituelles avant de retourner dans la chambre, de se glisser contre son mari et de tenter une fois de plus de prendre un peu d'initiative. Mais, comme toujours, il s'y opposa.

En fait, que regrettait-elle ? Il la satisfaisait et ses extases lui procuraient en retour un immense plaisir. Elle le laissa brûler un reste de rancœur dans les feux de la passion.

Cette nuit-là, le rêve revint.

Dans la cour de la prison enneigée, elle vit son père marcher vers la potence. Puis elle lui passa elle-même la corde au cou et se réveilla, comme d'habitude, haletante et baignant dans une sueur froide.

Robert dormait tranquillement. Assise dans le lit, les genoux contre la poitrine, elle décida d'agir dès le lendemain sans l'en avertir. Tante Theodora ne lui avait-elle pas dit que toutes les femmes mariées avaient leurs secrets ?

Le matin, elle annonça à Robert qu'elle retournait au Palais de justice afin de se pénétrer de son atmosphère. En réalité elle partait à la recherche de bureaux à louer.

Trois semaines plus tard, il fit la fine bouche en découvrant le local qu'elle venait de louer sur Broadway, au-dessus d'un studio de photographe. Mais elle le laissa à son manque d'enthousiasme pour s'extasier devant la plus grande des deux pièces, celle qui serait son bureau, et au mur duquel elle avait déjà accroché son diplôme.

Il ne lui restait plus qu'à attendre les clients. Un mois plus tard, elle n'avait pas encore ouvert un seul dossier.

Debout devant la fenêtre, elle observait les passants qui ne songeaient guère à flâner sous la froide pluie d'octobre, lorsqu'elle entendit la voix de son voisin du dessous.

— Êtes-vous dans votre tanière, belle créature ?

— Oui. J'attends qu'un innocent photographe vienne se prendre dans mes filets, John. (Elle se retourna et le vit sur le seuil de son bureau.) Que puis-je faire pour vous par un si beau jour ?

Il sourit.

— Je crois que je vous ai trouvé votre premier client.

— Vraiment ? Qui est-ce ?

La propre clientèle de John Townsend se composait de femmes du monde et de gens du spectacle, et il avait promis à Honora de la recommander auprès d'eux.

— Descendez avec moi.

Dans le studio de John, elle découvrit un grand costaud, pourvu de bras et de jambes larges comme des troncs d'arbres, et à demi nu dans une tunique en peau de léopard. L'embarras la fit rougir, tandis que John les présentait l'un à l'autre.

— Honora Davis, puis-je vous présenter Man Mountain Mountford, l'homme le plus fort du monde et la vedette de l'Hippodrome.

Honora lui tendit la main.

— Bonjour, monsieur... Mountford. J'ai vu vos affiches. Elles ne vous avantagent pas.

Ravi, il lui serra la main avec une douceur surprenante pour un homme si musclé.

— Heureux de vous rencontrer, madame.

Il avait également une voix douce et s'exprimait avec élégance.

— John Townsend m'a dit que vous étiez avocate.

— C'est exact.

— Eh bien, voilà ! Je suis sur le point de signer un contrat, mais il y a des clauses qui ne me paraissent pas très claires. J'ai besoin de m'assurer qu'on est correct avec moi. (Il observait intensément Honora.) Townsend dit aussi que vous êtes vraiment une bonne avocate.

— L'une des meilleures, affirma Honora en croisant discrètement les doigts.

— Vous n'êtes pas trop jolie pour faire ce métier ?

— Non. C'est un avantage, monsieur Mountford. Mes adversaires ont d'abord tendance à me sous-estimer. Et quand ils découvrent qu'ils se sont trompés sur ma personne, il est déjà trop tard !

Mountford eut un sourire de connivence.

— Vous savez, nous, les gens de cirque, on ne fait pas de discrimination d'une façon générale. Ce qui nous importe, c'est que le travail soit réussi. Townsend m'a affirmé que vos honoraires étaient très raisonnables.

Sentant que ce point était déterminant, Honora approuva :

— Ils le sont. Soyez sans crainte.

— Bien. Je vous apporte mon contrat demain matin.

Elle lui serra la main une seconde fois et le laissa gonfler ses muscles devant l'objectif de John.

Dans ses bureaux, une surprise l'attendait. Elle y trouva une femme, tournée vers la fenêtre.

— Puis-je vous aider ?

— Je l'espère bien, ma chérie.

— Tante Theodora ! (Avec un cri de joie, Honora se jeta dans les bras de sa tante.) Je suis si heureuse de te voir ! Que fais-tu à New York ? Comment m'as-tu trouvée ici ?

Theodora, toujours aussi remuante, arpentait le bureau.

— Je suis passée à votre appartement. C'est la bonne qui m'a indiqué cette adresse.

— Quand es-tu arrivée ?

— Hier. Je suis descendue au *Waldorf*.

— Pourquoi ne m'as-tu pas prévenue ?

— Je voulais te faire la surprise. (Theodora cessa d'aller et de venir.) Je suis ici essentiellement pour courir les magasins et pour te dire que je passerai l'hiver en Italie.

— Oh ? Tout l'hiver ?

Les yeux noirs de Theodora prirent un éclat humide.

— Je ne supporte pas Boston en ce moment... (Détournant le regard, elle ajouta :) J'ai mis un terme à ma liaison avec Wesley.

Honora se figea.

— Oh, tante Theodora... Je... Je ne sais que dire.

Comme une lionne en cage, Theodora recommença ses allées et venues entre les quatre murs du bureau.

— C'est ce que j'avais de mieux à faire. La différence d'âge était trop grande. Il aurait fallu qu'il s'adapte à ma façon de vivre alors que sa vie reste à construire. C'eût été injuste.

— Il ne voyait pas les choses comme ça. Il t'aime. Il doit se sentir perdu.

Les larmes perlèrent aux yeux de Theodora.

— Nous avons eu une discussion terrible... De toute façon il doit épouser Selena Cabot au printemps. Mais nous avons des choses plus agréables à nous raconter, non ? (Elle s'essuya les yeux.) Comment va ta vie de femme mariée ?

— Merveilleusement bien.

Elle eût aimé parler à Theodora de la foi soudain défaillante de Robert dans ses qualités professionnelles, et lui demander son sentiment à ce sujet, mais elle se refusait à augmenter les contrariétés de sa tante, à la voir partir pour l'Italie avec deux crève-cœur. Un seul suffisait. Ses efforts pour surmonter le chagrin provoqué par sa rupture avec Wesley n'étaient que trop évidents.

Theodora s'arracha un sourire.

— J'en suis ravie, ma chérie.

— Il faut que tu viennes dîner chaque soir. Robert travaille souvent tard le soir, mais je suis sûre que pour toi il s'arrangera.

— Je viendrai avec plaisir. Grand plaisir.

— En attendant, si tu ne crains pas la pluie, je t'emmène dans un ravissant petit salon de thé qui fait d'excellentes glaces.

— Allons-y. J'adore les glaces.

Sa voix tendue ne pouvait tromper. Son regard oubliait de briller mais au moins elle montrait son courage.

Lui prenant le bras, Honora l'entraîna hors de son bureau en lui parlant de son premier client.

— Il s'appelle Man Mountain Mountford, figure-toi, et c'est l'homme le plus fort du monde...

Robert se moqua de monsieur Muscles, mais pas en présence de Theodora, si bien qu'elle put partir pour l'Italie avec l'illusion que le mariage de sa nièce ne connaissait aucun nuage.

Quant aux rires moqueurs de Robert, ils n'empêchèrent pas Mountford de devenir un bon client et de recommander

Honora à ses amis. Ce fut ainsi que tout au long de l'hiver, elle affirma sa réputation de négociatrice intransigeante dans le milieu du spectacle.

Puis, en avril 1896, Honora fit une rencontre qui devait changer sa vie.

8

— Il m'a brisé le cœur.

Honora regarda la jeune femme en pleurs, assise de l'autre côté de son bureau. Devant sa chevelure d'or, ses yeux émeraude emplis de larmes, son visage ravissant, marqué par le chagrin, n'importe quel jury se laisserait attendrir dès qu'il l'entendrait raconter l'histoire de son amour trahi. Après tout, Lillie Troy était une grande actrice qui n'attendait que d'être reconnue. Elle finirait bien par rencontrer le producteur qui saurait l'arracher à la malencontreuse succession de rôles mineurs que Broadway s'était contenté de lui offrir jusqu'alors.

— M. LaRouche, lui répondit Honora, a également violé un contrat moral. Il vous avait promis de vous épouser. Vous êtes en droit de réclamer des dommages et intérêts.

Lillie se sécha les yeux avec un mouchoir portant ses initiales.

— L'argent ne remplacera pas mon Nevada.

— Nevada... Voilà un nom original.

— Il est né là-bas, et il a été cow-boy.

Honora posa sur sa cliente un regard étonné.

— C'était sa vie, continua la jeune femme, avant qu'il vienne à New York avec son ami et associé, Damon Delancy. Vous avez entendu parler des Delancy ?

— Non. Pas du tout.

Lillie se pencha en avant et baissa la voix comme si elle redoutait d'être entendue.

— Quel scandale ils ont provoqué ! Damon Delancy était

marié à une femme médecin qui a eu des ennuis et risquait la prison. Alors Delancy s'est arrangé pour fuir en Angleterre avec sa femme et leur enfant. N'est-ce pas romantique ?

Lillie soupira, songeuse. Mais Honora ne fit preuve d'aucune complaisance.

— S'opposer à la loi n'est pas un acte romantique, mademoiselle Troy. Un jour ou l'autre, il faut payer.

Lillie rougit.

— Je vous comprends. Vous êtes dans ce milieu. Mais ce que je voulais simplement vous expliquer c'est qu'avec Delancy en Angleterre, Nevada a dû s'occuper seul de leur affaire.

Honora prit quelques notes.

— Donc, M. LaRouche a de l'argent.

— Je dirais que c'est l'un des hommes les plus riches de New York. Il faudrait que vous voyiez son hôtel particulier sur la Cinquième Avenue. Il est...

— Sûrement fabuleux... (Honora leva les yeux du carnet sur lequel elle prenait des notes.) Donc, nous avons un homme fortuné qui abuse de la crédulité d'une jeune femme en lui promettant le mariage. Et qui l'abandonne froidement dès qu'il se lasse d'elle.

Des larmes brillèrent dans les yeux de Lillie.

— C'est exactement ce qui s'est passé, madame Davis.

— Parlez-moi de M. LaRouche.

L'expression de Lillie refléta un étonnement mêlé de suspicion.

— Il doit avoir environ trente ans. Je ne lui ai jamais demandé son âge, mais...

Honora l'interrompit.

— Dites-moi quel genre d'homme il est. J'ai besoin de savoir à qui je vais avoir affaire.

Elle voulait d'abord vérifier si Lillie connaissait LaRouche aussi bien qu'elle le prétendait ou si elle l'induisait en erreur en évoquant une promesse de mariage inventée de toutes pièces. Mais elle dut d'abord patienter en attendant que Lillie achève la description émerveillée de celui qu'elle trouvait « grand, beau, avec des cheveux blonds comme les blés et des yeux de la couleur d'un ciel d'été ». Lillie ajouta qu'il était un vrai gentleman et non un rude cow-boy, et qu'il ne perdait jamais son sang-froid.

— Quand il est en colère, expliqua-t-elle, il reste quand même très calme. Mais c'est un calme aussi pesant que celui qui précède une tempête. On préférerait qu'il explose.

— Ça lui arrive souvent ?

Lillie eut un sourire plein de sensualité.

— Pas avec moi. Je ne lui en donne pas l'occasion. (Son expression se mua en une perplexité admirative.) C'est un homme secret. Il est difficile de le connaître. Il a des cicatrices sur le corps. Quand je lui ai demandé d'où elles venaient il a souri et m'a conseillé de ne pas faire travailler ma jolie petite tête pour rien. Je suis sûre qu'il s'est plusieurs fois retrouvé dans des bagarres à l'arme à feu.

Désormais, Honora savait au moins que Lillie connaissait suffisamment cet homme pour l'avoir vu déshabillé.

Mais la jeune comédienne avait retrouvé son sourire rêveur et reprenait sa description enthousiaste.

— Il a une très belle voix, grave, lente, musicale. Quand il me parle, il est toujours poétique. Un jour il m'a dit que mes cheveux avaient la couleur du sable dans le désert et que j'étais aussi agréable à regarder qu'un coucher de soleil dans le Colorado.

Honora réprima un sourire et prit encore quelques notes.

— Comment croyez-vous qu'il va réagir à votre initiative ? Acceptera-t-il un arrangement ou préférera-t-il aller en justice ?

Lillie parut déconcertée.

— Il a toujours été très gentil, il m'a toujours respectée jusqu'au moment où il a décidé que c'était fini. Je pense qu'il acceptera un arrangement.

Honora se leva et contourna son bureau.

— Vous m'avez donné les informations dont j'avais besoin, mademoiselle Troy. Je vais le rencontrer avant d'entreprendre une procédure, puis je vous ferai savoir si nous allons ou non vers un procès.

Un premier procès — enfin ! — (Honora en rêvait. Elle n'était pas devenue avocate uniquement pour négocier des contrats.

— Que pensez-vous d'un dédommagement de cinq mille dollars ?

Une somme si rondelette fit rêver Lillie. Son visage s'éclaira.

— Ça me mettrait sûrement du baume au cœur.

— Je crois que ce serait un arrangement raisonnable.

Lillie se tapota le coin des yeux avec son mouchoir comme si elle voulait qu'Honora se souvînt de ses larmes lorsqu'elle rencontrerait Nevada LaRouche.

— Je vous suis infiniment reconnaissante, madame Davis. Maintenant je ne me sens plus seule et impuissante.

— La loi ne permet à personne de se sentir impuissant, affirma Honora.

Elle songea néanmoins que la loi n'avait pas su protéger son père avant de souhaiter une bonne journée à sa cliente et de l'accompagner jusqu'à la porte.

Dès que les pas de Lillie s'éloignèrent dans l'escalier, elle se tourna vers Elroy Crisp, l'assistant qu'elle avait engagé un mois plus tôt.

— Qu'avez-vous appris sur Mlle Troy ?

— Pas grand-chose, répondit le jeune homme au visage couvert de taches de rousseur, sinon qu'elle n'a pas l'habitude d'intenter des procès à ses ex-bienfaiteurs. Tous ceux qui m'ont parlé d'elle disent que c'est une personne charmante et qu'elle a vraiment cru que LaRouche voulait l'épouser.

— Parfait. Je défendrai ses intérêts de mon mieux. Ce à quoi je me serais refusée si elle avait menti.

Honora demanda à Elroy de lui prendre un rendez-vous avec Nevada LaRouche, puis elle retourna dans son bureau préparer leur confrontation.

Trois jours plus tard, dès qu'elle se présenta chez *Delancy and LaRouche*, elle fut introduite dans le bureau de ce dernier.

— Mme Honora Davis, annonça la secrétaire.

LaRouche se tenait debout devant une large fenêtre ensoleillée.

— Merci, mademoiselle Fields. Si j'ai besoin de quoi que ce soit je vous appellerai.

Sa voix était en effet grave et musicale et Honora commençait à comprendre pourquoi Lillie Troy était encore sous le charme. C'était une voix de velours dont la séduction pouvait certainement produire autant d'effet sur un cheval trop fougueux que sur une duchesse effarouchée. Elle se tint sur ses gardes.

Quand il se retourna, elle fut frappée par le fait qu'il ne semblait pas à sa place dans ce banal univers d'homme d'affaires. Sa haute silhouette, ses cheveux blondis par le soleil, plus longs que ne le voulait la mode masculine du moment, ses bottes de cow-boy cousues main : non, rien de tout cela n'expliquait l'impression qu'elle ressentait et qui l'intriguait.

— Madame Davis, dit-il avec un bref signe de tête.

— Monsieur LaRouche, fit-elle avec le même mouvement.

Elle nota, au fond de ses yeux bleus, quelque chose qui évoquait, au-delà d'un ciel d'été, de vastes espaces, habités par des hommes rudes qui avaient leur propre loi. Nevada LaRouche promettait d'être un adversaire redoutable.

Il s'avança vers elle, le pas léger sur l'épais tapis turc. Son sourire, désarmant, avait encore plus de charme que sa voix.

— Je connais des femmes médecins, mais je n'avais encore jamais rencontré une avocate.

Elle redouta les compliments et fut soulagée quand elle s'aperçut qu'il ne lui parlait pas de sa beauté. Puis ce fut elle qui le surprit en lui tendant la main.

— Si je suis encore une exception, je peux néanmoins vous assurer que vous n'avez pas affaire à une fausse avocate. Je représente Mlle Lillie Troy. (Elle l'observa et remarqua son regard soudain méfiant.) Je vois que vous connaissez Mlle Troy.

Il lui fit signe de prendre place dans un confortable fauteuil de cuir. Puis il contourna son imposant bureau mais, au lieu de s'asseoir, resta debout, les pouces dans la ceinture, pieds croisés.

— Madame, je connais effectivement Lillie, je ne songerais pas à le nier, mais je me demande pourquoi elle m'envoie un avocat.

Honora ouvrit son porte-documents et en sortit ses notes.

— Selon ses dires, vous vous connaissiez si bien que vous lui aviez promis le mariage. (Elle le regarda.) Est-ce exact ?

Il se frotta lentement le menton.

— Madame Davis, dit-il calmement, de quoi me parlez-vous ?

— Je vous conseillerais, monsieur, de vous faire assister par votre avocat.

— Je sais me défendre.

— Très bien. (Elle se rejeta contre le dossier de son fauteuil.) Mlle Troy a l'intention de vous intenter un procès pour rupture de contrat moral.

— Voudriez-vous me répéter ça ?

Elle fit semblant de relire ses notes en espérant le désarçonner. Peut-être lâcherait-il une parole imprudente qu'elle pourrait ensuite utiliser contre lui. Mais il resta silencieux.

— Mlle Troy affirme que vous lui avez laissé croire à une union officielle, puis que vous vous êtes ravisé sans motif apparent. Est-ce exact ?

Nevada LaRouche finit par s'asseoir. Debout ou assis, il donnait l'impression que ce spacieux bureau restreignait ses mouvements. Visiblement, il lui fallait d'autres espaces pour être dans son élément. Avec le regard d'un chat qui guette une souris, il observa Honora.

— Je n'ai pas l'habitude d'être grossier devant une dame, dit-il. Je ne voudrais pas vous offenser de quelque manière que ce soit...

Elle l'interrompit.

— La franchise n'est pas faite pour m'offenser, monsieur LaRouche... Je la trouve rafraîchissante.

— Lillie était ma petite amie.

— Votre maîtresse.

D'un bref signe de tête il acquiesça en entendant le mot que lui-même avait préféré éviter.

— Je l'ai installée dans un appartement où elle pouvait vivre seule, expliqua-t-il. Pendant les derniers six mois j'ai payé ses factures, sans rechigner devant les sommes importantes qu'elles représentaient. Comme tout homme qui entretient une femme, je le faisais en échange de certains services, évidemment. Mais j'ai toujours été honnête avec elle. Je ne lui jamais fait la moindre promesse de mariage. Ni avant ni après avoir constaté que je ne pouvais pas lui faire confiance.

— Elle affirme que vous l'avez leurrée.

— Ce qui signifie que l'un de nous deux ment. (Il quitta son fauteuil et vint s'appuyer au bord de son bureau à deux pas d'Honora.) Lui ai-je offert une bague de fiançailles ?

Honora se rendit compte du danger que représentait la proximité de cet homme dont le calme intimidait plus sûrement que l'emportement et la gesticulation. Elle redoubla de vigilance.

— Non, dit-elle.

— Ai-je informé mes amis que j'avais l'intention de l'épouser ?

— Je l'ignore. L'avez-vous fait ?

— Certainement pas ! Vous pouvez le leur demander.

— Pourquoi devrais-je croire vos amis ? Ils ne demandent évidemment qu'à vous soutenir.

Nevada LaRouche parut tellement chagriné par cette déclaration péremptoire qu'Honora se radoucit à défaut de s'excuser ouvertement.

— Monsieur LaRouche, n'essayez pas de me convaincre. À l'évidence, c'est votre parole contre celle de Mlle Troy. Et ce sera au tribunal de trancher... À moins, bien entendu, que vous ne préfériez arranger cette affaire à l'amiable.

Il comprit immédiatement où elle voulait en venir. Le dédain qu'exprima son regard bleu en eût fait reculer plus d'un. Mais Honora, habituée à l'adversité dans un monde fait pour les hommes, refusa de fuir et s'apprêta au combat comme un cheval de bataille qui sent la poudre à canon.

Son adversaire hocha la tête.

— C'était donc ça, dit-il. Une histoire de chantage.

— Je dirais qu'il s'agit plus exactement de réparer une injustice à l'égard d'une jeune femme sans défense, répliqua sèchement Honora.

— Combien ?

— Cinq mille dollars. Ce qui me paraît raisonnable.

On sentait l'air autour de lui vibrer de colère contenue.

— Et ça vous paraît raisonnable...

— À Mlle Troy également.

LaRouche laissa éclater son mépris.

— Vous avez l'air de quelqu'un de bien, madame, mais en fait vous êtes venue faire du chantage. On dirait que vous ne connaissez pas la loi.

Relevant le menton, elle le regarda droit dans les yeux.

— En tant qu'avocate, je suis censée faire le maximum pour ma cliente.

— Mais elle vous ment.

— C'est ce que vous prétendez.

— Vous a-t-elle expliqué pourquoi j'avais rompu avec elle ?

— Elle voulait se marier, et pas vous.

L'exaspération se lut dans le regard de LaRouche.

— Un jour, je suis allé chez elle sans l'avertir. Je voulais lui faire la surprise. En fait, la surprise a été pour moi. Je l'ai trouvée avec un autre homme et ils ne jouaient pas aux cartes, si vous voyez ce que je veux dire.

Honora réprima le sourire que provoquait sa façon détournée de crier à la trahison. S'il disait vrai, Lillie n'avait pas été totalement honnête avec son avocate.

— Que Mlle Troy ait été ou non fidèle, cela ne change rien au fait que vous lui ayez promis de l'épouser.

LaRouche secoua la tête, dégoûté.

— Bon sang ! Vous n'allez pas me dire que vous êtes prête à défendre une femme qui m'a trompé et qui aurait quand même voulu que je l'épouse !

— Il s'agit de votre version de l'affaire. Pourquoi devrais-je vous croire ?

— Parce que moi je dis la vérité.

— Écoutez, consultez votre avocat. Mais si vous voulez mon avis, vous devriez payer ces cinq mille dollars et, à l'avenir, choisir vos maîtresses avec un peu plus de discernement. (Elle remit ses notes dans son porte-documents et se leva.) Sachez que si vous choisissez le procès, nous demanderons une somme plus importante, ainsi que le paiement des frais de justice et d'avocat de Mlle Troy.

Bras croisés, il la regarda de haut en bas avec une insolence qui donna à Honora envie de le gifler.

— Vous avez le visage d'un ange et le cœur d'un serpent, madame.

Peu impressionnée, elle se dit que si c'était ça son idée de la poésie, il aurait mieux fait de se taire.

Elle eut un sourire glacial.

— Je vous laisse sept jours de réflexion. Si d'ici là je n'ai pas reçu votre chèque, au nom de ma cliente, j'entamerai une procédure contre vous et, dans ce cas, nous nous reverrons au tribunal. Je vous souhaite une bonne journée.

Elle s'abstint de lui serrer la main, comme si elle craignait quelque chose, mais quand il prit l'initiative de lui tendre la sienne au moment même où elle allait se tourner vers la porte, elle ne put ignorer son geste sous peine de trahir son appréhension.

— Madame Davis.

— Monsieur LaRouche.

Il retint sa main lorsqu'elle voulut se libérer. Gardant son calme, elle lui rendit son regard de défi.

— Je n'aime pas que l'on cherche à me piéger, dit-il d'une voix trop maîtrisée pour ne pas donner des frissons. Et je saurai prendre ma revanche.

— Je n'aime pas les hommes puissants et riches qui n'hésitent pas à abuser de femmes sans défense et à menacer leurs avocats.

— Vous mettez-vous aussi dans la catégorie des femmes sans défense ?

— Absolument pas. Je parlais de Mlle Troy.

Il sourit et relâcha sa main.

Honora se détourna de lui et sortit sans plus attendre. Dès qu'elle fut dehors, elle se mit à trembler...

Dès que l'avocate eut refermé la porte derrière elle, Nevada se rassit à son bureau. Puis il prit une photographie dans le tiroir central et contempla la jeune femme blonde, le nez chaussé de lunettes, qui était assise à côté d'un squelette dont la main décharnée reposait sur son épaule. N'avaient-ils pas été complices pendant toute la durée de ses études de médecine et après ? Elle avait voulu le faire rire en posant avec ce squelette, mais le cliché avait malheureusement pris par la suite la signification d'une triste prémonition. Désormais il était tout ce qui lui restait d'elle, à l'exception des souvenirs, tendres ou tristes qui ne s'effaceraient jamais.

— Bon sang, Sybilla, marmonna-t-il. Pourquoi m'as-tu abandonné de cette façon ?

Il se rejeta au fond de son fauteuil et, les talons sur son bureau, songea que la tristesse et la nostalgie savaient rendre un homme stupide. Il avait eu une liaison avec cette intrigante de Lillie Troy uniquement parce que, avec ses cheveux blonds et ses yeux verts, elle ressemblait à Sybilla. Mais vite il avait découvert que la ressemblance s'arrêtait là. Frivole, dépensière, malhonnête, Lillie avait profité de lui pendant six mois, jusqu'à ce qu'il n'ait plus qu'une envie : se débarrasser d'elle. N'était-elle pas pire qu'une tique sur l'oreille d'un chien ?

Et voilà que maintenant cette petite garce tentait de lui extorquer de l'argent avec l'aide d'une diablesse en robe-chemisier !

Nevada sourit malgré lui en pensant à Honora Davis. Elle lui avait tenu tête quand la plupart des hommes auraient jugé plus prudent de faire marche arrière. Il admirait l'énergie et le courage chez une femme et celle-là avait une colonne vertébrale d'acier.

Était-ce en même temps ce qui lui donnait cette froideur, en dépit de sa beauté brune ? Ou n'était-ce qu'une apparence due à sa façon de se composer un masque qui ne révélât rien de ses émotions ?

Mais quel homme avait osé épouser une telle femme ?

Il remit la photo de Sybilla dans le tiroir. Malgré toute l'envie qu'il pouvait avoir de s'offrir le spectacle d'une plaidoirie conduite par Honora Davis, il décida d'envoyer un chèque plutôt que de s'exposer au ridicule en public. S'il reconnaissait son erreur, il n'avait pas l'intention de laisser la presse s'en emparer.

En dépit de son énergie et de son courage, Honora Davis pouvait s'estimer heureuse d'être débarrassée de lui.

Honora s'assit devant sa coiffeuse le temps de mettre ses pendentifs d'émeraude. Ce soir, elle et son mari montreraient l'image d'un couple éblouissant qui ne manquerait pas d'impressionner Hartford Fogg, le patron de Robert. Ils étaient attendus chez lui, sur Madison Avenue, pour dîner. Honora sourit à son reflet dans le miroir puis se tourna vers Robert qui se battait avec ses boutons de col.

— Nous allons faire sensation, dit-elle, en revenant à son miroir. Ne sommes-nous pas le seul couple d'avocats dans tout New York ?

Robert resta muet. Puis, ayant réussi à fixer son col, il vint poser ses mains sur les épaules nues de sa femme.

— Honora, est-ce que tu m'aimes ?

Elle vit dans le miroir son air solennel et tendu.

— Quelle question ! Tu sais bien que je t'aime.

— Serais-tu prête à faire n'importe quoi pour moi ?

Une pointe d'angoisse lui serra le cœur. En bonne épouse, telle qu'elle s'efforçait de l'être, elle lui répondit naturellement :

— N'importe quoi, oui. À condition que ce ne soit pas illégal, évidemment.

Les mains de Robert se crispèrent sur ses épaules.

— Quand nous serons chez les Fogg, promets-moi de ne dire à personne que tu es avocate.

Elle le regarda comme s'il s'était exprimé en une langue étrangère.

— Qu'est-ce que tu me demandes ?

— Tu m'as entendu.

L'effarement, la douleur puis la colère faillirent la faire suffoquer.

Elle s'arracha à ses mains et se leva.

— C'est incroyable que tu puisses me demander ça ! Qui, mieux que toi, sait combien j'ai dû me battre pour exercer cette profession ? Et tu voudrais maintenant que je me renie en quelque sorte.

— Tu ne comprends pas. Ceux avec qui je travaille sont tous des Amos Grant et des Cleavon Frame. Ils ont tous épousé des femmes comme ton amie Penelope. Ils ne peuvent pas apprécier ce que tu es réellement.

— Ce qui signifie que tu ne leur as jamais dit ce que je faisais, c'est cela ?

Il détourna le regard tandis qu'un sentiment de culpabilité provoquait une rougeur sur son visage émacié.

— Mais ce n'est pas possible ! reprit Honora. Il y a six mois que tu travailles là-bas, et ils ignorent que ta femme est avocate ! (Devant son silence, elle ajouta :) Tu as honte de moi.

— C'est faux. Je suis fier de toi au contraire.

— Oui, pour autant que tes collègues ne sachent pas ce que je fais... Mon Dieu ! J'ai l'impression d'être une femme entretenue que l'on cache dans un quartier éloigné. Une femme que l'on aime avoir dans son lit mais qu'on ne présente à personne.

Robert devint livide. La colère monta en lui, gronda comme un orage et le fit s'écrier :

— C'est absurde et tu le sais ! Pour l'amour du ciel, Honora, ne me refuse pas ce petit service. C'est toute ma carrière qui en dépend !

— Tu me demandes de cacher la vérité. Non seulement c'est contraire à mes principes mais, en plus, un de ces jours, ton patron apprendra que c'est moi la femme qui a demandé son inscription au barreau de New York.

— Tout le cabinet sait qu'une femme s'est inscrite, mais ils n'ont pas fait le rapprochement.

— Ça arrivera tôt ou tard. À ce moment-là ils te jugeront sévèrement.

Robert se tut.

— Je n'ai pas leur clientèle, continua Honora, mais je suis en train d'acquérir une solide réputation parmi les gens du spectacle.

— Des gens de cirque et des acteurs de second ordre, lança dédaigneusement Robert.

Blessée, elle rétorqua :

— Ils savent me payer en tout cas. (Puis elle retira une boucle d'oreille d'un geste violent sans prendre garde à la douleur.) Puisqu'il est évident que tu as honte de moi... (L'autre pendentif disparut à son tour.)... tu iras seul à ton dîner mondain.

Le visage de Robert refléta une brusque panique.

— Tu ne peux pas me faire ça. Fogg attend de te rencontrer.

Elle arracha les épingles que Tilly avait mis une heure à planter dans sa chevelure.

Robert la supplia :

— Sois raisonnable, Honora.

Avec un air de défi, elle fit cascader ses cheveux noirs sur ses épaules et le toisa.

La colère assombrit les yeux verts de Robert.

— Tu n'es qu'une égoïste, une sale petite... (Il se retint.) Tu ne penses qu'à toi.

— Tu es injuste, dit-elle.

— Vraiment ? Ce que je suis, ce qui m'importe, tu t'en moques. Combien d'hommes accepteraient que leur femme soit avocate ? Qui de Wesley Saltonsall, de Sydney Tree ou même de ton cher père l'aurait accepté ? Mais moi, oui ! Moi, je ne t'ai jamais interdit quoi que ce fût. J'ai été compréhensif et tolérant avec toi, Honora. Et maintenant tu me refuses le petit service qui pourrait m'éviter une situation délicate...

Elle le regarda, incrédule.

— Compréhensif et tolérant ? C'est ainsi que tu te vois ? Je constate que je me suis fait des illusions en croyant que nous étions sur un pied d'égalité.

Il bougonna :

— Je me demande pourquoi j'essaie de t'expliquer les choses. De toute façon tu finis toujours par n'en faire qu'à ta tête.

Un sentiment de culpabilité commençait à s'insinuer en elle.

— Est-ce qu'il ne vaudrait pas mieux dire enfin la vérité ? Ça t'éviterait d'être, un de ces jours, considéré comme un menteur.

— Je parlerai de toi quand je serai l'un de leurs associés.

— Comme tu voulais me parler de Priscilla quand nous serions mariés ?

Elle eût aimé ravaler ces paroles cruelles et inutiles dès qu'elle s'entendit les prononcer.

Froidement, Robert observa :

— Je me demandais combien de temps tu tiendrais avant de me jeter ce genre de chose à la figure.

— Excuse-moi. Je n'avais pas l'intention de...

— Oh, que si ! Et tu prétends m'aimer ?

— Mais oui, je t'aime.

Au-delà de la colère, son amour restait effectivement intact.

— Alors tu vas accepter de faire ce que je te demande ?

— Et mes sentiments, qu'en fais-tu ? Tu sais que je déteste la malhonnêteté et les mensonges.

Il la regarda au fond des yeux.

— Je crois me souvenir qu'à l'université tu as voulu que notre relation reste secrète. Moi, j'aurais voulu que le monde entier en entende parler. Mais, parce que tu craignais qu'on te soupçonne de ne suivre des cours de droit que pour trouver un mari, je suis devenu ton complice.

— Ce n'était pas pareil. Nous n'étions qu'étudiants. Maintenant j'exerce ma profession, et ce n'est pas un fait que l'on peut dissimuler impunément.

— Si tu me refuses ce que je te demande, tu peux aussi bien retourner à Boston.

— Que veux-tu dire ? Que tu me quitterais ?

Il saisit son bras, le visage tourmenté.

— Bien sûr que non. Je t'aime trop. Mais je serais profondément déçu.

Elle ne doutait pas qu'il lui ferait regretter sa décision de mille façons, plus insidieuses les unes que les autres, si elle s'obstinait. Ce serait la guerre, une guerre civilisée, faite d'un silence par-ci, d'un mot blessant par-là, jusqu'au jour où il ne resterait plus grand-chose de leur respect mutuel. Jusqu'au jour où leur amour ne serait plus que poussière.

Elle eut un soupir résigné et amer.

— D'accord. Je vais t'accompagner et jouer les Penelope Grant. Mais ne t'attends pas à ce que ça me plaise.

Un sourire triomphant éclaira le visage de Robert. Il l'embrassa sur la joue avant qu'elle ait eu le temps de reculer.

— Ce sera la première et la dernière fois, Robert. Il faudra vraiment que tu trouves un moyen d'avertir Fogg et les autres. Jamais je ne mentirai à nouveau pour toi.

Robert prit soudain une expression impénétrable.

— Achève de te préparer, dit-il. Il ne nous reste que quelques minutes si nous ne voulons pas être en retard. Je tiens à faire bonne impression.

Il se détourna d'elle et la laissa seule devant sa coiffeuse. Elle se donna de longs coups de brosse nerveux qui lui firent mal. Puis elle torsada sa chevelure en un chignon simple, élégant, qui mettait son cou de cygne en valeur. Les boucles d'émeraude réapparurent à ses oreilles. Puis elle tira sur son bustier de façon à dénuder plus généreusement la rondeur de ses seins.

Satisfaite, elle se leva en souriant. S'il voulait traiter sa femme comme un objet décoratif, accroché à son bras, elle allait le satisfaire au-delà de ses espérances...

« Si tu veux être particulièrement attirante quand tu vas à une soirée, lui avait expliqué sa tante, l'œil malicieux, regarde les hommes et amuse-toi à te demander comment ils font l'amour. »

« Ce soir, je les séduis tous ! » se dit-elle à l'instant où, pénétrant avec Robert chez les Fogg, elle sentit une nuée de regards se poser sur elle.

Il n'était pas dans ses habitudes de se servir de sa beauté qu'elle considérait plutôt comme un handicap quand on veut être prise au sérieux. Mais, ce soir-là, bouleversée par la trahison de Robert, décidée à lui infliger une leçon à sa manière, elle s'apprêtait à séduire, à briser des cœurs, à se réconforter de son mieux.

Un homme et une femme aux cheveux gris se ressemblant comme des jumeaux s'approchèrent d'eux.

— Davis ! dit l'homme en serrant la main de Robert. Ma femme et moi-même sommes ravis de vous accueillir.

M. Fogg avait un grand sourire mais de petites dents jaunies et devait faire l'amour dans le noir et sans s'attarder... Honora réprima un petit rire d'enfant qui regarde les adultes par les trous de serrure.

Puis Robert la présenta. Elle adressa à son patron un sourire éclatant avant de complimenter Mme Fogg pour sa robe superbe et sa maison magnifique.

Mme Fogg prouva qu'elle avait les mêmes dents que son mari, remercia Honora puis se proposa de la présenter à ses autres convives.

Ils étaient une vingtaine, pour la plupart des avocats et leurs femmes, plus quelques personnes que Fogg espérait compter tôt ou tard parmi ses clients. Auprès de ses confrères, Honora eût aimé se renseigner et s'instruire. Mais comment oublier le diktat de Robert ? Afin de résister plus facilement à la tentation, elle se cantonna dans le cercle des femmes et s'engagea dans une conversation sans risque sur les mérites comparés de Boston et de New York. Elle ne répondit pas au sourire d'encouragement que lui adressa Robert. Elle l'avait prévenu : nulle complaisance n'était à attendre de sa part.

Un remous du côté de l'entrée attira l'attention de Mme Fogg.

— Ah, je vois que notre dernier invité vient d'arriver !

Et ce dernier invité s'appelait Nevada LaRouche...

Honora se figea et, envahie d'une vertigineuse appréhension, renonça à porter sa coupe de champagne à ses lèvres. Bientôt, toute cette belle assistance allait s'indigner en apprenant que son mari était un menteur.

Elle chercha Robert du regard, mais, en pleine conversation avec Clarence Martin, il ne remarqua pas son signal de détresse.

LaRouche, dont le costume sombre rehaussait la blondeur de blés mûrs, rayonnait d'une séduction diabolique. Toutefois, Honora eut de nouveau l'impression qu'il semblait venir d'ailleurs et appartenir à un autre univers.

Soudain, il posa son regard sur elle, visiblement étonné de la trouver chez les Fogg, puis plissa les yeux et ne la laissa pas douter de ses sentiments à son égard. Elle en eut froid dans le dos et s'abstint de se demander comment cet homme, si maître de lui-même, faisait l'amour.

Mue par le faible espoir de sauver la soirée, elle se leva.

Nevada la regarda venir vers lui en continuant à s'interroger sur le sens de sa présence ici.

Elle avait troqué sa petite robe-chemisier contre une robe longue dont le vert mousse offrait un écrin particulièrement seyant à ses épaules, à sa gorge laiteuse, à cette silhouette étonnante que les hommes suivaient du coin de l'œil tout en poursuivant leurs conversations. Elle se déplaçait avec une grâce aérienne, l'air indifférent à l'attrait qu'exerçait sa beauté de lis et de jais.

Quand elle fut à quelques pas de lui, il sentit en elle une panique digne de celle d'un pur-sang enfermé dans une écurie en feu.

— Monsieur LaRouche ! s'exclama-t-elle. Quel plaisir de vous revoir !

Comment pouvait-elle parler de plaisir ? Leur rencontre dans son bureau avait eu tout le charme d'une séance chez le dentiste.

Il eut un sourire forcé.

— Votre enthousiasme me flatte, madame...

Honora s'adressa à leurs hôtes.

— Monsieur LaRouche a fait dernièrement une fort généreuse donation à la Mission Florence Night en faveur des femmes déchues.

LaRouche retint un sursaut, ouvrit la bouche, prêt à réfuter cette absurdité, mais surprit à temps son regard implorant. À quoi jouait-elle ? Intrigué, il sourit et décida d'entrer dans le jeu.

— Madame Davis ne sait que faire pour aider ces femmes en détresse.

Tandis qu'il remarquait son petit soupir de soulagement, Mme Fogg exprima son admiration :

— Vous vous battez pour une grande cause, ma chère.

Puis elle entraîna LaRouche dans la ronde des présentations. Quand ils arrivèrent à Robert Davis, un court dialogue s'engagea.

— Nevada LaRouche de *Delancy and LaRouche* ? demanda Robert. (Nevada répondant par l'affirmative, il ajouta :) Une des rares entreprises qui n'ait pas laissé sa chemise dans la débâcle de 93. Un véritable exploit !

— Qui revient plus à mon associé qu'à moi-même. C'est lui le cerveau.

— Je vous soupçonne d'une modestie excessive.

Nevada se dit en quittant Davis que cet homme semblait attendre quelque chose de lui... Quand il eut satisfait aux mondanités d'usage, il repéra Honora Davis, s'avança vers elle et l'incita à se réfugier dans un coin tranquille, à l'abri des indiscrétions.

— Qu'est-ce que c'est que cette histoire ? lui demanda-t-il. Souriant, il laissa son regard errer sur l'assistance comme s'il n'entretenait avec cette femme pleine de duplicité qu'une conversation anodine.

— Merci d'avoir jouer le jeu. Mais je dois encore vous demander... une grande faveur.

— Une faveur ? Je...

— Je vous en prie. Personne ici ne doit savoir que je suis avocate.

— Pardon ? Avez-vous l'intention de vous trouver une autre victime ? Seriez-vous maître chanteur à plein temps ?

Elle imita sa tactique en promenant son regard sur la pièce.

— Pour la énième fois, Lillie Troy ne vous fait aucun

chantage. Je garde ma profession secrète pour des raisons personnelles.

— Vous avez de l'audace de me demander de vous aider alors que vous cherchez à m'extorquer de l'argent. (Il se frotta le menton.) Si j'accepte de vous aider, il faudra me dire ce qui se passe.

— Bon, très bien ! (Elle se rapprocha de lui, l'enveloppant de son parfum.) Mon mari vient d'être engagé par *Fitch, Martin and Fogg*. Or mes confrères n'aiment pas les femmes avocates. Ils ne comprennent même pas que ça puisse exister.

Son amertume s'exprimait sans réserve. LaRouche ressentit un élan de sympathie qui le surprit, comme s'il n'avait pas encore fait le rapprochement entre cette jeune avocate et les femmes qui se battaient pour s'imposer dans la profession médicale. Telle Sybilla. Telle la femme de Damon, Catherine.

— Donc, vous cachez votre activité à cause de votre mari.

— Je ne veux pas lui porter préjudice.

— Lui-même n'a rien dit ?

— Je lui ai conseillé d'attendre. Il a fini par me donner raison. Il vaut mieux qu'il ait d'abord assuré sa position.

— Ce qui peut prendre un certain temps.

— Je le sais. Mais ce serait courir un risque que de révéler dès à présent ce que je suis. Il a tellement travaillé pour en arriver là que je ne supporterais pas qu'il se fasse renvoyer à cause de moi.

LaRouche trouva son explication fragile. Il n'était pas certain qu'elle pût résister à une analyse un tant soit peu approfondie. Mais il sentait la jeune femme suffisamment nerveuse pour ne pas la mettre sur le gril.

— Je peux comprendre qu'un homme s'accroche à son travail, dit-il.

— Alors vous me jurez de ne rien dire ?

Il marqua un silence, le regard dans le sien.

— Que ferez-vous pour moi en échange de ma discrétion ?

Elle retint un soupir de résignation.

— Quel est votre prix ? Il se pourrait que je le connaisse déjà...

— Vous demandez à Lillie de renoncer à ses poursuites.

Au fond de lui-même, il fut aussitôt persuadé qu'elle allait refuser.

— Et vous m'accusez de chantage ? (Elle releva le menton.) Non, monsieur LaRouche. Je refuse. Vous pouvez révéler mon secret au monde entier, et vous verrez bien si j'en suis affectée ou non.

— Vous ne voulez pas laisser tomber Lillie pour sauver votre propre peau ?

— Non. C'est une question d'éthique.

Il plissa les yeux.

— Pourquoi tant de loyauté envers Lillie Troy ? Qu'est-elle pour vous ?

— Tout simplement une cliente, quelqu'un qui m'a fait confiance pour défendre ses intérêts et qui mérite ma loyauté. (Son regard erra sur l'assistance, reflétant le fatalisme auquel elle s'abandonnait.) Eh bien, voilà, je me suis mise dans une situation dont je n'ai plus qu'à subir les conséquences ! Si vous voulez bien m'excuser...

Elle s'écartait de lui quand il posa une seconde sa main sur son bras.

— Je ne vous trahirai pas. Du moins pour l'instant. (À l'idée de renverser les rôles, il sourit.) Mais maintenant, vous avez une dette envers moi et j'entends me la faire payer.

— Je vous ai déjà dit que je n'essayerai pas de persuader Mlle Troy de renoncer à ses poursuites.

— Je ne pensais pas à ça.

— Ah ? Que voulez-vous alors ?

Son sourire s'épanouit.

— Pour l'instant, je l'ignore, mais vous serez la première avertie dès que je le saurai.

La sentir piégée ne lui déplaisait pas du tout. Il anticipait le plaisir de prendre une revanche.

D'un bref signe de tête, il la salua et s'éloigna.

Lorsque, de retour dans leur appartement, Robert dégrafa la robe de sa femme, il manifesta en même temps son admiration.

— Tu étais magnifique, ce soir. Tout le monde a été conquis, et Fogg très impressionné par ma splendide épouse.

Robert savourait un triomphe à ses dépens. Il l'avait obligée à mentir, s'était servi de sa beauté et l'avait mise sans le savoir dans une situation délicate où elle dépendait de son adversaire.

Mais elle détestait la controverse quand il s'agissait de son mari.

— Je suis contente que tu sois satisfait, Robert.

Elle défit son corset et soupira d'aise. Son corps comprimé pendant toute la soirée retrouvait sa liberté.

— J'ai l'impression que tu as eu avec LaRouche une conversation sympathique, dit Robert en se débarrassant de ses boutons de col. Si j'étais un mari jaloux, j'aurais pu lui reprocher de monopoliser ma femme.

— Je l'avais déjà rencontré une fois. Tu n'as aucune raison d'être jaloux pour autant. Nous n'avons rien de vieux amis.

Tandis qu'elle passait sa chemise de nuit avant de s'asseoir devant sa coiffeuse, Robert observa :

— Tu ne m'as jamais parlé de lui. Quand l'as-tu rencontré ?

Elle lui parla de Lillie Troy, tout en se démaquillant.

Soudain immobile, il la regarda avec sévérité.

— Tu as pris le parti de cette théâtreuse contre un homme aussi influent que LaRouche ?

Honora se retourna, prête au pire.

— Qu'est-ce qui aurait pu m'en empêcher ? Elle a des arguments solides.

Robert prit un air accablé.

— Tu nous as aliéné un homme très puissant.

— Nous ? (Elle retira la crème démaquillante à grands gestes nerveux.) Eh bien, non, Robert, reprit-elle, je n'ai pas pensé à ça ! Cette jeune femme avait besoin d'un avocat et j'ai accepté de la défendre. Ce que j'ai fait au mieux de mes capacités.

Robert parut démoralisé.

— Dans ce cas, il ne me reste plus qu'à oublier que j'aurais pu un jour travailler avec lui ! C'est beau l'idéalisme.

Honora retira ses épingles à cheveux et se brossa avec une vigueur exacerbée par la colère.

— Je suis vraiment désolée de t'avoir mis les bâtons dans les roues sans m'en rendre compte. À vrai dire j'ignorais que tu accordais tant d'importance à cet homme.

L'eût-elle su qu'elle n'aurait pas agi autrement de toute façon.

Il vint lui caresser les cheveux.

— On peut être idéaliste sans devenir imprudent, dit-il. Il y a dans ce monde des gens qui sont susceptibles de te barrer les routes et d'autres qui t'aideront. Tu as été très protégée. Maintenant il est temps que tu apprennes à reconnaître le danger si tu veux survivre dans ton domaine.

Elle noua un ruban sur sa nuque puis se leva.

— J'essaierai de m'en souvenir. (Elle savait que jamais elle n'abandonnerait ses principes pour satisfaire à un opportunisme quelconque.) Je te prie de m'excuser. Il est tard et je suis épuisée.

En se glissant dans les draps, elle pria pour qu'il ne la touchât pas. Elle sentait un mur entre lui et elle. Son vœu fut exaucé. Mais, malgré sa fatigue, elle resta longtemps les yeux ouverts dans l'obscurité. Pourquoi avait-elle déclaré à LaRouche qu'elle avait conseillé à son mari de ne pas parler d'elle en tant qu'avocate ? Pourquoi avoir ainsi inversé la situation ? Loyauté d'épouse ? Orgueil ? L'une et l'autre, sans doute. Comme la plupart des femmes, elle ne voulait pas que l'on pût penser du mal de son époux.

Quant à Nevada LaRouche, il devenait une énigme. S'il avait renoncé à la trahir ce n'était pas par altruisme. À l'évidence, il tenait à se venger. Mais qu'attendait-il d'elle ? À la pensée d'avoir une dette envers ce genre d'homme, elle frissonna.

Trois jours plus tard, elle sut ce qu'il avait manigancé.

9

À demi enfouie sous ses livres de droit dont certains, récemment consultés, restaient ouverts, Honora leva à peine les yeux de son travail lorsqu'elle entendit frapper à la porte de son bureau.

— Entrez, dit-elle en finissant d'écrire une phrase.

— Peux-tu poser ta plume le temps d'entendre une bonne nouvelle ?

Elle abandonna son travail, sourit à Robert, puis jeta un coup d'œil à son horloge et s'étonna.

— Il n'est même pas midi. Pourquoi n'es-tu pas à ton bureau ?

Une lueur de triomphe brillait dans les yeux de Robert. Il s'assit en face d'elle en annonçant :

— J'ai changé d'employeur !

Malgré son air satisfait, elle craignit qu'il ait été contraint de se trouver un autre travail à cause d'elle.

— Que s'est-il passé ?

— Dès demain je serai chez *Delancy and LaRouche*. C'est moi qui ai choisi. Il n'est rien arrivé de particulier.

Elle reçut un choc.

— *Delancy and LaRouche* ? Nevada LaRouche t'a offert un poste ?

— Il y a juste une heure !

— Pour quelle raison ?

Le sourire de Robert se figea.

— À ton avis ? Il croit en moi. Mes compétences l'impressionnent.

Elle se leva et posa une main apaisante sur son bras.

— Je ne doute pas de tes capacités. Mais je m'étonne qu'il t'ait engagé alors que je représente quelqu'un qui a pris parti contre lui.

Il eut un geste de la main exprimant le rejet de ce problème tandis qu'elle s'asseyait sur le bord de son bureau.

— Les hommes ne sont pas rancuniers comme les femmes. La situation est très simple : il avait besoin d'un autre avocat, il savait que j'attendais une proposition intéressante, donc il m'a contacté. Il m'a même dit qu'il avait aussi pensé à toi.

« Aider Nevada LaRouche à contourner la loi pour s'enrichir encore ? Jamais », se dit Honora.

— C'est très généreux de sa part, répondit-elle. Mais la finance ne m'intéresse pas. Tu le sais bien. En outre, je serais trop distraite si je travaillais avec mon mari.

Il l'enveloppa du regard et sourit.

— C'est vrai que je profiterais de la moindre occasion pour te prendre dans mes bras.

Le désir qu'il trahit soudain éveilla en elle une fièvre qu'elle chassa aussitôt.

— Quand lui as-tu fait savoir que tu espérais trouver autre chose ?

— Samedi soir, chez les Fogg. Je lui ai expliqué que j'avais intérêt à changer de firme si je voulais avoir de l'avenir. Il m'a répondu qu'il admirait les gens ambitieux et il m'a suggéré d'aller le voir. C'est ce que j'ai fait.

« Mon pauvre Robert, ton ambition t'aveugle. Tu as mordu à l'hameçon. Il nous tient tous les deux... »

— Quelle a été la réaction de Fogg quand tu lui as annoncé que tu partais ?

L'éclat de rire satisfait de Robert emplit le bureau.

— Il était furieux. J'ai cru qu'il allait avoir une attaque. Il a voulu me mettre en garde : j'étais trop jeune, je manquais d'expérience pour la position que m'offrait LaRouche et j'étais dévoré par l'ambition, ce qui me perdrait... (Il reprit son sérieux.) J'ai de l'ambition, Honora, mais je suis à la hauteur de ce que me propose LaRouche.

Elle s'apprêta à se rasseoir à son bureau.

— J'en suis certaine, Robert.

« À moins que LaRouche n'ait l'intention de te détruire », pensa-t-elle.

Avant qu'elle ait pu se rasseoir, Robert se leva, la prit dans ses bras et lui donna un long et impétueux baiser de vainqueur, bien décidé à s'octroyer les fruits de la victoire.

— J'ai des possibilités illimitées, affirma-t-il ensuite. Ce n'est qu'un début.

« Ou le début de la fin... » songea-t-elle.

Quand il fut reparti, Honora resta un long moment les yeux fixés sur le mur qui lui faisait face, comme si elle y déchiffrait les réflexions qui s'imposaient. Elle ne doutait pas que LaRouche eût une arrière-pensée. En dépit de ce que prétendait Robert, elle devinait le ressentiment qu'il nourrissait à son égard. Il avait fait en sorte qu'elle lui fût redevable et entendait se venger.

Mais comment ? Se préparait-il à lui porter préjudice en s'attaquant à la réputation professionnelle de Robert ? Il pouvait très bien, après un certain temps, congédier Robert sans référence, ce qui le condamnerait à aller chercher du travail hors de New York.

« C'est l'homme des coups de poignard dans le dos, estima-t-elle. Il faut prendre des précautions. »

Elle quitta son fauteuil pour aller parler à son assistant.

— Elroy ?

Elroy cessa de taper à la machine et leva les yeux.

— Oui, madame ?

— J'aimerais que vous enquêtiez sur quelqu'un. Mais il vous faudra être discret. Il s'agit d'un homme fortuné et puissant.

Le visage d'Elroy s'illumina. N'entretenait-il pas le secret désir de suivre les traces de son idole, Sherlock Holmes ?

— Comptez sur moi. Je suis la discrétion même. Quand voulez-vous vos renseignements ?

— Le plus tôt possible. La personne en question s'appelle Nevada LaRouche.

À la fin de la semaine, Elroy avait terminé son enquête.

Assis en face d'Honora, son rapport en main, il commença le récit de ses découvertes. Elle l'écouta avec le plus profond intérêt. Pendant les vingt premières minutes, il lui répéta ce que Lillie Troy lui avait raconté au sujet de Nevada, le cow-boy.

Puis Elroy glissa son crayon derrière son oreille.

— Il a vraiment décroché le jackpot quand il s'est associé à Damon Delancy, celui que l'on appelait le Loup de Wall Street. Delancy avait établi sa fortune sur le cuivre de l'Arizona, et continuait à s'enrichir.

— Je crois savoir que Delancy est parti en Angleterre. Vous avez appris quelque chose au sujet de sa femme ? Elle risquait la prison, il me semble.

— Oui, j'ai tous les détails. Catherine Delancy était médecin. Elle a violé la loi Comstock en donnant à ses patientes des informations sur la contraception, informations qu'elle recevait par la poste.

Au cours de ses visites au Palais de justice, Honora avait souvent vu à l'œuvre Anthony Comstock, président de la Société new-yorkaise de répression du vice. Il semblait toujours se délecter de pouvoir traîner devant un tribunal ceux qui violaient la loi qui portait son nom. Par ailleurs, agent spécial de la poste, ce personnage avait le droit d'inspecter le courrier afin de saisir toute information considérée comme licencieuse et, à l'occasion, tout moyen de contraception. Honora se souvenait d'avoir rappelé à sa tante les risques que représentait l'envoi de pessaires par la poste.

À ses yeux, Comstock n'était qu'un dangereux fanatique et sa loi une absurdité. Toutefois, son viol entraînait une amende et une peine de prison pouvant aller jusqu'à cinq ans.

— Selon tous les témoignages, continua Elroy, cette femme n'en était pas moins une sainte.

— Une sainte ? Vous plaisantez ?

— Pas du tout. Comstock est bien le seul à l'avoir clouée au pilori, et nous savons que c'est un vieux fou. Le docteur Catherine Delancy manifestait un tel dévouement pour ses patients qu'elle a souvent risqué sa propre vie pour eux. La plupart vivaient misérablement. Elle les soignait sans demander d'honoraires.

— C'était une femme remarquable.

— Pas pour Comstock. Il a essayé de la piéger en lui envoyant l'un de ses collaborateurs. Puis il a obtenu un mandat et a perquisitionné son cabinet. Là, il a effectivement trouvé ce qu'il cherchait. Mais Delancy a agi avant que sa femme fût traduite en justice. Il l'a emmenée avec leur fils en Angleterre.

— Je me demande dans quelle mesure LaRouche les a aidés à fuir.

— Il a prétendu qu'il ignorait ce qui se préparait.

— C'est ça ! Et moi je m'appelle Amélie !

« Nevada LaRouche avait probablement estimé qu'il pouvait sans impunité se jouer des lois... »

— Et les femmes dans la vie de LaRouche ? demanda Honora. Son comportement à leur égard peut être révélateur.

Elroy chercha la réponse dans ses papiers.

— Ah, voilà ! Il y a eu une période où il a fréquenté un bordel de première classe, un endroit qui s'appelle *Ivory's*, au nord de Gramercy Park.

Ce ne fut pas une surprise pour Honora, bien qu'elle se demandât pour quelle raison il n'avait pas préféré une maîtresse attitrée. Aimait-il tant le changement ? Appréciait-il plus l'amour physique que les liens affectifs ?

Mais Elroy poursuivait son rapport :

— Ensuite, il a courtisé une amie de Catherine Delancy qui était également médecin et s'appelait Sybilla Wolcott.

« Donc il avait fini par préférer une liaison régulière », se dit Honora.

— Qu'est-elle devenue ?

— Elle est morte. Assassinée.

— Pardon ?

— C'est ce que l'on peut lire dans le *World*. On l'a étranglée dans une ruelle où elle allait voir une malade.

— Et l'assassin ?

— La police l'a découvert. C'était un banquier, nommé August Talmadge. Sa banque avait fait faillite pendant la crise de 93 et il en rendait responsable Damon Delancy. En fait, il voulait supprimer la femme de Delancy. Il lui avait fait apporter par une petite fille un mot disant que la mère de l'enfant était gravement malade. Mais Catherine Delancy était absente et Sybilla Wolcott a voulu la remplacer. La ruelle était sombre. Talmadge s'est trompé de victime.

— Quelle horrible histoire !

— Ce n'est pas fini. Apprenant son erreur, le banquier a

alors tenté de tuer le docteur Delancy dans son cabinet. Fort heureusement, son mari et LaRouche sont arrivés au même moment. LaRouche a tué le banquier.

Honora se figea.

— A-t-il été arrêté ?

— Non. Le rapport de la police a conclu à la légitime défense. Les deux hommes se sont affrontés. Le banquier est tombé et s'est brisé la nuque. Les Delancy en ont témoigné.

— Évidemment... Et ensuite, y a-t-il eu une autre femme dans la vie de LaRouche ?

— Une certaine Lillie Troy. On dit qu'elle ressemble à la femme médecin assassinée par le banquier. Ce qui expliquerait l'intérêt que lui a porté LaRouche.

Honora sourit.

— Il essayait de retrouver en elle son amour disparu, c'est cela ? Vous êtes très romantique, Elroy.

Sous les taches de son s'insinua une rougeur.

— Nevada LaRouche a une vie plutôt morne, enchaîna Elroy. Il a vécu dans l'ombre de Delancy et on peut dire qu'aujourd'hui encore ça continue. Quotidiennement il reçoit des câbles de Londres qui lui dictent la marche à suivre. Il n'a pas le génie financier de son associé.

— Très instructif... C'est tout ?

— Oui.

Honora tendit la main pour prendre les notes d'Elroy.

— Vous avez fait de l'excellent travail. Digne d'un grand détective.

Elroy baissa les yeux en souriant. Il pensait à son idole.

— Mon but était de vous satisfaire, dit-il en se levant pour regagner son bureau.

Honora quitta son fauteuil et s'avança vers la fenêtre où elle retrouva l'animation de la rue, devenue aussi familière et agréable que le calme de Commonwealth Avenue, tandis que le soleil d'avril réchauffait la pièce. Néanmoins, elle sentit un frisson lui traverser le corps. Cette histoire d'assassinat l'impressionnait.

Elle se frotta les bras comme pour éloigner cette sensation de froid qui ne venait que de l'intérieur d'elle-même. Puis elle s'étonna à nouveau en constatant à quel point un seul fait, une seule information pouvait modifier le portrait d'une personne. Elle avait cru tout savoir de Robert jusqu'au moment où elle avait eu connaissance de sa liaison tragique avec Priscilla Shanks. Cette fois-ci, c'était sa perception de LaRouche qui se trouvait modifiée brusquement par cette affaire d'assassinat. Le récit de la disparition tragique de cette jeune fille tant aimée bouleversait son cœur de femme.

La pendaison de son père n'ayant pas été autre chose qu'un assassinat, elle pouvait faire le lien entre les deux événements et comprendre ce que devait encore ressentir LaRouche aujourd'hui. Quand une vie qui vous est chère est si brutalement arrachée au monde des vivants, le chagrin ne s'efface jamais. Parfois, il resurgit, vous submerge, vous étouffe, et l'on se demande si l'on n'est pas guetté par la folie.

Elle se détourna de la fenêtre en se lançant un avertissement : « Non ! Ne laisse pas les sentiments obscurcir ton jugement ! » Il ne fallait pas oublier que LaRouche avait le pouvoir de gâcher sa vie. Elle pria pour qu'avec Robert il la laissât tranquille.

Mais sa prière ne fut pas entendue. Lorsqu'elle rentra chez elle, Robert, tout excité, lui annonça que LaRouche les invitait à passer le week-end avec lui et quelques amis dans la propriété de Damon Delancy.

Honora préféra ne pas discuter et feindre l'enthousiasme qu'il attendait d'elle, en dépit de l'appréhension qui commençait à l'envahir.

— Ce n'est pas exactement Newport, remarqua Robert en découvrant Coppermine, la propriété de Delancy.

Tandis que le coupé qui les avait attendus à la gare s'engageait sur un pont de pierre, au-dessus d'un torrent fougueux, Honora eut une opinion plus positive. Aux villas, manoirs et autres châteaux prétentieux de Newport, elle préférait de beaucoup cette petite demeure en granit blanc, à l'architecture sobre, faite pour la convivialité et non pour témoigner de la fortune de son propriétaire. Elle s'étonna agréablement qu'un homme comme Delancy ait pu préférer l'élégance et la discrétion à l'étalage de ses richesses.

Au-delà du pont s'étendaient de vastes pelouses de part et d'autre d'une allée bordée de chênes majestueux. Bien sûr, ce n'était pas une simple chaumière avec un petit jardin potager.

Mais il flottait dans l'air une telle sérénité bucolique qu'Honora commença à se détendre. Au creux de son estomac, un nœud se défaisait.

Alors qu'ils suivaient l'allée bordée de chênes, Robert fit remarquer :

— Nous sommes dans la partie arrière de la propriété. Le devant donne sur la rivière. On m'a dit que la vue était magnifique. (Il prit la main de sa femme.) Un jour, nous aurons une propriété plus somptueuse que celle-ci.

Sans partager son avidité pour ce genre de choses, elle se refusait à déprécier ses rêves.

— Oui, un jour tu seras comblé, dit-elle.

À l'instant où la voiture s'immobilisa devant le perron, Nevada LaRouche sortit de la maison et vint vers eux avec son habituelle grâce de félin. En chemise blanche, sans cravate, gilet déboutonné et pantalon de serge marron, il avait conservé ses bottes de cow-boy.

Son sourire fit disparaître la sérénité d'Honora.

— Davis, madame Davis...

Il s'avança vers Honora pour l'aider à descendre de la voiture.

— Bienvenue à Coppermine.

— Merci de nous avoir invités.

Elle évita son regard amusé en se concentrant sur les gestes nécessaires pour mettre pied à terre sans s'empêtrer dans sa jupe. Ses gants lui permirent heureusement de se soustraire à la chaleur de sa main puissante. Dès qu'elle fut descendue, elle regarda autour d'elle.

— C'est une belle propriété, observa-t-elle. Quelle sérénité et quel calme après le tumulte de New York...

— C'est ce que mon associé recherchait précisément. Demain, vous aurez peut-être envie de visiter la ferme et les vergers. Ou de faire une promenade à cheval.

Honora afficha un sourire poli.

— Oh, nous serons certainement, Robert et moi, ravis de vous suivre.

Robert demanda :

— Vous venez ici chaque week-end ?

— Je viens dès que j'ai un moment de libre, surtout en été.

Tandis que deux serviteurs déchargeaient les bagages, LaRouche entraîna ses invités vers la maison.

— Venez rejoindre les autres. Ils vous attendent.

Prenant Honora par le bras, Robert suivit leur hôte. Ils traversèrent un petit hall puis un vaste patio rectangulaire, que couronnait un vitrail décoré sur son pourtour de feuilles et de ceps de vigne.

Honora sourit en pensant à l'enthousiasme que tante Theodora éprouverait devant cette délicate œuvre d'art.

— C'est ravissant.

— Ça m'a toujours plu, avoua LaRouche.

Trois couples attendaient dans le salon. LaRouche s'apprêta à faire les présentations. Les hommes se levèrent.

— J'aimerais vous présenter Robert Davis, notre nouvel avocat et son épouse, Honora, seule femme avocat de tout New York.

Il y eut des murmures d'admiration, de surprise polie et une ou deux exclamations désapprobatrices.

Le visage impassible, Honora lança néanmoins à Robert un regard d'excuses. Mais, comme elle, il n'avait pas bronché. Elle se concentra sur les présentations.

Les Herron, un couple d'Anglais, qui arrivaient de Londres. Lui était petit et râblé, elle, timide et insignifiante. Maria Morelli, chanteuse d'opéra, capricieuse diva, que les Davis n'avaient encore jamais vue sur scène, n'était autre que cette femme monumentale et hautaine, accompagnée d'un homme rougeaud, entre deux âges, qu'elle semblait fasciner et qui se nommait Jeffrey... Jeffrey... Honora oublia aussitôt son patronyme. Elle avait hâte de savoir qui étaient le troisième homme et sa petite femme rousse.

Très grand, avec une barbe brune qui descendait jusqu'à son torse et une crinière qui balayait ses larges épaules, Gordon Graham était aussi impressionnant qu'un lion. Une patte sur l'épaule de sa femme Genevra, il donnait l'impression de vouloir l'empêcher de s'envoler. Elle semblait aussi terrifiée que résignée, comme le père d'Honora la veille de son exécution, et si Gordon Graham sourit lorsqu'on lui présenta Mme Davis, ce ne fut pas sans une lueur de désapprobation dans ses yeux sombres.

Mais déjà LaRouche proposait aux Davis de monter dans leur chambre et de s'y reposer avant le dîner.

Ils suivirent une servante qui les conduisit à l'étage, dans une chambre spacieuse, de la couleur du soleil.

Dès qu'ils furent seuls, Honora commenta l'initiative de leur hôte :

— Je suis soulagée que l'on sache ce que je fais. Je me voyais mal jouer les femmes d'intérieur pendant tout un week-end. Mais je suppose que tu ne penses pas comme moi.

— Oh, en fait, je ne voulais pas que Fogg le sache, mais avec LaRouche c'est différent. Il s'en moque que tu sois avocate.

Elle fut surprise mais n'en exprima pas moins sa satisfaction.

— Je suis soulagée de l'apprendre.

Robert alla tirer les rideaux.

— Oh, quelle vue sur la rivière ! C'est magnifique ! (Il se retourna.) Tu as remarqué que je suis l'unique employé de son entreprise qu'il ait invité ?

— Herron et Graham ne travaillent pas pour lui ?

— Non. Je suis le seul. Ça doit vouloir dire qu'il a de grands projets pour moi.

« J'aimerais bien savoir lesquels », se dit intérieurement Honora, l'estomac serré.

LaRouche fit asseoir Robert à sa gauche tandis qu'Honora était priée de prendre place entre M. Herron, à sa gauche, et Gordon Graham, à sa droite. Immédiatement, elle pensa à profiter du voisinage de l'Anglais pour glaner quelques informations supplémentaires sur son hôte.

On servait le potage lorsqu'elle demanda à M. Herron :

— Comment avez-vous fait la connaissance de M. LaRouche ?

— Nous avons des amis communs à Londres. Damon Delancy et sa femme, le docteur Catherine Delancy.

Elle prit une cuillerée du délicieux consommé de bœuf.

— J'ai en effet appris qu'ils vivaient à Londres. Mme Delancy pratique-t-elle toujours ?

Herron s'essuya les lèvres avec sa serviette.

— Elle travaille dans un dispensaire de l'East End. Connaissez-vous Londres, madame Davis ? Non. Eh bien, voyez-vous, l'East End est constitué de quartiers très pauvres où les soins médicaux sont un luxe. Catherine et ses confrères vont dans les taudis et soignent les gens gratuitement.

Elroy avait bien dit qu'elle était une sainte.

— Elle est d'un grand dévouement.

À sa droite, Honora entendit Graham marmonner :

— Mais inconsciente aussi...

Honora se tourna vers lui.

— Inconsciente, monsieur Graham ?

Il avait repris son regard désapprobateur.

— Elle ne se rend pas compte du danger. Les taudis de l'East End ne sont pas faits pour les femmes seules.

Le vieux lion regarda sa femme assise entre Robert et la diva.

— Je sais que je ne laisserais pas ma femme s'aventurer dans ce genre d'endroit, surtout à n'importe quelle heure de la nuit. Une femme peut être aisément agressée et même... plus.

Honora jeta un coup d'œil vers LaRouche. En grande conversation avec Maria Morelli, il n'avait pas entendu la remarque de Graham.

Genevra Graham laissa transparaître dans son expression une pointe de défi.

— Tu as peut-être raison, Gordon, mais tu sais aussi bien que moi que sans Catherine Delancy et Sybilla Wolcott, notre fils n'aurait pas survécu. (Détournant soudain le regard, elle murmura :) Et moi non plus...

Intriguée, Honora se pencha en avant.

— Puis-je connaître les circonstances de ce double sauvetage ?

Jugeant qu'il était quelque peu délicat d'aborder ce genre de sujet à table, Genevra Graham rosit tout en acceptant de répondre.

— J'ai eu un accouchement particulièrement délicat. Sybilla, l'amie de Catherine, a pratiqué une intervention peu commune et dangereuse. Elle nous a sauvés, mon fils et moi.

Honora vit les doigts de Genevra trembler tandis qu'elle reprenait son repas afin de mettre un terme à ses confidences.

— Catherine a tenté d'ouvrir un cabinet à Londres, mais

peu de gens désiraient se faire soigner par une femme, expliqua M. Herron. (Il se tourna vers Honora.) Vous avez dû rencontrer des préjugés semblables, madame Davis.

Honora songea à ses condisciples puis à tous ceux qui lui avaient refusé un travail. Elle se sentit soudain proche d'une femme qu'elle ne connaissait pas.

Au moment où l'on vint enlever son assiette, elle se rejeta contre le dossier de sa chaise.

— Je ne serais pas étonnée que les femmes médecins soient tout de même mieux acceptées que les avocates.

Autour d'elle le silence se fit brusquement tandis que tous les regards convergeaient vers elle.

Nevada LaRouche demanda :

— Pourquoi dites-vous cela, madame Davis ?

Elle soutint le regard bleu de LaRouche.

— On estime généralement qu'il est dans la nature d'une femme d'aider les autres, de les soigner, de les secourir. Une femme dans un prétoire représente, en revanche, une menace pour le pouvoir que les hommes s'attribuent depuis toujours.

Graham passa de la désapprobation à une franche hostilité.

— Les femmes n'ont pas à rechercher le pouvoir. Elles ont leurs pères et leurs maris pour les protéger et leur fournir ce dont elles ont besoin.

Son épouse se tut mais pinça les lèvres.

Maria Morelli déclara de sa voix chaude et mélodieuse :

— C'est également mon avis. Une femme ne perd-elle pas sa féminité lorsqu'elle essaie de ressembler aux hommes ?

— Mais vous êtes vous-même une femme indépendante, mademoiselle Morelli, observa Honora. Vous gagnez votre vie sur scène. Vous parcourez le pays.

— Sans doute. Mais la chanteuse ne prend pas le pas sur la femme. Avec Maria Morelli, l'homme reste le maître. (Une main posée sur sa poitrine généreuse et frémissante, elle ajouta :) Si l'homme que j'aime me demandait d'arrêter de chanter, je n'hésiterais pas un seul instant. N'est-ce pas, mon cher ?

Elle s'était tournée vers son compagnon, l'air extatique.

— Je le sais, *bellissima*. Je le sais. Mais je ne serai jamais assez égoïste pour priver le monde de votre magnifique voix.

Honora chercha le regard de Robert en espérant qu'il soutiendrait ses propos. Mais il préféra s'intéresser au repas. Trop fière pour solliciter sa complicité, Honora trompa sa déception en portant son verre à ses lèvres sous le regard observateur de son hôte.

Quelques secondes plus tard, Nevada remarqua :

— J'ai rencontré quelques femmes exceptionnelles dans ma vie, et il me semble que si une femme veut devenir médecin ou avocate, personne ne doit l'en empêcher.

Honora ne voulut pas croire à la sincérité de LaRouche. Elle leva son verre mais laissa transparaître une nuance de sarcasme lorsqu'elle déclara :

— Quelle superbe indulgence, monsieur LaRouche !

Elle le vit s'assombrir, le regard glacial et menaçant. Mais elle reporta son attention sur son assiette et passa le reste de la soirée en conversations anodines sans plus se soucier de son hôte.

10

Le lendemain matin, Honora se leva à l'aube, passa une jupe et un chemisier, se brossa les cheveux et abandonna la chambre aux ronflements de Robert.

Elle put traverser la maison silencieuse sans même rencontrer l'ombre d'un serviteur. À l'extérieur, l'attendait un univers plongé dans une brume épaisse qui aurait pu être angoissante s'il n'y avait eu cette bonne odeur d'herbe et d'écorce mouillées. Alors qu'on ne voyait pas à deux mètres, hardiment elle s'éloigna de la maison, et s'enfonça dans le silence, la solitude et le brouillard, comme pour laisser loin derrière elle la conduite stupide qu'elle avait eue pendant le dîner.

L'humidité pénétrait le fin chevreau de ses ballerines, mais elle ne songea pas à rebrousser chemin. Frissonnant, elle se contenta de serrer son châle de cachemire autour d'elle. Que lui avait-il pris de défier, chez lui, cet homme qui les avait invités et qui était l'employeur de son mari ? De lui dépendait l'avenir professionnel de Robert.

« Même si tu n'as aucune confiance en cet homme, se dit-elle, tu te dois de dissimuler ton animosité et de rester polie pour le bien de Robert. »

Fort heureusement, Robert n'avait pas prêté attention au toast sarcastique qu'elle avait porté à leur hôte. Lorsqu'ils s'étaient retirés dans leur chambre, il l'avait complimentée et remerciée d'être pour lui un atout. À défaut de lui faire remarquer que ce n'était pas là le but ultime de sa vie, elle lui avait reproché de ne pas l'avoir soutenue dans ses propos.

Un long baiser sur la nuque avait suffi à la faire frissonner de plaisir et à la radoucir.

— Personne ne peut te défendre mieux que tu ne le fais toi-même, lui avait dit Robert.

Puis il s'était racheté en l'aimant avec fougue.

Elle tomba sur un sentier qui traversait la pelouse et conduisait à un petit bois. En s'y engageant, elle vit des arbres insoupçonnés sortir des brumes denses, pendant que d'autres derrière elle disparaissaient dans les vapeurs de l'aube.

Elle n'était pas sortie depuis plus de dix minutes lorsqu'elle entendit un bruit de pas tout près d'elle. Son cœur s'affola, elle fit volte-face et vit se dresser sur le sentier la silhouette de Nevada LaRouche.

— Madame Davis...

— Monsieur LaRouche. (Elle chercha vainement à esquisser un sourire.) Que faites-vous dehors de si bonne heure ?

Une barbe naissante et des cheveux en désordre révélaient qu'il s'était lui aussi habillé à la hâte, et dans la lumière grise de l'aube son regard bleu était glacial.

— J'ai voulu saisir l'occasion de vous parler en tête à tête.

— Vous m'avez donc vue sortir, et vous m'avez suivie.

— Quelque chose comme ça, oui.

— Vous devez avoir l'habitude de vous lever tôt.

— Je me lève tôt quand j'ai l'esprit préoccupé.

Bien qu'elle connût déjà la réponse, elle lui demanda :

— À quel sujet voulez-vous me parler ?

Le brouillard et les arbres les entouraient comme les murs d'une pièce exiguë. Mais il n'en fit pas moins un pas de plus vers elle, les pouces dans sa ceinture.

— En ma présence, vous vous comportez comme un cheval qui aurait des chardons sous sa selle. Pourrais-je savoir pourquoi ?

Honora serra son châle autour de ses épaules, décida de mentir une nouvelle fois, pour Robert, et s'efforça de rester impassible.

— Je ne vois pas ce que vous voulez dire. Avec vous, j'ai été la politesse même.

Il sourit.

— Eh bien, je me demande comment vous êtes quand vous

décidez d'être déplaisante ! (Il scruta son visage avec un sans-gêne déconcertant.) Vous ne m'aimez pas beaucoup, n'est-ce pas ?

— Au moins, vous êtes direct...

— Je préfère toujours mettre cartes sur table.

— Mais comment voulez-vous que je réponde à cette question ? Faudrait-il que je sois assez stupide pour avouer au patron de mon mari que je ne l'apprécie guère ?

— Je ne m'étais donc pas trompé.

— N'insistez pas. Je vous connais peu. Je ne peux donc avoir une opinion bien définie.

Il s'étonna.

— Je vous prenais pour une femme qui ne cherche pas à tergiverser. Me serais-je trompé ?

— Non. Vous avez raison. Je préfère aussi jouer franc jeu. Mais... Bon, disons que mes réserves à votre égard viennent du fait que je ne fais pas confiance aux hommes comme vous.

Il ne se sentit pas offensé.

— Est-ce à cause de ce qui est arrivé à votre père ?

Le sang lui monta si vite aux joues qu'elle eut une brève sensation de vertige. Instinctivement, elle crispa sa main sur son médaillon et tira dessus selon son habitude. Mais, dans cet instant d'affolement, elle eut un geste trop violent. La cordelette céda et le bijou tomba.

— Oh, non !

Aussitôt LaRouche se baissa et ramassa le médaillon.

— Il est mouillé. (Prenant un mouchoir dans la poche de sa veste, il essuya l'or ciselé, humide de rosée.) Vous devriez le porter à une chaîne.

Elle fit disparaître le bijou et la cordelette rompue dans une poche de sa jupe.

— Même les chaînes finissent toujours par se casser.

L'incident lui pesait autant que la question de LaRouche. Incapable de retrouver son sang-froid, elle préféra tourner les talons et s'en aller. Mais elle n'alla pas loin. Une main sur son bras l'arrêta. Devant elle, au loin, les premiers rayons du soleil filtraient à travers les arbres et dissolvaient le brouillard comme pour lui indiquer une route directe vers le ciel.

— Est-ce mon mari qui vous a tout raconté ?

— Oui.

Apparemment Robert ne reculait devant rien pour s'assurer les bonnes grâces de cet homme.

— Je vois, dit-elle.

Il retira sa main.

— Je comprends votre douleur. C'est une mort affreuse. Mais ne m'assimilez pas à celui qui l'a trahi.

Elle se recomposa un visage calme avant de se tourner vers lui. La sympathie qu'elle lut dans son regard la toucha malgré elle mais elle refusa de changer de ton.

— Pourquoi seriez-vous si différent ? Avec votre fortune et votre pouvoir...

— Oui, j'ai de l'argent. Grâce à Delancy. Mais du pouvoir, ça reste à prouver. Vous me flattez, madame.

Pour elle, le moment était venu de se jeter à l'eau.

— Ne me dites pas que vous ne m'en voulez pas d'aider Lillie Troy. Et puis j'ai une dette envers vous, n'est-ce pas ? C'est bien ce que vous m'avez dit chez les Fogg ? Alors, je vous demande quel prix j'ai à payer, monsieur LaRouche. À moins, bien entendu, que vous n'ayez l'intention de ruiner mon mari qui ne se doute de rien.

Il eut un mouvement de recul.

— Vous pensez que je l'ai engagé pour avoir à travers lui une influence sur vous ?

— Non ?

L'air offusqué de son hôte lui parut sincère.

— Non, madame, dit-il. Je l'ai engagé sur sa réputation de brillant avocat. (Devant le soudain silence d'Honora, il demanda :) Ne pensez-vous pas que votre mari ait du talent ?

— Bien sûr que si ! Je suis heureuse d'ailleurs que vous le reconnaissiez.

— Je reconnais aussi que je n'ai pas apprécié votre démarche au nom de Lillie.

— Et quand vous n'appréciez pas, vous menacez, n'est-ce pas ? Vous m'avez prévenue dans votre bureau que vous prendriez une revanche.

Elle continuait à le surprendre par la façon dont elle le jugeait.

— J'ai simplement cherché à vous impressionner. Je ne pensais pas que vous alliez y croire. J'ai bien autre chose à faire qu'à mûrir une vengeance contre Lillie et son avocate.

Mais si j'avais voulu la prendre, cette revanche, alors, oui, vous auriez pu vous inquiéter.

Elle frissonna en imaginant qu'il risquait encore de changer d'avis.

— Vous avez froid ?

Le croyait-il vraiment ? C'était peu probable, mais il joua le jeu, enleva sa veste et la lui mit sur les épaules. Encore imprégnée de la chaleur de son corps, elle lui donna l'impression de se réchauffer dans ses bras et faillit, une seconde, lui faire déposer les armes.

Le trouvant trop près d'elle, elle recula d'un pas.

— Je sais que vous avez violé la loi, lança-t-elle.

Il réprima un sourire.

— Je reconnais avoir violé toutes sortes de lois dans ma vie, madame. À quelle violation particulière pensez-vous ?

Elle tiqua devant l'ironie de son observation avant de lui répondre :

— J'ai appris que vous aviez aidé Damon Delancy et sa femme à s'enfuir en Angleterre, alors que le docteur Delancy devait être jugée.

Son regard se durcit.

— Attendez un peu. Vous semblez ignorer que Delancy avait eu soin de ne pas m'informer de son projet.

— Ne me racontez pas d'histoires. Comment pourrais-je croire que votre ami le plus proche ne vous avait pas mis dans la confidence ?

— Croyez-moi ou non, c'est la stricte vérité.

— Eh bien, disons qu'il est regrettable que vous n'ayez pas pu les empêcher d'enfreindre la loi. Il ne s'agit certes que d'une infraction relativement mineure...

— Une minute : je ne suis pas avocat, moi, madame. J'aimerais que vous m'expliquiez.

Elle lui donna des exemples. L'entrée illégale dans un pays ou l'adultère sont des infractions qui entraînent des peines moins importantes que le meurtre, mais qui relèvent néanmoins du code pénal.

— Soit : ils ont commis un délit grave, mais je ne peux pas leur reprocher d'être partis. Jamais un homme n'a autant aimé sa femme que Damon. Et elle ne risquait la prison que pour avoir enfreint une loi stupide.

— Stupide ou non, c'est une loi qui existe et doit être respectée.

Il la regarda sévèrement.

— Avez-vous pensé aux vies que Catherine a sauvées ? Avez-vous pensé à son enfant ? Dieu seul sait pendant combien de temps il aurait été séparé de sa mère.

— Pendant cinq ans. C'était le plus probable.

LaRouche eut un air effaré.

— Et vous appelez ça la justice ?

Elle soupira.

— Je ne prétends pas que les lois soient toutes bonnes ou justes. Mais vos amis auraient dû choisir de se battre au lieu de fuir.

— Je suppose qu'ils ont pesé le pour et le contre.

À quoi servait-il de discuter avec lui ? Honora regarda autour d'elle.

— Le soleil est levé. Je dois rentrer. Sinon mon mari va se demander où je suis passée.

Elle se remit à marcher. LaRouche adopta son allure. Quand le silence devint trop pesant, elle le brisa.

— J'ai appris ce qui était arrivé au docteur Wolcott.

Aussitôt, il s'immobilisa.

— Que savez-vous exactement au sujet de Sybilla ?

Elle se tourna vers lui, satisfaite de le sentir enfin déstabilisé. Mais dès qu'elle vit la douleur que reflétait son regard, le regret et la honte la saisirent.

— Je sais qu'elle a été assassinée.

— Comment l'avez-vous découvert ?

L'espace d'une seconde, elle hésita à être franche et porta son regard sur les rayons de soleil qui jouaient dans les arbres.

— Mon assistant a mené une enquête sur vous.

Il se figea comme le cerf qui sent le danger.

Sans plus attendre, elle s'expliqua :

— N'oubliez pas que vous m'aviez menacée de prendre votre revanche, monsieur LaRouche. À partir de là, j'ai préféré me renseigner sur vous. Je cherchais quelque chose qui me permette de me protéger, ainsi que mon mari. C'est le genre de chose que vous pouvez certainement comprendre.

— Vous seriez capable d'utiliser contre les gens leur propre malheur ? demanda-t-il, la voix assourdie par la colère.

— Je n'étais pas à la recherche d'une tragédie... Tout était dans les journaux. Mon assistant devait nécessairement tomber dessus. Sincèrement, j'aurais préféré ne pas être au courant.

— Pour quelle raison ?

— Parce que c'est une très triste histoire.

Il se décrispa.

— C'était. Elle appartient au passé. Quelle que soit ma souffrance, je ne peux rien changer. (Lentement il se remit à marcher.) Jamais je ne l'oublierai. Elle me manque, elle me manquera toujours. Mais elle n'aurait pas aimé que je me vautre dans mon chagrin.

Honora pensa à son père et au rêve qui revenait régulièrement la harceler. LaRouche et elle partagaient une douleur identique qui créait comme un lien entre eux.

— Quand vous perdez quelqu'un que vous aimez dans des circonstances tragiques, cette disparition vous hante pendant très longtemps, dit-elle d'une voix pleine de tristesse.

— La souffrance finit peut-être par s'estomper.

— Elle diminue, oui, mais ne disparaît jamais.

— Votre père vous manque beaucoup, n'est-ce pas ?

— Quotidiennement.

Soudain, la maison se dressa devant eux. Honora lui rendit sa veste en le remerciant.

— Eh bien, monsieur LaRouche, maintenant que nous avons mis tous deux cartes sur table, puis-je savoir si mon mari garde son emploi ? Ma franchise lui vaut peut-être un licenciement.

Elle le vit sourire lentement, malicieusement, se dit qu'il reprenait la situation en main mais n'en fut pas moins surprise par sa réponse.

— Si le fait que votre mari travaille pour un hors-la-loi ne froisse pas trop vos principes, eh bien, il restera à son poste tant qu'il s'y montrera compétent.

Le rouge aux joues, elle eût préféré rentrer sous terre.

— Vous pouvez être un hors-la-loi et ne pas contraindre Robert à des actes illégaux. Dans ce cas, je n'ai rien à dire.

Il s'inclina brièvement.

— Parfait, madame.

Puis il passa sa veste et se dirigea vers les écuries.

Soulagée, quoique légèrement tremblante, Honora regagna la chambre où Robert devait commencer à se poser des questions.

Elle allait ouvrir la porte lorsqu'elle entendit une voix murmurer :

— Madame Davis ?

Elle se retourna et découvrit Genevra Graham qui se précipitait vers elle. Avant qu'elle ait pu dire le moindre mot, la femme lui glissa un message dans la main, lui fit signe de rester muette et se retira aussi silencieusement qu'un fantôme.

Robert dormant encore, elle eut le loisir de lire le message immédiatement. « Madame Davis, pourrions-nous nous rencontrer dans le pavillon des invités, demain matin à six heures ? Je vous demande de ne parler à personne de ce rendez-vous. C'est une question de vie ou de mort. Genevra Graham. »

L'image de cette femme apeurée et de son mari au regard désapprobateur traversa l'esprit d'Honora. Puis elle repensa aux derniers mots du message : « Une question de vie ou de mort. »...

Elle glissa la feuille de papier dans sa poche et alla réveiller son mari.

Par la baie vitrée de son bureau, Nevada LaRouche observait ses invités jouant au croquet sur la pelouse.

Plus que tout autre, Honora Davis retenait son attention. À l'évidence, elle jouait pour gagner. Elle n'avait ni la maladresse de la timide Mme Herron ni le manque d'enthousiasme de Genevra Graham. Elle savait étudier les mouvements de ses adversaires et tapait dans la balle avec précision. Mais elle n'avait pas le triomphe modeste, accueillant ses bons scores en applaudissant comme une enfant, indifférente aux échecs d'un Robert morose.

Il avait été heureux de la suivre à l'aube. Il revoyait les minuscules perles de rosée sur sa chevelure noire, ses yeux sombres emplis de mystères. Elle lui avait rappelé cette guérisseuse indienne qui lui avait un jour sauvé la vie.

Comment avait-il pu la menacer ? Il aurait dû deviner qu'une femme si déterminée riposterait en se servant de toutes les armes dont elle pourrait disposer. Toutefois, la perte tragique de la femme qu'il avait aimée aurait dû rester un sujet tabou.

Mais Mme l'avocate devait bien avoir un point faible qu'il finirait par découvrir.

En attendant, il reconnaissait qu'il s'était senti ébranlé lorsqu'elle lui avait avoué qu'elle avait fouillé dans son passé. Non, il n'avait pas prévu ça. Honora Davis était une femme surprenante, aux multiples ressources.

Tandis qu'elle repoussait d'un revers de la main une petite mèche folâtre sur sa joue, il se demanda si une amitié, simple, franche, directe était possible avec ce genre de femme, forte et passionnée. Il lui faudrait d'abord se faire accepter et le mépris qu'elle affichait pour ceux qui enfreignaient les lois lui laissait peu de chance de réussir.

Pour l'heure, il reconnaissait apprécier sa compagnie. C'était un plaisir de discuter avec elle, de la provoquer, de la regarder s'emporter. Mariée, elle ne serait pas sa maîtresse. Elle n'était pas faite pour une relation interdite, vouée à l'ombre et aux mensonges.

Soudain, il rencontra son regard. Mais aussitôt elle reporta son attention sur la balle qui attendait, à ses pieds.

Il décida en souriant qu'il était temps pour lui de montrer à Honora Davis comment un hors-la-loi jouait au croquet.

Le lendemain matin, à six heures, Honora sortit de la maison endormie et se dirigea vers le pavillon qui, non loin de là, hébergeait une partie des invités de LaRouche lorsque ceux-ci étaient trop nombreux.

Elle alla directement dans le salon mais constata qu'il n'y avait personne.

— Hello ? Est-ce qu'il y a quelqu'un ?

Un froissement de soie, un bruit de pas légers précédèrent Genevra Graham qu'elle vit sortir d'une pièce adjacente. Pardelà l'épaule d'Honora, Mme Graham jeta un regard anxieux vers l'entrée.

— Quelqu'un vous a vue ?

— Non. Nous sommes dimanche. Tout le monde dort tard. Et j'ai fait attention.

Honora marqua un silence.

— Un message glissé dans ma main, un rendez-vous secret... Pourquoi tant de mystère, madame Graham ?

La pauvre femme tremblait.

— Je veux divorcer, annonça-t-elle.

L'année précédente, la célèbre Alva Vanderbilt avait en quelque sorte donné le ton en divorçant de William K. Vanderbilt. La haute société avait fait sa révolution... Toutefois, Genevra Graham ne pouvait posséder l'audace d'une Alva Vanderbilt. Elle avait dû réfléchir à deux fois avant de se lancer dans cette aventure, et il fallait qu'elle fût à bout.

Honora alla vers elle et lui prit les mains.

— Venez vous asseoir et expliquez-moi ce qui se passe.

Genevra Graham jeta encore un regard nerveux vers l'entrée avant de parler.

— En dépit de la différence d'âge, nous avons été très amoureux, Gordon et moi. Mais à partir du jour où il a appris que... que j'avais subi un avortement dont je ne lui avais jamais parlé, son amour s'est transformé en haine.

Honora comprenait la réaction de cet homme qui apprend que sa femme s'est secrètement débarrassée de leur enfant.

Un frisson parcourut Genevra.

— Il est devenu un monstre, madame Davis. Je vis dans une terreur perpétuelle.

— Il vous bat ?

— Non. Mais il est capable de ne pas m'adresser la parole pendant des jours entiers et d'interdire aux serviteurs de me parler. Parfois, quand des amies viennent me voir, il leur répond que je suis absente et m'oblige à les regarder repartir. Il lui arrive aussi de m'enfermer dans le grenier. Il me refuse de l'argent pour m'acheter des vêtements neufs. Et puis, surtout, il me menace de m'enlever mon fils. (Elle éclata en sanglots.) Si je ne me sépare pas de lui, je vais devenir folle.

— Madame Graham, arrive-t-il à votre mari de vous tromper ?

Genevra s'essuya les yeux avec son mouchoir.

— Comment pourrais-je le savoir ?

— Priez pour que ce soit le cas. Ce serait la seule chose qui vous permettrait d'obtenir le divorce dans l'État de New York.

L'air incrédule, Genevra s'écria :

— Mais cet homme me torture moralement ! Je ne peux plus l'aimer. N'est-ce pas suffisant pour obtenir le divorce ?

— Non. Pas dans l'État de New York. (Honora marqua une pause.) Votre avortement n'est peut-être pour lui qu'un prétexte. Il se peut qu'il soit cruel avec vous parce qu'il a une maîtresse.

— Mais s'il veut vivre avec une autre femme, je ne demande pas mieux ! (Son regard se durcit.) C'est un être malveillant. Même s'il y a quelqu'un d'autre, il préfère me garder et me faire du mal.

Un bruit soudain l'alarma. Elle se leva d'un bond et fixa sur l'entrée un regard terrifié. Puis, constatant qu'elle n'avait pas à affronter la fureur de son mari, elle poussa un soupir pesant avant d'arpenter le salon en s'interrogeant :

— Que vais-je devenir ? Que vais-je devenir ?

Honora se leva.

— Je ne vois pas de solution pour l'instant, madame Graham. Si vous voulez que je prenne cette affaire en main, je ferai faire une enquête sur votre mari. S'il y a adultère, nous pourrons ouvrir un dossier.

— Et s'il n'y a pas adultère ?

— Alors je vous conseillerai de vous installer dans un autre État. Dans le Connecticut, par exemple, où les lois relatives au divorce sont moins rigoureuses.

— Je ne pourrais pas me le permettre. Je n'ai pas d'argent. Gordon a mis sous clef mes bijoux. Autrement j'aurais pu engager mes diamants.

— Personne ne peut vous prêter de l'argent ?

— Les maris de mes amies sont tous proches de Gordon. Ils ne me prêteront pas d'argent à son insu.

— Comment envisagez-vous de payer mes honoraires dans ce cas ?

Genevra prit un air penaud.

— J'espérais que vous accepteriez de ne rien me demander...

Retenant un soupir, Honora regretta que Mme Graham ait omis de penser aux frais qu'elle avait à couvrir sous peine de mettre la clef sous la porte. Elle dut faire un effort pour rester calme.

— Écoutez, passons au moins l'accord suivant : Si nous

gagnons le procès, les frais devront être payés par votre mari. Vous me ferez alors parvenir la somme correspondante. Si nous perdons, vous ne me devrez rien.

— Parfait. Je vous remercie de tout cœur. Rien ne m'angoisse plus que l'idée de passer le reste de ma vie avec ce monstre.

— Je vous aiderai de mon mieux. Mais je ne vous promets rien... Êtes-vous certaine de me faire confiance en dépit de mon inexpérience ?

— Je ne connais pas d'autre avocat que vous. Et puis, le fait que vous soyez une femme me permettra de vous rencontrer plus facilement. Mon Dieu, si Gordon apprenait que je veux divorcer...

Elle frissonna.

Honora lui tapota affectueusement la main.

— Je ferai de mon mieux pour que nos démarches restent secrètes le plus longtemps possible.

Genevra recommença à trembler.

— Nous devrons être extrêmement prudentes. Gordon est un homme très puissant. Il est également violent et pourrait être tenté de s'en prendre à vous.

Relevant le menton, Honora se montra déterminée.

— Personne n'est au-dessus de la loi. Mais prenons effectivement un maximum de précautions. Évitons de nous rencontrer à mon bureau. Y a-t-il un autre endroit où vous pourriez venir me rejoindre en toute sécurité ?

Genevra réfléchit, plissa le front.

— Peut-être chez une amie. Et quand il sera dans l'un de ses bons jours... Autrement, il ne me laissera pas sortir.

Honora lui donna sa carte.

— Il vous suffira de me faire savoir où et quand.

Elle quitta le pavillon la première et retourna dans la maison, sans s'apercevoir qu'on l'observait d'une fenêtre du premier étage.

11

Deux mois plus tard, par une douce soirée de juin, Honora s'installa dans la bibliothèque pour écrire à sa tante en attendant que Robert rentrât de son travail.

Depuis son retour d'Italie, au printemps, Theodora manifestait dans ses lettres une humeur joyeuse, contait des anecdotes amusantes au sujet de ses achats chez les marchands de tableaux et de son automobile flambant neuve. Elle terrorisait, disait-elle, les chevaux et les chiens dans les rues de Boston. Mais la gaieté de ses propos sonnait faux. Honora sentait, par-delà les mots, la désarroi d'une femme qui regrettait toujours son jeune amant.

Quand elle leva les yeux, elle vit Robert qui se tenait dans l'embrasure de la porte, une main sur la poignée, comme s'il hésitait à entrer. Il ne lui rendit pas son sourire chaleureux.

— La journée a été dure ? Tu as l'air fatigué. Tilly t'a gardé le dîner au chaud.

— Est-il vrai que tu représentes Genevra Graham dans une demande de divorce ?

Elle posa son stylo et se leva.

— Oui. Nous nous sommes mises d'accord, en avril, quand nous étions chez LaRouche.

— Pourquoi ne m'en as-tu pas parlé ?

— Je viens à peine de réunir les preuves d'adultère.

Elroy les lui avait fournies quelques jours auparavant : Gordon Graham entretenait une maîtresse, une certaine Araminta deGrey, qu'il avait installée aux abords de Central Park.

Robert eut un regard glacial.

— Qu'est-ce qui t'a pris d'accepter ?

Honora se raidit. L'affrontement devenait inévitable.

— En me demandant de la représenter, Genevra m'offre une première occasion de plaider. Je n'attendais que ça.

— Honora, Gordon Graham est un homme fortuné et puissant.

— Je connais la formule. Merci. Mais ça ne fait aucune différence.

— C'est regrettable ! Il peut s'offrir les meilleurs avocats de New York. Et il a également le pouvoir de nous détruire !

Elle joua avec son médaillon suspendu à une nouvelle cordelette.

— Et si nous parlions de sa femme ? Faut-il la laisser se débattre seule parce que son mari est un homme redoutable ? (Cherchant à apaiser sa colère, elle se mit à aller et venir dans la pièce exiguë.) Tout être humain a droit d'être représenté par un avocat, Robert. L'aurais-tu si vite oublié ?

— Je pense à toi, répondit-il en rougissant. Tu manques d'expérience. Les avocats de Graham ne feront qu'une bouchée de toi.

— As-tu songé à ton inexpérience avant d'entrer chez LaRouche ?

— C'est une situation différente. Moi, je ne plaide pas.

— Ta sollicitude me touche, mais il me faut tôt ou tard descendre dans l'arène, et ma cliente me fait confiance.

Robert s'approcha d'elle et lui prit les mains.

— Je te demande de faire marche arrière.

Elle s'écarta de lui.

— Pourquoi ? Est-ce vraiment parce que tu trembles pour moi ? Ne serait-ce pas plutôt parce que Graham est un ami de ton patron ? (Devant son silence, elle ajouta :) LaRouche t'a-t-il demandé de faire pression sur moi ?

— Il ne m'a pas touché un mot de cette affaire.

Elle en doutait, mais feignit de le croire.

— Ça tombe bien car je refuse d'abandonner.

Furieux, il s'éloigna d'elle comme si un frelon l'avait piqué.

— Est-ce qu'il t'arrive de penser avant d'agir ? De mesurer les conséquences de tes actes ?

— Oui je réfléchis avant d'agir. Mais jamais je n'accepterai ni ne rejetterai une affaire simplement pour plaire à un individu riche et puissant.

— C'est regrettable ! Sinon pour toi, du moins pour moi.

— En quoi es-tu concerné ?

— Suppose une seconde que je veuille un jour travailler pour Graham...

Elle eut un geste d'exaspération.

— Toi, toi, et toujours toi ! Il n'y a que toi qui comptes dans ce mariage. J'ai dû te suivre à New York parce que tu rêvais de travailler dans la haute finance. Je dois dissimuler ce que je fais parce que tes employeurs sont contre les femmes avocats. Et maintenant il faudrait que je laisse tomber ma première affaire importante parce que tu pourrais un jour travailler avec Graham.

Il la regarda fixement.

— Tu ne t'es jamais plainte jusqu'à présent.

— Eh bien, il n'est pas trop tard !

— Honora...

— Je ferais n'importe quoi pour toi, Robert, mais ne me demande pas d'abandonner ce dossier. Je ne peux pas accepter une chose pareille.

— Très bien. Tu peux dire à Tilly que je ne dîne pas ici. Je ressors et j'ignore à quelle heure je rentrerai.

Elle fit un pas vers lui.

— Je t'en prie. Ne pars pas comme ça. Avec la rage au cœur.

— J'ai besoin d'être seul.

Il tourna les talons et se précipita hors de la pièce. Honora eut un coup au cœur en entendant claquer la porte du hall.

Debout au milieu de la bibliothèque, elle se concentra sur sa respiration. Quand sa colère fut dissipée, elle retourna s'asseoir devant son secrétaire et reprit sa plume. Mais, l'esprit absent, elle renonça à achever sa lettre, se rejeta contre le dossier de sa chaise et se massa la nuque.

Sa colère revenait. Elle marmonna :

— Comment ose-t-il !

Cette affaire de divorce avançait plus vite qu'Honora aurait osé l'espérer. Dès qu'Elroy avait découvert la liaison de Graham, les deux femmes avaient commencé à se rencontrer secrètement. Puis, le procès devenant envisageable à partir des informations recueillies, Genevra s'était réfugiée avec son fils chez des amis. Seule Honora savait où la trouver en attendant le procès qui devait avoir lieu en août.

Il était désormais impossible de laisser tomber Genevra. Ni la volonté de Robert ni celle de Nevada LaRouche ne pouvaient entrer en ligne de compte.

Deux jours plus tard, assise derrière une pile de livres de droit, elle entendit frapper à la porte de son bureau et répondit sans lever les yeux de son travail :

— Oui, Elroy ?

La porte s'ouvrit toute grande pour laisser entrer une tornade, et avant même de reposer sa plume, elle sut que s'avançaient vers elle une paire de bottes en cuir cousue main.

Elle ne parvint pas à dissimuler sa surprise.

— Monsieur LaRouche.

— Bonjour.

Il était habillé pour Wall Street ce jour-là, en redingote noire, gilet et cravate de soie grise, rayée ton sur ton. Il tenait un haut-de-forme à la main, quoiqu'un Stetson eût mieux convenu à ses cheveux blonds descendant sur la nuque. Il désigna d'un geste bref le bureau d'Elroy.

— Il n'y a personne. J'ai pris la liberté d'entrer. J'espère que je ne vous dérange pas.

— Pas du tout, affirma-t-elle. Asseyez-vous.

— Ce n'est pas de refus.

Il s'installa dans l'un des fauteuils et posa son haut-de-forme sur l'autre.

Soucieuse de se sentir à l'aise en dépit du flegme trompeur de LaRouche, Honora se carra dans son siège avant de le regarder au fond des yeux.

— Vous venez me parler du divorce des Graham, j'imagine.

Il eut une moue ironique.

— Vous ne tournez pas autour du pot au moins.

— Si vous êtes ici pour tenter de me convaincre de refermer ce dossier, vous pouvez ressortir immédiatement.

Il secoua la tête en signe de dénégation. La lueur amusée qui dansait dans ses yeux s'opposait au sérieux de son attitude.

Honora s'efforça de rester impassible.

— Si ce n'est pas le cas, puis-je savoir ce qui vous amène ?

— Je viens vous proposer de m'accompagner à l'opéra avec votre mari.

— À l'opéra ?

— Oui. Vous m'avez bien entendu. Maria Morelli se produit ce soir sur la scène du Metropolitan. La loge de Delancy est à ma disposition. J'ai pensé que vous pourriez être intéressés. Je me ferai un plaisir de vous inviter d'abord à dîner au *Delmonico's*.

Honora se sentit aussi désorientée qu'Alice au pays des merveilles lorsqu'elle tombe dans le terrier du lapin. Quelles autres surprises avait-il en réserve ?

— J'ai l'impression, dit-il en souriant, que vous vous demandez comment un type de mon genre peut apprécier l'opéra.

— Oh, détrompez-vous ! Je vous crois plus complexe que vous n'en avez l'air.

Il fut un instant sur la défensive. Puis la lueur guerrière qui s'était allumée dans son regard s'éteignit.

— En fait, je ne comprends strictement rien, mais la musique est belle... Alors, avez-vous envie de venir ?

— Oui. Et je suis certaine que Robert sera ravi.

Elle aurait pu ajouter qu'il ne laisserait jamais passer une occasion d'impressionner favorablement son employeur.

— Parfait. (Il se leva.) On viendra vous chercher à six heures.

Quand elle le vit prendre son haut-de-forme, elle se leva à son tour.

— Au sujet du divorce des Graham...

— Oui ?

— Je sais que Gordon Graham est votre ami. Mais j'espère cependant que vous n'envisagez pas de représailles contre moi ni contre Robert.

— Votre mari m'a tenu des propos identiques ce matin.

Si Robert avait été présent, elle l'aurait étranglé.

— Il n'aurait pas dû, ce n'était pas à lui de vous parler de cette affaire mais à moi.

Il fit un geste désinvolte avec son chapeau.

— Vous pouvez être l'avocate de qui vous voulez, madame.

Tant que vous ne m'attaquez pas personnellement, je n'ai pas à intervenir, et c'est ce que j'ai répondu à votre mari.

C'était donc ça la vraie raison de sa visite. Il était venu la rassurer en se disant qu'elle devait craindre de mettre en péril la position de Robert.

— Je suis soulagée, dit-elle.

Le front soudain soucieux, il secoua tristement la tête.

— J'avais entendu parler d'un conflit entre les Graham avant le week-end à Coppermine. Là-bas je m'en suis rendu compte par moi-même. (Un moment, il resta songeur.) J'ai connu une Genevra pleine de vie, pétillante, qui aimait rire. Ce qu'elle a pu changer ! Aujourd'hui, elle me fait penser à une brebis menacée par un couguar.

Honora s'abstint de tout commentaire.

LaRouche poursuivit :

— J'ignorais que Gordon pouvait terroriser quelqu'un.

Honora revit l'imposante silhouette de Gordon Graham, sa crinière de lion, ses yeux noirs menaçants. Il y avait de quoi comprendre la terreur éprouvée par sa femme.

— Un homme ne devrait jamais inspirer de crainte à sa femme, ajouta LaRouche.

— Je suis parfaitement d'accord avec vous.

Il sourit.

— Six heures. N'oubliez pas.

— Je n'oublierai pas.

— Ah, j'aimerais déjà être à ce soir, dit-il.

Puis il la salua et sortit.

Les quelques concerts auxquels elle avait assisté à Boston en compagnie de sa tante ne l'avaient pas préparée à une soirée au Metropolitan Opera. Les Bostoniens allaient au concert pour écouter de la musique. Les New-Yorkais se rendaient à l'opéra pour voir et être vus.

Assise entre Nevada LaRouche — qui l'avait étonnée en venant seul — et son mari dans la loge de Delancy, au premier balcon, Honora se délecta tout d'abord du spectacle de la salle.

Dans les loges voisines, les femmes portaient des robes de chez Worth dont la plupart des Bostoniennes auraient raillé les falbalas. À peine assises, elles s'armaient de leurs jumelles et balayaient l'assistance comme des projecteurs à l'affût de quelque sujet de médisance. On pouvait les voir pincer les lèvres d'envie ou sourire de satisfaction malveillante. Honora sentit plusieurs fois peser sur elle leurs regards inquisiteurs.

Posant une main sur le bras de Robert, elle se pencha vers lui afin qu'il pût l'entendre en dépit du brouhaha de la salle.

— Je me fais l'impression d'un moineau parmi des paons.

Elle portait sa robe de soie vert Nil, achetée quatre ans plus tôt, ses pendentifs d'émeraude et son médaillon. Ni perles ni rivière de diamants n'ornaient son cou de cygne.

Robert lui baisa la main.

— Tu es la plus belle femme de l'assistance, et un jour tu porteras des diamants toi aussi.

Honora sourit à son mari. Puisque le divorce des Graham ne menaçait pas la carrière de Robert, l'harmonie régnait de nouveau dans leur couple.

À l'instant où le rideau se leva sur le château de Lucia di Lammermoor, Honora jeta un dernier regard aux loges situées à sa gauche. Soudain elle se figea, atterrée.

Graham la regardait fixement avec une méchanceté réfrigérante.

— Que se passe-t-il ? lui glissa Nevada LaRouche à l'oreille.

Une nouvelle fois, il l'étonnait. Comment parvenait-il à percevoir ses moindres frémissements ? L'avait-il sentie étouffer une exclamation ?

Pendant que sur la scène des gardes fouillaient le bois qui entourait le château, le public poursuivait ses conversations, certains même allaient et venaient d'une loge à l'autre, au grand dam des mélomanes.

Honora se pencha vers LaRouche.

— Gordon Graham est ici.

— Où ? Il ne va jamais à l'opéra.

— Je viens de le voir. Il est assis dans la troisième loge sur votre gauche.

— Quelqu'un a dû l'inviter.

LaRouche regarda sur sa gauche, rencontra le regard de Graham, fit un petit signe de tête et revint à Honora.

— Vous ne risquez rien.

Elle eût aimé partager cette certitude et suivre le spectacle en toute sérénité.

Pendant tout le temps où la Morelli chanta, elle put sentir le regard froid et haineux de Graham sur ses cheveux, ses épaules, ses seins. Il collait à elle comme une limace. Cependant, elle s'accorda la satisfaction de feindre l'indifférence en gardant les yeux rivés sur la scène.

Mais dix minutes plus tard, la porte de la loge s'ouvrit. Nevada LaRouche se leva.

— Bonsoir, Gordon. Je suis surpris de te voir. Que puis-je faire pour toi ?

Honora se retourna tandis que Robert se levait à son tour.

Le regard déplaisant de Graham se fixa sur Honora.

— Qu'avez-vous fait de ma femme et de mon fils ?

Dans les loges voisines on se tourna vers eux, intrigué par la fureur contenue dans sa voix.

— Si vous avez quelque chose à me dire, monsieur, passez par votre avocat.

Rouge de colère, Graham serra les poings. Mais dès qu'il fit un pas en avant, Robert et LaRouche s'interposèrent entre lui et Honora.

— Je ne me souviens pas t'avoir invité à te joindre à nous, observa LaRouche.

— Sais-tu ce qu'elle essaie de faire ? rugit Graham. Elle tente de m'enlever ma femme et mon fils.

— Ce n'est pas l'endroit pour discuter de ça, répliqua LaRouche.

Graham regarda Honora et Robert puis revint à Nevada.

— Si je comprends bien, tu es de son côté ! Et tu prétends être mon ami ? Traître ! Delancy, lui, ne m'aurait jamais fait ça !

— Oublie Delancy. Il n'est pas ici. Je te demande de ne pas importuner mes invités.

Un doigt pointé vers Honora, Graham menaça :

— Vous allez le regretter !

Puis il tourna les talons et ressortit en claquant si fort la porte derrière lui que le bruit résonna jusqu'à la scène, perturbant les chanteurs, qui lancèrent des regards irrités dans leur direction.

À ceux qui, dans les loges voisines, restaient tournés vers eux, LaRouche lança :

— Ce spectacle-ci est terminé, mesdames et messieurs.

Il se rassit. Honora, à ses côtés, passa le reste de la soirée à compter les secondes qui les séparaient de la fin de la représentation.

Plus tard, dans la voiture de LaRouche, elle s'excusa :

— Je crains de vous avoir fait perdre un ami.

Robert jeta un regard accusateur à sa femme puis crut opportun de rappeler à son patron ce qu'il pensait de cette affaire :

— J'avais prévenu ma femme que quelque chose de ce genre risquait d'arriver.

— Il est normal qu'il contre-attaque, observa LaRouche.

Honora comprit aussitôt.

— Vous pensez qu'il avait calculé son coup ?

— Absolument. Il a voulu qu'un maximum de gens l'entende.

Robert en conclut :

— Il cherche des alliés.

— Sans doute.

— Que va-t-il faire maintenant ? demanda Honora.

— Raconter sa version de l'histoire à un journaliste en fin de carrière qui attend encore la célébrité.

Honora jura entre ses dents.

— Un scandale dans la haute société new-yorkaise... Ce n'est pas vraiment ce que je cherchais.

Robert la regarda.

— Ça va devenir une sale affaire, et tu n'es pas de taille à relever le défi.

— C'est ce que nous verrons. Je n'ai pas l'habitude de fuir les difficultés et tu le sais.

— Il t'a menacée ce soir. Au cas où tu ne l'aurais pas remarqué.

— Et s'il se contentait d'aboyer au lieu de mordre ?

— Ne le sous-estimez pas, fit remarquer LaRouche. De toute façon, n'importe quel homme est capable de violence si on le pousse dans ses derniers retranchements.

Honora s'abstint de répondre en se demandant s'il parlait de Gordon Graham ou de lui-même.

Plusieurs jours passèrent sans qu'aucun événement particulier se produisît. Puis, un matin, en arrivant dans le hall de l'immeuble de Broadway, elle trouva son voisin, John Townsend, qui l'attendait.

Quand elle lui souhaita une bonne journée, il lui répondit :

— Une surprise vous attend là-haut, ma belle.

— Oh ? Quel genre de surprise ?

Townsend eut l'air d'un chat gourmand.

— En fait, il y en a plus d'une... Elles nous sont envoyées de la part du *World*, du *Sun*, du *Herald* et je ne sais plus de quel autre journal.

Honora leva les yeux au ciel.

— Mon Dieu !

— Eh oui, beauté !

Elle s'arma de courage et monta l'escalier.

— Plus vite ils repartiront, mieux ça vaudra.

Elle découvrit Elroy transformé en bouclier devant la porte, face à la horde de journalistes qui avaient envahi le palier. Dès qu'Elroy la vit, il annonça :

— Voici Mme Davis.

Aussitôt, ils se pressèrent autour d'elle, le crayon sur le bloc-notes.

— Bonjour, messieurs, dit-elle sans s'arrêter. Je suppose que vous avez l'intention de parler des femmes avocats.

— J'ignorais que ça existait, marmonna l'un d'eux.

— Eh bien, vous voyez, j'en suis un exemple... J'ai obtenu mon diplôme à l'université de Boston et ai été admise au barreau de New York. Par conséquent, j'ai les mêmes qualifications que mes collègues masculins.

Un autre lança :

— Je ferai un article sur les avocates à condition qu'elles soient toutes aussi jolies que vous.

Elle remarqua qu'un jeune homme ne souriait pas aux plaisanteries de ses collègues. Ce fut lui qui se présenta le premier et mit les points sur les i.

— Liam Flynn du *Sun*. Nous sommes ici pour le divorce Graham.

Honora s'immobilisa et devint solennelle.

— J'en déduis que vous savez que Genevra Graham demande le divorce et que je suis son avocate.

— Quel est le mobile du divorce ? demanda Flynn.

— Vous n'ignorez pas que dans l'État de New York, un seul motif est recevable.

— L'adultère, dit quelqu'un.

Flynn posa une autre question :

— Qui a commis l'adultère ? Graham ou sa femme ?

— Je suis certaine, messieurs, que vous saurez trouver la réponse vous-mêmes.

Un deuxième reporter se présenta :

— Jenson du *World*. Graham prétend qu'il est innocent, qu'il aime sa femme et qu'il veut la voir revenir avec leur fils.

— Et il dit que vous les avez aidés à se cacher, ajouta Flynn.

— M. Graham peut dire ce qu'il veut. Il appartient à la justice de déterminer la vérité. Je n'ai rien de plus à déclarer, messieurs. Si vous voulez bien m'excuser, mes dossiers m'attendent.

Un concert de protestations s'éleva, mais Elroy parvint à la faire entrer dans le bureau.

— Vous avez entendu Mme Davis, dit-il. Elle n'a rien d'autre à déclarer.

Il s'éclipsa et referma la porte derrière lui.

— Quelle bande de chacals !

Honora tremblait. Elle se faisait l'effet d'un poisson solitaire brusquement entouré de requins affamés.

— Ces gens sont sans scrupules.

« Comme Gordon Graham », faillit-elle ajouter. LaRouche avait eu raison de la mettre en garde, de lui conseiller de ne pas le sous-estimer.

— Je me demande ce qu'ils vont raconter sur vous, dit Elroy.

— Oh, on ne va pas tarder à le savoir...

Lorsqu'elle rentra chez elle en fin de journée, Robert l'accueillit avec un baiser sur la joue et la dernière édition du *Sun*.

— Il y a un article sur toi en première page !

Sans prendre le temps d'enlever son chapeau, elle lut le titre de l'article : LA PREMIÈRE FEMME AVOCAT DE NEW YORK.

— Regarde, dit-elle en se dirigeant vers le salon, juste à côté il y a un article sur un serpent de mer aperçu près de

Long Island. Je suppose qu'une avocate leur paraît aussi étrange que cet animal... mythique.

— Les gens sont bêtes.

— Ça, c'est certain.

Elle s'assit sur le sofa et continua sa lecture. Mais bientôt la colère s'empara d'elle. Elle laissa tomber le journal sur ses genoux.

— Ils ne parlent que de mon physique. Écoute ça : « Mme Honora Davis, une beauté brune aux fascinants yeux noirs... »

— Ah, là, je leur donne raison ! Tes yeux m'ont fasciné dès que je t'ai vue.

Elle le regarda sans sourire et acheva de lire la phrase imprimée :

— « ... est certaine de séduire juges et jurys. » (Elle s'emporta.) C'est exécrable ! Ce Liam Flynn suggère que je ne devrai mes succès qu'à mon physique.

Robert glissa son bras autour de ses épaules.

— Essaie de t'habituer à ce genre d'insinuation. Tu t'y attendais de toute façon.

— Tu as raison, dit-elle en soupirant.

Il l'embrassa sur la joue.

— J'ai une bonne nouvelle à t'apprendre.

— Tant mieux. Ça tombe bien.

— LaRouche m'envoie avec un autre avocat à Philadelphie la semaine prochaine pour négocier une affaire importante.

Honora lui rendit son baiser.

— C'est formidable. Il apprécie ton travail, tu vois. Combien de temps seras-tu absent ?

— Trois jours. Trois jours pendant lesquels je suis obligé de te laisser seule.

— Ne t'inquiète pas. Je saurai me débrouiller.

Robert partit le jeudi suivant. En fin de journée, Honora décida de s'attarder à son bureau afin de mettre au point le contrat d'un comédien qui entendait faire respecter ses exigences. Tilly, la bonne, étant dans le New Jersey auprès de sa mère malade, l'appartement vide l'effrayait un peu. En revanche, elle ne craignait pas de rentrer chez elle plus tard qu'à l'ordinaire. En juillet, les soirées étaient longues et les promeneurs nombreux à profiter de la douceur de l'air. Elle ne risquait rien.

À six heures, elle libéra Elroy et se remit à la rédaction de son contrat. Mais un quart d'heure plus tard, elle entendit la porte s'ouvrir, puis des pas hésitants.

— Elroy ?

N'obtenant pas de réponse, elle abandonna son travail. Deux hommes étaient entrés dans le bureau de son assistant. Le premier, un grand costaud vêtu d'un complet à carreaux jaunes et noirs accompagné d'une cravate rouge et d'une épingle en fer à cheval, lui fit penser à Man Mountain Mountford. L'autre, de carrure plus réduite, ressemblait à une fouine. Tous deux dégageaient des odeurs d'oignons frits, d'huile capillaire rance et de sueur.

— Que désirez-vous ?

— Vous êtes la femme avocat ? demanda le plus petit.

— Oui.

— C'est ce qu'on voulait savoir.

Ils se précipitèrent sur elle. Le grand costaud lui tordit les bras dans le dos tandis que son acolyte levait la main sur elle.

Il la frappa à la mâchoire. Ses dents déchirèrent l'intérieur de sa joue. La douleur fut vive et la fit crier mais, abasourdie, elle ne songea même pas à se débattre.

Un deuxième coup porta sur l'autre mâchoire, si violemment que sa tête se rejeta en arrière tandis qu'elle voyait trente-six chandelles. D'autres coups suivirent, d'une incroyable brutalité.

Son univers se réduisit à un brouillard rouge qui traduisait sa douleur. Une voix lointaine, suppliante, entrecoupée de sanglots lui parvenait à travers ce brouillard sans qu'elle pût reconnaître sa propre voix. Quand la douleur devint intolérable, elle se réfugia dans un coin sombre de sa conscience comme dans un cocon. Les supplications cessèrent.

Au bout de deux minutes — qui lui semblèrent une éternité —, ses agresseurs la relâchèrent. Les genoux flageolants, elle s'écroula. Était-ce fini ? Son calvaire avait-il pris fin ? Pas encore. Un coup de pied dans le flanc lui fit l'effet d'une explosion dans son corps. L'instant d'après, elle échappait à la douleur, en perdant conscience.

Nevada LaRouche descendit de sa voiture devant l'immeuble où se trouvait le bureau d'Honora. En l'absence de Robert, il se proposait de l'inviter à dîner. Il la connaissait suffisamment pour se douter qu'elle s'était attardée à son travail. Mais il n'excluait pas un refus si elle trouvait inconvenant qu'il l'invitât sans son mari.

À l'instant où il s'apprêtait à entrer dans l'immeuble, deux hommes en sortirent précipitamment. L'allure de ces deux individus lui donna froid dans le dos.

Son humeur changea lorsqu'il constata que la porte des bureaux d'Honora n'était pas encore fermée à clef. Souriant, il se dit qu'il avait eu raison de penser qu'elle était encore là. Puis il entra et son regard tomba sur elle.

L'instinct du chasseur, acquis en d'autres temps et d'autres lieux, prit le pas sur le choc et la fureur. Il s'immobilisa et tendit l'oreille, en scrutant les coins et recoins où l'assaillant risquait encore de se cacher.

Mais il ne tarda pas à faire le lien entre cette agression et les deux individus qui avaient failli le bousculer. Ils étaient déjà loin, trop loin pour qu'il ait la moindre chance de les rattraper.

Quand il revint à Honora, allongée, le visage contre le sol, l'instinct du chasseur disparut.

— Nom d'un chien !

Il s'accroupit pour chercher son pouls, fut rassuré et la retourna doucement sur le dos. La violence dont elle avait été victime le laissa stupéfait. Néanmoins, ils n'avaient utilisé ni leurs poings ni un coup de poing américain, évitant ainsi de la défigurer définitivement.

Il constata également qu'elle avait encore son médaillon et que le bureau n'avait pas été fouillé. À l'évidence, le vol n'était pas le mobile de l'agression. Non, elle avait été frappée par quelqu'un qui s'était arrangé pour lui donner un avertissement sans laisser de traces durables.

Il écarta une mèche brune sur sa joue meurtrie puis la souleva dans ses bras.

Dès qu'elle sortit des ténèbres, où elle s'était réfugiée instinctivement, Honora entendit aussitôt la longue et angoissante plainte d'un animal blessé. Reprenant ses esprits, elle réalisa que ces gémissements étaient les siens.

Elle éprouva l'impression qu'un cheval lui avait donné un coup de sabot en pleine figure. À moins qu'un homme ne l'ait frappée du revers de la main...

Un homme ou deux hommes ? Elle s'efforça de soulever ses paupières. Une seule réussit à bouger.

— Doucement. (La voix était familière mais le ton impérieux.) Vous êtes en sécurité maintenant.

Elle tourna la tête et une douleur aiguë lui arracha un cri. Une main prit la sienne, une main ferme et réconfortante. Quand la douleur s'apaisa, elle ouvrit sa paupière valide et vit Nevada LaRouche. La fureur et l'inquiétude transparaissaient dans son regard.

— Désolée, articula-t-elle avec peine tant ses lèvres étaient tuméfiées. J'ai mal.

— Hurler tant que vous voulez si ça vous soulage.

Où était Robert ? Pourquoi cette sollicitude de la part d'un homme qui savait qu'elle ne lui faisait pas confiance ?

— Où suis-je ?

— Chez moi. Enfin chez Delancy. Sur la Cinquième Avenue. Je vous ai amenée ici parce que c'était plus près que chez vous. Et je me méfie des hôpitaux.

Elle s'aperçut qu'elle portait une chemise de nuit douce et confortable, légèrement parfumée de verveine citronnée. Appartenait-elle à Catherine Delancy ? La douleur que provoquaient ses chairs meurtries l'empêcha de se demander qui l'avait déshabillée, et de s'interroger sur l'inconvenance de sa présence dans l'appartement d'un célibataire, quelles que fussent les circonstances.

— Il est près de minuit, remarqua LaRouche. Essayez de dormir. Nous parlerons demain.

— Je ne peux pas dormir.

Quoi d'étonnant... Un instant, la colère le submergea. Mais il s'empressa de changer d'expression.

— Le médecin a laissé du laudanum.

— Plus tard. (Brusquement elle poussa un cri d'horreur.) Mon visage !

Elle faillit se redresser brutalement en oubliant ses douleurs.

— Chut... (Il passa une main apaisante sur ses bras comme s'il voulait amadouer un cheval rétif.) Je sais que votre visage est très douloureux et terriblement tuméfié. Mais il n'y a rien d'irréparable et vos dents sont intactes. Par contre, vous avez deux ou trois côtes cassées. Heureusement, aucun organe n'a été touché et il n'y a pas eu d'hémorragie. Vous allez vous remettre en un rien de temps.

Autrement dit, elle avait eu de la chance.

Elle se trouvait néanmoins confrontée à une réalité sinistre. Quelqu'un avait voulu lui faire du mal. Elle avait été victime d'une attaque délibérée et soigneusement préparée. En dépit de sa réticence à manifester la moindre faiblesse devant cet homme, elle laissa couler ses larmes.

LaRouche prit un mouchoir sur la table de nuit et essuya ses larmes.

— Ce sont deux hommes qui vous ont fait ça ? Un grand type dans un complet à carreaux et un petit qui ressemblait à une fouine ?

Un violent frisson la parcourut, comme si ses agresseurs s'étaient matérialisés au pied du lit.

— Comment le savez-vous ?

— Je les ai croisés au moment où j'entrais dans votre immeuble.

— Que veniez-vous faire ?

L'ombre d'un sourire flotta sur ses lèvres, mais son regard demeura froid.

— Je pensais que vous seriez encore à votre bureau et je passais vous inviter à dîner.

Cherchant une position plus confortable, elle bougea et provoqua une douleur intense dans ses côtes. Plus tard elle s'interrogerait sur le sens de cette invitation, mais pour l'instant, elle n'éprouvait que gratitude à son égard. S'il n'était pas venu, personne ne l'aurait secourue avant le lendemain.

— Merci, dit-elle. Ces hommes... quelqu'un les a engagés ?

— J'en suis persuadé, et nous savons vous et moi de qui il peut s'agir.

— Pas de témoin. Pas de preuve.

— Évidemment... Je vais envoyer un télégramme à votre mari en lui demandant de prendre le premier train. Vous, pour l'instant, vous devez dormir.

Elle le regarda verser des gouttes de laudanum dans un verre d'eau. Puis elle le laissa soulever doucement sa tête avant de la faire boire. Le liquide opiacé irrita ses lèvres gonflées, mais elle le but, obéissante comme un enfant, puisque c'était là le prix d'un oubli réparateur.

Elle ferma les yeux. Un ange gardien veillait sur elle. En sa présence bienveillante, elle consentit à tomber dans un sommeil profond et paisible.

Dès qu'elle fut endormie, LaRouche se glissa hors de la chambre, referma la porte derrière lui et pendant quelques instants s'y appuya, le temps de modérer sa fureur. Puis il se rendit aux écuries.

L'odeur du fourrage et des chevaux le réconforta. Il se mit à brosser Comanche, son alezan préféré mais, à cette heure, mal réveillé. Toutefois, en dépit de ses regards chargés de reproche, Comanche se laissa faire et souffla aimablement en signe de bienvenue.

LaRouche brossa son cheval longuement, fermement, jusqu'à ce que la rage meurtrière qui l'agitait encore disparût. Delancy avait l'habitude de se moquer de cette façon qu'il avait d'étriller un cheval quand il voulait se calmer. Mais pour lui c'était la meilleure des recettes pour éviter un acte irréparable. Quand la robe du cheval reluisait, quelqu'un avait eu la vie sauve...

En pensant à la femme qui dormait dans la chambre d'amis, il appuya un moment son front contre le cou de Comanche. Comment avait-on pu la frapper avec tant de violence ? Heureusement qu'il avait pu l'aider. Sybilla, elle, était morte en sachant que l'homme qu'elle aimait ne pouvait la secourir.

Quand le pelage de Comanche brilla, il retraversa la cour de l'hôtel particulier et alla somnoler au chevet d'Honora... Elle dormait profondément, la main repliée entre ses seins comme si elle tenait encore son médaillon. Au moindre bruit il se réveillait brusquement pour redécouvrir à chaque fois, le cœur serré, le pauvre visage meurtri. Il se répétait que cette femme était vraiment courageuse.

À l'aube, il alla seller Comanche et partit pour Central Park où Gordon Graham devait faire sa chevauchée matinale.

À cette heure, on ne trouvait dans les sous-bois que la

poignée de cavaliers qui aimaient à se donner l'illusion d'être dans quelque coin désert de l'Ouest sauvage. Nevada repéra rapidement un endroit tranquille où, sous un grand chêne, il se mit attendre. Cinq minutes plus tard, à son heure habituelle, Graham apparut sur le sentier qui passait près du chêne.

Quand il vit LaRouche, Graham immobilisa son cheval mais demeura silencieux en se souvenant de leur altercation à l'opéra.

Devant l'air candide de cet homme impitoyable et rusé, LaRouche opta pour un ton aimable, persuadé que l'effet de surprise jouait en sa faveur.

— Bonjour, Gordon. Belle journée pour une promenade, n'est-ce pas ? Pas une âme alentour.

— Sinon le fieffé hypocrite que j'ai devant moi.

Mû par le besoin de lui rendre coup pour coup ce qu'il avait fait subir à Honora Davis, LaRouche fit avancer son cheval jusqu'à hauteur de Graham, qu'il désarçonna d'un coup de poing au visage.

LaRouche mit pied à terre, se frotta la main et attendit que son adversaire se relevât. Puis il frappa de nouveau, plus violemment que la première fois. À une lèvre fendue s'ajouta un œil au beurre noir. Cette fois-ci, Graham se prépara à réagir. Chancelant, il ne retrouva son équilibre que pour se projeter vers LaRouche qui crut que sa pommette éclatait. Mais, depuis longtemps entraîné à ce genre de combat, ce dernier envoya son poing dans l'estomac de Graham avec toute la violence dont il était capable.

Dans une exclamation de surprise et de douleur, Graham s'écroula comme un séquoia que l'on abat, les mains crispées sur le plexus, le souffle coupé.

Savourant sa victoire, LaRouche se pencha vers Graham.

— Je n'aime pas qu'on agresse une femme, dit-il. (Il se redressa, la moue méprisante.) Je pourrais te casser quelques côtes, mais je ne suis pas comme tes sbires, je ne frappe jamais quelqu'un qui est à terre.

Il remonta sur son cheval et s'éloigna sans se retourner.

Honora dormit toute la matinée. Quand elle souleva sa paupière valide, elle découvrit son hôte, debout, au pied du lit.

Depuis combien de temps l'observait-il ainsi, avec ce regard à la fois intense et calme qui avait le don de la dérouter.

— Comment vous sentez-vous ?

Elle devait parler lentement, car ses lèvres restaient terriblement douloureuses.

— Un peu mieux.

— C'est une bonne nouvelle.

— Où est... Robert ?

— Je lui ai envoyé un télégramme. Il ne devrait pas tarder à arriver. (Il contourna le lit afin de se rapprocher d'elle.) Puisque vous ne pouvez pas bouger, votre mari devra rester ici, auprès de vous. Les chambres ne manquent pas dans cette maison. Et tout y est si calme depuis le départ des Delancy...

Surprenant dans sa voix une intonation mélancolique, elle ne put s'empêcher de lui demander :

— Ils vous manquent ?

Elle le vit rosir imperceptiblement. Mais ce fut néanmoins avec simplicité qu'il avoua :

— Bien sûr. Ce sont mes amis.

Puis il se réfugia dans un silence poli.

Honora prit une profonde inspiration.

— Je ne peux pas m'imposer, parvint-elle à articuler.

Nevada adopta résolument un air de supériorité masculine.

— Vous restez ici tant que vous êtes dans cet état, madame. Économisez votre souffle plutôt que de vouloir discuter. Je suis passé à votre bureau et j'ai averti votre assistant. Il s'en veut de vous avoir laissée seule hier soir. Mais il se fait fort de surveiller votre bureau jusqu'à votre retour.

— Ce n'est pas de sa faute...

Soudain elle remarqua l'hématome sur la joue de Nevada.

— Qu'est-il arrivé ?

— Oh, vous voulez parler de ça...

Il toucha sa joue et, malgré lui, grimaça de douleur.

— Je suis rentré dans une porte.

Son regard la défiait de le contredire.

— Une porte qui s'appelle Gordon ?

Il réprima un sourire triomphant.

— J'ai peut-être l'air mal en point, mais si vous voyiez la porte...

Que lui avait-il pris d'agir ainsi ? Elle ne voulait rien devoir à cet homme.

— Vous n'auriez pas dû.

Son air satisfait disparut.

— Je ne regrette qu'une chose : avoir agi à la place de votre mari. J'espère qu'il ne m'en tiendra pas rigueur.

Honora revit l'instant où Robert s'était jeté sur Hubert Adcock dans la classe de Pudding Weymouth. Qu'aurait-il fait cette fois-ci ?

— Graham va porter plainte contre vous, dit-elle.

LaRouche eut le plus innocent des regards.

— Pauvre Graham. J'ai entendu dire qu'il s'était fait agresser par des voleurs dans Central Park. Ce qui est d'autant plus regrettable qu'il n'y avait pas de témoin.

Partagée entre la gratitude et la contrariété, Honora s'étonna :

— Pourquoi êtes-vous intervenu de cette façon ?

— Ce n'est pas toujours dans un tribunal que se rend la justice, madame.

Robert blêmit en la voyant.

— Doux Jésus !

Il s'assit au chevet d'Honora, lui prit la main et la pressa contre sa joue.

— LaRouche m'a tout raconté. Grâce à Dieu, tu es vivante.

— Il pense que c'est Gordon Graham qui a organisé cette agression.

Ça, LaRouche ne lui avait pas dit... Robert lâcha la main de sa femme et se leva.

— Mais bon sang, pourquoi fallait-il que tu te mêles de cette affaire ? Genevra Graham n'avait qu'à aller voir un autre avocat ! Tu as provoqué la fureur de Gordon. Cet homme est puissant et ne se laisse pas intimider facilement. Tu n'as pas vu plus loin que le bout de ton nez.

Il lui faisait mal. Elle le regarda, effarée.

— Veux-tu dire que ce qui m'arrive, je l'ai cherché ? Robert, comment peux-tu tenir de pareils propos ? Toi, mon mari !

Manquant de force, elle le laissa reprendre sa main.

— Ne t'énerve pas. Ce n'est pas ta faute, bien sûr, et je n'ai jamais prétendu le contraire. Mais j'aurais tellement préféré qu'il ne t'arrive rien de ce genre.

Ses paroles sonnaient faux. Elle sentait qu'il se contentait de lui dire ce qu'elle avait envie d'entendre. Elle détourna la tête et ferma les yeux.

— Laisse-moi maintenant. Je suis fatiguée.

Il posa un baiser sur sa joue et sortit.

Seule avec ses pensées, elle se demanda ce qui avait poussé LaRouche à agir contre un ami. Que représentait-elle pour lui ? Rien. Elle n'était que la femme de l'un de ses employés. Et, de surcroît, une femme plutôt encombrante avec sa franchise, sa détermination et sa liberté. Pourquoi n'avait-il pas fermé les yeux sur cet incident et conservé l'amitié de Graham ?

Il était totalement déroutant. Il avouait des infractions aux lois de ce pays et n'hésitait pas à venger une avocate... Mais, sur un point, elle avait une opinion bien définie. LaRouche avait tort de sous-estimer le rôle de la justice et des tribunaux.

12

— J'aimerais un miroir, dit-elle à son hôte.

Cinq jours s'étaient écoulés depuis son agression. Honora pouvait maintenant respirer à son aise et sourire sans provoquer de douleurs insupportables. Elle se sentait prête à se regarder dans une glace, à affronter le reflet de son visage. Mais, étrangement, la salle de bains était privée de miroir.

Debout au pied du lit, les pouces dans sa ceinture, Nevada déclara :

— Non. Ce n'est pas encore le moment.

L'amélioration de son état faisait naître un sentiment de gêne. N'était-elle pas seule dans une chambre avec un homme qui n'était pas son mari ? Mais elle préféra cacher ce malaise derrière un sourire.

— Serais-je encore si peu présentable ?

Il lui rendit son sourire.

— N'exagérons rien. Mais attendez encore quelques jours.

Elle joua avec la dentelle de la liseuse sortie de la penderie de Catherine Delancy.

— Je vous promets... de ne pas hurler d'effroi ni de m'évanouir.

— Je ne pensais pas à ce genre de réaction de votre part, madame, mais simplement à un coup de cafard qui ne vous aiderait pas à guérir.

Déconcertée par tant de sollicitude, elle s'efforça de prendre un ton léger.

— Ce ne sera bientôt plus qu'un mauvais souvenir, monsieur LaRouche, et vous serez enfin débarrassé de ma présence.

Il retira ses pouces de sa ceinture. Soudain beaucoup moins décontracté, il lui répondit :

— Vous n'avez rien d'un fardeau. Si vous avez eu cette impression, je suis désolé.

— Ne le soyez pas. Ni vous ni votre personnel n'ont fait naître ce sentiment. Mais il est temps que mon mari et moi cessions de profiter de votre générosité.

Elle passa sous silence l'attitude de Robert qui s'extasiait, trop volontiers à son goût, sur les sols de marbre, les meubles d'acajou et l'armée de serviteurs à leur disposition.

— Vous n'abusez de rien, affirma LaRouche. Vous resterez ici jusqu'à ce que vous soyez totalement remise et il n'est pas question de revenir là-dessus.

Elle laissa son regard se poser sur une rose sculptée dans l'acajou à la tête du lit.

— Je ne sais que dire...

Il eut un sourire franc.

— Ce n'est pas souvent que les avocats sont à court de mots, il me semble. (Puis, sortant sa montre, il annonça :) Je dois me rendre à mon bureau. Je vous souhaite une bonne journée.

Dès qu'il fut parti, elle s'appuya aux oreillers et contempla le plafond. Depuis son agression, elle avait découvert chez cet homme une sensibilité insoupçonnée. Il l'avait hébergée et s'était occupé d'elle. Il l'avait vengée en envoyant Gordon Graham mordre la poussière. Une nuit, alors qu'il la croyait endormie, il avait enlevé le miroir de la coiffeuse et celui de la salle de bains afin de la soustraire à une vision déprimante.

« N'est-il pas l'homme de toutes les surprises ? » se dit-elle en se levant doucement pour faire quelques pas dans la chambre. Elle l'imaginait mal demandant à sa femme de mentir pour lui ou d'agir à l'encontre de ses principes, uniquement pour sauvegarder ses intérêts vis-à-vis d'un puissant personnage.

Bien qu'elle se sentît déloyale à l'égard de son mari, elle récapitula les erreurs de Robert. Il lui avait demandé de tenir son activité secrète. Il avait tenté de la décourager d'assurer la défense de Lillie Troy puis celle de Genevra Graham parce qu'il craignait pour sa propre carrière. Et puis, surtout, il l'avait accusée d'avoir délibérément provoqué la fureur de Gordon Graham. Le voile de ses illusions s'était définitivement déchiré.

S'arrêtant devant la fenêtre qui donnait sur la Cinquième Avenue, elle vit son reflet sur la vitre. Le jaune et le mauve de ses hématomes commençaient à se dissiper et elle s'en félicita. Les miroirs pouvaient retrouver leur place. Mais elle reconnaissait beaucoup de délicatesse au geste de LaRouche.

Penché sur les câbles en provenance de Londres, Nevada essayait vainement d'oublier quelques instants Honora Davis.

Il finit par se caler au fond de son fauteuil, les pieds sur son bureau, les mains derrière la nuque. Cette femme exaspérante s'était insinuée dans ses pensées dès l'instant où elle était entrée dans son bureau en lui annonçant qu'elle représentait Lillie Troy. Il se reconnaissait une faiblesse pour les femmes fortes et courageuses, vivant pour de grands principes, et elle était la première qu'il rencontrait depuis Sybilla.

Il soupira, regrettant qu'elle fût la femme d'un autre. Jamais il ne chassait sur un territoire interdit et il n'avait pas l'intention de commencer.

Au moment où il retirait ses pieds de son bureau, on frappa à sa porte. L'air soucieux de son assistant lui annonça des problèmes.

— Quelque chose ne va pas, Goddard ?

— Effectivement, monsieur. La raffinerie nous a échappé. C'est Cavanaugh qui a conclu l'affaire.

— C'est impossible ! Notre proposition était plus avantageuse. Personne ne pouvait aller au-delà.

— C'est pourtant ce qu'a fait Cavanaugh.

— De beaucoup ?

— Non.

LaRouche se leva et arpenta la pièce.

— Bon sang, je ne comprends pas ! Il est toujours tellement prudent !

— Sauf cette fois-ci...

Goddard faillit visiblement ajouté quelque chose.

LaRouche le regarda attentivement.

— Si vous avez autre chose à dire, allez-y avant que ça vous étouffe.

— J'ai l'impression qu'il connaissait le montant de notre offre.

— Ce qui signifierait qu'il y a eu une fuite ?

— Je n'ai pas de preuve, mais je le pense.

— Des suspects ?

— Pas encore.

— Quand vous en saurez plus, avertissez-moi.

Goddard acquiesça d'un signe de tête et se retira.

LaRouche jura entre ses dents. L'un de ses employés avait renseigné le concurrent. Cette trahison lui coûtait une affaire à laquelle il tenait particulièrement et il n'allait pas jeter l'éponge si facilement.

Il trouva tout de même dans cet incident un sujet de satisfaction qui lui arracha un sourire. Il était sûr maintenant de moins penser à Honora Davis.

Quand arriva le mois d'août, le visage d'Honora avait repris son aspect normal. Elle put enfin se remettre à travailler sur le dossier Graham, non sans qu'une sourde angoisse ne la tenaillât. Que mijotait le riche et puissant Gordon Graham ? Comptait-il payer sa maîtresse pour qu'elle disparût ? Elroy l'assurait du contraire. La ravissante Araminta deGrey continuait à occuper l'appartement luxueux où l'avait installée Graham et, pour l'instant, aucune rumeur de déménagement ne circulait. Graham prévoyait-il de soudoyer le concierge de l'immeuble et les voisins qui pouvaient témoigner de ses visites ? Elroy affirmait que personne n'avait cherché à les influencer et qu'ils se disaient prêts à dire la vérité...

Apparemment, Graham estimait qu'Honora n'avait pas un dossier suffisamment solide contre lui. Quand elle rencontra son avocat, elle comprit enfin pourquoi.

Une douzaine d'employés la suivirent du regard tandis qu'elle se dirigeait vers le bureau de Salem Frick.

Sans se soucier de ses réactions, ils firent leurs commentaires à voix haute.

— Alors c'est elle l'avocate dont tout le monde parle ?

— Elle est superbe.

— Mais le physique ne suffit pas pour gagner un procès ! affirma un troisième employé. Quand elle verra le patron dans le prétoire elle comprendra pourquoi on l'appelle Frick qui pique !

Un concert de ricanements fit rougir Honora. Mais elle garda la tête haute et, droite comme un i, s'apprêta à affronter Frick.

Elle avait perdu ses rougeurs lorsqu'elle fut introduite dans son bureau. La pièce était immense et luxueuse, et faisait penser à tout ce que l'argent permet d'obtenir.

— Madame Davis, annonça le secrétaire de Frick.

— Qu'elle entre.

Il était assis derrière un bureau d'acajou plus imposant que celui de Nevada. Un autre homme occupait un fauteuil club de cuir. Quand ce dernier se retourna, elle s'aperçut qu'il s'agissait de Graham.

Décidés à l'intimider, ni l'un ni l'autre ne se levèrent. Elle foula le tapis persan qui la séparait du bureau, fit un petit signe de tête à Graham — image même de l'hostilité — et regarda le célèbre Salem Frick en regrettant tout à coup de n'avoir jamais eu le temps de l'observer dans un prétoire.

La quarantaine, Frick n'avait pas un physique imposant, ce qui pouvait conduire ses adversaires à le sous-estimer. Toutefois son regard fixe, d'un bleu délavé, ressemblait à celui d'un serpent qui cherche à paralyser ses victimes avant de frapper.

Honora se présenta d'une voix claire, professionnelle, en lui tendant la main.

— Je suis Honora Davis, l'avocate de Genevra Graham.

Au lieu de lui serrer la main, Frick prit un cigare dans l'humidificateur posé sur son bureau et l'alluma avec des gestes lents et étudiés, sans même prendre la peine de la prier de s'asseoir.

Elle jeta un coup d'œil à sa montre.

— Je suis pressée, monsieur Frick. Dans une minute, je ressortirai de ce bureau si vous avez l'intention de me faire perdre mon temps.

La colère se refléta dans son regard fixe.

— Mon client souhaite informer sa femme qu'elle ferait beaucoup mieux de retirer sa demande en divorce et de réintégrer le domicile conjugal.

— Je lui transmettrai le message. Mais je peux d'ores et déjà vous assurer qu'elle n'en tiendra pas compte.

Frick eut un battement de paupières exaspéré.

— Je vous conseille fortement de la faire changer d'avis, ma petite dame. Rien ne vous permettra de prouver une relation coupable entre mon client et Mlle deGrey. Et vous le savez. (Il la gratifia d'un sourire condescendant.) Mais, étant donné votre manque d'expérience, ma petite dame, vous ne vous rendez peut-être pas compte que vous courez à l'échec.

— Je n'en ai pas l'impression...

Graham émit un grognement, la moue dédaigneuse.

Frick déshabilla Honora du regard avec une totale insolence.

— Vous êtes une très belle femme, madame Davis. Mais vous n'avez rien à faire dans un prétoire. Un adversaire de mon expérience et de ma stature ne peut que vous réduire en miettes.

Honora étouffa délicatement un bâillement.

— Votre bavardage m'ennuie, monsieur. Je perds mon temps. Si vous n'avez rien de plus sérieux à me dire, je m'en vais.

Une vague lueur de pitié parvint à adoucir le regard froid de Frick. Il secoua la tête avec un air de regret, comme s'il s'adressait à une enfant récalcitrante.

— Ma petite dame...

— Je ne suis pas votre petite dame ! (Elle tourna les talons et se dirigea vers la porte en lançant :) Bonne journée, monsieur Frick ! Nous nous retrouverons dans quelques jours au tribunal.

Brusquement, Gordon Graham se leva et vint lui barrer le chemin.

— J'ai entendu dire que vous aviez été agressée dans votre bureau, madame Davis. Je suis heureux de constater que vous êtes remise. Dans une si grande ville, une femme seule n'est jamais assez prudente.

Malgré la panique qui s'emparait d'elle, Honora resta impassible et regarda l'imposant Graham droit dans les yeux.

— Je suis en effet totalement remise. Grâce à Nevada LaRouche. J'ai cru comprendre que vous aviez vous-même été agressé, lors d'une promenade dans Central Park.

Au fond du regard noir de Graham il y eut une lueur indéfinissable.

— Effectivement, dit-il. Mais comme vous pouvez le constater, je n'en garde pas trace moi non plus.

Elle lui adressa un sourire glacial.

— Nous avons peut-être eu affaire aux mêmes agresseurs.

Elle le vit serrer les mâchoires et s'écarter d'elle sans un mot de plus.

Elle eut l'impression d'avoir marqué un point. Le cœur plus léger, elle prit congé des deux hommes et sortit.

Si elle avait jugé Salem Frick redoutable, elle s'aperçut qu'il n'était pas le seul en allant se présenter au juge Thornton West, chargé de présider le procès Graham.

Il commença par refuser de la voir en prétendant qu'une femme ne pouvait assumer la fonction d'avocat. Elle dut le menacer de faire le siège devant son bureau pour qu'il accepte finalement de la recevoir et se vit gratifier d'une longue diatribe contre la présence d'un élément féminin dans le prétoire. Elle s'efforça de retenir des bâillements d'ennui et d'agacement.

Au bout du compte, le juge dut accepter de remiser ses préjugés lorsqu'elle lui fit remarquer que le barreau de New York acceptait officiellement les femmes depuis 1886. Elle insista en outre sur le fait que sa cliente avait le droit de désigner la personne de son choix pour la représenter.

Ce nouvel obstacle contourné, elle quitta le Palais de justice d'autant plus soulagée que le procès se déroulerait à huis clos et qu'aucune information ne serait communiquée à la presse. Ainsi serait sauvegardée la réputation de Genevra.

Du haut de son estrade, le juge regarda les douze jurés sur le choix desquels Honora et Frick avaient fini par s'accorder.

— Messieurs les jurés, leur dit-il, avant que ce procès commence, je tiens à vous mettre en garde. Maître Davis est une femme dont l'aspect physique ne doit en aucun cas vous influencer. Le fait qu'elle soit belle ne signifie pas qu'elle ait raison. Votre verdict devra s'appuyer uniquement sur les faits qui vous seront présentés.

Assise aux côtés d'une Genevra plus coquette qu'à l'ordinaire, Honora garda son masque d'avocate impassible en dépit de sa désapprobation. Ces précautions oratoires la blessaient. Du coin de l'œil, elle observa que Frick réprimait un sourire pendant que Gordon dardait sur sa femme un regard assassin.

Préparée à son premier procès par des heures d'observation passées dans les tribunaux et son stage chez *Royce and Ellis*, Honora se sentait prête à défendre sa cliente sans fléchir. Mais elle aurait bien aimé savoir qui étaient ces quatre hommes inconnus de Genevra, et que Frick entendait appeler à témoigner.

Arriva l'instant où elle fut priée de prendre la parole.

Elle se leva et s'approcha des jurés. Sans sourire ni coquetterie d'aucune sorte, elle observa leurs visages et nota l'hostilité qu'ils trahissaient.

— Messieurs les jurés, commença-t-elle, comme n'importe quel autre contrat, le contrat de mariage peut être rompu et annulé. Son annulation s'appelle un divorce... En se mariant, les Graham se sont juré fidélité. C'était l'un des éléments du contrat, et à partir de ce moment-là, si l'un des époux est infidèle, le contrat est rompu. (Honora se déplaça d'une extrémité à l'autre du box des jurés.) Messieurs, je peux prouver que Gordon Graham a été infidèle, ce qui, selon la législation de cet État, autorise Genevra Graham à demander la dissolution de son mariage. (Elle chercha le regard de chacun des jurés.) Je vous demanderai de tenir compte du fait que Mme Graham est une jeune femme de moins de trente ans qui a toute la vie devant elle. Pourquoi faudrait-il qu'elle demeure enchaînée à un homme qui a trahi leur engagement mutuel ? L'amour qu'elle portait à son mari a été détruit. Le respect qu'elle lui vouait s'est transformé en mépris. Son bonheur a fait place à l'amertume. (Honora eut un geste suppliant.) Imaginez un instant qu'elle soit votre fille. Seriez-vous capable de condamner votre enfant à une existence aussi stérile ? Évidemment, non. Alors, je vous demande... non, je vous supplie d'accorder le divorce à Genevra Graham.

Elle alla reprendre sa place tandis que Salem Frick se levait pour s'adresser à son tour aux jurés.

Les mains posées sur la cloison qui délimitait le box, il se pencha vers le jury comme pour entreprendre une conversation entre amis.

— Je suis sûr que ce portrait d'une femme trompée qui cherche à échapper à un mari sans scrupules vous a émus. Mais sachez que rien n'est plus éloigné de la vérité.

Frick se redressa, fit un pas en arrière mais garda son regard fixé sur les jurés en espérant les gagner à ses arguments par la simple force de sa volonté.

— Contrairement à ce que voudrait vous faire croire Mme Davis, Gordon Graham a toujours pris son engagement marital au sérieux. Je vous prouverai que cet homme — qui est le plus dévoué des maris et des pères — n'est pas plus capable de tromper sa femme que d'abandonner son fils.

Honora observa le doute modifier l'expression des jurés. Une déclaration chassait l'autre, mais elle repoussa la panique qui la menaçait. Rien n'était joué. On était encore loin d'un verdict quelconque.

Frick s'écarta des jurés.

— Je vous prouverai également que la plaignante n'est pas la femme innocente que Mme Davis vous a présentée. « Imaginez un instant qu'elle soit votre fille »... (Il ricana en répétant les paroles d'Honora, le regard soudain brillant de mépris.) Surtout, gardez-vous de confondre vos filles vertueuses avec Mme Graham. Ce serait confondre le jour et la nuit... Je vous démontrerai que cette femme est coupable et son mari innocent.

Il s'était brusquement retourné pour pointer vers Genevra un doigt accusateur.

Honora vit sa cliente sursauter comme un lapin saisi de frayeur. Elle posa une main apaisante sur son bras. Ne lui avait-elle pas recommandé de rester calme et impavide quelles que fussent les attaques de Frick ? Maintenant, il fallait réfléchir à ce qu'il venait de déclarer. S'il entendait prouver que Genevra avait été infidèle, alors elle soupçonnait le rôle que devaient jouer les quatre mystérieux témoins.

Honora appela sa cliente à la barre.

Vêtue d'une robe de lin couleur rouille qui rehaussait l'éclat de sa chevelure auburn, coiffée d'un bonnet de paille assorti à sa robe, Genevra offrait l'image même de la femme trompée avec son regard triste et sa lèvre inférieure qui ne cessait de trembler. La main sur la Bible, elle jura de « dire toute la vérité, rien que la vérité » d'une voix hachée, tout en lançant des regards de biche apeurée en direction de son mari.

— Madame Graham, depuis combien de temps êtes-vous mariée ?

— Huit ans.

— Avez-vous des enfants ?

— J'ai un fils de six ans. Il s'appelle Stone Wolcott Graham.

— Diriez-vous que votre mariage a été heureux ?

— Il l'a été, en effet, jusqu'à l'année dernière.

— Voudriez-vous nous expliquer ce qui s'est passé à ce moment-là ?

Genevra jeta un regard anxieux à son mari, assis aux côtés de son avocat.

— Mon mari a changé. Il a cessé de me traiter avec amour et respect. Il est devenu distant et méprisant.

— Pourriez-vous être plus précise ?

Genevra répéta exactement ce qu'elle avait confié à Honora pendant le week-end chez Nevada. Elle expliqua comment son mari l'enfermait parfois dans le grenier, interdisait à leurs serviteurs de lui adresser la parole pendant des journées entières et faisait dire qu'elle était absente quand ses amies venaient lui rendre visite.

Salem Frick voulut l'interrompre :

— Objection, Votre Honneur, ceci ne concerne pas notre affaire. La cruauté mentale — même si elle pouvait être prouvée — n'est pas un motif recevable.

Honora intervint :

— Je ne manquerai pas de démontrer la pertinence de ce témoignage, Votre Honneur.

Le juge nota quelque chose.

— Objection rejetée. Continuez.

Quand Genevra eut terminé, Honora lui demanda :

— Auriez-vous une idée de ce qui a pu motiver le changement de comportement de votre mari ?

Genevra regarda un instant son mari. Ses yeux s'emplirent de larmes. Elle n'avait pas besoin de se souvenir des conseils de son avocate pour que sa détresse parût évidente.

— Je crois que c'est à cause de... l'avortement que j'avais

subi sans le lui dire, plusieurs années auparavant. Un jour, j'ai fini par lui en parler...

L'un des jurés retint difficilement une exclamation. Le juge posa sur Genevra un regard chargé de désapprobation. Gordon Graham ferma les yeux et enfouit son visage dans ses mains.

Que lui reprochait-on le plus ? De s'être fait avorter ou de n'avoir rien dit à son mari ? Honora opta avec cynisme pour la seconde éventualité.

— Comment a-t-il réagi ? demanda-t-elle.

Genevra s'essuya les yeux avec son mouchoir.

— Il m'a traitée de salope... de putain et il est sorti comme un fou de la maison. Quand il est revenu, ce n'était plus le même homme. Je me suis jetée à ses pieds en l'implorant de me pardonner mais il a refusé. À partir de ce moment-là, ma vie est devenue un cauchemar.

Elle renifla tandis qu'Honora l'encourageait d'un sourire.

— Madame Graham, je vais vous poser une question qui va vous paraître indélicate, et je m'en excuse, mais à partir de ce jour-là, vos relations maritales ont-elles continué ?

Plusieurs jurés toussotèrent, embarrassés, pendant que d'autres bougeaient sur leur chaise.

Genevra rougit.

— Non. Gordon ne supportait plus de me toucher.

— À quel moment avez-vous commencé à soupçonner votre mari d'infidélité ?

— Ça ne m'est pas venu à l'esprit tout de suite. Quand il ne rentrait pas le soir, j'imaginais qu'il restait à son club. Puis les mois ont passé sans qu'il... réclamât ses droits conjugaux... Ça ne lui ressemblait pas... Il avait tellement l'habitude d'être plutôt... pressant dans ce domaine.

— Avez-vous jamais trompé votre mari, madame Graham.

— Non.

— Et vous ne lui avez jamais donné l'occasion de le croire ?

— Jamais.

Souriante, Honora remercia Genevra pour son témoignage puis indiqua au juge qu'elle n'avait pas d'autre question et retourna s'asseoir.

Frick se leva et fixa Genevra.

— Madame Graham, vous êtes beaucoup plus jeune que votre mari, n'est-ce pas ?

— Oui.

— L'avez-vous épousé pour son argent ?

Genevra jeta un bref regard à son mari.

— Non. Je l'aimais.

Frick s'étonna.

— Si vous l'aimiez, pourquoi avez-vous pris la décision d'avorter sans lui en parler ?

Honora priait pour que sa cliente gardât son calme en dépit des manœuvres de Frick.

— Je redoutais un deuxième accouchement. J'avais failli mourir à la naissance de notre fils.

— N'avez-vous pas pris en considération le désir de votre mari d'avoir d'autres enfants ?

— Non. Il voulait que je lui donne des enfants et ne se souciait pas du tout de mes appréhensions. Alors pourquoi est-ce que...

— Répondez simplement à ma question, madame Graham.

— Non, je n'ai pas pris en considération le désir de mon mari.

Frick marqua une pause sans toutefois la quitter des yeux.

— Vous avez dit que le changement d'attitude de votre mari avait dû être provoqué par la révélation de cet avortement. C'est bien cela ?

— Oui.

Frick haussa le ton.

— Mais il y a une autre raison, madame Graham.

Genevra fut totalement décontenancée.

— Je ne vois pas laquelle.

— Oh, mais si, il y en a une !

Frick s'éloigna du témoin afin de donner plus de poids à sa mystérieuse affirmation. Il fallut que le juge laissât transparaître son impatience pour qu'il revînt devant Genevra, le regard implacable.

— N'est-il pas exact que votre mari vous soupçonnait d'avoir des liaisons ?

Honora se redressa sur sa chaise. Genevra devint livide.

— C'est faux !

Frick alla prendre ses notes sur sa table et les feuilleta avec des gestes théâtraux.

— J'ai ici les témoignages de plusieurs de vos serviteurs qui assurent avoir entendu votre mari vous accuser de le tromper.

Honora bondit.

— Objection, Votre Honneur. Il ne s'agit là que de rumeurs. M. Graham peut avoir accusé sa femme de liaison coupable sans aucune preuve.

— Objection retenue.

Néanmoins, Frick avait semé le doute chez les jurés, ce qui avait été son intention dès le départ.

Il plissa ses yeux de serpent.

— Quels sont vos liens avec M. Nevada LaRouche, madame Graham ?

Genevra ne put s'empêcher de rougir.

— Que voulez-vous dire ?

Genevra et LaRouche, amants ? Honora n'y crut pas un seul instant. L'idée ne l'avait jamais effleurée. Elle avait pu les observer pendant tout un week-end sans rien remarquer. Et puis, ils le lui auraient dit étant donné la situation.

— Est-il, demanda Frick, une connaissance, un associé de votre mari, un ami... ?

— Il est... il était un ami de mon mari.

— Le considérez-vous également comme l'un de vos amis ?

— Oui.

— Vous avez été son invitée plusieurs fois dans son domaine de l'Hudson Valley, n'est-ce pas ?

— C'est exact. Mais jamais je n'y suis allée seule. Il y avait toujours mon mari et plusieurs autres couples.

Honora objecta :

— Je ne vois pas en quoi l'amitié qui lie Mme Graham à M. LaRouche peut entrer en considération dans cette affaire.

Frick insinuait évidemment qu'il existait des liens particuliers entre la plaignante et LaRouche.

Le juge fut de l'avis d'Honora.

— Objection retenue.

Frick se permit tout de même d'adresser au jury un clin d'œil éloquent avant de conclure.

— Je n'ai pas d'autres questions à poser au témoin.

Mais Honora n'entendait pas lui laisser l'avantage que lui garantissaient ses insinuations. Elle se leva, s'approcha de l'estrade et s'adressa au juge.

— Votre Honneur, j'aimerais solliciter une suspension d'audience afin de permettre à un autre témoin de venir nous rejoindre.

— Qui est ce témoin ?

— Nevada LaRouche.

Une demi-heure plus tard, Nevada LaRouche entrait dans l'enceinte du Palais de justice, cherchant Honora d'un regard impatient. Il la trouva en train d'aller et venir dans la rotonde.

— Me voilà. Je ne pouvais pas être plus rapide. Mais que se passe-t-il ? À propos de quoi dois-je témoigner ?

— L'avocat de Gordon a insinué que vous aviez été l'amant de Genevra.

Préparée à une explosion de colère, elle s'étonna, en revanche, de le voir rougir.

— Quelle bassesse ! Ce n'est qu'un mensonge éhonté ! Ne me dites pas que vous y avez cru...

— Bien sûr que non. (Honora remarqua une surprenante lueur de soulagement dans le regard de LaRouche.) Il n'aura pas l'audace de vous accuser ouvertement, affirma-t-elle. Mais, en attendant, il a semé le doute dans l'esprit des jurés. S'ils pensent que Genevra est aussi coupable que son mari, ils lui refuseront le divorce.

LaRouche se frotta la joue.

— Vous estimez que mon témoignage peut aider ?

— Oui. Il vous suffira de dire la vérité. Je ne crois pas que Frick entreprendra un contre-interrogatoire. Mais s'il le fait, je vous recommande de garder votre sang-froid.

— Soit ! Mais j'aurai ensuite quelques mots à dire à Gordon.

— Économisez votre salive. Il n'est pas intéressant.

— Je n'aime pas beaucoup les gens qui racontent n'importe quoi à mon sujet.

— Je n'en doute pas, mais refrénez-vous.

— J'essaierai.

Dans le prétoire, Honora observa Frick pendant que

Nevada prêtait serment sur la Bible. Son agacement était trop évident pour ne pas la ravir.

— Monsieur LaRouche, comment avez-vous fait la connaissance de Genevra Graham ? demanda-t-elle.

— M. et Mme Graham étaient des amis de mon associé, Damon Delancy.

— Vous vous êtes souvent rencontrés ?

— Oui. M. et Mme Graham étaient souvent invités chez Delancy, soit à New York soit dans sa maison de campagne, pendant le week-end.

— Et au cours de ces week-ends, vous arrivait-il d'être seul avec Mme Graham ?

LaRouche eut du mal à retenir son irritation.

— Non, madame. À aucun moment.

— Pardonnez-moi cette question très directe, monsieur LaRouche, mais avez-vous été l'amant de Mme Graham ?

— Évidemment que non ! rétorqua LaRouche avec un regard assassin pour Gordon. Je n'ai jamais de liaison avec des femmes mariées. Celui qui prétendrait le contraire ne serait qu'un fieffé menteur.

Le juge pria LaRouche de s'abstenir de ce genre de commentaire personnel. Mais, pour Honora, l'interrogatoire était terminé. Le témoignage de LaRouche venait de répondre aux allégations de Frick et elle n'en demandait pas plus. Elle se tourna vers Frick.

— Le témoin est à vous.

Mais Frick n'avait jamais eu l'intention d'interroger LaRouche. Il s'adressa au juge.

— Je n'ai pas de question à poser à ce témoin, Votre Honneur.

Le témoin suivant, convoqué par Honora, n'était autre que la maîtresse de Graham.

13

Chacun retint son souffle quand « l'autre », la supposée maîtresse, fut appelée à témoigner.

Honora ne sut résister à l'envie de jeter un regard par-dessus son épaule et constata qu'Araminta deGrey traversait le prétoire avec un port de reine, beaucoup de dédain, laissant dans son sillage des effluves de violettes venues tout droit de Parme.

En lui parlant d'Araminta comme de la plus belle femme qu'il eût jamais vue, Elroy avait omis de lui décrire sa haute silhouette harmonieuse et la finesse de sa taille. Visiblement, elle impressionnait ces messieurs du jury avant même qu'ils aient remarqué son teint d'ivoire, son nez fin et droit, sa bouche gourmande, le blond vénitien de sa chevelure et le bleu intense de ses yeux auquel était assorti son ensemble haute couture.

Mais tout ce qui brille n'est pas or et il fallait convaincre le jury que cette beauté ne pouvait s'épanouir que dans les maisons de rendez-vous et le luxe offert par des amants satisfaits de ses services, tel Gordon Graham.

Dès qu'elle eut prêté serment, Honora s'approcha du box où elle était assise et lui sourit.

— Mademoiselle deGrey, vous portez un ensemble ravissant. Signé Redfern ?

— Non, Worth, répondit Araminta d'une voix suave, qui eût mieux convenu à un boudoir qu'à une salle d'audience.

Un juré étouffa un rire. Le juge resta un instant perplexe.

— Madame Davis, nous sommes dans un tribunal pas chez un couturier.

— Veuillez m'excuser, Votre Honneur.

La question, moins frivole qu'elle n'y paraissait, s'inscrivait dans une stratégie que les hommes présents pouvaient effectivement ne pas saisir. Mais Honora avait l'intention de s'y tenir.

— Mademoiselle deGrey, vous êtes comédienne, n'est-ce pas ?

— Oui. Mais je ne suis pas montée sur scène depuis plusieurs années.

— Avez-vous actuellement un emploi ?

Les yeux couleur de bleuet d'Araminta pétillèrent comme si elle réagissait à une plaisanterie savoureuse.

— Non.

— Vous occupez un appartement en bordure de Central Park, me semble-t-il.

— Oui.

— Depuis combien de temps y vivez-vous ?

— Un an et demi.

— Vous êtes mariée ? (Devant la réponse négative, Honora ajouta en souriant :) Et vous n'êtes pas non plus une riche héritière.

À l'instar d'Honora, Araminta deGrey sourit en répondant :

— Non, je ne suis pas une riche héritière, madame.

Honora prit un air perplexe en s'assurant qu'il ne pouvait échapper aux jurés.

— Très franchement, mademoiselle deGrey, je ne comprends pas comment une femme célibataire, sans travail et sans héritage peut s'offrir un ensemble de Worth d'un millier de dollars et un appartement de quatre mille dollars.

Le silence se fit dans la salle d'audience. Les douze jurés se penchèrent en avant. Même le juge attendit visiblement la réponse du témoin avec curiosité.

Araminta battit des cils, sourit et expliqua :

— J'ai un admirateur, madame. C'est lui qui m'a acheté cet ensemble, l'appartement et bien d'autres choses encore.

L'audace de cet aveu laissa Honora pantoise. Jamais elle

n'aurait cru obtenir une réponse aussi directe. Elle s'empressa de se ressaisir pour poser la question suivante.

— Gordon Graham, ici présent est-il cet admirateur, mademoiselle deGrey ?

— Non.

— Alors qui est-ce ?

Frick se leva.

— Objection, Votre Honneur. Dès lors que le témoin affirme que Gordon Graham n'est pas son admirateur, nous n'avons pas à connaître l'identité de l'autre personne.

— Objection retenue.

Mais Honora poursuivit :

— Mademoiselle deGrey, j'ai des témoins qui vont venir certifier que Gordon Graham vous rendait de fréquentes visites, et souvent à des heures tardives. Niez-vous toujours qu'il soit votre... admirateur ?

Le témoin ne put retenir un sourire narquois qui manqua singulièrement d'élégance.

— J'affirme que M. Graham n'est pas mon admirateur, mais je ne prétends pas pour autant ne pas le connaître. De fait, nous sommes bons amis.

Elle adressa à Graham un regard sensuel avant d'ajouter :

— Aucune loi, me semble-t-il, n'interdit l'amitié entre un homme et une femme. Certains peuvent considérer que M. Graham vient chez moi à des heures indues, mais ça ne signifie pas pour autant qu'il soit mon amant.

Honora acquiesça d'un signe de tête gracieux alors qu'elle aurait aimé tordre le cou de cette femme.

— Je vous remercie d'avoir clarifier votre relation avec M. Graham. (Elle marqua une pause.) Pouvez-vous nous dire comment vous passez le temps avec M. Graham ?

— Nous dînons, nous parlons. Nous jouons au poker. Rien de plus.

— Que pense votre admirateur de cette amitié avec M. Graham ?

— Oh, il comprend parfaitement.

— Vous avez de la chance... Je n'ai plus de questions à poser pour l'instant, Votre Honneur. Mais j'aimerais me réserver le droit de rappeler ce témoin.

Tandis qu'elle retournait s'asseoir, elle remarqua que Frick et Graham mouraient d'envie d'éclater de rire. Elle ne s'étonna pas lorsque Frick déclara qu'il ne souhaitait pas interroger le témoin. Qu'avait-il à prouver ? Rien, évidemment.

Les témoins suivants furent le portier de l'immeuble où vivait Araminta et ses deux voisins. Tous trois affirmèrent avoir vu Gordon Graham entrer et sortir de chez Mlle deGrey à des heures variables. Mais si les visites de Graham étaient fréquentes, personne n'avait vu Graham dans le lit d'Araminta. Ce que Frick ne manqua pas de souligner lors des contre-interrogatoires qu'il avait, cette fois-ci, jugés fort utiles.

Restait donc à prouver l'adultère, et Honora se dit qu'il n'y avait plus qu'une solution : obtenir des aveux.

Ce soir-là, tandis que son mari ronflait et que le sommeil lui échappait, elle repensa à une réponse d'Araminta. « Nous dînons, nous parlons, nous jouons au poker » avait-elle affirmé.

« Poker... poker... poker... » Le mot tournait dans son esprit comme un chien qui essaie d'attraper sa queue. Et soudain, elle fut persuadée que cette femme n'avait jamais joué à ce jeu de sa vie. Elle, en revanche, connaissait les cartes grâce à Theodora, grande bluffeuse devant l'Éternel.

Elle se redressa brusquement et, assise sur le lit, les genoux sous le menton, elle élabora le plan qui allait lui permettre de piéger l'arrogante Araminta deGrey.

Le lendemain, ce fut au tour de Frick d'appeler ses témoins. Plusieurs serviteurs des Graham décrivirent Genevra comme une femme hyper-nerveuse, malade, qui se croyait persécutée par son mari. D'autres témoins firent l'éloge de Gordon Graham, époux et père de famille modèles. Puis vint un certain Hamilton Adair qui affirma avoir eu des relations intimes avec Genevra à plusieurs reprises lorsque les Graham séjournaient à Newport.

Hamilton Adair était l'un des quatre témoins dont les noms sur la liste de Frick avaient laissé Genevra perplexe. Au moins avec lui, Honora voyait se confirmer ce qu'elle avait redouté.

— Il ment, murmura Genevra à son avocate d'une voix

désespérée. Je ne me souviens même pas l'avoir rencontré une seule fois.

Honora confia à l'oreille de sa cliente :

— C'est évident. Mais gardez votre calme. Rien n'est joué.

Elle se demanda ce dont Frick était encore capable. Les trois autres inconnus allaient-ils également se présenter comme des ex-amants de Genevra ?

Honora renonça à interroger Adair en se disant qu'elle ignorait trop la façon dont il pourrait répondre à ses questions. Frick appela alors le témoin suivant puis les deux autres. Tous trois prétendirent à leur tour qu'ils avaient intimement connu Genevra. Honora s'abstint de les interroger.

Il y eut une interruption à l'heure du déjeuner. Honora s'efforça de réconforter Genevra avant de retrouver la salle d'audience et d'entendre le témoignage de Gordon.

La silhouette, l'allure, la force de cet homme qui respirait la fortune, le succès et la puissance, impressionnèrent les jurés. Il se présenta comme un mari et un père dévoué et aimant qui tenait à sa famille plus qu'à sa propre vie. Cette demande de divorce lui paraissait incompréhensible. En dépit de l'avortement de sa femme et de ses nombreuses infidélités, il était prêt à lui pardonner.

Honora commença son interrogatoire en lui demandant :

— Monsieur Graham, selon le témoignage de Mlle deGrey, vous vous contentiez de dîner avec elle, de parler et de jouer au poker. Est-ce exact ?

Tout en affichant le visage même de l'innocence, Graham lui lança un regard hostile.

— Oui, dit-il.

— La considérez-vous comme une bonne joueuse de poker ?

Surpris, il s'empressa de se ressaisir.

— C'est une excellente joueuse. Elle m'a souvent battu.

Frick se leva.

— Votre Honneur, je ne vois pas ce que l'habileté de Mlle deGrey au poker vient faire ici ?

— Dommage ! répliqua Honora... Votre Honneur, pourrais-je rappeler Mlle Araminta deGrey ?

Araminta portait ce jour-là un ensemble gris tourterelle en mousseline de soie, plus discret sans doute mais tout aussi onéreux que le précédent. Décidément, elle revendiquait son statut de femme entretenue.

— Mademoiselle deGrey, votre... ami, M. Graham vient de nous parler de vos talents au poker. Vous l'avez, nous a-t-il dit, souvent battu. Est-ce exact ?

— Oui.

Honora alla prendre des cartes dans son sac et retourna vers le témoin pour lui en présenter cinq.

— Je m'adresse à l'excellente joueuse de poker que vous êtes, mademoiselle deGrey, et je vous demande d'identifier ce jeu.

Le malaise fut perceptible dans le regard couleur de bleuet.

— C'est ce qu'on appelle... une quinte.

Honora montra les cartes aux jurés.

— Comme vous pouvez le constater, messieurs, j'ai un as, un roi, une reine, un valet et un dix de cœur. Est-ce une quinte ?

— C'est, plus précisément, une quinte flush, répondit l'un des jurés.

Honora constata qu'Araminta ne souriait plus.

— Donnons à cette dame une seconde chance.

Elle alla choisir d'autres cartes.

Frick s'adressa au juge, la voix mal assurée.

— Votre Honneur, je ne vois pas...

— Eh bien, moi si. Objection rejetée !

À l'instant où Honora lui présentait cinq nouvelles cartes, Araminta jeta à Gordon un regard paniqué.

— C'est une quinte flush, affirma-t-elle.

Honora se tourna vers le jury.

— Messieurs, est-ce qu'un deux, un trois, un quatre de pique, accompagnés d'un cinq et d'un six de trèfle constituent une quinte flush ?

L'expert en poker répondit aussitôt :

— Non. C'est simplement une quinte.

Honora mit les cartes dans sa poche et regarda le témoin comme le cobra qui se prépare à frapper.

— Mademoiselle deGrey, vous avez certifié à la cour que vous étiez une bonne joueuse de poker, ce que M. Graham avait affirmé avant vous. Pourtant, quand je vous demande d'identifier deux jeux, vous vous révélez incapable de le faire. Pourriez-vous expliquer cette incohérence à la cour ?

Araminta eut un petit geste désinvolte et battit des cils en se tournant vers le juge.

— Je... je ne me sens pas très à l'aise ici. C'est la nervosité qui m'a conduite à faire cette erreur.

— Deux erreurs et non une ! remarqua Honora en durcissant le ton. Allons, voyons, mademoiselle deGrey ! Pas un seul instant vous ne m'avez paru nerveuse. Au contraire, vous avez manifesté beaucoup d'assurance, voire une certaine arrogance. Non, je ne crois pas que vous sachiez jouer au poker. Je jurerais même que vous n'avez jamais touché à un jeu de cartes de votre vie. (S'approchant du box, Honora regarda durement le témoin.) Vous n'avez pas seulement menti au sujet des cartes. Lorsque Gordon Graham vient vous voir c'est au lit que...

— Votre Honneur ! s'écria Frick en se levant d'un bond.

Araminta deGrey, coincée comme un renard par la meute, tenta une dernière échappée.

— Si nous n'avons pas dit la vérité au sujet des cartes, ça ne signifie pas pour autant que nous soyons amants.

— Mais le fait de mentir après avoir prêté serment ne semble pas vous préoccuper. Or il s'agit d'un délit de parjure qui peut vous valoir une amende ou une peine de prison, ou les deux. Avez-vous déjà été en prison, mademoiselle ? Je vous assure que ce n'est jamais une expérience agréable. On ne porte pas des ensembles de Worth en prison, mademoiselle deGrey. Songez-y au lieu de continuer à mentir tranquillement.

Araminta jeta un regard désespéré vers Graham. Mais que pouvait-il faire sinon se contenter de rester impassible ?

— J'ai dit la vérité, rétorqua-t-elle. Nous ne sommes pas amants.

— Dans une prison, les cellules sont très exiguës, mademoiselle deGrey. Vous aurez à peine la place de vous tenir debout entre le mur et votre paillasse. (Honora prit le temps de sourire.) Ce sera assez différent de votre appartement, à mon avis.

Impressionnée, Araminta préféra se taire.

Honora poursuivit :

— Pas d'eau courante, et seulement un seau hygiénique...

— Votre Honneur, maître Davis essaie d'intimider le témoin, observa Frick.

— J'ai plutôt le sentiment de lui rendre service en la prévenant de ce qui l'attend si elle s'obstine à mentir. (Sur un signe du juge, Honora poursuivit :) La prison ne vous offrira malheureusement ni crème de beauté ni parfum. J'en suis désolée pour vous.

Araminta commença à se mordre la lèvre, en proie au doute.

— Une fois encore, mademoiselle deGrey, je vous demande si Gordon Graham est votre amant ?

Les traits d'Araminta s'affaissèrent. Elle perdit sa superbe en fondant en larmes.

— Oui ! Oui ! cria-t-elle. Mais je vous en prie, ne m'envoyez pas en prison.

Honora faillit s'évanouir de soulagement.

— Merci, mademoiselle deGrey. Ce sera tout.

La culpabilité de Graham venait d'être prouvée par l'aveu même de sa maîtresse.

Honora prit une profonde inspiration avant de présenter au jury ses conclusions. C'était là son ultime chance de le rallier à sa cause.

— Messieurs les jurés, au cours de ces deux derniers jours, vous avez entendu un grand nombre de témoignages contradictoires. Il vous incombe maintenant de démêler le vrai du faux. (Elle regarda les jurés les uns après les autres.) Bien que Mme Graham soit la plaignante et non l'accusée dans ce procès, mon estimable confrère a tenté d'inverser les rôles en insinuant que c'était elle qui était fautive, et non son mari. Il a fait venir quatre témoins, qui ont tous affirmé avoir entretenu des relations coupables avec Genevra Graham. Le premier a pris Newport pour cadre de leurs transports amoureux, le second a parlé du Berkshire, le troisième d'un hôtel de New York et le quatrième a situé leurs rendez-vous dans le Connecticut. Quant à M. LaRouche, il était censé avoir eu une liaison avec elle dans son domaine, au bord de l'Hudson. (Un instant, elle posa un regard méprisant sur Frick et son client, puis revint au jury.) Il semblerait que Mme Graham ait un amant en réserve aux quatre coins du pays. Quelle santé il lui faut, n'est-ce pas ?

Plusieurs jurés étouffèrent le petit rire qu'Honora avait attendu de leur part.

Elle posa les mains sur la barrière du box.

— Aucun des quatre témoignages n'a pu être corroboré, faute de preuves quelconques. En résumé, c'est la parole de ces hommes contre celle de ma cliente. Quant à M. LaRouche que mon estimé confrère désignait comme l'un des amants de Mme Graham, il a nié cette accusation sans la moindre hésitation. (Honora fit un pas de côté avant de poursuivre.) Messieurs, il fallait que la défense vous croit naïfs pour vous présenter cette femme effacée et douce, qui ne pense qu'au bonheur de son enfant, comme une collectionneuse d'amants. (Bougeant sur leurs sièges, les membres du jury parurent mal à l'aise.) Quatre ! continua Honora en montrant quatre doigts. Mais c'est un véritable harem masculin, messieurs ! Seules les courtisanes et les prostituées, au mépris de leur tendre nature féminine, multiplient les amants de cette façon. Autrement dit, M. Graham voulait vous faire croire que sa femme avait la mentalité d'une courtisane... C'est absurde. Cette promiscuité s'accorde mal avec l'éducation qu'a reçue Genevra Graham. Regardez-la. Mme Graham n'est pas n'importe qui. D'autre part, vous avez entendu Araminta deGrey avouer qu'elle était la maîtresse de Gordon Graham. (Honora se tourna vers Graham en pointant sur lui un doigt accusateur.) Gordon Graham a multiplié les accusations contre sa femme dans le seul but de dissimuler sa culpabilité. C'est lui et lui seul qui a commis l'adultère. (Elle se retourna vers le jury.) Au début de ce procès, le juge West vous a mis en garde en vous demandant de ne pas vous laisser influencer par le fait que je sois une femme. Je le cite : « Ce n'est pas parce qu'elle est belle qu'elle a raison. » (Le juge voulut intervenir mais elle continua :) J'ajouterai que je n'ai pas non plus forcément tort. En obtenant l'aveu de sa maîtresse, j'ai prouvé que Gordon Graham était un mari adultère, et je vous demande à partir de ce fait d'accorder le divorce à sa femme.

Elle remercia le jury et alla se rasseoir.

Frick délivra sa conclusion en tentant de démonter les

arguments d'Honora. Ce n'était que du vent, mais elle n'aurait pu affirmer que le jury refusait de le suivre.

Les jurés délibérèrent pendant une heure. Quand ils réapparurent, le juge demanda s'ils avaient établi leur verdict. Puis il posa la question décisive :

— Quel est ce verdict ?

Honora retint son souffle et pria.

— Le divorce est accordé à Genevra Graham pour cause d'adultère.

Nevada LaRouche leva sa coupe de champagne.

— Au meilleur avocat de New York !

En compagnie de LaRouche et de Robert, Honora et Genevra fêtaient leur victoire dans l'hôtel particulier de la Cinquième Avenue.

Des larmes de gratitude brillaient dans les yeux noisette de Genevra.

— Jamais je n'aurais espéré obtenir la garde de mon fils, sans parler de la maison et des dix mille dollars par an.

Honora protesta :

— Vous auriez dû obtenir plus. Gordon a du répondant. Ah, bien sûr, Mlle deGrey devra peut-être faire une croix sur ses ensembles de chez Worth pendant un certain temps !

Honora sourit malicieusement tandis que LaRouche durcissait son regard.

— Étant donné ce qu'il a dû payer pour que ces deux voyous vous agressent, je dirais qu'il a de l'argent en trop.

— C'est bien mon avis, assura Honora, réprimant un frisson. J'aurais bien voulu pouvoir prouver qu'il avait recruté ces deux individus.

Genevra observa :

— Quelque chose m'intrigue, Honora. Pourquoi n'avez-vous pas interrogé Hamilton Adair et les autres ? Vous auriez pu percer à jour leurs mensonges.

— Non. C'eût été prendre le risque de focaliser l'attention du jury sur vous et non sur Graham. Ce n'était pas vous au départ qui étiez accusée d'adultère et il fallait qu'on ne l'oublie pas. J'ai laissé Frick s'empêtrer dans le piège qu'il me tendait.

Nevada demanda, le front soucieux :

— Le jury ne risquait-il pas de croire à ces mensonges ?

— En m'abstenant de les interroger, je laissais les témoignages s'accumuler jusqu'à l'écœurement. Les attaques de Frick ont finalement dégoûté le jury. Il suffisait ensuite que je démontre l'absurdité de cette série d'amants pour une femme comme Genevra pour qu'ils voient clair dans les manipulations de Frick.

LaRouche leva de nouveau sa coupe.

— C'était bien mené !

Robert fronça les sourcils.

— Donc, Frick a payé ces hommes pour mentir.

— Honnêtement, répondit Honora, je dois préciser que l'idée ne venait pas de lui. Après le procès, j'ai entendu Frick reprocher cette initiative à Gordon.

Genevra n'en crut pas ses oreilles.

— C'est Gordon qui a fait ça ?

— Il voulait que vous perdiez à la fois le procès et votre réputation.

LaRouche secoua la tête avec dégoût. Mais Robert préféra lever sa coupe, le regard brillant d'une émotion qu'Honora n'aurait su nommer.

— Avec le coup des cartes, tu as été brillante, dit-il. (Les compliments étaient rares dans la bouche de Robert depuis quelque temps, et celui-ci stupéfia sa femme.) Je sais que j'ai tenté de te décourager. Aujourd'hui j'avoue que j'avais tort. Je te renouvelle mes compliments.

Il leva de nouveau sa coupe tandis qu'Honora restait muette. Comment avait-il réussi à s'excuser publiquement, lui qui n'était pas homme à admettre facilement ses erreurs ? Comprenait-il enfin combien il l'avait blessée ?

Profondément touchée, elle se prit à espérer que leur mariage n'était peut-être pas, après tout, voué à l'échec.

14

Par une chaude soirée de la mi-septembre, Honora allait s'asseoir pour dîner lorsque Robert sortit un papier de la poche de sa chemise et le lui tendit.

— Pardonne-moi. J'allais oublier de te remettre ce télégramme. Il est arrivé ce matin pour toi. Il vient d'un médecin, je crois.

Elle pâlit en lisant le message. La main crispée sur son médaillon, elle annonça :

— Tante Theodora est malade. Son médecin me demande de venir immédiatement. (Sans toucher à son potage, les genoux tremblants, elle se leva.) Il doit y avoir un train de nuit pour Boston.

Robert manifesta son agacement.

— Tu es vraiment obligée de partir maintenant ? Tu n'as même pas dîné.

Le cœur serré, l'esprit brouillé, elle le regarda, incrédule.

— Évidemment que je dois partir au plus vite ! Je ne sais pas dans quel état elle est. Elle est peut-être mourante et tu voudrais que j'aie faim ! (Sur le point de sortir de la salle à manger, elle s'immobilisa puis se retourna.) Tu ne m'accompagnes pas ?

— Ça m'est impossible. LaRouche compte sur moi demain pour négocier un contrat important.

— C'est un homme compréhensif. Je suis sûre qu'il ne verra pas d'objection à ce que tu t'absentes quelques jours, étant donné les circonstances.

Robert se tapota les lèvres avec sa serviette.

— Je ne me risquerais pas à demander un traitement de faveur.

— Robert, je t'en prie, accompagne-moi. J'ai besoin de toi.

Il quitta la table et vint lui prendre les mains avec une violence à peine contenue.

— As-tu entendu ce que je t'ai dit ? Je ne peux pas venir avec toi. C'est impossible.

— Peut-être que si je demandais moi-même à M. LaRouche...

— Non ! (Il lâcha ses mains, s'écarta d'elle, les lèvres pincées.) Je ne viens pas. Un point c'est tout.

— Robert...

— Fiche-moi la paix ! N'essaie pas de discuter ! (Il retourna s'attabler devant son assiette de potage.) Transmets mes amitiés à ta tante ainsi que mes vœux de prompt rétablissement.

Furibonde, Honora tourna les talons et disparut. Quelle naïveté d'avoir cru qu'il avait changé ! Les hommes comme lui ne changeaient jamais. Ils se contentaient simplement de s'adapter aux circonstances, quand elles leur étaient favorables.

En passant devant la cuisine, elle appela Tilly :

— Venez avec moi dans la chambre. Je pars ce soir pour Boston et j'aimerais que vous m'aidiez à faire ma valise.

Tilly coupait le rosbif.

— Mais madame, et le dîner de monsieur...

— Eh bien, il mangera froid !

— Je n'en ai que pour une minute...

— Tilly, je vous dis que le dîner de monsieur attendra.

Tilly obtempéra. Dans la chambre, pendant qu'elle sortait des vêtements de la penderie, Honora écrivit un mot expliquant à Elroy qu'elle devait s'absenter pour raison familiale. Elle lui demandait d'annuler ses rendez-vous et de prendre en charge le cabinet pendant son absence.

Dès qu'elle eut terminé, une pensée désagréable l'assaillit.

— Tilly, à quelle heure le télégramme est-il arrivé ?

— Vers dix heures, madame.

Honora reposa brutalement sa plume sur son secrétaire.

— Comment ! Et vous n'avez pas eu l'idée de me l'apporter

à mon bureau immédiatement ? Vous n'avez pas pensé que ça pouvait être très important ?

Les larmes aux yeux, Tilly rentra la tête dans les épaules comme si elle venait d'être frappée.

— Je l'ai apporté à monsieur dès qu'on me l'a remis. Je me suis dit que si c'était une mauvaise nouvelle, il valait mieux que ce soit lui qui vous l'apprenne.

Ainsi Robert savait depuis le matin que tante Theodora était malade. Jamais elle ne lui pardonnerait son silence. Jamais.

— Je suis désolée, Tilly. Je m'en suis pris à vous injustement. Mais ce télégramme m'apprend que ma tante est malade et elle est pour moi comme une mère.

— Je comprends, madame.

Honora remit à Tilly le message pour Elroy et, dix minutes plus tard, sortit de la chambre, sa valise à la main. Seul le temps lui manqua pour dire à Robert ce qu'elle avait sur le cœur.

À l'instant où elle entra dans la salle à manger, il s'étonna :

— Où est Tilly ? J'attends la suite.

— Elle m'a aidée à faire ma valise. Tu l'auras ton dîner. Mais j'espère qu'il sera bien froid !

Il regarda la valise.

— Déjà prête ? (Il se leva et tendit la main vers son sac.) Laisse-moi descendre tout ça, dit-il.

— Non. Ce n'est pas la peine.

Tenant fermement la poignée de son sac, elle donnait l'impression de vouloir résister à un voleur.

— Je peux très bien me débrouiller seule, ajouta-t-elle sèchement. (En sortant de la pièce, elle lança par-dessus son épaule :) J'ignore combien de temps je resterai à Boston.

Ayant obtenu ce qu'il voulait, tout sucre tout miel, il lui répondit :

— Reste jusqu'à ce que ta tante soit remise. Mais je ne t'ai pas dit au revoir, Honora.

Elle se retourna, agacée, et quand il se pencha vers elle pour l'embrasser, elle lui présenta sa joue.

— Il faut que je parte. Je vais rater mon train.

L'air déconfit de Robert la ravit.

Sans un sourire, sans un au revoir, Honora alla prendre le train pour Boston.

Commonwealth Avenue était déserte sous la clarté argentée de la lune. Il était plus de minuit. Tandis que le conducteur de la voiture qu'elle avait hélé à la gare sortait sa valise, Honora regarda la maison de grès brun, la gorge serrée.

Elle était de retour chez elle...

Elle paya le chauffeur qui déposa sa valise sur le perron et ouvrit la porte avec la clef que Theodora lui avait conseillé de garder « au cas où »... Dans le hall, elle alluma une lampe à gaz. Rien n'avait changé. La patine blonde des lambris brilla dans la lumière soudaine, tout comme le plateau d'argent qui attendait les cartes de visite sur la longue table de marbre. Cette chaleur qui manquait tant à sa vie, elle la retrouva avec une émotion qui lui mit les larmes aux yeux.

Une lampe à la main, elle monta au second étage, frappa doucement à la porte de sa tante, l'appela puis ouvrit.

— Honora, c'est toi ?

Theodora alluma la lampe de chevet, se leva et traversa la pièce.

— Oui, tante Theodora, c'est moi.

Séparées depuis près d'un an, les deux femmes se jetèrent dans les bras l'une de l'autre. Puis Theodora contempla sa nièce.

— Laisse-moi te regarder. (Son regard perça rapidement le masque.) Tu ne resplendis pas de bonheur, il me semble.

Elle-même n'était pas en grande forme. À une pâleur inhabituelle s'ajoutaient autour des yeux les griffes profondes de la tristesse. Une tristesse que seul un Wesley Saltonsall, perdu à jamais, aurait pu effacer.

— Parlons plutôt de toi, tante Theodora. Que t'arrive-t-il ?

— Rassure-toi, je ne suis pas en danger. Le médecin a diagnostiqué une inflammation intestinale sans gravité. Mais j'avais si mal hier soir que le pauvre homme a pris peur et t'a envoyé ce télégramme. (Elle eut un sourire penaud.) J'ai l'impression d'être comme le petit garçon de la fable qui crie au loup pour s'amuser. Et tu es venue jusqu'ici pour rien.

— Pour rien ? Mais une visite à Boston est toujours un

plaisir. Il y a des mois déjà que je serais venue si je n'avais eu tant de travail.

— Je sais. J'ai appris par la presse que tu avais gagné ce divorce et je ne manque pas une occasion de le rappeler à ce cuistre d'Amos Grant.

Honora sourit.

— Maintenant que je suis ici, je compte bien rester jusqu'à ce que tu sois tout à fait remise.

Theodora regarda par-dessus l'épaule de sa nièce.

— Je vois que Robert ne t'a pas accompagnée.

— Non. Il ne pouvait pas se libérer.

— Oh, je comprends... (Theodora comprenait sans doute trop bien.) Tu sembles exténuée, ma chérie. Va dormir. Nous reprendrons notre conversation demain.

Honora embrassa sa tante et alla retrouver sa chambre de jeune fille. À peine déshabillée, elle se glissa sous les draps et fit le vide dans son esprit.

Theodora reposa sa tasse de café.

— Ça suffit, ma chérie. Dis-moi ce qui ne va pas.

— Mais tout va bien !

— Ah, non ! Ne me raconte pas d'histoires. Pas une seule fois au cours de la journée tu ne m'as parlé de Robert. Et si tu tires encore sur ton médaillon, non seulement tu casseras la cordelette, mais en plus tu me rendras folle. Nous n'avons pas l'habitude d'avoir des secrets l'une pour l'autre !

Assise à côté de sa tante, Honora essuya du revers de la main les larmes qui lui piquaient les yeux.

— J'ai compris que pour Robert je passais après ses ambitions.

— C'est le sort de la plupart des femmes. Il n'y a pas de quoi en être bouleversée.

— Peut-être mais c'est terriblement humiliant. Voilà pourquoi je préférais ne rien dire.

Theodora sourit.

— Raconte-moi tout. Je pourrai peut-être te prodiguer quelques-uns de mes sages conseils.

Voulant éviter de tirer sur son médaillon, Honora croisa les doigts.

— Robert dit qu'il m'aime mais il place toujours ses intérêts avant les miens.

Theodora but son café à petites gorgées tout en écoutant sa nièce lui raconter comment Robert lui avait demandé de cacher ses activités puis comment il avait tenté de la décourager quand elle risquait de s'attirer les foudres d'hommes puissants et fortunés.

Elle ne cessa de regarder son alliance tandis qu'elle rapportait les propos de Robert après son agression.

— Il m'a tout simplement dit que la colère de Gordon Graham était prévisible et qu'on évitait de provoquer quelqu'un comme lui. En somme, mon propre mari m'accusait d'avoir été au-devant de mes ennuis. Je n'avais eu que ce que je méritais, d'après lui. Pas un seul instant il ne m'a défendue.

— Ma pauvre chérie, je ne sais que te dire.

Un sourire dansa soudain dans le regard d'Honora.

— Il faut que je te raconte autre chose. Le patron de Robert, Nevada LaRouche, s'est battu avec l'homme qui avait engagé mes deux agresseurs !

— Non ?

— Si. C'est un étranger, un homme que je connais à peine qui a pris parti pour moi, et non mon mari.

Theodora posa sa main sur l'épaule d'Honora.

— Tu as fait une expérience bien douloureuse, ma chérie.

— Robert n'a cessé de me décevoir. Il n'est jamais là quand j'ai le plus besoin de lui.

— Lui as-tu expliqué ce que tu ressens ?

— Une fois, oui, lorsqu'il me demandait de laisser tomber le dossier Graham. Mais j'ai eu l'impression de parler à un mur.

— Tu l'aimes encore ?

— Une partie de moi-même aime toujours l'homme que j'ai épousé, mais une autre n'apprécie pas du tout l'homme qu'il est devenu. (Elle secoua la tête.) J'ai parfois le sentiment de vivre avec un étranger. Un étranger froid et terriblement égoïste.

D'une main nerveuse, Theodora lissa la soie violette de sa jupe.

— Qu'as-tu l'intention de faire ?

— Il n'y a que deux solutions. Ou bien j'accepte l'idée qu'il ne m'apportera jamais ce dont j'ai besoin ou bien je... je le quitte.

— Tu seras toujours la bienvenue ici, auprès de ta vieille tante, ma chérie. (Mais, l'œil malicieux, Theodora ajouta :) À moins que tu n'aies l'intention de te remarier... À ton âge, ça serait plus raisonnable. Penserais-tu déjà à quelqu'un ? À ce M. LaRouche, par exemple ?

— Oh ! Quelle drôle d'idée ! En fait, je ne lui fais pas confiance du tout. Il ressemble tellement à l'homme qui a détruit ma famille !

— Si tu le dis. C'est toi qui le connais. Pas moi.

— Il est charmant en apparence. Mais il n'a aucun principe et il a souvent bafoué la loi.

— Quel homme ! Il m'intrigue, tu vois. (Theodora se leva et commença à arpenter le salon.) Écoute. Il faut être exigeant dans la vie, à moins de vouloir perdre son temps. Tu sais très bien ce qui va arriver si tu ne réagis pas. Robert continuera à te décevoir. Tu lui trouveras des excuses, tu te diras que tu l'aimes quand même, mais à chaque nouvelle déception, tu sentiras quelque chose mourir en toi. Tu ne pourras jamais compter sur lui. Un jour, tu n'auras plus en toi que du ressentiment et de l'amertume. Je détesterais voir ce jour arriver.

Honora ferma les yeux et, au bord de la migraine, se frotta le front.

— Je suis si partagée...

— Essaie pendant que tu es ici, chez toi, de prendre une décision. Je te soutiendrai quelle qu'elle soit.

Honora quitta le sofa pour aller embrasser sa tante.

— Merci. Ta confiance est essentielle pour moi. (Elle retourna s'asseoir puis demanda :) Et en ce qui te concerne, tante Theodora ? Y a-t-il un nouvel homme dans ta vie ?

Le regard de Theodora s'assombrit, malgré le sourire qu'elle s'imposa.

— Non, il n'y a personne dans ma vie. T'ai-je dit que Wesley a donné un petit héritier à la dynastie d'armateurs des Saltonsall ? Le père de Wesley est la fierté même. Il dit à qui veut l'entendre que Selena est une belle-fille parfaite. Il paraît qu'elle attendrait un autre enfant.

Derrière ce bonheur affiché, que devenait Wesley ? Honora doutait qu'il fût vraiment heureux.

— Tu aurais dû l'épouser, dit-elle à sa tante d'une voix douce.

Theodora se raidit et prit un ton inhabituel.

— Ah, non, ne me fais pas de reproches ! C'est pour son bien que je me suis séparée de lui. Un jour, il le comprendra. Maintenant, si tu veux bien m'excuser, c'est l'heure de ma promenade. As-tu envie de venir ?

— Dans ton automobile ? Non. Je te remercie. Je n'ai pas envie de terroriser Boston. Et puis, j'ai besoin de réfléchir.

— Je comprends.

Une demi-heure plus tard, Honora observa le départ de sa tante équipée d'un chapeau, de lunettes protectrices et d'un cache-poussière. L'automobile démarra dans un nuage de gaz d'échappement. Quand elle eut disparu, Honora rentra se réfugier dans la maison. Elle avait une décision à prendre.

Au bout de cinq jours, elle retourna à New York, bien déterminée à annoncer à Robert qu'elle le quittait.

Elle l'appela dès qu'elle entra dans l'appartement.

— Robert ? C'est moi.

N'obtenant pas de réponse, elle se demanda où il pouvait bien être un samedi, à quatre heures de l'après-midi.

— Tilly ?

Elle posa sa valise dans le salon en attendant une réaction qui ne vint pas. Aucun bruit ne se faisait entendre.

Tilly devait pourtant se trouver dans la cuisine. N'était-ce pas l'heure où elle commençait à préparer le dîner ? Mais dans la cuisine, Honora ne vit que de la vaisselle qui attendait d'être lavée. Or, Tilly était trop consciencieuse pour négliger ainsi ses devoirs. De toute évidence, elle avait dû partir précipitamment.

— Où sont-ils passés ? marmonna Honora en allant vers la chambre.

La porte était ouverte et le spectacle qui l'attendait lui glaça le sang. Tous les tiroirs du secrétaire de Robert avaient été vidés. Puis elle s'aperçut en pénétrant dans la pièce que l'armoire était ouverte et qu'il y manquait la garde-robe de son mari.

Les genoux tremblants, elle chercha un objet lui appartenant, un objet qui aurait pu témoigner qu'il avait occupé cette chambre. Mais elle ne trouva rien, pas même un mot d'explication.

Pourtant, il devait y en avoir un quelque part. Elle passa au peigne fin la chambre puis les autres pièces. Rien. Essoufflée, elle retourna dans le salon et se laissa tomber sur le sofa. Que signifiait cette disparition ? LaRouche l'avait-il envoyé en mission quelque part ? Mais pourquoi partir en emportant toutes ses affaires ? Et Tilly ? Pourquoi était-elle absente ?

Assaillie par une pensée insoutenable, elle trembla. Gordon Graham aurait-il voulu se venger en engageant des tueurs ? Si elle souhaitait se débarrasser de Robert, ce n'était pas de cette façon !

Mais elle ne pouvait constater aucune trace de violence. Rien n'avait été ni renversé ni cassé. Et on ne kidnappe pas quelqu'un en emportant ses vêtements, surtout si on a l'intention de le tuer.

Elle passa les heures suivantes à interroger ses voisins de palier. Le regard curieux ou soupçonneux, ils lui assurèrent qu'ils n'avaient rien remarqué d'inhabituel. Non, ils n'avaient rien vu, rien entendu qui pût lui fournir un indice. Ils ignoraient totalement où étaient son mari et la bonne.

Seul le portier put lui donner un renseignement : voilà plusieurs jours qu'il n'avait pas vu Robert.

La nuit était tombée pendant qu'elle frappait aux portes et répétait, la gorge serrée, les mêmes questions. De la fenêtre de son salon, elle regarda les lampadaires s'allumer. Elle avait besoin d'aide et pensa à celui qui pourrait peut-être l'éclairer.

Au rez-de-chaussée de l'hôtel particulier de Delancy, toutes les fenêtres étaient illuminées. Une file de calèches attendait de pouvoir déposer devant le perron sa cargaison d'invités. À chaque fois que la porte s'ouvrait, un flot de musique et de lumière accueillait des femmes aux bijoux étincelants et des hommes d'une extrême élégance, portant cravate blanche.

Décidant de surmonter son embarras, Honora descendit de voiture en demandant au chauffeur de l'attendre. Réception ou pas, elle devait voir Nevada LaRouche.

Dans sa tenue de voyage poussiéreuse et froissée qu'elle n'avait pas pris le temps d'enlever, elle attira des regards qu'elle préféra ignorer, passa devant une jeune femme penchée avec horreur sur un pli défait de sa jupe et pénétra dans le hall luxueux qui avait tant impressionné Robert.

Très séduisant dans son habit de soirée, LaRouche conversait avec un groupe d'invités près de l'entrée du grand salon. Soudain il rencontra son regard, sembla découvrir une étrangère mais s'excusa toutefois et vint vers elle.

Pourquoi sentait-elle tant de froideur en lui ? Impressionnée, elle recula d'un pas.

— Bonsoir, madame Davis.

Le ton aussi avait changé, et avant qu'elle pût lui répondre, le visage sévère et la main impérieuse, il la prit par le coude...

— Il faut que je vous parle, dit-il. Venez. Mon bureau est par ici.

Elle se laissa guidée le long du corridor, mais dès qu'il s'arrêta devant une porte, impatiente, elle se dégagea.

— Où est Robert ?

Visiblement surpris, il lui ouvrit la porte et la pria d'entrer.

— Je l'ignore, dit-il. Il n'est pas chez vous ?

Une lampe était restée éclairée dans le bureau, où elle le précéda.

— Quand je suis revenue de Boston, cet après-midi, il n'était pas là. Tous ses vêtements ont disparu et le portier m'a appris qu'il ne l'avait pas vu depuis plusieurs jours.

— Je crois savoir pourquoi, répondit-il. (LaRouche referma la porte.) Je vous en prie, asseyez-vous.

À bout de nerfs, elle explosa. Les poings serrés, elle fit un pas menaçant vers Nevada.

— Je n'ai pas envie de m'asseoir ! Je veux savoir ce qui est arrivé à Robert !

D'une main à la fois ferme et douce, il lui saisit les bras.

— Je comprends votre anxiété. Mais calmez-vous, asseyez-vous et je vais essayer d'apporter une réponse à vos questions.

— Vous savez donc ce qui lui est arrivé ? (Soudain, ses jambes se dérobèrent, elle vacilla et, sans LaRouche pour l'aider à s'asseoir, elle se serait écroulée.) J'ai besoin de savoir ce qui s'est passé...

Elle aurait pu ajouter : « Et de lui annoncer que je le quitte. »

LaRouche s'assit à côté d'elle sur le sofa de cuir, sa longue silhouette tournée vers elle.

— J'ai dû prendre une décision à son sujet pendant votre absence.

— Quel genre de décision ?

— Je lui ai donné son congé.

— Pardon ? Mais je croyais que vous étiez très satisfait de son travail...

— Je l'étais. Jusqu'au jour où j'ai eu la preuve qu'il vendait des informations confidentielles à nos concurrents.

— Seigneur ! Robert ? Robert est malhonnête ? Oh... (Elle eut un rire chevrotant, aigu, qui ne lui ressemblait pas du tout.) C'est absurde ! Vous avez dû vous tromper.

— J'aurais préféré me tromper.

Elle secoua la tête.

— C'est invraisemblable. Sa situation était tout pour lui. Comment aurait-il pu la mettre en danger en se livrant à ce genre de trahison ?

— J'ai été tout aussi incrédule quand on a commencé à me mettre en garde contre lui. Je l'appréciais et je n'aurais jamais mis en doute sa loyauté. Mais l'enquête que nous avons menée l'a irrémédiablement condamné.

LaRouche expliqua ce qu'il avait découvert.

— Après ça, conclut-il, il ne me restait plus qu'à me séparer de lui.

— Ça s'est passé quand ?

— Il y a trois jours.

— Qu'a-t-il dit ?

— Il a commencé par tout nier en bloc. Puis il a vu qu'il n'y avait pas d'échappatoire. Il a quand même demandé qu'on lui donne une seconde chance. (LaRouche détourna son regard.) Vous devez comprendre que je ne peux pas travailler avec un homme en qui je n'ai plus confiance.

— Bien sûr.

— Il m'a demandé une lettre de référence, mais je la lui ai refusée en m'engageant néanmoins à ne pas lui fermer toutes les portes.

Emplie d'amertume et de honte, Honore demanda :

— Pourquoi cette clémence ?

Le regard de LaRouche devint brusquement chaleureux.

— J'ai voulu vous épargner, éviter que votre propre réputation fût ternie.

Elle s'efforça de ne pas trahir les émotions qui l'agitaient.
— À votre avis, pourquoi a-t-il disparu ?
— C'est un homme très orgueilleux. Il s'est peut-être dit qu'il ne pourrait plus vous regarder en face. Ou bien il a redouté que je change d'avis et le fasse arrêter.
Quelqu'un à cet instant frappa à la porte.
— Qu'y a-t-il ? s'écria LaRouche.
La porte s'ouvrit et le maître d'hôtel apparut.
— Je vous prie de me pardonner, monsieur, mais vos invités vous réclament.
— Faites-les patienter encore quelques instants.
Dès que le maître d'hôtel se retira, LaRouche demanda :
— Pourriez-vous rester ? J'aimerais poursuivre cette conversation quand nous serons seuls.
— Après ce que vous a fait mon mari, je ne vois pas ce qui peut vous inciter à me parler plus longuement. Je m'étonne déjà que vous m'ayez laissée entrer.
Nevada s'adossa au sofa.
— Mais je n'ai jamais imaginé, madame, que vous étiez au courant de sa trahison.
L'assurance avec laquelle il affirmait sa confiance en elle la fit rosir.
— Pourtant, remarqua-t-elle, lorsque vous m'avez vue, j'ai eu l'impression que vous alliez me reconduire sur le perron.
— Je m'attendais à ce que vous veniez plaider en sa faveur. Et je n'aimais pas ça.
Elle n'osa pas lui demander pourquoi.
— Si j'avais su ce qu'il faisait, je serais venue vous prévenir. La loyauté entre époux a ses limites, monsieur LaRouche, surtout quand elle est injustifiée.
— Je n'en attendais pas moins de vous.
Elle regarda ses mains, serrées sur ses genoux.
— J'apprécie la confiance que vous me manifestez.
— Puis-je en conclure que vous restez ?
Intimidée, elle repoussa machinalement une mèche dans son cou et s'aperçut du désordre de sa coiffure. Son chignon s'écroulait. Elle ne se voyait pas affronter les regards de travers des invités de LaRouche en faisant irruption dans ce parterre de femmes élégantes.
— Je ne suis guère présentable.

— Ce n'est pas mon avis.

— Non, je préfère m'en aller. (Elle se leva.) Le voyage m'a fatiguée. Et puis j'ai besoin d'être seule pour me remettre les idées en place.

Il s'était levé en même temps qu'elle. Son regard reflétait une profonde sollicitude.

— Vous êtes sûre que ça ira ?

— Oui.

— Je ne peux pas vous raccompagner, mais mon chauffeur est à votre disposition.

— Ce n'est pas la peine. Une voiture m'attend.

Dans le hall déserté par les invités, LaRouche parla un instant au maître d'hôtel qui aussitôt disparut. Avant de sortir, Honora se tourna vers LaRouche.

— Monsieur... je tiens à m'excuser pour la conduite de mon mari. Mais je sais que cela ne suffit pas. S'il a fait subir des pertes financières à votre entreprise, je m'efforcerai de les compenser, mais ça prendra un certain temps.

— Ne dites pas d'absurdités. (Il la surprit en lui baisant la main.) Vous n'êtes en rien responsable dans cette affaire.

— Non, mais j'ai honte pour lui.

Refusant tout autre commentaire, elle salua son hôte et sortit.

En arrivant devant chez elle, elle découvrit que Nevada LaRouche avait demandé à son maître d'hôtel de payer la course pour elle.

Seule dans son salon, au milieu de la nuit, Honora contemplait la chouette que Robert avait un jour sculptée pour elle. C'était alors une autre époque, celle de toutes les illusions, et cette époque avait vécu.

Pour la première fois depuis des mois, elle pensa à Priscilla Shanks, la jeune femme que Robert avait lâchement abandonnée. Il devait être né avec cette tendance à fuir les difficultés au lieu de les confronter. Comment ne l'avait-elle pas deviné ? En tout cas, elle avait appris une chose : l'amour est vraiment aveugle !

Ce lâche n'avait même pas eu l'élégance de lui laisser un mot. Il s'était contenté de se volatiliser. Elle n'allait pas perdre son temps à se demander où il était passé, mais elle regrettait qu'il la privât du plaisir de lui annoncer qu'elle le quittait.

Elle se leva pour prendre la chouette dans sa main puis se rassit. « Ah, oui, tu pensais m'aimer, n'est-ce pas ? Mais, mon pauvre ami, tu n'aimes que ta petite personne ! Et j'étais trop aveuglée pour m'en rendre compte. » Brusquement, elle jeta la chouette dans la corbeille à papier qui se trouvait à proximité du sofa. Son alliance prit le même chemin. « Maintenant, j'y vois clair », se dit-elle.

Elle s'obligea à aller se coucher au lieu de s'éterniser dans le salon en dépit de sa fatigue. Devant la coiffeuse, elle se démaquillait lorsqu'elle pensa à LaRouche. Habituellement décontracté, pendant leur conversation, il lui avait semblé aussi tendu que s'il s'appliquait à maîtriser une grande émotion.

En enlevant la crème démaquillante, elle surprit deux grands cernes mauves sous ses yeux. Mais ce fut encore à LaRouche qu'elle pensa au même instant. Puisque Robert ne travaillait plus pour lui, elle n'aurait sans doute pas l'occasion de le revoir, et... et il allait lui manquer.

Voilà ce qui lui venait à l'esprit et qu'elle ne pouvait plus longtemps se cacher ! LaRouche l'avait soignée, il avait eu la délicatesse de faire disparaître les miroirs qui auraient pu la déprimer, il avait voulu fêter sa victoire après l'affaire Graham, et il s'était refusé à envoyer Robert en prison. L'homme d'affaires sans scrupules qu'elle essayait de voir en LaRouche s'avérait un être plein de générosité et de délicatesse. Rien à voir avec l'homme qui avait fait condamner son père.

Attendait-il quelque chose d'elle ? Elle se leva et alla se coucher sans avoir trouvé la réponse.

L'absence de Tilly la priva, à son réveil, de sa tasse de café quotidienne. Pieds nus, elle se dirigea vers la cuisine mais, face au monstre de fonte qui tenait lieu de cuisinière, elle déclara forfait. Jamais elle ne s'était mesurée à lui, jamais elle n'avait tenté de percer ses mystères.

Dès qu'elle fut habillée, elle sortit pour prendre un petit déjeuner. Quand elle revint, le portier l'informa que M. LaRouche était passé et avait laissé sa carte. Au dos, il avait écrit : « Regrette de ne pas vous avoir trouvée. Passez chez moi ce soir. Nous pourrons dîner ensemble. »

La honte suscitée par la conduite de Robert restant vivace, elle ignora l'invitation de Nevada.

Le lundi, en passant à sa banque, Honora eut une nouvelle surprise. Un employé lui apprit que son mari avait vidé leur compte.

Devant toute l'étendue de la trahison de Robert, pour la première fois de sa vie, Honora s'évanouit.

15

— Vous m'évitez ?

Elle leva les yeux et constata que la haute silhouette de Nevada LaRouche se dressait dans l'embrasure de sa porte. Une visible frustration démentait le calme de sa voix traînante. Tranquillement, elle se pencha de nouveau sur son travail.

— Je n'ai pas cessé d'être débordée, et ça continue. Alors, si vous voulez bien m'excuser...

Il entra, referma la porte derrière lui afin d'échapper au regard curieux d'Elroy et s'avança vers le bureau d'Honora.

— Ces deux dernières semaines, je suis passé quatre fois chez vous. À chaque fois le portier m'a répondu que vous étiez absente. Je vous ai invitée six fois à dîner. Vous avez refusé. Je suis passé ici tous les matins. C'est la première fois que je vous y trouve. Pourquoi m'évitez-vous ?

Il s'était penché vers elle afin de la forcer à le regarder et son visage était si près de celui d'Honora qu'ils auraient pu s'embrasser. Elle se rejeta contre le dossier de son fauteuil.

— Je n'ai pas cherché à vous éviter. J'ai plutôt cherché un appartement.

— Ah ? Le vôtre ne vous plaît plus ?

Elle se leva et, se disant que cet homme entêté ne se satisferait pas d'un mensonge, elle ravala sa fierté.

— Le fait est que je ne peux plus payer mon loyer. Robert est parti en vidant notre compte.

— Le salaud !

« Un salaud qu'elle avait aimé... » pensa-t-elle.

— Vous comprendrez qu'avec deux loyers et le salaire d'Elroy à assurer, je n'ai pas eu beaucoup de temps pour les mondanités, monsieur LaRouche.

— Je le comprends. (Il s'éclaircit la gorge.) Vous avez votre dignité madame, je le sais, mais je serais particulièrement heureux de pouvoir vous dépanner jusqu'à ce que vous retombiez sur vos pieds. Il ne s'agirait que d'un prêt, bien entendu.

Gênée, Honora se sentit rougir.

— Je vous remercie, mais grâce à ma tante de Boston je réussis à me maintenir à flot. Et puis certains clients vont bientôt me payer des honoraires qui me sortiront d'embarras.

— En ce cas, qu'est-ce qui nous empêche de dîner ensemble ?

Elle détourna le regard.

— Ce serait imprudent.

— Pourquoi ? Vous ai-je déjà offensée ?

Le regardant droit dans les yeux, elle le rassura.

— Nullement. Je ne pourrais vous reprocher qu'un excès de générosité.

Elle alla vers la fenêtre. Les passants se courbaient en retenant leur chapeau sous le vent vif d'octobre qui balayait Broadway. Pourquoi ne pas lui dire maintenant ce qui devait clarifier la situation ?

— Je dois vous avouer quelque chose. À Boston, j'avais décidé de quitter mon mari.

Il y eut un long silence. Puis LaRouche avoua :

— Je suis désolé que vous ayez eu à prendre cette décision.

S'il était désolé, il ne semblait pas surpris.

Honora se retourna avec un pâle sourire.

— Malheureusement, il m'a devancée. Mais le point essentiel est qu'aux yeux de la loi je reste une femme mariée. Ce serait une erreur de me montrer avec un célibataire. J'ai une réputation à sauvegarder, sous peine de perdre ma clientèle.

— J'avoue que je n'avais pas pensé à ça. Mais est-il réellement interdit de dîner entre amis ?

Ainsi, il la considérait comme une amie.

— Non, mais...

— Madame Davis, je vous en prie, ne me repoussez pas encore une fois. (Il traversa la pièce pour s'approcher d'elle.) Vous êtes la première femme intelligente que je rencontre depuis la mort de ma chère Sybilla et le départ de Catherine Delancy pour Londres. (Baissant la tête, il ajouta :) Votre compagnie me manque.

Cet aveu de douleur et de solitude la surprit et l'émut. Elle en oublia qu'il avait aidé ses amis à fuir la justice, fréquenté un bordel, entretenu une comédienne et qu'elle se méfiait de lui. Elle ne vit plus devant elle qu'un homme qui, en dépit de son orgueil, lui parlait de sa solitude et réclamait sa présence.

Quel mal y aurait-il à accepter de le voir ? Elle-même ne parvenait pas toujours à repousser un sentiment de solitude. Après les longues soirées de travail, il finissait par se manifester malgré la fatigue et l'envie de dormir.

— Eh bien, soit ! dit-elle. J'accepte une invitation amicale.

Il parut heureux mais encore incrédule.

— Le *Delmonico's ?*

— Non. Il y a trop d'avocats.

— Le *Sherry's ?*

Elle fronça le nez.

— Le *Waldorf* ?

— On y va trop pour se montrer.

LaRouche se figea comme pour prendre son élan.

— Alors, pourquoi pas chez Delancy ? On ne pourrait trouver un endroit plus discret.

En éliminant une à une les autres possibilités, elle l'avait elle-même conduit à cette idée de dîner chez lui, en tête à tête. Elle s'accusa, mais un peu tard, de perdre la raison.

— C'est d'accord. Pour dîner et converser.

— Absolument. (Non sans grâce, il s'inclina brièvement devant elle.) Je vous enverrai ma voiture pour six heures et demie, dit-il, une lueur de plaisir anticipé brillant dans son regard.

— Je serai prête.

Une fois son contrat avec le diable signé et scellé, Honora lui souhaita une bonne journée puis le suivit des yeux tandis qu'il sortait de son bureau.

Il prit le temps de se retourner et de lui sourire avant de disparaître.

Sa nouvelle robe du soir, en velours vert émeraude, accompagnait merveilleusement ses pendentifs. Resplendissante, elle tendit sa main gantée à son hôte, posté près de la porte cochère de l'hôtel particulier. À l'instant où il prit sa main, elle se dit qu'elle n'aurait jamais dû répondre à son invitation.

— Entrez vite !

Le vent était glacial. Il l'emmena dans le hall, où il lui retira sa cape de velours noir comme l'eût fait n'importe quel maître d'hôtel. Cherchant à cacher son malaise grandissant, Honora émit une remarque sur la fraîcheur de la soirée.

Lui, par contre, semblait privé d'émois particuliers. S'il lança un regard appréciateur à sa robe, il se contenta d'un compliment lapidaire dénué d'ambiguïté.

— Ravissante cette robe. (Puis il glissa sa main sous son coude avant qu'elle ait eu le temps de le remercier.) Nous dînerons dans la bibliothèque.

Elle sentit la panique l'envahir. Rien ne l'aurait mieux rassurée qu'une longue table d'acajou chargée de décorations derrière lesquelles elle aurait pu s'abriter.

Un feu brûlait dans la cheminée. La table du dîner était petite et seul un bouquet de soucis se dressait parmi le cristal, la porcelaine et l'argenterie. Comme elle eût préféré une pyramide de poires, tel un paravent entre elle et Nevada ! D'autant que les soucis lui rappelaient les fleurs qu'un jour de printemps Robert avait arrachées pour elle dans un jardin public.

L'émotion faillit emplir ses yeux de larmes tandis que son hôte lui présentait sa chaise.

— C'est un très joli bouquet, dit-elle.

— Il vient du petit jardin, à l'arrière de la maison.

Il tira sur le cordon de la sonnette réservée aux serviteurs.

— Je n'aime pas les fleurs de serre. Il faut suivre les saisons, c'est plus naturel.

À l'évidence, il avait lui-même confectionné le bouquet.

S'asseyant à son tour, il fit glisser son doigt sur le bord de son verre de cristal comme s'il cherchait quelque chose qui pût lancer la conversation.

— Votre cabinet semble bien marcher, dit-il.

— J'ai six nouveaux clients depuis le divorce Graham. Le succès appelle le succès.

Précédé d'un coup discrètement frappé à la porte, le maître d'hôtel entra en entraînant derrière lui un valet qui portait une soupière. Pendant que le valet servait le consommé, le maître d'hôtel soumit le vin blanc à l'appréciation de Nevada. Honora, en apparence très calme, se demanda pourquoi LaRouche lui donnait l'impression qu'elle était une biche sur le point d'être dévorée par un loup.

Elle avait beau se trouver ridicule, le sentiment d'être en danger s'incrustait en elle. Pourtant, LaRouche n'avait rien ce soir-là de menaçant. Au contraire, il personnifiait la courtoisie.

Quand il déclara le vin parfait, il demanda à son maître d'hôtel de remplir le verre d'Honora. Puis, dès que les serviteurs se retirèrent, il remarqua :

— Je me demande pourquoi il tient toujours à ce que je goûte le vin. Ma réponse est invariable.

La plupart des hommes qu'Honora connaissait auraient préféré mourir plutôt que d'exprimer une simplicité si désarmante.

— C'est la coutume, dit-elle.

Il leva son verre.

— Aux coutumes étranges et à votre succès.

Elle trinqua avec lui.

— Au vôtre également.

Elle savoura lentement le vin à la saveur fruitée et légèrement pétillant.

Quand Nevada prit sa cuillère, il annonça que le consommé devait être excellent.

— C'est une spécialité du chef.

Honora goûta et apprécia.

— C'est absolument délicieux.

Ils commencèrent à dîner en silence. Mais rien d'oppressant ne vint ternir l'atmosphère. Au contraire, des centaines de livres, émanait une bonne odeur de papier et de cuir, dans la cheminée, les bûches craquaient et chuintaient en provoquant des gerbes d'étincelles, le vin et la nourriture étaient savoureux. Honora se sentait choyée, gâtée, apaisée. Un sourire dansa sur ses lèvres et comme rien n'échappait à Nevada, il demanda :

— Qu'y a-t-il ?

— Je crains que ma compagnie ne soit pas très stimulante.

— La soirée ne fait que commencer. Nous n'avons même pas fini le potage. (Tout en se penchant vers elle, il eut un sourire désarmant.) Quand nous en arriverons au rosbif, nous serons déjà aussi bavards que deux pies.

Elle rit, enhardie par le vin.

— Vous ne m'avez jamais paru très loquace, monsieur LaRouche.

— Je ne sais pas parler pour ne rien dire.

Il est vrai qu'il parlait avec son corps et ses yeux plus qu'avec des mots.

— Vous auriez fait un piètre avocat.

— Sans aucun doute. (Il s'essuya la bouche avec sa serviette et brusquement, sans préambule, lui rappela :) Je m'appelle Nevada...

Entre le feu et le vin, elle put rougir sans se sentir particulièrement embarrassée.

— Je vous appellerai Nevada quand vous cesserez de m'appeler madame. Vous me donnez l'impression de vous adresser à une institutrice.

— Oh, vous ne ressemblez pas aux institutrices que j'ai connues, Honora ! dit-il gaiement.

Son nom sur ses lèvres provoquant une nouvelle rougeur, elle s'appliqua à terminer son potage. Décidément, la maîtrise de l'avocate connaissait ce soir-là quelques défaillances.

Quand Nevada rappela ses serviteurs, Honora les vit apporter des langoustes flambées et deux rince-doigts citronnés. Dès qu'ils se retirèrent, Nevada demanda :

— À quoi ressemble Boston ? Je n'y suis jamais allé.

Honora se mit à comparer Boston à New York. Son hôte lui posa des questions pertinentes, jusqu'au moment où le maître d'hôtel les interrompit en apportant du sorbet au citron, destiné à faire passer le goût des crustacés et à préparer leur palais pour le plat suivant.

— Vous viviez à Boston avec votre tante ?

— Oui. Elle s'appelle Theodora Putnam Tree. Mais en dépit de son nom, tante Theodora est une femme originale, très peu conventionnelle. Elle collectionne les impressionnistes et terrorise la ville avec son automobile. Elle a également eu un très jeune amant. (Sa phrase à peine achevée, elle mit sa main devant sa bouche et devint cramoisie.) Pardonnez-moi. Je n'aurais pas dû parler de ça. Je suis désolée. C'est le vin.

Il évita d'accroître son embarras en ne la regardant pas.

— J'aimerais beaucoup rencontrer votre tante. Elle doit être passionnante.

Afin de lui laisser le temps de se ressaisir, il alla tirer le cordon de la sonnette.

Lorsque le maître d'hôtel s'apprêta à servir le bourgogne avec le rosbif, LaRouche le prévint :

— Pas de vin pour madame Davis, Winston.

Elle s'étonna de cette marque d'autoritarisme masculin qui ne lui était pas habituelle.

Dès que les serviteurs disparurent, LaRouche précisa :

— Si vous aviez envie de me maudire, vous auriez tort. Je ne donne jamais d'alcool à une femme qui ne le supporte pas et je crois que c'est une bonne chose.

Changeant aussitôt d'humeur, Honora répondit :

— Je connais bien des hommes qui m'auraient volontiers laissée m'enivrer.

— Je suis incapable de parler avec une femme qui n'a plus tous ses esprits.

Elle apprécia cette conduite, goûta le succulent rosbif, puis observa :

— J'ai commis un péché capital en monopolisant la conversation. Il faut maintenant que vous me parliez de vous.

— Oh, je n'ai pas grand-chose à dire...

— Vous êtes trop modeste. Où êtes-vous né, Nevada ?

D'un signe de tête, il refusa de répondre.

— Eh bien, laissez-moi deviner ! Dans une ville minière ? Dans un ranch ?

— Je suis né dans un bordel de Virginie.

Elle renonça à avaler la bouchée de rosbif qu'elle portait à ses lèvres. Sans doute avait-elle mal compris.

— Pardon ?

Il se répéta, le regard plongé dans le sien.

Reposant sa fourchette au bord de son assiette, elle le fixa, incrédule, pendant quelques secondes qui parurent une éternité.

— Je... je ne sais que dire.

— Ne dites rien. Je continue : ma mère était une danseuse de salon et se prostituait. C'était sa seule façon de survivre. Je ne lui en ai jamais voulu. Quant à mon père, je ne l'ai pas connu.

— J'imagine que vous avez eu une enfance... particulière.

Un sourire effleura les lèvres de LaRouche.

— On peut voir les choses comme ça. J'aurai appris à connaître les femmes et surtout à mesurer l'irresponsabilité des hommes.

Tandis que son sourire s'effaçait, son regard se perdit dans un passé chaotique et douloureux.

Honora imagina un petit garçon égaré dans un monde où il voyait, entendait et apprenait des choses que seul un adulte devait connaître.

— Honora ?

En prononçant son nom, il la ramena à l'instant présent. Elle le redécouvrit, le front soucieux.

— Je ne voulais pas vous mettre mal à l'aise, dit-il.

Elle se pencha vers lui et posa sa main sur la sienne.

— C'est moi qui vous ai demandé de me parler de vous. Je vous assure que je préfère entendre la vérité. (Elle retira sa main.) Où est votre mère maintenant ?

— Elle est morte. Depuis longtemps.

À défaut d'oser l'interroger sur les circonstances de cette disparition, elle lui demanda simplement :

— Et vous aviez quel âge ?

Il but une gorgée de vin.

— Douze ans. Après l'enterrement, l'un de ses meilleurs... clients, un fermier de la région, m'a pris avec lui dans son ranch et m'a transmis son savoir-faire. J'ai compris de cette façon qu'il avait aimé ma mère. Et puis à seize ans, j'ai décidé de me débrouiller seul.

— À seize ans, on n'est pas encore un homme. Comment avez-vous survécu ?

— En me servant autant de mes poings que de mon cerveau. Et parfois d'un fusil.

Ne lui avait-il pas dit, par ce matin brumeux, au bord de l'Hudson River, qu'il avait plusieurs fois violé la loi ?

Soudain, les murs de la bibliothèque semblèrent se rapprocher. L'atmosphère devenait étouffante. Elle avait besoin de savoir.

— Vous est-il arrivé de tuer ?

Il plaqua ses mains sur la table comme s'il la défiait d'y trouver du sang.

— Seulement quand je n'ai pu faire autrement.

Il se crispa. Croyait-il qu'elle allait s'écarter de lui avec dégoût, ou le gifler, ou le dénoncer à la police ?

Elle imagina de nouveau le petit garçon, élevé parmi des femmes légères et des rustres.

— Vous devriez manger, dit-elle d'une voix douce. Votre viande refroidit.

Sur la cheminée, la pendule sonna minuit. Le feu se réduisait à des braises rougeoyantes. Il y avait longtemps que les serviteurs s'étaient retirés pour la nuit.

Elle se tenait si près de Nevada sur le canapé de cuir que sa robe de velours vert recouvrait à demi la jambe de son hôte. L'heure tardive, le silence et l'éclairage tamisé de la bibliothèque suscitaient les confidences.

Nevada lui raconta comment il avait rencontré Damon Delancy. Trois hommes le tenaient au bout de leurs fusils et voulaient lui voler son cheval quand Damon avait fait irruption et lui avait sauvé la vie.

— Je comprends que des liens d'amitié puissent se nouer dans un tel moment.

— On est même devenus des frères. Il m'a pris sous son aile et il a fait de moi son associé, en m'apprenant tout ce qu'il savait.

Elle repoussa une mèche folâtre sur sa joue.

— Depuis que vous êtes devenu un homme d'affaires très avisé, n'avez-vous jamais pensé à vous établir à votre compte ?

Il fixa le fond de son verre de cognac.

— Pas vraiment. En travaillant avec Damon, je gagne plus d'argent que je ne peux en vouloir. Mais je dois admettre que l'un de mes plus gros défauts est mon manque d'ambition.

— Ah, non, ne dites pas ça !

La véhémente réplique d'Honora résonna dans l'atmosphère feutrée de la bibliothèque comme un coup de revolver. Elle posa la main sur son bras.

— Au lieu de vous inventer des défauts, continua-t-elle, dites-vous que vous êtes un homme solide, sur lequel on peut compter. Quand j'ai été agressée, si vous n'aviez pas été là...

Elle s'interrompit, laissa retomber sa main.

— Et votre mari ? demanda-t-il, sans la regarder.

Cherchant à cacher ses larmes, elle se leva.

— Il a de l'ambition pour dix, mais je n'ai jamais pu compter sur lui. Nous étions mari et femme sans être... sans...

Elle ne trouva pas le mot exact. Il lui souffla :

— Sans marcher de paire ?

L'expression de Nevada suscita la vision de deux loups avançant côte à côte sous un ciel étoilé et immense.

— Oui. Si vous voulez. Il suffisait que j'aie besoin de lui pour me retrouver seule.

Elle ne l'entendit pas se lever mais il y eut un frémissement de l'air dans son dos juste avant qu'elle sentît la chaleur de ses mains sur ses épaules nues. « Non, pensa-t-elle. Non pas ça. Pas avec cet homme déroutant. »

En espérant qu'il ne pouvait entendre les battements de son cœur, elle se retourna. Avec une douce insistance, il reposa ses mains sur ses épaules. Émue, elle se retenait de lever les yeux vers lui lorsqu'il murmura son nom.

Elle le regarda et découvrit un étranger. Jamais elle n'aurait imaginé tant d'ardeur dans des pupilles bleu pâle. Une ardeur qui la rendait à la fois forte et vulnérable. Elle voulait s'enfuir. Elle voulait rester et se laisser dévorer par le feu de son désir.

Il l'observait et attendait, caressant ses épaules en maîtrisant une tension qu'il ne pouvait dissimuler. Dans un soupir, elle s'abandonna. Il la prit tendrement dans ses bras, plaqua son corps contre le sien, l'invita à nicher sa tête au creux de son épaule. Elle respira son odeur, mêlée à celle d'un col fraîchement empesé et aux effluves boisés de son eau de toilette. Consciente d'entrer dans son univers intime, elle glissa son bras autour de sa taille en signe de connivence. Sa solitude et sa souffrance se dissipaient déjà.

Quand il lui souleva le menton, elle vit son regard se poser sur ses lèvres puis elle se redressa et, sur la pointe des pieds, lui offrit sa bouche.

Ses lèvres fermes et chaudes enflammèrent son corps. Lorsqu'elle posa sa main sur sa joue, il accentua l'ardeur de son baiser avec un râle de plaisir au fond de la gorge.

Mais soudain il s'arracha à sa bouche.

— On ne devrait pas, murmura-t-il, la joue contre la sienne.

Elle se redressa.

— Parce que je suis mariée ?

— Je n'ai pas l'habitude de prendre les femmes des autres. Ce n'est pas loyal.

Elle s'écarta de lui.

— Sachez, monsieur LaRouche que l'on ne me prend pas.

— Je m'en aperçois. Ou vous vous donnez ou vous vous refusez, et dans ce cas, inutile d'insister. C'est bien cela ?

— Exactement. Et, en l'occurrence, ce n'est pas la loi qui me dicte ma conduite. Car à mes yeux, je ne suis plus mariée. (Un sourire doux-amer effleura ses lèvres.) Je devrais regretter l'échec de mon mariage. Mais pour l'instant, c'est la colère qui domine. Je n'ai pas montré beaucoup de discernement en épousant cet homme.

— Nous faisons tous des erreurs... Qu'arriverait-il s'il revenait ?

— C'est peu probable. Il n'est qu'un lâche qui a l'habitude de fanfaronner. Il m'a même contrainte à mentir.

Elle lui raconta comment elle avait dû dissimuler ses activités lors de la soirée chez Fogg.

— J'avais bien le sentiment, dit-il, que votre histoire ne tenait pas debout. Vous n'êtes pas le genre de femme à cacher ce qui lui tient le plus à cœur.

— Surtout quand je pense à l'obstination qu'il m'a fallu pour m'imposer. (Elle frissonna. Parler de Robert revenait à inviter un fantôme à gâcher la soirée.) Il se fait tard et je dois être au bureau de bonne heure. Voudriez-vous me raccompagner ?

— À la seule condition que vous acceptiez une autre invitation à dîner, répondit-il en prenant sa main.

« Si j'accepte, je pourrai difficilement faire marche arrière », songea-t-elle. Puis elle sourit.

— C'est entendu.

À peine eut-elle refermé la porte de son appartement qu'il lui manqua. Le vide recommença à la cerner dans la solitude de la nuit.

Elle se déshabilla, se démaquilla et se glissa dans le lit mais sans trouver le sommeil. Alors elle se releva et alla au salon se blottir dans un coin du sofa pour mieux faire le point sur sa relation avec LaRouche.

L'attirance grandissante qu'elle éprouvait pour cet homme l'étonnait et l'inquiétait, son instinct lui conseillant de dresser entre eux un mur haut et épais. Il n'était pas son genre. Il avait violé les lois qu'elle avait juré de défendre. Et, comme l'homme qui avait détruit son père, il était probablement engagé dans des affaires troubles.

Mais elle n'oubliait pas qu'il dédaignait les fleurs de serre et substituait à un manque d'ambition une satisfaction de lui-même qui rehaussait sa séduction. Il l'avait également empêchée de trop boire et l'avait émue avec l'histoire de l'enfant élevé dans un bordel.

Elle l'avait vu comme un homme solide, fort et fiable, et si elle ne se méfiait pas, il gagnerait son cœur.

À partir de ce soir-là, ils se retrouvèrent quotidiennement. Nevada passait à son bureau, l'emmenait se promener à Central Park le dimanche après-midi. Il lui trouva même une location à la fois moins onéreuse et plus pratique dans une résidence hôtelière qui assurait les services d'une femme de chambre et servait les repas dans une grande salle à manger. Quand elle ne passait pas la soirée sur un dossier, elle allait dîner chez lui. Pendant des heures, ils se parlaient comme s'ils se connaissaient depuis toujours. Mais, s'ils échangeaient de tendres baisers, leur intimité s'arrêtait là.

Entre deux rendez-vous, Honora attendait avec impatience de le revoir. Puis il y eut ce 4 novembre pluvieux et froid qu'elle ne devait jamais oublier.

Sous le ciel bas, qui déversait des torrents de pluie, les parapluies noirs des passants dansaient sur Broadway au rythme des bousculades, des pas précipités et des sautes de vent.

Honora observait depuis quelques instants ce tableau de grisaille quand elle entendit la porte de son bureau s'ouvrir.

— Vous ne pouvez pas frapper...

Elle s'interrompit lorsqu'en se retournant elle découvrit Nevada. Ruisselant, les cheveux plaqués sur le crâne, blafard et l'air égaré, il avait tout d'un homme dont le monde vient de s'écrouler.

Elle se précipita vers lui, lui prit ses mains mouillées et glacées.

— Qu'est-il arrivé ? Racontez-moi.

Muet, il frissonna. Bien qu'il fût trempé, elle le prit dans ses bras et sentit qu'il s'accrochait à elle.

— Racontez-moi, murmura-t-elle en lui frottant énergiquement le dos.

Elle se demandait quelle nouvelle avait pu le faire sortir précipitamment sans pardessus ni chapeau dans la pluie et le froid.

— Enlevez ça avant d'attraper la mort.

Tandis qu'il demeurait silencieux et frissonnant, elle lui retira sa veste. Puis, prenant sa cape de lainage sur le portemanteaux, elle la lui mit sur les épaules et le força à s'asseoir.

— Dites quelque chose, le conjura-t-elle. Vous me faites peur.

Il inspira profondément.

— Le fils des Delancy est mort.

— Oh, mon Dieu !

Elle le serra contre elle, lui rendant ainsi un peu de la force qu'il avait su lui communiquer quand elle en manquait. Quel âge pouvait avoir le petit William qui n'était qu'un bébé lorsque ses parents avaient fui le pays ? Trois ? Quatre ans ? Pauvre Catherine. Pauvre Damon. Les larmes lui montèrent aux yeux.

— C'est une chose affreuse, Nevada... (Elle s'agenouilla près de lui.) J'ai de la peine, dit-elle en lui prenant les mains. Comment est-il...

— Il a été emporté par le choléra. Je viens juste de recevoir un télégramme. Désolé de vous imposer mon émotion. Mais je ne savais pas où aller sinon vers vous.

Elle effleura sa joue.

— Vous avez bien fait de venir.

Avec un profond soupir, il mit son visage entre ses mains comme pour s'éviter de baisser la tête et de fermer les yeux.

— Je ne me souviens que d'un bébé, dit-il. Mais j'ai mal pour Damon et pour Catherine qui sont éloignés de leur famille et de leurs amis en ces instants tragiques.

Elle posa une main rassurante sur son épaule.

— Je suis sûre qu'ils savent se soutenir mutuellement et devinent que vous les rejoignez dans leurs prières.

Silencieux, il semblait s'être réfugié dans un endroit inaccessible à tout autre que lui. Que pouvait-elle faire sinon respecter son besoin de silence ?

Dès qu'il put sortir de son refuge imaginaire, il poussa un long soupir, enleva la cape, quitta sa chaise et aida Honora à se relever.

— J'ai besoin de passer quelques jours à Coppermine.

— Vous ne devriez pas rester seul en ce moment... Je vous accompagnerais bien, mais...

Il leva les sourcils et l'interrogea du regard avant de lui demander :

— Votre réputation ? Il n'y aura là-bas que les gardiens. Autrement dit, nous serons seuls.

— Je sais que je prends tout de même un risque, dit-elle.

Ce tête-à-tête ressemblait fort à une escapade amoureuse qui pourrait être utilisée un jour contre elle...

Nevada la regarda avec un œil d'aigle.

— Vous êtes sûre de vous ?

L'un et l'autre se disaient que ce séjour au bord de l'Hudson ferait d'eux des amants.

— Oui, répondit-elle.

Nevada posa un rapide baiser sur ses lèvres et prit sa veste.

— Je serais heureux que vous veniez.

Il lui laissait encore le choix.

Elle alla vers la fenêtre et, tirant sur son médaillon, regarda la pluie tomber. Puis elle se retourna vers lui.

— Pouvons-nous partir cet après-midi ?

— Que deviendront vos clients ?

— Je n'ai pas de rendez-vous ces jours-ci. En cas d'urgence, Elroy communiquera l'adresse d'un confrère.

Le regard de Nevada s'anima soudain.

— Je préviens les gardiens de notre arrivée.

16

La nuit était tombée lorsqu'ils arrivèrent à Coppermine sous une pluie battante.

Dans le patio, Nevada prit la cape d'Honora et la tendit à Mme May, la gardienne, pendant que son mari portait leurs bagages dans les chambres. Puis il enleva son manteau et ses gants et se frotta les mains afin de les réchauffer.

— Il fait frais dans cette maison, dit-il à son invitée. Si nous allions boire un porto dans la bibliothèque ?

— Je préfèrerais d'abord me changer. J'ai l'impression d'être trempée de la tête aux pieds.

Nevada se tourna vers Mme May.

— J'imagine que les chambres sont prêtes.

— Oh, je les ai préparées dès que j'ai eu votre message !

— Je sais que je peux toujours compter sur vous, madame May.

Prenant Honora par le coude, il la guida vers le premier étage jusqu'à une chambre autre que celle où elle avait dormi avec Robert.

Nevada ouvrit la porte et s'effaça pour la laisser passer.

— Ma chambre est juste à côté.

Elle ne releva pas sa remarque ni ne le regarda avant d'entrer et de refermer la porte derrière elle. Mais, à la clarté de la lampe de chevet qui l'accueillait, elle trouva ce qu'elle cherchait immédiatement : une porte communicante...

Les yeux fermés, elle apaisa son souffle. « Oh, Honora, j'espère qu'il te désire autant que tu le désires ! » se murmura-t-elle.

Mais n'éprouvait-elle que du désir ? Non, elle l'aimait. Comment cela avait-il pu arriver ? Elle l'ignorait encore mais c'était l'amour qui l'avait conduite ici.

Sur le lit, sa valise attendait d'être ouverte comme la boîte de Pandore.

Il savait qu'elle viendrait le rejoindre. Il le savait depuis cet instant décisif où elle lui avait proposé de l'accompagner. Au-delà du désir avoué de partager son chagrin, il avait reconnu la détermination d'une femme qui accepte soudain l'inévitable.

Agenouillé devant la cheminée, il rajouta une bûche dans le foyer. Tandis que la pluie tambourinait sur les toits et que le vent de novembre gémissait dans les arbres, il préparait pour elle une atmosphère chaude et confortable.

Mais déjà il se demandait ce qui la retenait encore dans sa chambre. Se serait-il trompé ? Était-elle redescendue pour l'attendre dans la bibliothèque et boire le porto qu'il lui avait proposé ? Il songea qu'ils auraient effectivement pu commencer par là...

La pluie ne l'empêcha pas d'entendre finalement la porte s'ouvrir. Dès qu'il la vit, il sentit son cœur frémir.

Sa luxuriante chevelure d'ordinaire sévèrement assagie descendait jusqu'à ses reins pendant qu'un mélange de défi, d'attente et de crainte devant l'inconnu donnait à ses yeux noirs un éclat fascinant.

Il se leva, fit quelques pas vers elle et lui tendit la main. Dans un bruissement léger de soie bleue, elle referma la porte communicante puis vint le rejoindre en posant sa main dans la sienne. Ses doigts étaient glacés. Il les massa pour les réchauffer, le regard plongé dans les profondeurs noires de ses yeux.

— Vous avez bien réfléchi ? demanda-t-il.

— Oui. Mais peut-être devrais-je vous poser la même question ?

— Je ne vous aurais pas laissée venir si j'avais vu les choses autrement. (Il s'éclaircit la gorge.) Si vous craigniez d'avoir un enfant...

— Oh, j'ai... j'ai songé à cela. Ne vous inquiétez pas. J'ai pris mes précautions, précisa-t-elle en rougissant jusqu'à la racine des cheveux.

Il savait que le désir peut balayer toutes les prudences et les plus fermes résolutions. Leur situation était loin d'être claire mais la limite de non-retour était franchie. Il la prit dans ses bras et s'émerveilla de la liberté et de la douceur de son corps sous la robe d'intérieur. Elle passa ses bras autour de son cou tout en lui offrant ses lèvres entrouvertes. Un doux parfum de rose évoqua des images de printemps et de renouveau tandis qu'il mêlait son souffle au sien.

Mais le désir devint vertigineux. Nevada suspendit leur baiser un instant et repoussa les mèches de jais qui s'égaraient sur les joues d'Honora avant de reprendre ses lèvres. Il caressa ses seins, la sentit réagir, entendit un gémissement.

Au lit, il préféra le tapis devant la cheminée et quelques coussins enlevés au sofa. Quand sa chevelure s'étala sur les broderies de soie, il s'allongea à côté d'elle, s'appuya sur un coude et la contempla. Il voulait lui donner du plaisir comme elle n'en avait jamais eu. Mais il voulait aussi toucher son âme.

Il déposait de légers baisers sur son front, ses paupières, ses lèvres, tout en cherchant les minuscules perles qui fermaient son vêtement de soie.

Elle le surprit et le ravit en se déboutonnant elle-même pour lui offrir ses seins nus. Les yeux clos, les lèvres entrouvertes, elle se cambra vers lui.

D'une main tendre, il la caressa, la fit vibrer et crier comme une femme prise dans un délicieux tourment et une exaltation grandissante. Puis il retira sa main et la vit ouvrir des yeux noyés de désir et d'attente. Il se leva, déboutonna sa chemise de ses doigts fébriles, la regarda allongée dans un désordre de coussins et de soie bleue, découvrit ses pieds nus et ses chevilles fines et sourit.

— Si des jurés vous voyaient comme ça...

Elle attrapa un coussin et le lui lança au visage.

— Je n'aurais même pas besoin de plaider.

— C'est certain.

Quand il eut enlevé sa chemise, il l'observa pendant qu'il commençait à défaire son pantalon. Elle ne le quitta pas des yeux. Son torse, ferme, musclé, portait des cicatrices. Elle en compta cinq : deux trous laissés par des balles et trois balafres, souvenirs de coups de couteau. Si Lillie Troy avait été fascinée par ces marques, Honora éprouva en les découvrant une profonde colère.

Les yeux humides, elle se leva et regarda de plus près la longue cicatrice blanche sous le cœur.

— C'est effarant. Comment peut-on vouloir vous faire du mal ?

Il prit ses mains et les serra vigoureusement dans les siennes.

— Ne vous attardez pas sur ce qui appartient au passé, sur ce qui est arrivé ailleurs, et à un homme que je ne suis plus.

Elle sourit et hocha la tête, puis laissa glisser sa robe d'intérieur à ses pieds dans un murmure de soie tandis que Nevada achevait lui aussi de se dénuder.

Quand il l'attira dans ses bras, mariant la dureté d'un corps à la douceur d'un autre, Honora posa sa tête au creux de son épaule et l'enlaça, sans honte, sans culpabilité alors qu'elle allait franchir le pas qui mène à l'adultère.

Elle l'aimait, tout simplement. Comment et quand cet amour était-il né ? elle l'ignorait encore. Mais il vibrait en elle, brûlait dans sa chair, et si Nevada ne partageait pas ses sentiments, eh bien, pour le moment, elle ne voulait pas s'en préoccuper.

Il la souleva dans ses bras et la porta finalement vers le lit où jouaient des lueurs ambrées venues de la cheminée. Dès qu'il fut contre elle, il l'embrassa puis ses lèvres glissèrent sur sa gorge et ses seins tandis que ses doigts effleuraient l'intérieur de sa cuisse. Elle se mit à gémir, sa respiration s'accéléra, mais à aucun moment elle ne chercha à le caresser.

Ce comportement de la part d'une femme mariée le surprit. Il s'immobilisa, soudain anxieux. Robert avait-il été un mari maladroit ou peut-être brutal ? En avait-il fait une femme frigide ?

Il se redressa à demi et la regarda.

— Est-ce que mon corps vous dégoûte ?

— Oh, quelle idée ! Je vous trouve très beau.

Il prit sa main et la posa sur son torse.

— Alors caressez-le.

— Vous aimez les caresses ?

— Bien sûr. Pourquoi ?

Elle détourna la tête.

— Robert ne voulait jamais que je le caresse.

— Jamais ?

— Non, jamais. J'en avais déduit que tous les hommes étaient pareils.

Pour une fois, Nevada perdit son sang-froid. Il s'assit sur le lit, se passa nerveusement les doigts dans les cheveux et finit par exploser :

— Quel salaud ! Si je tenais son cou de bon à rien entre mes mains, je... (Il inspira bruyamment, soupira et, retrouvant son calme, posa sa main sur l'épaule d'Honora.) Je vois mal à quoi il voulait en venir, dit-il, mais je peux vous assurer que la plupart des hommes aiment qu'on les caresse.

— Oh... (Elle garda un instant le regard fixé sur les draps.) Dans ce cas, vous serez le premier homme que j'aurai aimé.

Ses caresses furent timides, hésitantes. Elle guetta ses réactions en redoutant un signe de déplaisir. Mais la passion ne cessa de troubler le regard de Nevada. Il lui arriva de fermer les yeux et de se mordre la lèvre pour freiner l'ardeur qu'elle suscitait dans sa chair. Une ardeur dont la manifestation finit par libérer Honora des interdits que Robert lui avaient imposés.

Ils se donnèrent un plaisir qui suspendit le temps, éloigna le bruit de la pluie et la fraîcheur qui gagnait la chambre depuis que le feu s'était éteint.

Submergé par le besoin d'apaiser le désir, Nevada devint son amant avec une aisance qui aurait pu laisser croire qu'ils devaient cet accord à une longue habitude. Il la conduisit, en se maîtrisant une dernière fois, au bord de l'extase, là où elle supplia :

— Je vous en prie... Venez...

Bientôt elle cria son nom et il se laissa emporter par un tourbillon qui l'arracha à la terre pour le faire flotter dans un délicieux mystère avant de retrouver la pesanteur.

Avec un soupir éloquent, il la serra contre lui puis se retira et remonta les couvertures sur eux.

Ils s'endormirent mais se réveillèrent pendant la nuit et refirent l'amour.

La pluie avait cessé quand la lumière grise de l'aube pénétra dans la chambre où ils avaient oublié de tirer les doubles rideaux. Le feu était mort depuis longtemps, mais dans le lit que leur chaleur avait imprégné, Honora se sentit à l'abri. Respirant l'odeur musquée de l'amour partagé, elle songea à ce qui lui avait manqué avec Robert. Avec sa façon de lui interdire toute initiative, il l'avait tenue à distance. Oh, il avait su brouiller les cartes en prétextant qu'il ne pensait qu'à la satisfaire, que son plaisir passait avant le sien. Maintenant elle comprenait qu'il s'était complu à la priver d'une réelle intimité entre eux. Elle n'avait jamais été qu'à demi mariée...

Elle se tourna vers Nevada. Allongé sur le dos, il dormait encore, un bras sur le front. Elle pensa à la force sécurisante de ce bras long et musclé, au poignet à la fois puissant et finement sculpté. Elle sourit. Cet homme était devenu son amant, et elle s'en réjouissait. Soulevant le drap, elle contempla son corps confortablement étendu près d'elle. Même dans le sommeil, il dégageait une énergie de pur-sang.

Elle frotta sa joue contre la sienne jusqu'à ce qu'il ouvrît les yeux et que lui revînt ce sourire décontracté et sensuel qui lui plaisait tant.

— Je vous ai satisfait ? murmura-t-elle.

Il repoussa les mèches de jais qui tombaient sur son visage.

— Je crois que je ne vais jamais vous laisser sortir de mon lit.

— Jamais ?

— Jamais. Il faut vous faire à cette idée.

Avide de mieux le connaître, elle lui demanda en caressant son épaule :

— À quel âge avez-vous fait l'amour pour la première fois ?

— Oh, est-ce bien une question à poser à un homme dans un lit ? Mais je vais quand même vous répondre. (Il posa un baiser sur le bout de son nez.) J'avais déjà quinze ans. Surprise ? Si j'ai grandi dans un bordel, ça ne signifie pas pour autant que je me sois comporté comme un étalon avec les amies de ma mère. Elles se gardaient d'abuser d'un enfant, vous savez. Plus tard, après le décès de ma mère, quand je suis devenu un client, les choses ont changé.

— Je crois que vous avez été à bonne école. Tardivement peut-être mais sans nul doute...

Il sourit.

— Ce n'est pas pour me vanter, mais elles jugeaient que j'avais d'excellentes dispositions.

— Je veux bien le croire. (Les yeux brillant de malice, Honora posa une autre question.) Vous vous appelez réellement Nevada ?

Grâce à Lillie Troy, elle savait qu'il avait vécu dans l'état du Nevada et elle pensait à un surnom.

— Non. Ce n'est pas ma mère qui m'a appelé comme ça.

— Alors quel est votre vrai prénom ? Vous pouvez me faire confiance. Je ne le répéterai à personne.

— Moi, faire confiance à un avocat ?

Elle lui donna un petit coup sur l'épaule.

— N'insultez pas ma profession ! Et sachez que je suis parfaitement digne de confiance.

— Je sens déjà que je vais le regretter... Je m'appelle Clovis.

— Clovis ? Votre mère était d'ascendance française ?

— Je l'ignore. (Il la vit réprimer un sourire.) Si vous avez envie de vous moquer de moi, ne vous gênez pas...

Elle secoua la tête.

— Mais je n'ai pas spécialement envie de me moquer de vous... Après tout, vous le méritez sans doute ce nom de roi et de libérateur.

Ce fut lui qui éclata de rire avant de prendre sa bouche.

Plus tard, la tête nichée au creux de son épaule, elle lui demanda :

— Comment était Sybilla Wolcott ?

Nevada remarqua que les femmes posaient toujours ce genre de question après l'amour. Elles devaient estimer que l'intimité du moment rendait les hommes plus vulnérables. Et qui aurait pu prétendre qu'elles se trompaient ?

— Elle vous ressemblait beaucoup, répondit-il.

— Vraiment ? Et en quoi ?

— Elle était intelligente et avait beaucoup de volonté, tout en sachant rester féminine. Elle voulait aider les autres, c'était sa passion, et elle aussi supportait mal les imbéciles. (Il sourit avant d'ajouter :) Comme vous, également, elle me trouvait formidable.

— Oh, que de vanité ! (Elle lui pinça le torse.) Maintenant, dites-moi ce qui nous distingue.

— Elle était blonde, avec des yeux verts. Elle inventait des jurons en puisant dans le vocabulaire médical. C'était des mots que je ne comprenais pas mais qui sonnaient de façon amusante. Et puis elle avait installé un squelette dans son bureau à qui elle parlait et qu'elle traitait comme un animal de compagnie.

— Elle devait être drôle. J'aurais aimé la connaître.

— Vous vous seriez appréciées.

— Et nous nous serions liguées contre vous.

Nevada se mit sur le côté, s'appuya sur un coude et la regarda.

— Sybilla est morte. Une part de moi-même l'aimera toujours. Mais je ne suis pas avec vous parce que vous lui ressemblez.

— Je ne serais pas ici si je pensais compenser sa disparition, remarqua Honora d'une voix douce. Je veux aussi que vous sachiez que ma présence ici n'a rien à voir avec la fuite de mon mari.

Il caressa lentement son bras.

— Qu'allez-vous faire ? Demander le divorce ?

Elle eut un pâle sourire.

— Il faudrait d'abord que je puisse le joindre.

— Vous ignorez où il se trouve ?

— Complètement.

— Il est peut-être allé retrouver sa famille. D'où vient-il ?

— Du Maine, mais ça m'étonnerait qu'il y soit retourné. Ses parents sont morts. Il a vendu la ferme familiale. Je sais qu'il a vécu à Lowell pendant un certain temps, mais là non plus il n'a pas dû y retourner. Il avait provoqué un tel scandale...

Elle lui raconta l'histoire tragique de Priscilla Shanks.

Nevada l'écouta puis exprima son opinion sans mâcher ses mots.

— Votre mari n'est pas un homme d'honneur. C'est le moins qu'on puisse dire.

— Vous avez tout à fait raison, dit-elle, constatant l'évidence.

Nevada remonta les couvertures sur leurs épaules.

— Mais vous ne pouvez divorcer tant qu'il vous est impossible de le joindre, c'est cela ?

— Oui. Il faut qu'il soit averti de ma démarche. On ne divorce pas seul. Et pas sans motif recevable non plus. Or, je n'en ai pas. C'est plutôt lui qui en aurait un s'il nous voyait ici. Je vais donc rester une femme mariée, que je le veuille ou non.

— C'est une forme d'esclavage !

— C'est la loi.

Glissant sa main sous sa nuque, il l'attira vers lui tandis qu'un plan pour l'aider à se libérer commençait à s'élaborer dans son esprit.

Après un petit déjeuner tardif, ils allèrent se promener bras dessus bras dessous le long d'un sentier sur la falaise qui surplombait l'Hudson.

— Vous vous sentez mieux aujourd'hui ? lui demanda-t-elle.

Il posa sa main sur la sienne.

— Oui. Grâce à vous.

— C'est toujours terrible de perdre un enfant. Mais quand en plus on est médecin et qu'on se voit impuissant à le sauver...

— Catherine a toujours été très philosophe. Elle considère que la mort fait partie de la vie. Mais elle disait aussi que la mort d'un enfant est plus difficile à accepter parce qu'elle représente une promesse de vie non remplie. (Le regard de Nevada s'assombrit.) Aujourd'hui, c'est de son petit garçon qu'il s'agit.

Cherchant à le distraire de cette pensée tragique, Honora lui demanda :

— Pourquoi est-elle devenue médecin ?

— Sybilla m'avait raconté que la mère de Catherine avait succombé à une hémorragie en la mettant au monde. Le médecin était parti trop vite pour se rendre à une soirée, je crois... En grandissant, Catherine n'a cessé de se dire qu'elle deviendrait médecin pour préserver les femmes de ce genre de drame.

— Je peux la comprendre.

Nevada la regarda.

— Vous, vous êtes devenue avocate à cause de votre père.

Il était temps qu'elle se délivre de son terrible secret. Les yeux soudain brillants de larmes, elle avoua :

— Je suis responsable de sa mort.

Au milieu du sentier, Nevada s'immobilisa et se tourna vers elle.

— Qu'avez-vous dit ?

— Il est mort... à cause de moi. La nuit du crime, il voulait qu'on joue aux échecs. J'ai refusé à cause de je ne sais plus quelle petite contrariété d'enfant. Alors il est allé chez cet homme, et vous connaissez la suite.

Elle scruta le visage de Nevada.

— Vous n'avez pas l'air de comprendre que si j'avais joué aux échecs avec lui, il serait encore en vie aujourd'hui.

Il la prit par les épaules.

— Vous ne pouvez pas en être certaine.

— Mais si ! Les meurtriers n'ont agi que parce qu'il était sur place.

Il l'enlaça et la serra contre lui.

— Qui vous dit qu'il ne serait pas allé là-bas après la partie d'échecs ? Ou même qu'il ne l'aurait pas interrompue pour s'y rendre s'il avait rendez-vous avec cet homme ?

Elle se détacha de ses bras.

— Vous avez sans doute raison. J'y ai déjà réfléchi. Mais l'enfant en moi continue à s'accuser.

Reposant ses mains sur ses épaules, il la secoua doucement, comme pour la réveiller.

— Il est toujours facile de se dire qu'on aurait pu faire autrement. Si j'avais flanqué à la porte le dernier client de ma mère, ce cow-boy complètement ivre ne lui aurait pas tranché la gorge.

C'était donc ainsi que sa mère était morte. Honora en frissonna.

— Vous vous l'êtes souvent reproché ?

— Évidemment.

— On l'a arrêté ?

— Oui. Il a été jugé, condamné et pendu. Et c'est moi qui ai fait décamper le cheval sur lequel on l'avait assis. Après j'ai préféré tourner la page. (Caressant sa joue, il lui demanda :) Avez-vous parlé de vos remords à quelqu'un d'autre ? À votre mère ou à votre tante ?

— Non. Ma mère était tellement désespérée que je n'ai pas voulu prendre le risque de perdre son amour en lui racontant que j'aurais pu retenir mon père à la maison.

— Honora, quel fardeau vous avez porté !

Elle lui parla de son rêve à répétition : la cour de la prison, la potence, la corde qu'elle-même passait au cou de son père. Quand elle eut fini, les sanglots et les larmes évacuèrent la douleur tenue trop longtemps secrète. Plus elle pleura, plus le poids de son fardeau s'allégea.

— Pleurez, pleurez, soulagez-vous, lui conseilla Nevada en la serrant contre lui.

Elle retrouva la vision de la prison. Mais la potence avait disparu, son père lui souriait et une seconde plus tard, les murs s'écroulaient. Un sourire d'émerveillement éclairait son visage lorsqu'elle regarda Nevada.

— J'ai l'impression d'avoir porté jusqu'à présent tout le poids du monde. Ouf ! Ça va mieux ! Mais c'est étrange que je n'aie pas eu envie d'en parler plus tôt.

— Pas même à votre mari ?

— Surtout pas à lui. (Elle laissa son regard se poser sur l'autre rive de l'Hudson.) Je craignais sans doute une rebuffade. Il ne se serait pas senti concerné par mes cauchemars, je crois.

— Et pourquoi m'en parler à moi ?

— Je ne sais pas. Peut-être parce que j'ai confiance en vous.

En effleurant son front, il la remercia silencieusement.

— C'est amusant, dit-elle. Je me souviens vous avoir soutenu le contraire, à quelques mètres d'ici, la première fois que je suis venue.

— Vous aviez vos raisons.

— Elles étaient stupides.

Nevada devint grave, prit son visage entre ses mains et la regarda au fond des yeux.

— Dois-je comprendre que vous ne me tenez plus rigueur de mes manquements à la loi ?

— C'est exact. Parce que vous êtes aujourd'hui un autre homme.

Il parut sceptique mais la relâcha et sortit une petite enveloppe de sa poche.

— C'est pour vous.

Honora ouvrit l'enveloppe qu'il venait de lui mettre dans la main. Elle sourit.

— Nevada LaRouche... Une chaîne pour mon médaillon.

C'était le premier cadeau de son amant, un cadeau d'amour. Les maillons d'or brillèrent au soleil quand elle suspendit le bijou au bout de ses doigts.

— Elle est magnifique.

— Et solide.

Elle l'embrassa puis ouvrit sa cape, retira son médaillon et remplaça la cordelette par la chaîne.

— Vous permettez ?

Il prit le médaillon et le lui passa autour du cou. Dès que le fermoir fut bloqué, elle tira sur la chaîne.

— Elle est résistante, conclut-elle.

Un bras autour de sa taille, il l'attira contre lui et l'embrassa.

Elle chercha à sentir son corps à travers sa cape ; sa robe, son fichu corset. En dépit de la fraîcheur de l'air, sa bouche brûla ses lèvres. Le désir courut dans ses veines.

Haletante, elle s'arracha à ses bras.

— Nous rentrons ?

— Je croyais que vous vouliez marcher, lui rappela-t-il ironiquement.

— Il fait trop froid.

— Dans ce cas, retournons au chaud.

Une semaine après son retour de Coppermine, Honora passa par le bureau de Nevada avant de se rendre au Palais de justice. Elle avait quelque chose à lui demander mais ignorait quelle serait sa réaction.

Mlle Fields la pria d'attendre, M. LaRouche étant en conférence. La tension monta en elle tandis qu'elle ne cessait de se demander ce qu'il allait lui répondre. Mais que faisait-il donc derrière l'épaisse porte de chêne ?

Un quart d'heure plus tard, elle vit sortir de son bureau

plusieurs hommes qui ne manquèrent pas de lui lancer un regard curieux. Quand le dernier referma la porte, Mlle Fields se leva et entra dans le bureau de Nevada pour l'annoncer. Elle entendit Nevada répondre :

— Faites-la entrer et qu'on ne me dérange sous aucun prétexte.

Mlle Fields revint prévenir Honora.

— M. LaRouche vous attend.

Elle se leva, pénétra dans le bureau et, la porte à peine refermée derrière elle, se retrouva dans les bras d'un amant avide de lui donner le plus fougueux des baisers.

En riant, elle le repoussa.

— Doucement... Je suis attendue au tribunal. Que vont dire les jurés et le juge si j'ai l'air de sortir de votre lit ?

— Ne me tentez pas dans ce cas. (Il l'embrassa une nouvelle fois.) Ce soir, nous nous retrouvons chez moi ou chez vous ?

Elle eut un soupir de regret.

— J'ai trop de travail. Et si vous êtes près de moi, je ne pourrai pas me concentrer.

— Alors, demain ?

— Je ferai en sorte de me libérer.

La main sur son médaillon, elle lui annonça :

— Je vais chez ma tante, à Boston, pour Thanksgiving. Vous y êtes également invité.

La surprise de Nevada fut flagrante.

— Vous souhaitez que je rencontre votre tante ?

— Oui.

— Elle a envie de me connaître ?

— Oh, elle est très impatiente de découvrir l'homme qui m'a été d'un si grand secours.

L'homme qui lui avait sauvé la vie après l'agression sauvage commanditée par Graham. L'homme qui l'avait soutenue après le départ de Robert.

— On ne présente pas un homme à sa famille sans avoir pour lui un sentiment profond, observa Nevada d'une voix douce.

Allait-il refuser ? Soudain submergée par le doute, elle recula et se tourna à demi, prête à se recomposer un visage s'il le fallait.

— Si vous ne voulez pas venir, je comprendrai, dit-elle.

Il se pencha sur son oreille.

— Ça dépendra de la force de vos sentiments.

Honora reprit confiance, sourit et se retourna vers lui en relevant le menton.

— Aurais-je partagé votre lit si je doutais de la force de mes sentiments ?

— Je ne le crois pas, madame. (Une flamme malicieuse brûla dans les yeux de Nevada.) Votre tante va-t-elle nous donner des chambres séparées ?

— Sans aucun doute. Mais uniquement pour ne pas offusquer les serviteurs. Quand tout le monde sera couché, rien ne vous empêchera de venir me rejoindre.

Il prit ses mains et les porta à ses lèvres.

— Comment pourrais-je refuser une telle invitation ? Et pourtant... (La relâchant, il précisa sa pensée :) Il me semble que vous vous attendiez à un refus.

— Oui. J'admets que j'ai eu tort de douter de votre réponse. Vous ne m'avez jamais déçue.

— Et je ne le ferai jamais.

Elle l'embrassa sur la joue.

— Il faut que je parte sinon je vais être accusée d'outrage à la Cour. À demain.

Aussitôt elle le quitta, mais en lui laissant sur son col des effluves de rose et l'empreinte de sa douceur au creux de ses bras.

Mesurant l'importance de son invitation, il en éprouvait une immense satisfaction. Toutefois, il regrettait qu'elle ait pu s'attendre à un refus de sa part. Pourquoi lui arrivait-il encore de douter de lui ?

Il décida de découvrir ce qui continuait à l'inquiéter sans raison.

17

La haute façade de grès brun rappela à Nevada celle des maisons cossues de New York. Dans le berceau de la civilisation américaine, tout donnait une impression de dignité discrète et de bienséance. C'était la marque des fortunes transmises d'une génération à l'autre. L'argent des parvenus, lui, se donnait en spectacle. Ils avaient fait le voyage dans le wagon de chemin de fer privé de Delancy et étaient arrivés sous une neige légère et poudreuse qui tombait encore quand ils se retrouvèrent devant le perron de tante Theodora. Nevada eut un frisson. Honora, qui lui donnait le bras, perçut ce tressaillement qui ne devait rien au froid.

— Nerveux ? murmura-t-elle.

Il s'éclaircit la gorge.

— Pourquoi le serais-je ?

Il se souciait rarement de ce que l'on pouvait penser de lui. Mais cette fois-ci, c'était différent. Il voulait plaire à la tante d'Honora et tremblait de subir un échec.

Une lueur amusée brilla dans le regard d'Honora.

— Devrais-je comprendre que l'intrépide Nevada LaRouche qui a cent fois défié la mort a peur de rencontrer une femme sans défense ?

— Si elle vous ressemble, je ne dirais pas qu'elle est sans défense.

— Allons... Clovis. Theodora n'est pas une ogresse. Elle va vous adorer.

Elle posa un baiser sur sa joue, puis l'entraîna vers son destin.

La porte s'ouvrit sans qu'ils eussent besoin de sonner et Nevada vit apparaître une très belle femme, au port de tête royal, d'un aspect si jeune que sa chevelure blanche semblait incongrue.

— Ma chérie ! s'écria Theodora en ouvrant les bras.

Elle offrit au vent de novembre la soie légère de sa robe d'intérieur.

— Tante Theodora !

Honora se jeta dans les bras de sa tante tandis que Nevada restait muet devant ces effusions.

Mais dès qu'elles se furent longuement embrassées, Theodora regarda Nevada avec un mélange d'intérêt et de curiosité.

— Vous devez être Nevada, dit-elle.

Qu'elle ne l'ait pas appelé « M. LaRouche » le rassura. Il enleva son chapeau.

— Oui, madame.

Elle lui sourit chaleureusement.

— Je suis Theodora, la tante d'Honora.

Prenant ses mains dans les siennes, elle lui fit franchir le seuil de sa demeure.

— Entrez avant d'attraper froid.

Le hall était beaucoup plus petit que celui de la Cinquième Avenue et il lui manquait un sol de marbre, mais Nevada lui trouva une simplicité élégante très agréable. Il aima particulièrement le pommier d'amour au feuillage touffu et aux fruits d'un jaune solaire.

Tandis qu'Honora déboutonnait sa cape, sa tante demanda :

— Vous avez fait bon voyage ?

Honora glissa vers son invité un regard complice.

— Nous avons voyagé dans le wagon privé de Nevada.

— De Delancy, rectifia Nevada.

Le maître d'hôtel fit son apparition, échangea des salutations enthousiastes avec Honora et leur prit leurs manteaux.

Theodora proposa de s'installer dans le salon où sa nièce put découvrir les nouveaux tableaux qu'elle avait acquis.

— Oh, tante Theodora, je vois que tu n'as pas perdu ton temps en mon absence ! On ne voit presque plus les murs.

— Mes amis disent que je vais finir par ouvrir un musée.

Honora parcourut du regard l'ensemble des tableaux, mais celui qui trônait au-dessus de la cheminée retint son attention.

— Quel magnifique portrait !

— Il n'est ici que depuis quinze jours.

Nevada recula afin de mieux admirer le portrait de Theodora Tree.

— C'est une œuvre de John Singer Sargent, n'est-ce pas ?

Les deux femmes le regardèrent, bouche bée. Puis Theodora, se ressaisissant la première, exprima sa surprise.

— Honora ne m'avait pas dit que vous vous y connaissiez en peinture.

— Non. Je n'y connais rien. Mais j'ai déjà vu des portraits de Sargent et à chaque fois je suis frappé par la façon dont il arrive à rendre la personnalité de ses modèles.

— C'est aussi ce que j'aime tant chez lui !

Honora intervint :

— Comme vous pouvez le constater, l'art est la passion de tante Theodora. Ne l'encouragez pas à vous en parler sinon vous en aurez pour des heures.

Theodora s'indigna.

— Si je comprends bien, tu m'accuses d'ennuyer mes invités avec ma passion. (Elle se tut et observa Nevada pendant quelques pesantes secondes avant de hocher brièvement la tête.) Nevada, voudriez-vous une bière ?

— Euh... Un bourbon, plutôt, si vous en avez.

— J'en ai. (Elle appela le maître d'hôtel.) Mon mari n'aimait que ça. Honora, je suppose que tu veux un thé ?

— Oui.

Nevada sentait que son goût pour les portraits de Sargent ne suffisait pas à lui assurer les bonnes grâces de Theodora Tree. Il imaginait aisément que ce séjour à Boston ne se terminerait pas sans une confrontation avec la tante d'Honora.

La confrontation eut lieu plus tôt qu'il ne l'aurait cru.

Le soir même, alors qu'après le dîner ils s'étaient installés dans le salon, Theodora se leva brusquement.

— Honora, aurais-tu la gentillesse d'apporter à Mme Jameson l'une des tartes au potiron que le cuisinier nous a confectionnées pour Thanksgiving ? Elle me demande souvent de tes nouvelles et elle serait ravie de te voir. (Theodora se tourna en souriant vers Nevada.) Mme Jameson est une voisine. Elle est âgée et ne reçoit pas beaucoup de visites. Je suis sûre que vous voudrez bien me tenir compagnie pendant qu'Honora s'absentera un petit moment.

— Bien entendu.

Du coin de l'œil, Nevada surprit le sourire amusé d'Honora prouvant qu'elle n'était pas dupe du stratagème de sa tante.

Theodora exulta.

— J'ai tout de suite compris en vous voyant que vous étiez un homme compréhensif. Va vite faire ta bonne action, ma chérie.

— Rendons-nous utiles... marmonna Honora en jetant à Nevada un regard d'excuse avant de se lever.

Quand Nevada fut seul avec Theodora, il observa :

— Cette vieille dame a de la chance de vous avoir pour voisine.

— Mon cher, la tarte au potiron n'était qu'un prétexte pour éloigner Honora, et je ne doute pas que vous l'ayez déjà compris.

— C'est une idée qui m'a effectivement traversé l'esprit. (Il se leva et alla près de la cheminée.) J'imagine que vous aimeriez connaître mes intentions en ce qui concerne votre nièce.

— J'aimerais d'abord que vous me parliez de vous plus longuement que ne l'a fait Honora lors de sa dernière visite.

Il se dit qu'il savait maintenant ce qu'avait pu éprouver le père d'Honora devant la potence...

— Eh bien, madame Tree, je me considère comme un homme loyal et fiable. J'ai mieux réussi que certains et moins bien que d'autres. Je ne ferai jamais de mal à votre nièce ni ne lui demanderai de mentir pour moi.

Tout en tambourinant sur le bras de son fauteuil, Theodora resta un moment songeuse.

— Honora est une jeune femme brillante, volontaire, qui a choisi de vivre hors des sentiers battus. Pensez-vous que vous soyez capable de l'accepter telle qu'elle est ?

En songeant à Sybilla, il affirma :

— Oui.

— J'ai entendu dire qu'Honora est une bonne avocate.

— Elle a une carrière très prometteuse devant elle.

— Elle a toujours été équilibrée et lucide. (Theodora se leva et se tint derrière le fauteuil.) Malheureusement, dans le domaine sentimental, elle n'a pas la même force.

— Je ne suis pas Robert Davis, madame Tree.

— Ça me rassure. J'aime Honora comme si elle était ma propre fille, et je détesterais qu'elle se fourvoie une seconde fois. (Elle prit une longue inspiration.) Honora vous a-t-elle expliqué ce qui est arrivé à son père et à l'homme qui est à l'origine de ce malheur ?

— Oui. Et je comprends votre méfiance vis-à-vis des hommes d'affaires fortunés.

— Je n'ai rien contre la fortune ni les affaires, Nevada. Comment pourrais-je mener une vie privilégiée si mon mari n'avait pas eu d'argent ? En revanche, je déteste la malhonnêteté et ces individus sans pitié qui piétineraient père et mère pour gagner plus.

Nevada se sentit quelque peu mal à l'aise. Ce n'était pas pour rien que l'on avait appelé Damon Delancy « le loup de Wall Street ». Theodora Tree l'associait-elle aux audaces de Delancy ?

Il l'écouta ajouter :

— Si vous n'êtes pas honnête, Nevada, vous ne pourrez jamais vous entendre avec ma nièce. Robert a voulu la faire mentir et renoncer à ses choix pour son seul profit. Il nous a trompées avec ses airs de chien battu. Mais je ne me laisserai pas berner une autre fois.

— Je n'ai pas l'intention de tromper qui que ce soit.

Une petite voix rappela à Nevada qu'il n'avait encore jamais avoué la vérité à propos d'August Talmadge, le banquier qui avait assassiné Sybilla.

Theodora s'avança vers lui.

— Honora m'a raconté comment vous vous êtes occupé d'elle. Je sais même que vous l'avez vengée. Ne serait-ce que pour ça, je vous suis à jamais reconnaissante.

— J'ai simplement fait ce qui devait être fait, madame.

— Non. Vous avez fait plus. (Theodora se déplaça dans un bruissement de soie.) Honora a-t-elle eu des nouvelles de Robert ?

— Non. Il a disparu sans laisser de trace.

— Donc, elle ne peut pas divorcer.

— Pas dans la situation actuelle.

— Quelle lâcheté ! C'est minable. Comment va-t-elle pouvoir se débarrasser de ce boulet ?

— Pour l'instant, on ne sait pas. Mais j'ai engagé un détective de chez *Pinkerton* pour essayer de le retrouver. Je n'en ai pas encore parlé à Honora afin de lui éviter de faux espoirs.

Theodora observa, le sourcil levé :

— Un détective de chez *Pinkerton* ? Oh, il faut que vous teniez à ma nièce pour faire une telle dépense !

— Je lui suis en effet très attaché.

— Je n'en doute plus. (Le sourire franchement chaleureux, elle lui tendit la main.) Si j'avais encore quelques réserves à votre égard, elles viennent de disparaître.

Il s'inclina en lui prenant la main.

— Je suis soulagé de vous l'entendre dire, madame.

— Je vous en prie, appelez-moi Theodora.

Il sourit.

— Eh bien, Theodora, je voulais que vous sachiez que je n'aurais pas supporté d'être la cause d'un désaccord entre vous et Honora.

— Ne vous inquiétez pas. Je sais maintenant que vous êtes quelqu'un de bien.

La petite voix revint demander à Nevada si Theodora ne changerait pas d'avis en apprenant la vérité au sujet de la mort d'August Talmadge...

À minuit, Honora s'impatienta. Depuis une heure tout le monde était allé se coucher et Nevada tardait encore à la rejoindre dans sa chambre.

Qu'est-ce qui le retenait ? Elle s'assit sur le lit, serra les genoux contre sa poitrine et remua les orteils. Le code d'honneur de Nevada lui interdisait-il de lui faire l'amour sous le toit de sa tante ? L'idée la fit sourire et, rejetant les couvertures, elle se dit qu'elle ne se priverait pas d'aller le rejoindre.

Ses pieds touchaient à peine le sol quand elle vit enfin le bouton de la porte tourner. Elle se leva, la main sur son cœur bondissant. Déjà la porte s'était refermée derrière son amant précautionneux.

Elle le regarda s'avancer dans la pièce, sa robe de chambre entrouverte sur son torse puissant, les pieds nus, silencieux, les yeux brillant d'un désir que parvenait à révéler la lampe de chevet.

Avec toute l'impatience que les convenances avaient nourrie pendant la soirée, ils allèrent l'un vers l'autre et se réunirent au centre de la chambre dans un corps à corps brûlant qui s'accommodait mal de barrières de soie et de laine.

— J'ai cru que vous ne viendriez jamais, murmura Honora entre deux baisers.

Les doigts plongés dans sa chevelure, il l'enveloppait d'un regard passionné.

— J'attendais que tout le monde dorme.

Elle caressa son torse jusqu'à ce qu'il frissonnât.

— Je craignais que ayez renoncé à faire l'amour chez ma tante.

— J'ai trop envie de vous pour avoir de tels principes.

Ses mains enflammèrent son désir. Elle ne s'écarta de lui que le temps d'enlever son déshabillé et de laisser Nevada admirer son corps. Puis elle lui prit les mains et les posa sur ses seins. Bientôt, elle se délivra d'un long gémissement.

— Pas si fort, murmura Nevada. Vous allez réussir à réveiller quelqu'un.

Elle retint un halètement tandis qu'il faisait preuve d'une parfaite habileté dans ses caresses. Comme elle eût aimé crier de plaisir dans ces instants où se mêlaient l'exaltation charnelle et un devoir de discrétion ! Quand il la sentit prête à défaillir, il la souleva dans ses bras et la porta jusqu'au lit. Puis il se dénuda avant de s'allonger près d'elle.

Elle l'embrassa fougueusement en caressant la peau douce sous laquelle se dessinaient les muscles puissants. Silencieux, il le resta jusqu'au moment où elle posa sa main entre ses jambes.

— Chut ! dit-elle, le regard malicieux. Vous allez réveiller quelqu'un.

— Vous avez l'art de mettre ma résistance à l'épreuve, madame, murmura-t-il.

Puis il prit sa bouche et vint sur elle.

Juste avant de s'abandonner au déferlement de la passion, Honora songea que, dans ce lit, la femme amoureuse succédait pour la première fois à l'enfant. Ce fut son ultime pensée cohérente.

Quand, comblés et épuisés, ils se reposèrent côte à côte, elle demanda :

— Que voulait vous dire ma tante quand elle m'a envoyée chez Mme Jameson ?

Nevada se redressa à demi, la tête appuyée sur une main.

— Elle cherchait à savoir si je ressemblais à Robert.

— J'imagine que vous l'avez convaincue du contraire. Elle vous regardait différemment quand je suis revenue.

— Elle a en effet abandonné ses soupçons.

Honora caressa sa joue fraîchement rasée.

— J'en suis ravie. Je tenais à ce qu'elle vous apprécie.

— Que serait-il arrivé dans le cas contraire ?

— J'aurais été obligée de choisir entre elle et vous. Et elle se serait retrouvée seule.

— Quand vous m'avez demandé de venir, vous étiez mal à l'aise. Aviez-vous peur qu'elle me rejette ?

Elle eut soudain l'impression qu'un courant d'air venait la refroidir.

— Non. Je vous l'ai dit. Je craignais que vous ne me trouviez trop entreprenante et que vous ne refusiez.

— Trop entreprenante ? Pourquoi ?

Elle détourna la tête et posa son regard sur le coin d'ombre qui enveloppait la cheminée à l'autre bout de la pièce. Où passait son éloquence d'avocate dès qu'il s'agissait d'exprimer ses sentiments ?

— Je crois que je suis... désespérément amoureuse de vous, Nevada LaRouche.

— Ah, il vous en a fallu du temps pour l'admettre ! fit-il, tout sourire. Moi, je l'ai toujours su.

— Vraiment ?

— J'ai grandi parmi des femmes qui pouvaient faire l'amour sans aimer. Ce n'est pas votre genre. Vous êtes incapable d'accepter un homme dans votre lit si vous ne ressentez rien pour lui. À mon avis, jamais vous ne seriez venue avec moi à Coppermine si vous ne m'aimiez pas.

Mais pourquoi ne parlait-il pas de ses propres sentiments ? Un homme qui avait fréquenté un bordel et entretenu une maîtresse pouvait certainement n'être guidé que par son désir. Honora frissonna.

— Vous avez froid ? demanda Nevada.

Mais il n'était pas dupe et, sans attendre de réponse, il la serra contre lui en lui disant :

— Après Sybilla, j'avais cru ne plus jamais pouvoir aimer. Aujourd'hui, je sais que je me trompais. Je vous aime, Honora Davis.

Soulagée et heureuse, elle l'étreignit de toutes ses forces.

— M'aimerez-vous encore si j'ai des cheveux blancs avant quarante ans et si l'on me prend alors pour votre mère ?

— Oui, même si vous avez des cheveux blancs je vous aimerai, mais jamais personne ne vous prendra pour ma mère.

— Vous savez, Nevada, j'étais gênée de vous demander de venir parce que je ne savais pas si vous m'aimiez. Et je ne voulais pas vous donner l'impression que je vous forçais la main.

— Je vous aime, et vous ne me forcez à rien, en aucune manière.

— Je me sens plus à l'aise maintenant.

— Parfois, pour exprimer mes sentiments les mots m'échappent. Mais... (Il rejeta les couvertures et enveloppa son corps nu d'un regard brûlant.) Il n'y a pas que les mots qui puissent traduire ce que je ressens.

Pour le plus grand plaisir d'Honora, il fut très éloquent.

Lorsqu'il retourna dans sa chambre, il constata qu'en dépit de l'heure avancée le sommeil lui échappait.

Les paroles de Theodora le hantaient. Ne lui avait-elle pas assuré que s'il n'était pas un homme honnête, il ne s'entendrait jamais avec sa nièce ? En conséquence, devait-il lui raconter les circonstances réelles de la mort d'August Talmadge ? Comme tout le monde, elle croyait à un accident et il n'avait rien fait pour la détromper.

Il abandonna son lit pour aller vers la fenêtre, tirer les rideaux et plonger son regard dans la rue sombre où rien ne bougeait à l'exception d'un chat de gouttière rasant les murs. Devait-il sans plus attendre lui avouer la vérité ? Il imaginait le choc que refléterait son beau visage et le dégoût qui emplirait ses yeux. Il tuerait l'amour qu'elle lui portait...

Il se frotta la joue. La vérité, il l'avouerait plus tard, quand leur amour aurait encore grandi et pourrait résister aux épreuves. Oui, sa décision était prise : il attendrait.

Il retourna se coucher et tomba dans un sommeil sans rêves.

Theodora ayant décliné leur invitation pour Noël, ils passèrent ce jour de fête en tête à tête dans l'hôtel particulier de la Cinquième Avenue.

L'échange des cadeaux se fit dans le salon. Il lui remit une boîte si petite qu'elle ne pouvait contenir qu'un bijou. Émue, elle découvrit en l'ouvrant les doigts tremblants une bague composée d'une émeraude sertie de diamants.

— Elle est parfaitement assortie à mes pendentifs ! remarqua-t-elle.

— Je n'ai pas oublié que vous n'êtes pas libre, Honora, mais j'aimerais que vous la portiez en attendant de le devenir.

Il glissa la bague à son médium. Elle l'embrassa.

— En attendant d'être libre, dit-elle.

Ce qu'elle lui offrait était grand, lourd et dut être apporté par un valet.

— Qu'est-ce que ça peut être ? demanda Nevada, perplexe, en déchirant le papier d'emballage.

À la perplexité succéda l'émerveillement devant la haute statue de bronze qui représentait un cow-boy sur un cheval lancé au galop. Sous l'effet de la vitesse, le bord de son chapeau se relevait et sa chemise se plaquait sur son torse.

— Un cow-boy pour un cow-boy, dit Honora d'une voix tendre. C'est une œuvre de Frederic Remington que tante Theodora a trouvée pour moi.

Nevada fit glisser ses doigts sur la robe du cheval.

— On entend presque le bruit des sabots et l'on a l'impression de sentir le vent qui met des larmes aux yeux du cavalier.

— Ça vous plaît ?

Il prit ses mains dans les siennes.

— Je n'ai jamais reçu un tel cadeau et c'est du fond du cœur que je vous remercie.

Plus tard, après un somptueux dîner de Noël, ils s'assirent dans le salon devant un feu aux bonnes bûches craquantes.

— Je vous trouve particulièrement songeur, remarqua Honora.

— Je pensais aux Delancy.

Elle mêla ses doigts aux siens.

— Ils doivent vivre des moments terribles, seuls avec leur chagrin. Je me souviens du premier Noël après la mort de mon père. Nous n'avions ni décoré la maison ni échangé de cadeaux bien qu'il n'aurait pas approuvé ce comportement. Mais dès que j'entendais des passants se souhaiter un joyeux Noël, j'avais envie de sortir et de les battre en leur reprochant leur indifférence à notre douleur.

Il serra sa main affectueusement.

— Ma mère, dit-il, n'avait jamais envie de fêter Noël. Elle reprochait à Dieu de l'avoir abandonnée. Mais elle veillait toujours à ce que j'aie un petit cadeau. Après sa mort, Noël n'a plus jamais eu le même attrait pour moi. Elle est partie en emmenant le peu de magie qu'il y avait dans ma vie.

Le regard perdu dans les flammes, Honora revit son premier Noël avec Robert, la chouette qu'il lui avait offerte et qui symbolisait l'amour qu'il était censé lui vouer, sans arrière-pensée, sans égoïsme.

Nevada la rappela à la réalité en lui caressant la nuque.

— À quoi pensez-vous ?

— À Robert. Je me demande s'il a des regrets. (Voyant Nevada retirer vivement sa main de sa nuque, l'air blessé, elle ajouta :) Ne vous méprenez pas. Si je savais où le trouver, j'irais aussitôt lui présenter ma demande de divorce.

— Pendant une seconde, j'ai cru que c'était vous qui aviez des regrets.

Elle prit sa main et la posa sur sa joue.

— Ne soyez pas ridicule. Vous êtes le seul homme que j'aime.

— J'ai du mal à croire à ma chance.

— C'est moi qui ai de la chance. (Son regard se perdit à nouveau dans les flammes.) Tante Theodora m'a fait de la peine. Elle a toujours aimé acheter des tableaux mais je crois qu'en ce moment elle essaie de compenser la perte de son amant.

— On ne comble pas un vide dans son cœur avec des objets...

Elle regarda Nevada.

— Comment avez-vous appris ça ?

— En fréquentant une avocate très bien avisée.

Nevada se leva et alla remplir deux coupes de champagne. Puis, revenu à ses côtés, il porta un toast :

— À Catherine et Damon Delancy et à tous ceux que l'on aime et qui ne peuvent être avec nous ce soir.

Honora leva sa coupe.

— Croyez-vous qu'ils reviendront un jour ?

— Pour se retrouver en prison ? (Il but une gorgée de champagne.) Damon s'est enfui pour sauver sa femme. Je ne le vois pas revenir en risquant de la perdre.

Il ne pouvait deviner qu'avec le retour du printemps, les Delancy lui prouveraient qu'il avait tort.

Un jeudi matin de la fin mars 1897, Honora passa par le bureau de Nevada avant de se rendre au tribunal. Elle le trouva assis à son bureau, le regard fixé sur une chose qu'il tenait à la main et captivait son attention, au point qu'il faillit ne pas la voir entrer.

Hésitant à s'avancer vers lui, elle demanda :

— Je vous dérange ? Mlle Fields n'est pas à la réception.

Il leva les yeux et quitta son fauteuil.

— Je suis toujours heureux de vous voir, affirma-t-il.

Mais son regard ne brillait pas et il semblait préoccupé, ou pris d'une nostalgie qu'elle ne comprenait pas.

— Vraiment, je peux entrer ?

Il contourna son bureau.

— Bien sûr, voyons. (Il posa un baiser sur ses lèvres puis lui montra ce qu'il tenait à la main.) Je regardais cette vieille photo de Sybilla et de son squelette.

Un pincement au cœur, Honora découvrit une ravissante jeune femme blonde au regard pétillant de malice !

— Elle est très belle.

— Elle l'était, oui.

Il lui rappelait qu'elle était morte et qu'elle appartenait au passé.

— Son ami le squelette, par contre, est trop maigre, observa-t-elle en souriant.

Il lui rendit son sourire, reprit la photo et la mit dans un tiroir. Puis il vint l'enlacer et l'embrassa avec fougue comme pour la rassurer et dissiper toute trace de jalousie. Il fallut que l'on frappât à la porte pour que leur étreinte prît fin.

Dès que Nevada répondit, Mlle Fields entra et se dirigea droit vers lui, non sans jeter un regard de reproche à Honora qui n'avait pas su attendre, comme il se devait, à la réception.

— Un câble de M. Delancy, annonça-t-elle en tendant le télégramme à Nevada.

Puis elle ressortit comme elle était entrée, du même pas vif de l'assistante toujours efficace.

— Excusez-moi.

Nevada ouvrit l'enveloppe et lut le message. Visiblement incrédule, il jura.

— Oh, non ! Ne me dites pas que vous recevez encore de mauvaises nouvelles des Delancy.

Il lui tendit le câble.

— Lisez vous-même.

Elle lut : « Rentrons ensemble. 12 avril. Delancy. »

Stupéfaite, elle demanda :

— Pourquoi ? Je croyais qu'ils étaient partis pour que Catherine échappe à la prison. Ils doivent savoir qu'ils seront arrêtés dès qu'ils débarqueront.

— Auraient-ils décidé de s'en remettre à la justice ? Quelles seraient leurs chances de s'en sortir ?

Honora lui rendit le télégramme.

— C'est difficile à dire. Il leur faut en premier lieu un bon avocat. Ensuite, il faut tenir compte du climat actuel. Anthony Comstock n'a plus la même autorité morale. Aujourd'hui, il paraît plutôt ridicule. Il a perdu plus de procès qu'il n'en a gagné. Catherine pourrait bénéficier de ce nouvel état d'esprit... Toutefois, la loi Comstock reste en vigueur et leur fuite aggrave les charges qui pèsent contre Catherine et permet d'inculper Damon.

— Ce qui, en clair, signifie... ?

— Que Catherine, déjà accusée d'avoir violé la loi Comstock, se verra accusée de non-respect d'une décision judiciaire qui avait permis sa libération sous caution avec interdiction de quitter le territoire. Que Damon se verra inculpé d'obstruction à la justice pour avoir aidé sa femme à s'enfuir. Leur avocat pourrait parvenir à convaincre le procureur d'abandonner ces charges, mais Catherine devra de toute façon comparaître pour violation de la loi Comstock.

Elle vit s'assombrir le visage de Nevada.

— Il fallait vraiment que la vie en Angleterre leur pèse pour qu'ils reviennent malgré tout. Je savais que Wall Street manquait beaucoup à Damon.

— Croyez-vous que Catherine accepterait que je la défende ? Je donnerais n'importe quoi pour m'occuper d'une telle affaire.

Dubitatif, Nevada se caressa le menton.

— À mon avis, elle pourrait accepter. Mais Damon voudra certainement qu'elle prenne quelqu'un de plus expérimenté.

Un enthousiasme grandissant s'empara d'Honora.

— Je sais que je pourrais réussir, Nevada. Ce genre de délit est porté devant une cour spéciale, composée de trois juges, mais sans jury. Il n'y a pas de plaidoyer à assurer. On se contente d'interroger les témoins. Le divorce Graham présentait plus de difficultés.

— Mais si vous perdez, Catherine ira en prison...

— C'est le risque, oui.

Nevada posa ses mains sur ses épaules.

— Vous ferez votre proposition à Catherine, mais attendez-vous à ce que Delancy cherche quelqu'un d'autre. Il tient trop à ne pas prendre de nouveaux risques.

— J'en suis consciente.

Souriant, Nevada imaginait déjà l'instant où il la présenterait à ses amis.

— Je suis impatient que vous vous rencontriez. Vous devriez vous entendre à merveille.

Honora se dit qu'il lui fallait trouver le moyen de convaincre Damon Delancy.

18

— Les voilà ! Ils sont revenus ! cria Nevada, enthousiaste.

Le yacht de Damon Delancy, le *Copper Queen*, s'était amarré entre deux transatlantiques et, sur la passerelle, avançaient un homme et une femme en deuil qui se donnaient le bras et se tenaient la tête haute, prêts à affronter un monde hostile.

Honora se sentait anxieuse tant elle était désireuse de plaire aux amis de Nevada, et réciproquement. Damon avait une prestance qui retenait l'attention, et ce fut avec la confiance et la superbe d'un conquérant qui se croit maître du monde qu'il regarda le quai où grouillait une foule hétéroclite. Son air de défi suggérait qu'il s'apprêtait à repousser une escouade de policiers venus pour l'arrêter.

Honora retint un soupir de regret. Damon avait l'arrogance de l'homme qui avait ruiné son père.

Quand le couple fut au bas de la passerelle, Honora porta son attention sur Catherine. De taille moyenne, sans trait particulièrement remarquable, elle paraissait fatiguée et triste. Toutefois, sous une frange bouclée à la dernière mode, ses yeux bleu pâle brillaient de curiosité.

Nevada fit un signe en criant :

— Delancy !

Puis, radieux, il s'avança vers ses amis, entraînant Honora avec lui.

— LaRouche !

Un sourire éclaira le visage sombre de Delancy.

Lâchant le bras d'Honora, Nevada donna une chaleureuse accolade à son ami en lui tapant dans le dos.

— Bon sang que c'est bon de te revoir !

Les yeux gris de Delancy jaugèrent Nevada en un éclair.

— Je vois que tu n'as pas quitté tes bottes. Mais où sont les éperons et le Stetson ?

— Ah, remisés dans le grenier ! Je me suis dit qu'il était temps que je devienne un homme d'affaires respectable.

Tandis que Damon levait un sourcil incrédule, Catherine sourit à Honora et lui tendit la main.

— Catherine Delancy. Je suppose que vous êtes Honora Davis.

Honora passa de l'étonnement provoqué par la vision des éperons et du Stetson à Wall Street — Nevada ne lui en avait jamais parlé — à la crainte de subir une comparaison désavantageuse avec Sybilla. Mais déjà le regard approbateur de Catherine la rassurait.

Pour sa part, elle reconnaissait chez Catherine Delancy cet air résolu qu'elle-même possédait, un air d'invincibilité que l'on acquiert en se battant constamment contre les conventions.

Catherine lui plut immédiatement. Elles se serrèrent la main chaleureusement.

— Je suis ravie de vous rencontrer, docteur Delancy. Nevada m'a beaucoup parlé de vous.

— Et je n'ai dit que la vérité, affirma Nevada en serrant Catherine dans ses bras. C'est bon de vous revoir, Catherine.

Les larmes aux yeux, les lèvres tremblantes, Catherine tentait de maîtriser son émotion.

— Je suis également heureuse de vous retrouver, Nevada, mais je regrette que ce soit dans de telles circonstances.

Il lui prit les mains.

— J'ai beaucoup de chagrin, Catherine.

Elle ferma les yeux, hocha la tête puis se ressaisit et se tourna vers Honora.

— Je vous présente mon mari, Damon.

Damon s'avança vers Honora, le regard incisif.

— Madame Davis. Enchanté de faire votre connaissance. Vous êtes la première avocate que je rencontre. Vos clients sont-ils contents de vous ?

Honora le trouva brutal, mais avant qu'elle ait pu lui répondre, Nevada la prit par la taille et affirma :

— Pourquoi ne le seraient-ils pas ?

— Oh, je ne voulais pas être offensant...

Catherine eut un regard de reproche.

— Veuillez excuser mon mari, Honora. Il n'est pas toujours très diplomate.

Quelque chose se passa entre les Delancy et Nevada. Un silence chargé de signification, qu'eux seuls pouvaient comprendre, exclut soudain Honora de ce petit groupe lié par une histoire commune.

Damon parcourut le quai du regard.

— Où est la police ? Je m'attendais à ce que nous soyons arrêtés au bas de la passerelle.

La main sur son médaillon, Honora oublia son ressentiment à l'égard de Damon pour donner son avis.

— La police du port a dû repérer votre yacht bien avant qu'il soit à quai. Vous serez arrêtés dès que vous voudrez franchir la douane.

— Et que nous arrivera-t-il ?

À l'évidence, Delancy aimait savoir où il mettait les pieds.

— Étant donné qu'il est plus de quatre heures, vous ne trouverez pas un juge pour vous laisser en liberté sous caution. Il vous faudra passer la nuit en prison. Demain matin, si vous le voulez, je peux essayer d'obtenir votre libération.

— Essayer ? Qu'est-ce que ça veut dire : essayer ? Je n'ai pas l'intention de moisir dans une cellule. Il faut qu'on l'obtienne cette libération sous caution. Est-ce clair ?

Honora dut se souvenir que Damon était l'ami de Nevada pour garder son calme.

— Écoutez. Votre désir est une chose et la décision du juge en est une autre. Il peut très bien craindre que vous ne disparaissiez de nouveau dans la nature.

Il la foudroya du regard.

— C'est absurde. Nous ne serions pas revenus si nous n'avions pas l'intention de rester.

— J'insisterai sur ce point, mais c'est sans garantie d'obtenir satisfaction.

— Dans ce cas, nous ferions mieux de remonter sur le yacht et de nous éclipser pendant qu'il est encore temps.

Catherine posa la main sur le bras de son mari.

— Je t'en prie, Damon. Avant de quitter Londres, tu as accepté d'affronter les conséquences de notre retour, quelles qu'elles soient.

Il caressa sa joue, le regard attendri.

— Nous avons fui New York pour que tu échappes à la prison. Je n'ai vraiment pas envie que ce piège finisse par se refermer sur toi. Tu n'es pas une criminelle.

Catherine se tourna vers Honora.

— Que risque Damon ?

— Également la prison.

— Pour combien de temps ? demanda Damon.

— Ça dépendra du juge.

Damon prit la main de sa femme et se radoucit.

— Au fond, je me moque de ce qui peut m'arriver. Je veux seulement que Catherine soit libre. (Il regarda Honora avec un regard si intense qu'elle en frissonna.) Très bien. Vous nous représenterez à l'audience demain.

Catherine serra la main de son mari.

— Allons-y, dit-elle. Passons par où il faut en passer.

Ainsi qu'Honora l'avait prédit, les Delancy furent retenus à la douane puis emmenés par la police.

Honora et Nevada restèrent à leurs côtés jusqu'au moment où on les conduisit dans leurs cellules.

De retour dans l'hôtel particulier de la Cinquième Avenue, Nevada se servit deux doigts de bourbon dans la bibliothèque et les avala d'un trait, trop préoccupé pour demander à Honora ce qu'elle voulait boire. Puis il alla s'appuyer au manteau de la cheminée, la tête baissée, les mains dans les poches.

Honora sentait en lui un profond changement depuis l'arrivée des Delancy. Avec ses vieux amis son ancienne vie reprenait forme et faisait d'elle une intruse. Mais non, c'était absurde ! Elle rejeta cette idée. Il était son amant et ne pouvait soudain l'exclure de son existence.

— Fallait-il vraiment qu'on leur mette les menottes ?

maugréa-t-il, amer. J'ai cru que Delancy allait devenir fou quand il les a vues aux poignets de Catherine.

— Je sais que c'est humiliant, mais c'est le règlement, observa-t-elle doucement.

Il la regarda, fatigué et inquiet.

— Que se passera-t-il si, demain, on leur refuse la liberté sous caution ?

— À mon avis, il y a peu de chances que ça arrive. Catherine n'a tué personne. En dépit de ce que prétend Comstock, elle ne représente pas une réelle menace pour la société, et aucun juge n'a envie d'enfermer longtemps une femme en prison, surtout si elle vient de perdre son enfant. (Elle alla poser une main rassurante sur son bras.) Ils sont revenus de leur plein gré, et ça, ça devrait jouer en leur faveur.

— Espérons-le.

— Ne vous inquiétez pas. Je vais minutieusement préparer mon intervention auprès du procureur quand il s'agira de déterminer les charges retenues contre eux.

Il mit sa main sur la sienne et esquissa un sourire.

— Je sais que vous ne négligerez rien.

— À défaut d'expérience dans ce domaine, j'étais très bonne en droit pénal et j'ai été l'assistante de confrères à Boston.

— Je n'ai jamais douté de vos compétences.

— Merci de votre confiance, Nevada. Dommage que votre ami Damon ne la partage pas.

Elle le vit changer d'expression.

— Pourquoi dites-vous ça ? demanda-t-il, effaré.

— J'ai l'impression qu'il ne m'aime pas.

— Si c'est le cas, il changera d'avis lorsqu'il vous connaîtra mieux. Il faut que vous compreniez qu'il n'a qu'une idée en tête : protéger Catherine. Dès qu'il la sent menacée, il devient aussi dangereux qu'un crotale.

— Franchement, je le trouve arrogant.

Surpris, Nevada la regarda un long moment avant de rompre son silence.

— Vous voulez dire que vous ne l'aimez pas non plus ?

— Il me rappelle l'homme qui a ruiné mon père.

— Vous vous faites des idées. Delancy a ses défauts mais c'est un homme bien.

— Désolée, mais je ne peux pas m'empêcher d'éprouver une impression négative.

— Damon et Catherine sont plus que des amis pour moi. Ils sont ma seule famille. J'espérais qu'ils vous plairaient.

— Catherine me plaît. C'est Damon qui me semble hostile.

La prenant par le coude, il l'entraîna vers le sofa.

— Il faut que nous parlions.

Ils s'assirent. Tourné vers elle, Nevada s'expliqua :

— Damon a l'habitude d'être le patron. Moi, je suis habitué à sa façon d'être. Si bien que je ne m'en étonne jamais. Je l'accepte tel qu'il est.

Elle posa son regard sur les livres qui remplissaient les étagères de la bibliothèque.

— Je me suis déjà beaucoup battue contre les préjugés masculins dans ma profession. Je ne peux pas apprécier le fait qu'il insinue un manque de compétence de ma part simplement parce que je suis une femme.

— Ne vous formalisez pas, Honora. Ce n'était pas ce qu'il pensait. Sa propre femme est médecin. Il respecte les femmes qui s'affirment dans des domaines pour elles inhabituels.

— Peut-être respecte-t-il la profession de Catherine parce qu'elle est son épouse et qu'il l'aime.

— Vous vous trompez.

Honora sourit.

— Nous verrons.

Au lieu de lui rendre son sourire, il la regarda comme si elle était devenue une étrangère.

Soudain mal à l'aise, elle se leva.

— Il faut que je parte. Je dois préparer l'audience de demain. (Lorsque Nevada se leva à son tour, elle ajouta :) À moins que vous ne vouliez que je reste encore un peu.

— J'ai certaines choses à préparer pour Delancy. Maintenant qu'il est de retour, il va reprendre ses affaires en main.

— Bien sûr.

Il l'accompagna jusqu'au perron après avoir fait préparer la voiture. Lorsqu'il posa un baiser sur son front, elle s'arracha un sourire.

— Je vous verrai demain au tribunal.

Nevada lui rendit son sourire, mais son regard resta lointain.

— À demain.

Dès qu'elle referma sa porte derrière elle, des larmes de dépit lui piquèrent les yeux. Jamais elle n'aurait dû dire ce qu'elle pensait de Damon Delancy. Elle avait déçu et perturbé Nevada.

Elle alluma la lumière dans le salon, enleva son manteau et son chapeau. Non, vraiment, elle ne s'était pas attendue à ce que Delancy lui rappelât l'homme odieux qui l'avait à jamais privée de son père. Elle n'avait pas prévu qu'elle lui déplairait. Mais elle avait commis une erreur qu'elle aurait pu éviter. Au lieu de garder ses premières impressions pour elle, elle les avait clamées au visage de Nevada. Comment s'étonner qu'il ait préféré rester seul ce soir ?

Elle s'installa à son bureau et prépara la stratégie qui devait lui permettre de faire libérer les Delancy.

Le lendemain matin, Honora se vit confrontée à un juge au visage sévère auquel elle remit une lettre.

— Étant donné que les Delancy sont revenus de leur plein gré, et qu'ils occupent une place importante dans notre société, le procureur Rampling renonce à retenir le délit de fuite en ce qui concerne le docteur Delancy et abandonne également la charge d'obstruction faite à la justice à l'encontre de Damon Delancy, expliqua Honora. Toutefois, l'accusation de violation de la loi Comstock par le docteur Delancy est maintenue.

Le juge fronça les sourcils en lisant la lettre puis soupira.

— Très bien. L'accusation contre Damon Delancy est levée.

Honora soupira également, mais de soulagement.

Le juge demanda :

— Madame Davis, selon vous, quelle bonne raison pourrais-je avoir de libérer le docteur Delancy sous caution ? Elle a déjà quitté le pays une fois. Qu'est-ce qui vous laisse croire qu'elle ne recommencera pas ?

— Monsieur le juge, M. et Mme Delancy sont revenus à New York sans y être contraints et en sachant parfaitement qu'ils seraient arrêtés. Il me semble difficile d'imaginer qu'ils soient revenus pour fuir une seconde fois. Ce serait insensé.

Marquant une pause, elle se rapprocha des Delancy qui ne la quittaient pas des yeux et s'efforça de ne pas penser à Nevada, assis juste derrière elle et avec qui elle n'avait pas échangé deux mots avant l'audience.

— Mes clients ne cherchent qu'une chose : que soit réglée une fois pour toutes cette affaire douloureuse qui les poursuit depuis des années. Catherine Delancy n'est revenue que pour se présenter devant la justice.

Honora scruta le visage du juge mais le magistrat resta impassible. Elle poursuivit :

— Je ferai remarquer que les charges retenues contre le docteur Delancy sont sévères. Catherine Delancy n'est pas une meurtrière ni une voleuse. Elle a été accusée de violer la loi Comstock en recevant par la poste de l'information concernant la contraception. C'est un manquement à la loi mais pas un crime. Dois-je vous rappeler, monsieur le juge, que d'autres ont été libérés sous caution tout en étant sous le coup d'inculpations infiniment plus graves.

— Non, madame Davis, répondit le magistrat d'une voix sèche, vous n'avez pas à me rafraîchir la mémoire.

Honora continua :

— Avant que vous ne refusiez à ma cliente sa libération sous caution, je vous demanderai de bien vouloir prendre en considération la perte que représenterait pour la société le maintien en détention du docteur Delancy.

— Voudriez-vous m'éclairer, madame Davis ?

— Catherine Delancy se voue aux plus pauvres, monsieur le juge. Elle faisait partie d'un dispensaire où elle assurait des soins gratuits. Si elle peut reprendre son travail, elle visitera des taudis, elle s'occupera des femmes sur le point d'accoucher, elle soignera des enfants, et cela au péril de sa propre santé et de sa sécurité, je tiens à le préciser. Ce travail humanitaire serait évidemment perdu si elle devait rester en prison.

Honora s'avança vers le juge et, tendant les mains en un geste implorant, conclut :

— Je fais appel à votre sens de la compassion. Les Delancy viennent de perdre leur enfant unique, un petit garçon de quatre ans.

Elle laissa un instant l'information résonner dans la salle.

— Libérez Catherine Delancy. Permettez-lui d'être utile et de rester auprès de son mari tant qu'elle le peut.

Elle remercia le juge, s'assit et pria en silence.

Une minute suffit au magistrat pour rendre son verdict.

— Votre argumentation a été des plus convaincantes, madame Davis. Je fixe la caution à cinq mille dollars.

Et, d'un coup de marteau, il annonça la fin de l'audience.

Honora cessa de retenir son souffle, se leva et sourit aux Delancy.

— Vous êtes libre, Catherine. Du moins, provisoirement.

Damon lui serra la main, mais sans enthousiasme particulier.

— Vous vous en êtes bien sortie, mais le procès sera une autre paire de manches.

— Vous ne dormirez pas en prison ce soir. Ce n'est déjà pas mal, non ? Maintenant, suivez-moi. Vous avez quelques papiers à signer.

En s'apprêtant à sortir de la salle d'audience, elle vit Nevada qui les attendait. Il posa sur elle un regard interrogateur puis il se précipita vers ses amis pour les féliciter.

Muette, elle sortit de la salle mais ne fit pas quatre pas qu'une main posée sur son bras la retint. Elle se retourna.

— Merci, Honora. Merci d'avoir soustrait mes amis à la prison.

Ces chers amis qui passaient avant elle !

— Je n'ai fait que mon travail, observa-t-elle sèchement.

Puis elle s'éloigna.

Les Delancy et Nevada lui emboîtaient le pas lorsqu'un homme grand, lourd, les joues mangées par des rouflaquettes blanches, le regard hargneux, les accosta. Honora reconnut aussitôt Anthony Comstock pour l'avoir plus d'une fois croisé dans les couloirs du Palais de justice.

Comstock agita son poing sous le nez de Catherine qu'encadraient Damon et Nevada.

— Vous avez osé revenir, suppôt de Satan ! Dites-vous bien, Catherine Delancy, que vous ne m'échapperez pas une seconde fois. Vous irez là où vous devriez être depuis longtemps : en prison !

Damon, rouge de colère, jura entre ses dents, mais avant

qu'il ait pu envoyer son poing dans la figure de Comstock, Honora s'interposa entre les deux hommes.

— Je vous serais reconnaissante de ne pas importuner ma cliente, monsieur Comstock. Autrement, c'est vous qui vous retrouverez en prison.

Honora était grande mais Comstock la dépassait d'une tête et en profita.

— Vos menaces ne m'impressionnent pas, madame Davis.

— Je ne vous menace pas, monsieur. Je vous fais simplement remarquer que personne n'est au-dessus de la loi, même pas vous.

Elle franchit le dernier pas qui les séparait.

— Maintenant, si vous vouliez avoir l'obligeance de vous écarter de notre chemin...

Comstock obtempéra en la foudroyant du regard, mais fut aussitôt remplacé par un essaim de journalistes qui mitraillèrent de questions le couple Delancy.

— Docteur Delancy, pour quelle raison êtes-vous venue vous livrer à la justice ?

— Monsieur Delancy, que ferez-vous si votre femme est condamnée ?

— Allez-vous choisir Mme Davis pour représenter votre épouse ?

Depuis le jour où elle avait trouvé sur son palier une meute de reporters plus intéressés par sa plastique que par ses compétences, Honora ne portait pas la presse dans son cœur.

— Messieurs, ma cliente n'a aucune déclaration à faire pour l'instant.

— Moi, si ! s'écria Damon.

Comme à son habitude, Damon Delancy entendait prendre le contrôle de la situation.

Honora le laissa faire. Prêts pour le scoop de la semaine, les journalistes se turent, le crayon sur le bloc-notes.

La voix forte et âpre de Delancy résonna dans le hall.

— Ma femme et moi sommes revenus à New York parce que la mort de notre fils nous a rendu notre exil insupportable.

Le regard froid de Damon se posa sur Comstock qui s'attardait près de la foule des journalistes, l'air plus vindicatif que jamais.

— Nous avons en même temps estimé, reprit-il, qu'il était grand temps pour ma femme de faire face aux ridicules accusations portées contre elle par un fanatique à l'esprit pervers.

— Mais que ferez-vous si elle est condamnée ? répéta un reporter.

Delancy connaissait l'homme et il lui répondit en souriant :

— Elle ne le sera pas, Ransom. À l'aube du XXe siècle, il nous faut en finir avec le règne de terreur imposé par Comstock.

Liam Flynn, qu'Honora n'avait pas oublié, demanda à son tour :

— Allez-vous confier la défense de votre femme à Honora Davis ?

— Je n'ai pas encore pris de décision. Maintenant, si vous voulez bien nous excuser, nous sommes, ma femme et moi, plutôt pressés de sortir d'ici.

Satisfaits, les journalistes se dispersèrent.

Dès que les papiers furent signés, blafarde, les lèvres pincées, Catherine explosa :

— Mon Dieu, j'avais oublié à quel point je hais cet homme ! À lui seul, il a fait plus pour maintenir les femmes dans l'ignorance et le malheur que tous les bigots de ce pays depuis des générations. Quel fanatisme, quelle étroitesse d'esprit ! Quel pauvre type !

— Calme-toi, Catherine, dit Damon en tapotant le bras de sa femme tandis qu'il descendait les marches du Palais de justice. Nous gagnerons.

Au pied de l'escalier, Catherine se tourna vers Honora.

— Voulez-vous venir à la maison avec nous ?

— Pas aujourd'hui. Je vous remercie. Trop de travail m'attend à mon bureau.

— Vous êtes vraiment à une ou deux heures près ? demanda Nevada.

Catherine ne lui laissa pas le temps de répondre.

— Je vous en prie. Venez. Vous êtes l'amie de Nevada donc la nôtre. Nous aimerions franchir avec vous le seuil de notre maison.

Mais Honora refusa de se laisser convaincre, persuadée que Damon ne partageait pas les sentiments de sa femme à son égard. Regardant sa montre, elle grimaça.

— Je reçois un client à onze heures et je ne peux pas déplacer le rendez-vous.

Nevada fronça les sourcils.

Catherine, visiblement déçue, parvint à rester chaleureuse.

— Je peux évidemment comprendre les impératifs de votre profession, dit-elle. Peut-être pourriez-vous venir dîner ?

À l'évidence, Catherine n'avait pas l'habitude de se décourager facilement. Quant à Honora, comment aurait-elle pu s'entêter et opposer un second refus à une grande amie de Nevada ?

— Je serai ravie de venir.

— Je passerai vous prendre chez vous à sept heures, annonça Nevada.

Damon Delancy cacha mal son déplaisir. Mais qui s'en aperçut ?

— Bonne soirée, madame Davis ! lança Elroy avant de quitter son bureau.

— Au revoir, Elroy. On se voit de bonne heure, demain matin. N'oubliez pas que je reçois Mme Elias au sujet de cette histoire de loyer à huit heures tapantes.

— J'y penserai. C'est promis.

Assise à son bureau, derrière son éternelle pile de livres de droit, Honora l'entendit sortir puis dire : « Bonsoir, monsieur LaRouche... Oui elle est dans son bureau... Bien sûr, vous pouvez entrer. Au revoir. »

La porte du palier se referma, mais Honora feignit l'impassibilité tandis que de son pas lent et assuré Nevada traversait le bureau d'Elroy. Quand elle leva les yeux, elle vit sa silhouette se dresser dans l'encadrement de la porte. Puis elle remarqua son regard insistant.

— Alors, les Delancy sont enfin chez eux ?

— Catherine s'est effondrée dès qu'elle a fait un pas dans le hall.

— Il fallait s'y attendre. Depuis combien de temps étaient-ils partis ? Plus de deux ans ?

— Oui.

— Je sais que je réagirais comme elle si je retrouvais ma maison après une si longue absence. (Elle reposa sa plume et jeta un coup d'œil à l'horloge.) Vous venez de bonne heure.

Ne devions-nous pas plutôt nous retrouver à sept heures, et chez moi ?

Il pénétra dans le bureau, s'avança vers elle et en arriva directement à ce qui le préoccupait.

— Pourquoi avez-vous soudain réagi comme un cheval qui a des chardons sous sa selle ?

Elle se leva et se planta devant lui, refusant de feindre un étonnement dont il ne serait de toute façon pas dupe.

— Depuis l'arrivée des Delancy, je me sens tenue à l'écart.

Nevada ne cacha pas son étonnement.

— J'espère que ce n'est pas moi qui vous ai donné cette impression.

Elle tira sur son médaillon.

— Mais si !

S'éloignant, elle alla plonger son regard dans l'animation de la rue.

— Vous m'avez dit que Damon était comme un frère pour vous. J'ai constaté que Catherine vous considérait également comme tel. Quand vous les avez retrouvés sur le quai, j'ai eu l'impression qu'un puzzle se reformait. Un puzzle dans lequel je ne pouvais pas m'insérer.

Nevada alla la rejoindre près de la fenêtre et prit sa main.

— Il y a entre nous une complicité bien compréhensible qui est venue avec le temps. Quand ils vous connaîtront mieux, vous serez comme une sœur pour eux.

Elle secoua la tête, tristement.

— Je n'aurais pas dû vous dire ce que je pensais de Damon. C'est comme si j'avais mis un mur entre vous et moi.

— Vous avez exprimé votre impression et je préfère la vérité au mensonge. En outre, vous avez raison. Il est dominateur, arrogant, sans pitié, mais il a aussi ses qualités. C'est un homme respectable.

— Il ne m'aime pas, Nevada. Ça, j'en suis sûre.

Les mains sur ses épaules, il la regarda au fond des yeux.

— Non. Vous vous trompez. Il vient de me dire que vous êtes une très belle femme et une sacrée avocate.

— Mais pas encore assez bonne pour représenter Catherine.

Il laissa retomber ses bras.

— Il faut que vous compreniez que sa femme est tout pour lui.

— Je l'ai déjà compris.

— Catherine vous aime beaucoup. Elle n'a pas cessé de chanter vos louanges.

— Sybilla était sa meilleure amie, et quand je pense à ça, je me dis qu'elle doit constamment faire la comparaison...

En soupirant, Nevada l'attira dans ses bras et la serra contre lui.

— Honora Davis, vous avez l'art de faire une montagne d'un rien.

Elle ferma les yeux.

— Je ne veux pas vous forcer à choisir entre vos amis et moi.

Contrarié, il cessa de l'étreindre et prit son visage entre ses mains.

— La question ne se pose pas, Honora. Mais si elle devait se poser, eh bien... (Ses mains retombèrent, il eut un bref haussement d'épaules et laissa s'exprimer son émotion.) Bon sang, Honora, je vous aime !

Elle se mordit la lèvre pour l'empêcher de trembler.

— Moi aussi, Nevada. Mais hier soir, quand je vous ai proposé de rester...

— Je vous ai demandé de rentrer chez vous. Je sais. Je vous ai donné le sentiment que je vous préférais les Delancy. Mais c'était absurde, Honora. J'agis parfois comme un imbécile.

Elle pressa sa joue contre la sienne, les yeux emplis de larmes.

— J'avais tellement envie de vous, hier soir, dit-elle.

— Et je ne vous ai pas gardée avec moi. Je suis fou !

Elle le regarda.

— Rattrapez-vous.

— Comment ? demanda-t-il, un sourire flottant sur les lèvres.

Elle effleura sa bouche.

— Ce soir, quand vous me raccompagnerez, vous pourrez rester.

— Combien de temps ?

— Vous choisirez.

— Je ne sais pas si je vais pouvoir patienter...

— Les Delancy nous attendent.
— Mon Dieu, que ce dîner va me paraître long !

À l'instant où elle entra chez les Delancy, Honora décida de passer une bonne soirée. Elle ignorerait Damon s'il lui prenait l'envie d'être déplaisant. Il lui importait avant tout de ne pas contrarier Nevada.

Catherine et Damon les accueillirent dans le hall.

Souriante, Catherine prit les mains d'Honora dans les siennes.

— Nous sommes si heureux que vous ayez pu venir.

Elle avait une façon d'accorder aux gens une attention soutenue, intense, qui donnait à chacun l'impression d'être unique au monde. Comment ses patients ne l'auraient-ils pas portée au pinacle ?

Curieusement, Damon se montra tout aussi chaleureux. Il fallait sans doute accorder ce changement à la libération de sa femme. Comme l'avait fait remarquer Nevada, Catherine était tout pour lui. L'amour qu'il lui vouait frôlait l'obsession, le bien-être de Catherine guidait sa conduite. Elle pouvait le faire changer d'avis d'un regard, d'un mot, d'un geste, tant il se souciait de son opinion.

Tandis que Nevada remettait sa cape au maître d'hôtel, Honora demanda à Catherine :

— Comment vous sentez-vous ? J'imagine que ce doit être merveilleux de se retrouver chez soi.

Catherine promena son regard sur le hall et frissonna.

— J'ai longtemps cru ne jamais revoir cette maison.

Son mari glissa son bras autour de ses épaules.

— Nous sommes enfin revenus ici et nous y resterons.

— Je ferai de mon mieux pour vous y aider, affirma Honora.

Catherine soupira.

— Allons dans le salon prendre un apéritif si vous le voulez bien.

Lorsqu'ils furent assis, un verre à la main, Honora dit à Catherine :

— Comptez-vous reprendre votre travail ?

— Oui. Au dispensaire.

Le regard que Damon adressa à sa femme laissa supposer

que ce travail dans des quartiers difficiles l'inquiétait plus qu'autre chose. Mais il se tut.

Assis à côté d'Honora, un bourbon à la main, Nevada sourit.

— Ses bagages à peine défaits, Delancy était déjà à son bureau et reprenait les rênes.

Damon leva son verre.

— Et tu ne t'es pas fait prier pour me les rendre.

— C'est parfaitement exact. À toi les difficultés, les casse-tête et les insomnies !

Pendant que les hommes continuaient sur leur lancée et parlaient boutique, Honora, songeuse, buvait son porto à petites gorgées. Comme Nevada était différent de Delancy ! Mais il n'était pas pour autant écrasé par la personnalité de cet homme aux manières abruptes. Au contraire, il avait tout pour se démarquer avantageusement et ne s'en privait pas.

Catherine la sortit de ses réflexions.

— J'ai été très surprise par le divorce des Graham.

— Je le comprends.

Honora lui raconta le déroulement de l'affaire. Damon dressa l'oreille.

— C'est vous qui représentiez Genevra ?

— Oui. Ça a été mon baptême du feu. Jusque-là je n'avais eu que des contrats d'artistes de cirque ou de théâtre à négocier, des testaments à rédiger ou des achats de terrain à superviser. (Elle secoua la tête, un sourire aux lèvres.) Il m'a d'abord fallu convaincre le juge de me laisser plaider, puis il a mis en garde les jurés en leur recommandant de ne pas se laisser influencer par mon physique...

Le regard de Catherine exprima une colère complice.

— Quelle honte ! Mais j'ai connu ça quand j'ai fait mes études de médecine. Vous ne pouvez pas imaginer la stupidité des arguments que l'on employait pour me décourager.

— J'ai dû entendre à peu près les mêmes quand j'ai voulu devenir avocate.

— Je dois dire que certains m'amusaient beaucoup. J'aimais particulièrement celui qui consistait à prétendre que l'usage des facultés intellectuelles faisait vieillir prématurément les femmes.

— Moi, je m'entendais prédire ma mort avant quarante ans.

Catherine éclata de rire.

— Autrement dit, les femmes peuvent travailler douze heures par jour en usine sans difficulté, mais elles ne sont pas assez solides pour devenir médecins ou avocates.

— Un jour, j'ai montré à mes condisciples la notice nécrologique d'un avocat mort à vingt-neuf ans... Il ne devait pas avoir une constitution normale pour un homme ! plaisanta Honora.

Elle regarda Nevada.

— Grâce à Dieu, tous les hommes n'ont pas l'esprit aussi étroit.

Il lui répondit par un sourire avant de lui baiser la main.

Honora s'adressa à Catherine.

— J'aimerais savoir comment vous êtes devenue la bête noire de Comstock.

Tandis que son regard se durcissait, Catherine lui répondit en baissant la voix, créant ainsi une atmosphère quasi confidentielle.

— Dans les quartiers défavorisés, les grossesses répétées sont un énorme handicap pour les femmes. Comme je savais ce qu'elles pouvaient faire pour les éviter, je les ai informées. Et puis, un jour, Comstock m'a envoyé l'un de ses partisans pour essayer de me piéger. Cet homme est venu me raconter que son salaire ne lui permettait pas d'accueillir un nouvel enfant chaque année, et il m'a demandé de l'aider à ne plus en avoir. Comstock attendait dehors pour m'arrêter. Fort heureusement, je me suis méfiée et j'ai répondu à cet homme qu'il s'était trompé d'adresse.

— Quel salaud ! maugréa Damon, le regard noir.

Catherine ajouta :

— Comstock est alors allé voir mes patientes chez elles en leur demandant si je leur avais expliqué des méthodes contraceptives. Elles lui ont toutes répondu négativement. Ce qui m'a beaucoup réconfortée, je dois dire.

— Ça prouvait leur gratitude à votre égard, observa Honora.

— Plus tard, reprit Catherine, Comstock est venu se planter devant le dispensaire et a harcelé mes patientes pendant des heures... Il a fini par me faire arrêter en m'accusant d'avoir pratiqué un avortement sur une jeune prostituée.

Le regard de Damon refléta tout le ressentiment qu'il éprouvait à l'égard de Comstock tandis que Nevada précisait :

— La police a fait irruption ici même, dans cette maison, pendant un bal, et a arrêté Catherine sous les yeux de ses invités.

— On vous a emmenée alors que vous aviez des invités ? Comme ça, au milieu d'une soirée ?

— J'aurais pu étrangler ce Comstock, avoua Damon.

Le cœur lourd, Catherine serra ses mains sur ses genoux afin d'achever son récit sans se laisser submerger par l'émotion.

— Cette accusation a été abandonnée lorsqu'une amie médecin a reconnu avoir pratiqué elle-même cet avortement. J'ai donc été libérée. Mais Comstock m'a fait arrêtée une seconde fois, après une perquisition au cours de laquelle il a trouvé de l'information sur les méthodes contraceptives que j'avais reçue par la poste.

Damon vida d'un trait le reste de son verre, le visage sombre.

— À partir de ce moment-là, dit-il, nous avons su qu'il fallait fuir pour éviter la prison à Catherine. Notre avocat considérait que Comstock tenait des preuves suffisantes pour la faire condamner. (Il eut un regard de défi.) Contrevenir à la loi me paraissait infiniment préférable à la prison.

Honora mit son masque d'avocate.

— Vous auriez dû rester et chercher un avocat plus expérimenté en matière de droit pénal. Il aurait trouvé un moyen de retarder le procès pendant des mois, voire des années.

En détachant chaque mot, Damon répondit :

— Il y avait un risque que je n'ai pas voulu prendre.

— Comment avez-vous réussi à tromper la vigilance de Comstock ? Il devait vous faire surveiller en permanence.

— Nous avons déjoué la surveillance de ce vieux busard avec l'aide de deux amis, raconta Damon. Ils ont quitté la maison dans notre voiture et sont allés jusqu'à la gare centrale, en entraînant derrière eux Comstock qui venait souvent nous épier lui-même. Quand il a découvert la supercherie — l'homme à la place du chauffeur, la femme vêtue d'un de mes costumes et leur bonne qui jouait le rôle de Catherine avec un jambon dans les bras en guise d'enfant —, il était déjà trop tard. Nous étions en mer.

— C'était très ingénieux !

— La fin justifie les moyens, observa Damon. Maintenant, je dois vous dire que je préfèrerais que ce soit quelqu'un d'autre que vous qui défende ma femme.

Toujours aussi abrupt, il la surprit, la déçut, et elle eut du mal à ne pas se trahir.

— Je comprends, dit-elle.

— J'espère que vous ne prenez pas cela pour une offense.

— Disons que je suis déçue. Mais je sais que vous ne voulez prendre aucun risque lorsqu'il s'agit de votre femme.

Catherine intervint :

— Je désapprouve la décision de mon mari. Malheureusement, cette fois-ci, je ne peux pas le faire changer d'avis.

— Il n'est pas question que je sois une cause de désaccord entre vous.

Damon se contenta de sourire.

— Connaîtriez-vous quelqu'un qui puisse se charger de cette affaire ?

— Je connais, de réputation, un avocat de Philadelphie qui s'appelle Philip Lyons. Je peux le contacter si vous voulez.

— Je vous en serais reconnaissant, répondit Damon.

— Vous savez, avec un avocat de cette stature, je pourrais beaucoup apprendre. Peut-être accepterait-il, s'il n'y a pas d'objection de votre part, que je l'assiste au procès de Catherine.

— Je n'y verrais pas d'inconvénient, affirma Damon. Mais ce sera à lui d'en décider.

En d'autres termes, Delancy restait décidément circonspect à son égard. Elle ravala son ressentiment mais pria pour que le dîner ne s'éternisât pas.

Lorsque Nevada finit par s'arracher aux bras doux et chauds d'Honora, il était déjà trois heures du matin. Par des rues désertes et silencieuses il regagna la Cinquième Avenue où Damon, étendu dans un coin du sofa, était le seul à veiller encore. L'arrivée de Nevada le sortit brutalement de ses pensées. Il sursauta, découvrit la mine satisfaite de son ami, sa veste froissée, ses cheveux ébouriffés et sourit.

— Pourquoi n'es-tu pas resté là-bas jusqu'au matin ?

Nevada se débarrassa de sa veste, de sa cravate, et remonta les manches de sa chemise en rendant à Damon son sourire.

— Je ne l'ai quittée qu'à regret. Mais elle a besoin de se reposer.

— Avec toi, ce doit être difficile... (Damon buvait un dernier verre qu'il leva en disant :) Mets-toi à l'aise.

— Je ne demande pas mieux.

Nevada se servit un bourbon et s'assit en face de Damon.

Tout en se passant lentement la main dans les cheveux, Damon soupira.

— Ouf ! Enfin sorti de ce pays froid, humide, lugubre !

Nevada réchauffa le bourbon entre ses mains.

— Je vois que tu n'es pas tombé amoureux de l'Angleterre.

— Ah, ça, tu peux le dire ! Tout est fait là-bas pour te mettre la mort dans l'âme. Même la nourriture. Quant aux gens... Un jour une duchesse m'a demandé quelle était la superficie de ma plantation et le nombre de mes esclaves.

— Non ?

— Je sais. C'est incroyable. Et son mari a voulu savoir si mon domaine avait déjà été attaqué par des Indiens.

Nevada éclata de rire. Puis observa :

— Mais, ça t'est arrivé une fois. En Arizona.

— C'est que je lui ai répondu. Si tu avais vu sa tête.

Le ton de leur conversation changea brusquement lorsque Damon ajouta avec amertume :

— J'ai beaucoup regretté de n'être pas introduit dans le milieu londonien de la finance. Ça ne m'a pas permis de faire grand-chose.

— J'imagine que tu l'as mal supporté.

— Plutôt, oui. (Damon vida son verre.) Sans Catherine, je serais devenu fou. Elle n'a jamais voulu perdre espoir. Elle avait le mal du pays, elle se reprochait d'être la cause de cet exil, mais néanmoins elle me répétait chaque jour : « Ça va s'arranger. »

Nevada pensa à Honora.

— Il y a des femmes qui savent aider les hommes.

Damon se leva pour remplir son verre puis retourna s'asseoir.

— Et un jour, William est mort... dit-il d'une voix tendue par l'émotion.

Nevada détourna un instant son regard. Lorsqu'il avait appris au lendemain du meurtre que Sybilla était enceinte, qu'une promesse de vie venait de mourir avec elle, la douleur avait atteint son âme. Et pourtant elle devait être peu de chose — une simple égratignure sans doute — en comparaison de la souffrance de Damon.

Les yeux fixés sur une vision qui échappait à Nevada, Damon évoqua l'enfant.

— Un jour il riait, jouait des tours à son père, et le lendemain il n'était plus de ce monde. Après sa disparition, il a plu pendant douze jours. J'aurais voulu que ça dure. J'aurais voulu ne jamais revoir le soleil.

Soudain Nevada découvrit Catherine dans l'embrasure de la porte. Depuis combien de temps se tenait-elle là ? Qu'avait-elle surpris de leur conversation ?

Le regard sec, le visage tendu par l'effort constant qu'elle s'infligeait pour rester forte en toutes occasions, elle s'avança vers le sofa et posa la main sur l'épaule de son mari. Damon leva les yeux vers elle. Entre eux passa quelque chose de poignant. Puis Damon se leva, glissa son bras autour de la taille de Catherine et s'appuya contre elle comme un vieil homme accablé de tristesse. Sans un mot, ils montèrent dans leur chambre.

Le regard noyé dans le bourbon, Nevada regretta l'absence d'Honora. Plus que jamais en ces instants-là il aurait eu besoin de son sourire, de sa chaleur, de sa vie.

Philip Lyons avait intérêt à être un excellent avocat, pensa-t-il en terminant son bourbon et en se levant. Oui, il avait vraiment intérêt...

19

Deux jours plus tard, Honora déjeunait chez Catherine.

— Il faut excuser mon mari, Honora. Son besoin de me protéger le rend parfois pénible.

Devinant la préférence de Catherine pour la franchise au détriment des échanges mondains, Honora fut directe :

— Je l'ai remarqué, en effet.

À l'autre extrémité de la longue table d'acajou, Catherine éclata de rire.

— J'aime votre façon de dire ce que vous pensez.

— Et moi j'apprécie votre capacité à écouter les autres. Il n'est pas étonnant que vos patientes soient si loyales envers vous.

Très sensible au côté chaleureux de Catherine et au réel intérêt qu'elle portait à l'humanité, Honora avait l'impression de connaître son hôtesse depuis toujours. Elle avait accepté son invitation afin de découvrir la femme derrière le médecin persécuté par Comstock, mais aussi derrière la sainte dont parlaient tous les autres. Déjà elle constatait que, soustraite à la présence envahissante de son mari, cette femme, intelligente, et pleine d'esprit, existait par elle-même.

Plus reposée qu'à son arrivée, elle avait troqué sa tenue de deuil pour une robe-chemisier blanche à fines rayures rouges qui la flattait.

Honora piqua sa fourchette dans sa salade.

— Comment avez-vous rencontré Damon ?

— La première fois que je l'ai vu, il patinait avec une amie à Central Park. Mais nous n'avons eu l'occasion de nous parler que le jour où il a fait une chute de cheval à proximité de mon lieu de travail. Je lui ai remis sa clavicule en place. (Catherine eut un sourire amusé.) Je n'avais jamais eu de patient plus déplaisant que lui. Mal élevé, arrogant, il m'a accusée de pratiquer des tarifs exorbitants et a refusé de me payer.

Honora but une gorgée de chablis.

— Ça commençait mal.

Le sourire de Catherine s'effaça.

— Je n'ai pas un mari facile, c'est certain. Et comme j'ai aussi mon caractère, dès nos fiançailles nous avons eu des relations tumultueuses. C'est le moins que l'on puisse dire. Il y a eu des moments...

Elle secoua la tête, le regard tourné vers l'intérieur, là où survivaient des souvenirs personnels.

— Toutefois, nous avons toujours surmonté les difficultés parce que nous nous aimons.

— Nevada est différent. Je ne le trouve pas difficile mais plutôt insaisissable parfois. Il a aussi un petit côté sauvage, que j'aime bien.

Elle s'abstint d'avouer qu'elle avait parfois terriblement envie de lui arracher les secrets qu'il gardait si bien.

Catherine resta silencieuse pendant quelques instants comme si elle cherchait ses mots.

— Si Damon est un cyclone, finit-elle par expliquer, Nevada en est l'œil.

La métaphore amusa Honora.

— L'œil du cyclone... Le calme entouré de la tempête. Oui, ça le décrit bien.

Jouant avec le pied de son verre, Catherine observa :

— Nous ne sommes pas des femmes conventionnelles et nous devons être heureuses d'avoir rencontré des hommes qui échappent également aux conventions et nous acceptent telles que nous sommes. Mais nous ne pouvons pas en même temps leur demander d'agir comme des hommes ordinaires.

Honora termina sa salade en silence tandis qu'elle réfléchissait aux assertions de Catherine. Comment aurait-elle pu en effet attendre que Nevada se conduisît à la façon d'un Wesley Saltonsall ou d'un Amos Grant ? Elle ne le souhaitait d'ailleurs nullement. Il était définitivement marqué par son enfance dans un bordel et les années passées dans l'Ouest sauvage, comme elle l'était par la mort tragique de son père.

Elle regarda Catherine.

— Il y a toujours un prix à payer. Pour eux aussi.

Un valet entra, changea les assiettes et les couverts et leur servit du canard à l'orange, accompagné de riz.

Quand il ressortit, Catherine demanda :

— Et vous, comment avez-vous rencontré Nevada ? Dans ses lettres, il nous a simplement dit que vous étiez merveilleuse et que vous lui apportiez beaucoup de bonheur.

— Il a dit ça ?

— Notre ami n'est pas un homme bavard, mais il sait choisir ses mots et parler avec le cœur.

— C'est si vrai, observa Honora.

Puis elle raconta à Catherine comment elle avait fait la connaissance de Nevada par le biais de Lillie Troy et de sa démarche de femme dépitée.

L'histoire rendit Catherine hilare.

— Pauvre Nevada. Il a dû se demander ce qui lui arrivait.

Honora poursuivit :

— Ensuite, mon mari a travaillé pour lui, et nous nous sommes souvent rencontrés.

— Votre mari ? Nevada ne nous a jamais dit que vous étiez veuve.

— Je ne le suis pas. Mais c'est tout comme...

Devant le regard interrogateur de Catherine, elle parla de la fuite de Robert après qu'il eut commis de graves fautes professionnelles.

— Donc, vous et Nevada...

— Nous ne pouvons vivre ensemble tant que Robert ne refait pas surface.

— C'est une triste situation. Avez-vous essayé de le retrouver ?

— Les détectives privés coûtent cher et je ne suis pas encore assez à l'aise pour avoir recours à leurs services.

— Nevada pourrait peut-être vous aider. C'est un homme fortuné.

— Je ne veux rien lui imposer.

— Je ne crois pas qu'il aurait l'impression que vous lui imposiez quelque chose.

— De toute façon, je viens d'une famille où les femmes sont trop fières pour demander de l'aide.

— Nevada nous a déjà parlé de votre tante Theodora. Vous faites, entre autres, allusion à elle, j'imagine. Il l'apprécie énormément.

L'espace d'un instant, Catherine baissa les yeux sur son assiette. Puis, regardant Honora, elle se pencha en avant :

— Acceptez-vous le passé violent de Nevada ?

— J'accepte Nevada tel qu'il est aujourd'hui, sans me préoccuper de son passé. C'est l'homme le plus agréable et le plus tendre que je connaisse.

Un sourire doux-amer flotta sur les lèvres de Catherine. Ses yeux devinrent humides.

— C'est exactement ce que Sybilla m'avait répondu quand je lui avais posé la même question.

Inévitablement le nom de Sybilla devait à un moment ou à un autre surgir dans la conversation. Mais Honora avait redouté cet instant.

— Il l'aimait beaucoup, n'est-ce pas ?

— Comme il vous aime aujourd'hui. Sybilla était ma meilleure amie, mais je ne considère pas que Nevada trahisse sa mémoire avec vous.

Honora retrouva son souffle retenu par l'appréhension et avoua :

— Si vous saviez comme je suis soulagée. Je redoutais de ne pas soutenir la comparaison à vos yeux.

— Rassurez-vous. Et je souhaite que Nevada soit heureux avec vous. Quand Sybilla est morte et qu'il a appris qu'elle attendait un enfant, il...

— Mon Dieu ! Il ne m'en avait pas parlé.

— Oh ! Je n'aurais peut-être pas dû vous le dire. J'étais persuadée que vous le saviez... Mais à la réflexion, ça ne m'étonne pas. Nevada est un homme très réservé et il a tendance à garder ses peines bien enfouies.

Ébahie, Honora chercha à se donner une contenance. Elle tenta de finir son canard, mais l'appétit lui manquait.

Quels autres secrets Nevada gardait-il pour lui ? Elle se le demandait quand soudain elle se souvint de leur première nuit d'amour et de l'instant où il lui avait révélé son vrai prénom.

— Vous a-t-il jamais dit son vrai prénom ? demanda Honora.

— Non. Ni à Damon ni même à Sybilla, il me semble. (Un éclair surgit dans les yeux de Catherine.) À vous, il l'a dit.

— Oui.

Elle éprouvait ni plus ni moins qu'un sentiment de triomphe. Cette révélation lui semblait le symbole d'une immense confiance, jamais accordée à qui que ce soit avant elle.

— Ne vous attendez pas à ce que je vous le révèle, dit-elle en souriant mais d'un ton ferme.

— Je m'y suis déjà résignée.

Catherine abandonna elle aussi son canard, posa sa serviette sur la table et annonça :

— J'ai une idée. Je sais que vous êtes une femme très occupée, mais pourriez-vous tout de même vous libérer pour l'après-midi ?

Honora passa mentalement en revue son emploi du temps et, certaine de n'avoir ni rendez-vous ni audience, répondit :

— C'est possible. Pourquoi ?

— J'aimerais vous emmener faire un petit tour quelque part.

Honora posa sa serviette sur la table et se leva.

— Je suis d'accord.

Tout en quittant la salle à manger avec Catherine, elle pensa à ce qu'elle venait d'apprendre et se demanda à quel moment Nevada aurait fini par lui parler de l'enfant de Sybilla.

Dans la salle d'attente du dispensaire, un œil gonflé à demi fermé, l'autre empli de peur et de douleur, un petit garçon s'accrochait à sa mère, jeune femme frêle au visage fatigué, et regardait Honora et Catherine comme s'il voyait des anges.

Catherine s'accroupit près de la mère et sourit à l'enfant, la main posée sur sa manche râpée.

— Bonjour, petit bonhomme. Je m'appelle Catherine Delancy. Et toi ?

Le garçonnet cacha son visage dans le cou de sa mère qui lui caressa les cheveux tendrement, d'une main abîmée par les travaux ménagers.

— Il s'appelle John, mais pour nous c'est Johnny, répondit la mère.

— Johnny... Quel joli nom !

Debout derrière Catherine, Honora regardait autour d'elle, effarée par le spectacle de la souffrance humaine.

Parmi les femmes et les enfants qui attendaient, assis sur des chaises disposées tout autour de la salle, une gamine d'une quinzaine d'années berçait machinalement un bébé dans ses bras tandis qu'une petite fille s'accrochait, d'une main, à ses jupes et, de l'autre, tenait une poupée de chiffon qui avait fait toutes les guerres. Sur une autre chaise, un châle noir mangé par les mites serré sur sa poitrine, une vieille femme édentée se balançait d'avant en arrière en se parlant à elle-même tandis qu'une jeune femme, habillée de couleurs criardes, les cheveux oxygénés et les lèvres carminées, lançait à Honora des regards de défi.

C'était ici, parmi ces gens démunis, que l'on pouvait découvrir la véritable Catherine Delancy, généreuse, dévouée.

Elle parlait encore avec le petit Johnny.

— Tu veux me dire ton âge, Johnny ?

Devant le mutisme de l'enfant, elle plissa tristement le front.

— Je vais pleurer si tu ne me le dis pas.

La mère murmura :

— Tu ne veux pas faire pleurer la gentille dame, n'est-ce pas ?

Le visage toujours enfoui dans le cou de sa mère, Johnny montra quatre doigts à Catherine.

— Tu as quatre ans ! Comme mon petit garçon.

Honora retint son souffle. Comment Catherine trouvait-elle la force de s'intéresser à un garçonnet quand elle venait de perdre le sien brutalement ?

Catherine se releva et elle allait se diriger vers la jeune femme à la tenue tapageuse quand une femme d'une cinquantaine d'années, le bras en écharpe, sortit d'une autre pièce, suivie par l'une des doctoresses du dispensaire.

— La prochaine fois que votre mari vous battra, disait le médecin d'un ton coupant, il ne se contentera pas de vous casser le bras, à mon avis. Vous feriez bien de ne pas oublier ça.

L'expérience de la violence, après une adolescence choyée, Honora l'avait faite avec les deux sbires de Graham. Mais elle ne comprenait pas pour autant qu'un homme pût battre sa propre femme, l'être qu'il était censé aimer.

La fille aux cheveux filasse eut un reniflement dédaigneux et déclara :

— Je m'en voudrais de laisser un homme me battre !

Le médecin la regarda durement et rétorqua :

— Tu crois que c'est mieux d'attraper une maladie vénérienne, Bessie Hayward ?

Tête baissée, la femme au bras cassé traversa lentement la salle d'attente et s'en alla sans doute rejoindre son bourreau par crainte de représailles ou tout simplement parce qu'elle n'avait pas de refuge. Il fallait appartenir à la même classe sociale que Genevra Graham pour avoir la faculté de divorcer.

Catherine s'avança vers le médecin.

— Eh bien, Hilda, je constate que tu n'as pas changé !

Avec ses cheveux et ses yeux gris acier, la Walkyrie nommée Hilda donna l'impression de voir surgir un fantôme.

— Mais, bon sang, il faut que tu sois folle pour être revenue ! Cette fois-ci, tu ne vas pas leur échapper.

Honora faillit intervenir mais Catherine, en riant, se jeta au cou de la Walkyrie.

— Je suis heureuse de te revoir. Tu m'as tellement manqué ! (Elle se tourna vers Honora.) Vous devez excuser mon amie. Elle ne pense pas la moitié de ce qu'elle dit.

— Faux ! J'ai dit exactement ce que je pensais. (Elle s'avança, main tendue, vers Honora.) Docteur Hilda Steuben, la cinquantaine grincheuse. Et vous êtes...

— Honora Davis, avocate.

— Avocate ? J'ignorais que ce genre de créature existait.

— Il y en a peu. Très peu. De fait, je suis la seule dans tout New York.

— Si vous voulez sortir Catherine de son pétrin, il faudra que vous soyez retorse et sans scrupule.

— Ce n'est pas moi qui assurerai la défense de Catherine. Je suis simplement une amie.

Catherine sourit.

— Hilda est née avec un gros nuage noir au-dessus de la tête. Elle s'attend toujours au pire.

— Comme ça, je n'ai jamais de mauvaises surprises, rétorqua Hilda. (Elle regarda Catherine.) Tu es venue pour travailler ou pour bavarder ? Si tu n'as pas l'intention de m'aider, tu peux partir. J'ai je ne sais combien de patients à voir.

— Je serai là demain matin.

— Tant mieux. Je n'arrive pas à m'en sortir. Mais dis-moi. Comment se fait-il que tu n'aies pas été arrêtée à l'instant où tu as remis les pieds à New York ?

— Je l'ai été, mais Honora m'a fait libérer sous caution.

Hilda secoua la tête, l'air morose.

— Profite de ta liberté pendant que tu le peux.

— Peut-être que vous serez appelée à témoigner, lui fit observer Honora.

Les yeux gris brillèrent de plaisir anticipé.

— Ah, rien ne me plairait plus que de dire haut et fort ce que je pense de ce vieux bigot hypocrite d'Anthony Comstock ! Bon, mais pour l'instant, il faut que je voie mes patients.

Catherine la serra dans ses bras.

— À demain.

Le docteur Steuben regarda la fille aux cheveux filasse.

— Bessie, c'est à ton tour.

Hilda Steuben allait rentrer dans son bureau quand Catherine lui lança :

— Hilda, Damon te transmet ses amitiés.

Hilda se retourna en marmonnant quelque chose qui ressembla beaucoup à :

— Dis-lui d'aller au diable.

En riant, Catherine lui répondit :

— Je le lui dirai.

— Elle n'aime pas votre mari ? murmura Honora.

— Hilda n'affectionne pas la gent masculine. Et puis il y a eu une époque où mon mari voulait me protéger au point de m'interdire la médecine. Disons que sa façon de faire n'a pas permis à Hilda de l'adorer... Nous y allons ? J'ai encore beaucoup de choses à vous montrer.

Avant de sortir, Catherine n'oublia pas de dire au revoir à Johnny. L'enfant surprit Honora en faisant un petit signe à Catherine. Une ombre passa sur le visage de cette mère qui venait de perdre son enfant, mais Catherine cacha sa douleur derrière un sourire et ébouriffa tendrement les cheveux de Johnny.

— Voici Mulberry Street, annonça Catherine.

L'air soucieux, elle regarda un groupe d'enfants malingres, en haillons, qui jouaient près d'un tas de cendres sur le trottoir.

— Je constate que ça n'a pas changé, ajouta-t-elle.

Des ordures jonchaient les ruelles sombres et étroites qui séparaient les immeubles. L'odeur était telle qu'Honora eut envie de plaquer son mouchoir sur son nez. Elle vit des femmes regarder dehors à travers des fenêtres dont la saleté brouillait leurs traits et donnait à leur visage des contours aussi flous que l'était leur destin. Sur le pas des portes, des hommes au regard hostile passaient le temps, quand apparurent les deux femmes venues d'un autre quartier. Mais, si Honora feignit de les ignorer, Catherine, au contraire, les regarda et leur fit un petit signe de la tête, comme s'ils venaient d'être présentés à un bal.

— Vous n'étiez jamais venue par ici, n'est-ce pas ?

— Non.

— Quand je suis arrivée au dispensaire, Hilda m'a emmenée ici, et a commencé par acheter un journal.

— Pourquoi un journal ?

— Elle m'a expliqué que nous en aurions besoin parce que la plupart des gens n'avaient pas de draps propres. Les accouchements se faisaient généralement sur de la paille. Le journal avait l'avantage d'absorber le sang.

— Oh, quelle horreur !

— Je suis d'accord avec vous.

Catherine jeta un coup d'œil vers des hardes séchant sur les cordes qui pendaient mollement entre deux immeubles.

— Je n'ai jamais pu supporter l'idée que des êtres humains vivent comme des bêtes.

— Moi aussi, j'ai eu envie de me rendre utile, répondit Honora. Mais j'ai bien fait de choisir le droit. Je n'aurais jamais pu être médecin.

— Nevada m'a parlé de votre père.

Un coup de vent obligea Honora à retenir son chapeau, tandis qu'elle répondait à Catherine :

— J'imagine qu'on peut trouver stupide de laisser un événement tragique déterminer toute une vie. Mais j'aimais mon père et je me suis très longtemps reproché ce qui lui est arrivé.

Catherine posa sa main sur son bras.

— J'ai aussi choisi ma profession de cette manière. Et il y a eu bien des gens pour me dire que ce n'était pas en choisissant un chemin difficile que je ferais revenir ma mère.

Honora se souvenait que Nevada lui avait parlé de la mort de la mère de Catherine, laquelle avait été causée par l'irresponsabilité d'un médecin.

— Mais à chaque fois que je sauve une vie, poursuivit Catherine, je sais que j'honore sa mémoire.

— À chaque fois que je soustrais quelqu'un à un abus, je pense aussi à mon père.

Catherine serra la main d'Honora en signe de totale complicité et continua à lui faire visiter le quartier.

L'admiration d'Honora pour Catherine ne cessa de grandir. Bien qu'elle ait été absente pendant plus de deux ans, tout le monde se souvenait d'elle. Un garçon de onze ans vint la remercier d'avoir sauvé sa mère. Une jeune femme lui montra avec fierté son fils, dont la jambe cassée avait été si bien remise en place par Catherine qu'il ne boitait pas. Une autre femme la remercia d'avoir sauvé son fils atteint de dysenterie. Mais les témoignages les plus poignants furent ceux des femmes qui la remerciaient de les avoir aidées à restreindre le nombre de leurs grossesses, tout en lui disant combien leur vie s'était améliorée.

— Mon mari boit tellement moins depuis qu'il ne craint plus qu'il y ait une nouvelle bouche à nourrir.

— Le mois prochain, nous aurons assez d'argent pour sortir de ce trou à rat et louer un joli appartement.

— Maintenant on peut envoyer Mabel à l'école plutôt qu'à l'usine.

Et Anthony Comstock voulait jeter Catherine Delancy en prison...

Plus tard, pendant la nuit, le bruit de la pluie sur les vitres éveilla Honora qui dormait d'un sommeil léger et troublé. En évitant de réveiller Nevada, elle se leva et, nue, le corps alangui par l'amour, contempla son amant dans la pénombre et sentit son cœur se serrer. Les cheveux en bataille, allongé sur le côté, il avait l'air d'un guerrier qui prend à peine le temps de se reposer. Même pendant son sommeil, Nevada ne baissait pas sa garde.

Sur la pointe des pieds, elle s'approcha de la fenêtre et écarta légèrement les doubles rideaux. Le vent d'avril rabattant la pluie sur les vitres, la rue en contrebas paraissait floue. Mais en face, malgré la vision trouble et l'obscurité, Honora vit une lumière. Elle arrêta son regard sur la fenêtre allumée tandis que revenait la question lancinante : « Pourquoi ne m'a-t-il pas parlé de l'enfant ? »

Elle entendit Nevada bouger dans le lit, devina qu'il la cherchait et que, déjà, il sursautait en réalisant qu'elle n'était plus allongée près de lui. Puis elle sentit les effluves musqués de leurs ébats et elle sut qu'il avait ouvert le lit et venait la rejoindre.

— Vous ne pouvez pas dormir ? murmura-t-il, les lèvres sur ses cheveux, tandis qu'il caressait ses épaules. Je connais un remède...

Elle vit la lumière s'éteindre de l'autre côté de la rue et l'immeuble s'estomper dans l'obscurité.

— Pourquoi ne m'avez-vous jamais parlé de votre enfant ?

Les mains de Nevada s'immobilisèrent sur ses épaules. Il y eut un silence, puis il demanda :

— C'est Catherine qui vous en a parlé ?

Elle se retourna.

— Cet après-midi.

— Je ne vous avais rien dit parce que je ne voulais plus y penser.

Posant sa main sur sa joue, elle sentit sous sa paume les muscles tendus.

— Je vous aime et je ne veux pas de secrets entre nous.

Elle perçut une ombre au fond de ses yeux.

— Cet enfant n'a jamais été une réalité pour moi. Je sais que ça peut paraître une remarque très dure mais...

Elle l'interrompit d'un doigt barrant sa bouche.

— Je comprends.

Il soupira.

— J'aurais aimé partager ma vie avec elle et l'enfant, mais mon destin était ailleurs. Avec vous et nos enfants.

C'était la première fois qu'il parlait d'avoir des enfants avec elle. Elle imagina un garçon dégingandé avec ses cheveux noirs et ses yeux d'obsidienne et une petite fille charmante qui aurait le sourire enjôleur de son père.

— Je suis encore mariée, remarqua-t-elle. Je ne veux pas d'enfants illégitimes.

Il prit son visage entre ses mains.

— Vous avez raison. Mais votre vaurien de mari va bien se manifester un jour ou l'autre. En attendant...

Il la souleva dans ses bras et la porta sur le lit, où ses caresses effacèrent tous les secrets.

Alors que, au milieu des draps froissés, ils se reposaient côte à côte, Honora fit remarquer :

— Je n'avais jamais rencontré une femme comme Catherine Delancy. C'est une véritable sainte.

Nevada se souleva, s'appuya sur un coude, la regarda et éclata de rire jusqu'en en pleurer.

— Catherine, une sainte ? fit-il en s'essuyant les yeux. Quelle idée !

— Ignorez-vous qu'au dispensaire, comme dans tout le quartier, elle passe pour faire des miracles ? J'ai pu en douter mais maintenant, j'ai vu, entendu, et mon opinion est arrêtée.

— Je sais qu'elle est aimée et respectée. Mais elle n'est pas une sainte pour autant. Elle a ses défauts. Elle est en particulier aussi entêtée que son mari... Après la mort de Sybilla, Damon a craint pour la vie de sa femme. Il ne voulait plus qu'elle s'aventure dans les taudis, même le jour. En fait, il voulait qu'elle laisse tomber la médecine.

— C'était de la folie ! Comme si on me demandait d'abandonner le métier d'avocate.

— Elle avait encore son cabinet à l'époque. Mais un jour, en rentrant, elle a constaté que sa plaque avait été retirée et son cabinet de consultation reconverti en salon.

— Mon Dieu ! Elle a dû être furieuse. Qu'a-t-elle fait ?

— Elle est partie.

Honora se redressa, s'assit et répéta, incrédule, en tirant le drap sur ses seins.

— Elle est partie ?

— En lui disant qu'elle voulait divorcer. Incroyable, non ? Ils s'aiment autant que nous nous aimons, mais ni l'un ni l'autre ne voulait céder. Alors pendant un certain temps, ils ont vécu séparés.

— Et ça c'est évidemment arrangé.

— Oui. Mais il a fallu que Damon perde temporairement la vue dans l'explosion d'une bombe pour que Catherine revienne vers lui. Elle l'a soigné. Peu de temps après elle a constaté qu'elle attendait un enfant. Ils ont alors repris la vie commune, en dépit du ressentiment de Catherine. Et Damon a renoncé à lui interdire une activité à laquelle elle tient passionnément.

— Catherine m'a dit que leur mariage était tumultueux mais je n'aurais jamais imaginé...

— Oh, ils sont parfois comme chien et chat ! Seulement ça ne dure jamais longtemps.

— Je comprends par exemple qu'elle puisse le trouver exaspérant. (Elle regarda Nevada, songeuse.) Vous êtes très différent de Damon. On se demande comment vous pouvez être amis.

— Je dirais que c'est plutôt ce qui a permis une si longue amitié.

Elle appuya son menton sur ses genoux.

— Je serais incapable de vivre avec un homme qui me dicterait ce que je dois faire, même si c'était pour mon bien.

Elle pensait à Robert qui avait justement tenté d'agir ainsi.

— Delancy croit toujours savoir ce qui convient aux uns et aux autres, expliqua Nevada. On finit par ne plus faire attention.

— Lorsque j'ai été agressée par les sbires de Graham, vous m'avez fait grâce d'une leçon de prudence. C'était très appréciable.

Nevada eut un regard possessif.

— Nous n'étions pas mariés. Je n'avais pas à jouer ce rôle.

— Mais, si nous l'étions, vous ne m'interdiriez pas de poursuivre mon activité professionnelle, n'est-ce pas ?

Il l'enveloppa d'un regard attentif.

— On ne change pas le cours d'une rivière. Ou, en tout cas, ce n'est jamais recommandé... Je me contenterais de me tenir à vos côtés et de m'assurer qu'il ne vous arrive rien de mal.

Soulagée, elle effleura sa joue.

— Catherine dit que Damon est comme un cyclone dont vous seriez l'œil.

Elle laissa glisser le drap et vit dans ses yeux brûler une flamme qu'elle reconnut.

— Pour vous aussi je suis l'œil du cyclone ?

— Oui. Toujours calme.

— Et si je changeais ? Si j'avais envie d'être le cyclone ?

— Si c'est au lit, je n'y vois pas d'inconvénient.

Il rit, l'attira contre lui et elle se sentit emportée par un ouragan très particulier.

20

Le souvenir doux-amer, parfois poignant de Sybilla occupait de moins en moins l'esprit de Nevada bien qu'il fût encore bien vivant. Il avait l'impression qu'il commençait à s'estomper comme un parfum de roses estivales qui décroît dans une pièce au fur et à mesure qu'on s'en éloigne. Désormais, même lorsqu'il regardait la photo d'une Sybilla qu'il ne verrait jamais changer, il pensait à Honora, blottie dans ses bras, comme la nuit dernière, et entrevoyait toute une vie d'expériences à partager et à savourer avec elle. Oui, la vie, sa chaleur, sa passion reprenaient le dessus.

Nevada regarda une dernière fois la photo avant de la ranger dans le fond d'un tiroir. Mais d'où venait ce souffle furtif sur son oreille et ce murmure qui ressemblait à « Au revoir » ?

Il secoua la tête. C'était impossible. Un homme qui a comme lui les pieds sur terre ne croit pas aux fantômes.

— Monsieur LaRouche ?

Il leva les yeux et découvrit Mlle Fields sur le seuil de son bureau.

— Oui ?

— M. Stannard de l'agence de détectives *Pinkerton* demande à vous voir.

On avait dû retrouver Robert Davis.

Sur le qui-vive, Nevada se leva.

— Faites-le entrer.

Le physique banal d'Aaron Stannard devait lui permettre de passer inaperçu dans n'importe quel milieu. Et Aaron

Stannard en profitait pour observer d'un œil incisif tout ce qui croisait son regard. En quelques secondes il avait détaillé et le bureau et Nevada, dont il avait probablement déjà mémorisé la taille, le poids, la couleur de cheveux, les yeux et les vêtements. Il ne lui restait plus qu'à regarder son client au fond des yeux, avec l'autorité qu'il estimait garante de ses compétences.

Nevada lui serra la main, lui offrit un siège et alla droit au but.

— J'imagine que votre visite est synonyme de bonnes nouvelles.

Stannard bougea sur son fauteuil sans quitter Nevada du regard.

— Ce n'est pas tout à fait exact, monsieur LaRouche. Nous avions localisé M. Davis en Géorgie et, malheureusement, nous avons ensuite perdu sa trace.

Nevada se frotta le menton.

— Comment peut-il être aussi évanescent ? C'est un avocat. Il a besoin de gagner sa vie, d'exercer son métier. Il doit être facilement repérable.

— Il n'a pas encore pu s'installer. C'est en homme en fuite, monsieur, et il sait brouiller les pistes. Il a eu déjà plusieurs activités, sous autant de noms qu'un chien a de puces, et dès qu'on le repère, il repart en cavale. On a l'impression qu'il nous sent venir.

Nevada jura dans sa barbe. Mais le regard de Stannard resta fixé sur lui sans le moindre battement de cils.

— On ne devrait pas tarder néanmoins à lui mettre la main dessus. Ce n'est plus qu'une question de temps.

— Il y a six mois que ça dure.

— Voulez-vous que l'on arrête tout ?

Les mains plaquées sur son bureau, Nevada se pencha en avant.

— Non. Vous continuez. Même s'il doit y en avoir pour dix ans.

Le détective laissa s'épanouir un sourire entendu.

— Vous avez vraiment quelque chose à lui dire.

— Que oui !

De Davis dépendaient son bonheur et celui d'Honora, et cela justifiait tout l'acharnement du monde.

Une heure après le départ de Stannard, Nevada reçut une autre visite.

La porte s'entrouvrit et une voix familière lui demanda :

— Puis-je vous interrompre dans votre travail quelques instants ?

— Je vous en prie, Catherine, entrez.

Nevada se leva tandis que Catherine refermait la porte et s'avançait vers lui.

Elle l'embrassa sur la joue.

— Je vais déjeuner avec Damon mais comme il est encore en conférence je me suis dit que j'avais le temps de passer vous voir.

Nevada l'invita à s'asseoir.

— Vous travaillez au dispensaire aujourd'hui ?

— Oui. Ça m'empêche de penser au procès.

Il se cala au fond de son fauteuil.

— Quand devez-vous rencontrer cet avocat de Philadelphie ?

— Il sera à New York après-demain et restera une semaine pour mettre le dossier au point... J'espère qu'il fera appel à Honora. Elle a tellement envie de m'aider.

— C'est une bonne avocate. S'il travaille avec elle, il ne le regrettera pas.

— J'apprécie beaucoup Honora, et maintenant que je la connais mieux, je comprends vos sentiments à son égard. L'amour parfait, deux fois dans sa vie : vous avez beaucoup de chance, Nevada. (Elle marqua une pause.) Vos détectives ont-ils réussi à retrouver son bon à rien de mari ?

— Il y en a justement un qui est passé il y a une heure pour me dire qu'il l'avait repéré en Géorgie avant de perdre encore une fois sa trace.

— À l'évidence, il n'a pas envie qu'on le retrouve.

— Mais je me demande ce qu'il fuit. Je lui avais promis de ne pas le faire arrêter. Il n'a pas dû me croire.

— Ou bien il fait ça pour nuire à sa femme. Pour être sûr qu'elle ne se remariera pas.

— Si c'est le cas, c'est bien joué de sa part ! Nous ne pouvons pas nous marier tant qu'il joue les courants d'air.

Catherine regarda pensivement Nevada, comme si elle cherchait à deviner sa réaction avant de lui dire :

— Ça m'ennuie beaucoup de vous en parler, Nevada, mais... lui avez-vous dit la vérité au sujet d'August Talmadge ?

— Non. L'occasion ne s'est pas présentée.

— L'occasion se crée, Nevada, dit Catherine d'une voix douce et compatissante. Honora, en tant qu'avocate, a juré de se conformer à la loi et de la faire respecter, tout comme, en tant que médecin, je me suis engagée à soigner les malades. Vous ne devriez pas lui cacher plus longtemps la vérité, car le jour où elle l'apprendra, elle se sentira trahie. Vous risquez de la perdre.

Il se leva, s'approcha de la fenêtre puis, se retournant, les pouces dans sa ceinture, il lui adressa un regard désespéré.

— Comment lui dire que l'homme qu'elle aime a tué de sang-froid ?

Devant le miroir encadré d'or qui jouait avec la lumière dans le hall des Delancy, Honora s'assura qu'elle était présentable avant de rencontrer Philip Lyons. Chaque mèche de cheveux était à sa place et sa robe-chemisier avec son plastron blanc, son col cassé et sa cravate bleue lui donnait l'allure souhaitée : celle d'une femme qui a envie d'être prise au sérieux.

Un bruit de bottes sur les dalles de marbre annonça l'apparition de Nevada. Il l'enveloppa d'un regard admiratif puis jeta un coup d'œil autour d'eux afin d'être certain qu'ils étaient seuls.

— Je suppose que vous ne me laisserez pas vous embrasser...

Le voyant s'approcher, elle mit ses mains devant elle, en signe d'interdiction.

— J'adorerais que vous m'embrassiez. Mais que penserait Philip Lyons si j'avais l'air de sortir du lit de mon amant ? Et c'est exactement ce qui m'arriverait si je vous laissais m'embrasser.

Sagement, il posa un baiser sur son front.

Elle chercha son médaillon, se souvint qu'elle l'avait laissé chez elle et laissa retomber sa main.

— Où est-il ? demanda-t-elle d'une voix tendue. Comment est-il ?

— Il est au salon avec Catherine et Damon. (Glissant son bras sous le sien, il ajouta :) Allons-y. Vous vous ferez une opinion par vous-même.

À l'instant où elle pénétra dans le salon, Philip Lyons se leva. Il dégageait un magnétisme intense, presque palpable. Grand, svelte, impeccable, il portait fièrement ses soixante ans, un âge que seul son regard jeune, énergique, brillant, eût suffi à démentir, en dépit de ses cheveux blancs et d'une barbe qu'il portait courte et taillée en pointe.

Sans attendre d'être présenté, Lyons s'avança vers Honora comme un homme irrésistiblement attiré par une jolie femme. Puis il lui baisa la main avec l'aisance d'un expert en gestes théâtraux. Comme un acteur, il jouait de son corps pour souligner ses paroles.

De sa voix grave, autoritaire, qui appelait l'attention des juges et des jurés, il se présenta :

— Philip Lyons, pour vous servir.

De plus près, Honora vit les profonds sillons qui marquaient le coin de ses yeux et descendaient jusqu'aux pommettes en lui donnant l'air d'un homme d'État avisé et sage.

— Ravie de vous rencontrer, répondit-elle en souriant.

Catherine vint prendre les mains d'Honora et l'embrasser sur la joue.

— Nous parlions de vous avec maître Lyons. Nous espérons tant qu'il acceptera votre collaboration.

Elle se tourna vers son mari, debout près du sofa.

— N'est-ce pas, Damon ?

— Oui, Catherine. Mais, comme je l'ai dit à maître Lyons, la décision lui appartient.

— Asseyons-nous et voyons ce qu'il en est, proposa Catherine.

Lyons s'installa dans un coin du sofa et, la tête appuyée sur une main, deux doigts sur la tempe, étudia sa consœur assise près de lui.

— Il y a quarante ans que je suis avocat, et c'est la première fois que je rencontre une avocate. Je vous avouerai que je ne suis pas de ceux qui poussent les femmes à exercer ce métier. C'est le moins qu'on puisse dire...

Agacée, Honora décida cependant de garder son calme.

Philip Lyons n'était pas le genre d'homme que l'on gagne à sa cause en lui déclarant la guerre. Elle manifesterait ses vertus d'intransigeance un autre jour.

— Je dois dire, répondit-elle, que mon expérience est encore limitée. Mais tout ce que je vous demande, c'est de me donner l'occasion d'apprendre... au plus haut niveau. On ne peut avoir de meilleur modèle que vous, et je donnerais n'importe quoi pour travailler à vos côtés.

Près d'elle, Nevada éprouva le besoin de changer de position avant même qu'elle ajoutât :

— Je me propose de faire des recherches pour vous, de trouver des témoins, de prendre des dépositions. Je peux être vos yeux et vos oreilles à New York pendant que vous serez à Philadelphie.

Les doigts de Lyons jouèrent sur ses tempes tandis que son regard de jeune homme scrutait le visage d'Honora.

— Étant donné que je connais mal New York, ce pourrait être utile, en effet.

Catherine jeta un coup d'œil à Damon, assis à côté d'elle.

— Avant d'accepter de vous charger de la défense de ma femme, dit Damon, vous nous avez spécifié que vous teniez à procéder comme vous l'entendiez, n'est-ce pas ?

— Oui. Je sais habituellement ce qui convient à la défense de mes clients. Je crois que mes résultats le prouvent.

Honora intervint d'un ton sec :

— Il est certain que vous n'avez pas la réputation de perdre vos procès.

— J'en ai perdu un ou deux. Personne n'est parfait.

Pendant qu'Honora se disait que la modestie n'était pas la vertu première de Lyons, Damon s'éclaircit la gorge.

— Si vous permettez à Honora de vous assister dans ce travail, je considérerais cela comme une faveur personnelle.

Lyons caressa sa barbe et s'adressa à sa consœur.

— J'aime travailler seul. Toutefois, votre succès dans l'affaire Graham me donne envie de faire une exception, madame Davis. J'accepte donc votre collaboration.

Honora retint un ouf de soulagement.

— Merci, monsieur Lyons. Vous ne regretterez pas votre décision.

— Faites en sorte qu'il en soit ainsi.

— Quand commençons-nous ?

— Pourquoi pas demain matin ? proposa Catherine. Damon et moi aimerions montrer un peu New York à maître Lyons cet après-midi. Autrement, vous pourrez le joindre ici à tout moment. Il est notre invité.

— Demain matin sera parfait, assura Honora. Maintenant je vous demande de m'excuser. Je dois retourner à mon bureau.

Nevada se leva.

— Je vais à Wall Street. Je vous dépose en chemin.

Damon les raccompagna à la porte. Dans le hall, Honora posa sa main sur son bras.

— Merci d'avoir soutenu ma proposition.

Il eut un regard chaleureux.

— Je sais que nous sommes partis du mauvais pied, mais je n'ai jamais été votre ennemi. Je voulais seulement donner à ma femme toutes les chances de s'en sortir.

D'un signe de tête, Honora lui manifesta sa compréhension puis lui souhaita une bonne journée.

Lorsqu'ils furent assis côte à côte dans la voiture des Delancy, Honora observa Nevada :

— Vous n'appréciez pas beaucoup Lyons, n'est-ce pas ?

— Non.

— Pourquoi ? Ce n'est pas un modèle de modestie mais il a prouvé qu'on pouvait avoir confiance en lui. Il sait qu'il est le meilleur avocat que l'on puisse trouver. Je peux vous assurer que Catherine s'en sortira avec lui. Souvenez-vous de ce que je vous dis.

— Écoutez. Ce n'est pas l'avocat qui me déplaît mais l'homme qui vous désire. Vous l'attirez, c'est visible.

Son regard soudain devint plus intense, comme celui d'un grand fauve qui observe sa proie.

— Et ça se comprend, ajouta-t-il.

— Nevada LaRouche vous me surprenez ! Cet homme pourrait être mon père.

Tandis qu'elle s'indignait, l'idée que son amant fût jaloux lui procurait un plaisir obscur, qu'elle eût sans doute qualifié de primitif si elle en avait eu clairement conscience.

— Il n'est pas homme à se laisser arrêter par la différence d'âge.

— Eh bien, qu'il me désire ! Ça n'ira pas plus loin. Je n'éprouve pour lui qu'un intérêt purement professionnel.

Elle prit la main de Nevada, la porta à ses lèvres.

— Je suis la femme d'un seul homme, Clovis. Vous devriez déjà le savoir.

À travers son prénom, elle lui rappelait leur secret, et ce n'était pas par hasard. Du revers de la main, il caressa sa joue, le regard possessif.

— Je le sais, dit-il. Mais j'estime qu'on ne doit jamais croire que la partie est définitivement gagnée.

— Ça vaut pour les femmes également.

Les yeux fermés, elle frémit sous la caresse de sa main tendre. Elle se sentit brusquement engoncée dans ses vêtements. Elle avait trop chaud.

— Vous devez aller à votre bureau tout de suite ? demanda-t-elle.

— Non. Et vous ?

— Non.

— Et si on s'arrêtait chez vous ?

Pendant que tout New York s'affairait, ils allaient s'autoriser une délicieuse faiblesse.

— J'ai l'impression que nous n'irons ni l'un ni l'autre à notre bureau aujourd'hui, remarqua Honora avec une pointe de malice.

Et ce fut effectivement ce qui arriva.

Lyons passa la journée du lendemain dans le bureau d'Honora où s'empilaient de vieux journaux ayant relaté les démêlés de Catherine avec Comstock.

En milieu d'après-midi, Lyons finit par se lever en s'étirant comme un chat.

— Catherine aurait plus de chance face à un jury populaire, annonça-t-il.

Normalement, elle devait comparaître devant un tribunal composé de trois juges.

— Donc vous allez requérir une autre forme de procédure ?

— Oui. Je peux essuyer un refus, mais qui ne tente rien n'a rien. Ce serait aussi une façon de retarder le procès pour mieux s'y préparer.

— Vous pensez que des jurés seraient plus sensibles à son combat ?

— Je le pense, oui. Et vous savez pourquoi ?

Elle se cala dans son fauteuil avant de répondre :

— Eh bien, sans doute parce que nous aurions alors affaire à des hommes, pour la plupart mariés, qui sauraient ce que coûte une ribambelle d'enfants et qui auraient peut-être même pratiqué la limitation des naissances.

— Exact, répondit Lyons. Et au moment de la sélection, des jurés, il faudrait que l'on repère tout homme dont la femme ou la sœur serait éventuellement morte en couches, ou encore dont la femme ou la fille aurait été sauvée par une doctoresse dans le genre de Catherine Delancy. Notre meilleur soutien pourrait venir de gens partis de rien et qui se seraient sortis des taudis à la force du poignet. (Il eut un geste des mains qui requérait un moment de réflexion supplémentaire.) Mais ce n'est pas tout. Il serait bon qu'il y ait un écrivain parmi ces hommes. Ou tout autre artiste d'ailleurs. Ce sont des gens romantiques, sensibles et imaginatifs.

Honora voyait confirmer sa conviction que tous les avocats avaient leurs préjugés en ce qui concernait les jurés.

— Il est évident que le jeu des probabilités est plus ouvert avec douze jurés qu'avec trois juges.

— Ensuite, il faudra qu'on ait la presse de notre côté, reprit Lyons.

Honora se souvenait des tentatives de manipulation de la presse menées par Gordon Graham. Elle haïssait le culot des reporters et les gros titres racoleurs que criaient les petits vendeurs de journaux à chaque coin de rue, mais elle devait admettre que la presse pouvait aussi peser positivement sur l'opinion publique.

— Vous imaginez les gros titres ? lui dit Lyons en balayant de la main la première page d'un journal imaginaire. L'ANGE DES TAUDIS MENACÉE D'EMPRISONNEMENT OU LA FEMME DOCTEUR SE BAT POUR SA LIBERTÉ. Il y aura des marches de protestation dans les rues. Tous ces gens qui se sentiront outragés brûleront l'effigie de Comstock. Ils assiégeront le tribunal en réclamant que justice soit rendue à la gentille Catherine Delancy.

Le regard brillant d'un enthousiasme juvénile qui lui

donnait des couleurs, Lyons se sentait prêt à soulever des montagnes. En attendant, il avait convaincu Honora.

— Les jurés auront les larmes aux yeux lorsqu'ils entendront votre plaidoyer. Je sais que vous serez brillant et émouvant pour parler de cette femme courageuse, menacée de prison pour avoir voulu rendre moins dure la vie de ses patientes.

Lyons, le poing sur le cœur, déclara :

— Qui pourrait rester insensible à son sort ?

Honora sourit.

— Brillante stratégie, maître.

— Philip, ma chère. (Il se pencha sur le bureau, lui prit la main et la porta à ses lèvres.) Si nous devons collaborer étroitement, abandonnons ce genre de formalisme.

Rosissante, elle se félicita de l'absence de Nevada et du fait qu'Elroy s'affairât sur sa machine à écrire derrière la porte fermée.

— Ce sera donc Philip et Honora, répondit-elle.

Il relâcha sa main et se mit à tourner en rond, tel un fauve en cage, fixant le sol comme si son plaidoyer y était inscrit. Puis il regarda Honora.

— Vous avez pour mission de faire en sorte que toute la ville tombe amoureuse de Catherine Delancy.

Honora ne cacha pas son effarement.

— Et comment vais-je m'y prendre ?

— Écoutez bien ce que je vais vous dire...

Catherine se montra sceptique lorsque Honora alla la rejoindre au dispensaire en fin d'après-midi pour lui exposer le plan de Lyons.

Les manches retroussées, le chemisier taché de sang, Catherine se passa le bras sur le front et soupira, visiblement préoccupée.

— Mais je ne suis pas l'ange des taudis, Honora. Je ne suis qu'un médecin qui essaie de faire de son mieux. Quant à me transformer en gravure de mode... J'ai un chignon pour m'éviter des mèches dans les yeux et je porte des vêtements simples, confortables et qui se lavent facilement pour être à l'aise dans mon travail. (Elle baissa ses manches en ajoutant :)

Et qu'on ne me demande pas de parler à la presse. Je préférerais être traînée sur des pavés par des chevaux sauvages.

Dans la même pièce, Hilda Steuben recousait le cuir chevelu d'une femme comme l'on assemble deux morceaux de tissu. Honora s'efforça de ne pas la regarder.

— Votre mari paie une petite fortune pour essayer de vous éviter la prison, Catherine. Il me semble que vous pourriez au moins suivre les conseils de Lyons. Il sait ce qu'il fait.

— Je n'en doute pas. Mais j'aurais préféré que ce soit vous qui me défendiez.

— Je participe à votre défense.

Le visage de Catherine refléta son exaspération.

— De nouveaux vêtements. Des interviews. Quelle perte de temps !

— Vous en perdriez beaucoup plus en prison.

Tout en continuant à recoudre sa patiente, Hilda marmonna :

— Fais ta tête de cochon. N'écoute pas tes avocats. Mais quand tu seras derrière tes barreaux, il ne faudra pas attendre mes visites.

Catherine sourit.

— Hilda, je dois avouer que l'idée de ne pas voir ton sourire et de ne pas entendre ta voix mélodieuse pendant cinq ans me donne à réfléchir... Honora, j'abdique. Quand commençons-nous ?

Dès le lendemain, la métamorphose de Catherine Delancy commença.

Leurs efforts portèrent leurs fruits un mois plus tard. Elroy arriva un beau matin dans le bureau d'Honora avec les deux premiers journaux qui parlaient de Catherine.

Dans l'un, sous le titre : L'ANGE DES TAUDIS FACE A LA PRISON, un portrait de Catherine la montrait coiffée d'un ravissant chapeau et vêtue d'un ensemble de deuil, joliment agrémenté de rubans et de volants.

L'artiste qui avait signé ce portrait lui avait donné un air pathétique mais non théâtral, un air de femme tout à la fois forte, vulnérable, triste et optimiste.

L'autre journal la représentait au chevet d'une malade dont elle tenait la main et essuyait le front avec noblesse et compassion. L'article exprimait de la sympathie pour elle et s'en prenait à son persécuteur, Anthony Comstosck.

Mais si la presse était du côté de Catherine, ce n'était pas le cas des tribunaux. À deux reprises, Philip Lyons requit un changement de procédure qu'il n'obtint ni au printemps ni au début de l'été.

Le procès du docteur Catherine Delancy fut finalement fixé au 6 août 1897.

Jamais Honora n'avait vu, dans les couloirs du Palais de justice, une foule aussi dense que celle qu'elle découvrit le matin du procès de Catherine. Entre Nevada et Lyons, elle précéda Catherine et Damon qui se donnaient le bras. Une Hilda Steuben à la mâchoire crispée dominait d'une tête la marée humaine. Des patientes de Catherine, sorties de leurs taudis, avaient l'air égaré tandis que le jeune journaliste du *Sun*, Liam Flynn, s'appuyait contre un mur pour prendre des notes. Quant au reste de la foule, Honora se dit qu'il devait s'agir de curieux ou de socialistes, lesquels avaient officiellement annoncé qu'ils soutenaient Catherine.

Elle observa les expressions qui se peignaient sur les visages, écouta les réflexions qui fusaient, tel un chien de chasse qui sent le vent puis ayant décelé une tonalité favorable à Catherine, elle échangea un sourire satisfait avec Lyons.

— Ils ne peuvent pas la mettre en prison, cria quelqu'un.

— Elle a seulement voulu que l'on vive mieux !

— On devrait pendre Comstock !

Lorsque Comstock fit son apparition à l'autre bout du corridor, la foule se déchaîna, devint dangereuse, prête à lyncher celui qui persécutait Catherine. Vague humaine, elle déferla vers Comstock. Nevada évita à Honora d'être entraînée en l'attrapant par le bras et en lui faisant un bouclier de son corps.

Mais la vague se brisa sur le barrage policier mis en place devant Comstock.

— Reculez ! Et calmez-vous ou je vous envoie tous derrière les barreaux ! s'écria un officier de police.

— Essaie pour voir, rétorqua un homme dans la foule.

Le policier, rouge de rage, scruta les visages en quête du

contrevenant. Mais la foule domina sa fureur et les portes de la salle d'audience s'ouvrirent.

Dès qu'Honora mit le pied dans la salle, grande et bien éclairée, elle eut l'impression, le cœur battant, d'entrer sur un champ de bataille où Catherine Delancy devait gagner ou perdre sa liberté. À la vue du président, elle se figea un instant, en se disant que la seconde éventualité menaçait de s'imposer rapidement.

Elle tira Lyons par la manche et murmura :

— Le juge qui préside est Cresswell Pike. Je peux vous assurer qu'il n'est pas particulièrement tendre avec ceux qui font circuler l'information sur la contraception.

Le regard juvénile de Lyons brilla.

— Les deux autres, Hambly et George peuvent faire pencher la balance de l'autre côté.

C'était leur seul espoir de gagner.

Nevada, Damon et Honora s'assirent juste derrière la table de la défense. Honora sortit un mouchoir et essuya délicatement la sueur qui perlait sur son front. Il faisait chaud dans la salle et elle éprouvait comme un léger vertige, mais elle mit cette sensation inattendue sur le compte de l'excitation.

Un huissier parcourut du regard la salle bondée puis annonça :

— La séance est ouverte !

Pike consulta la longue feuille de papier posée devant lui.

— Le ministère public contre Delancy ?

Le procureur Rampling se leva et répondit :

— Le ministère public est prêt.

Lyons se leva à son tour.

— La défense est prête.

L'huissier demanda à Catherine de s'avancer à la barre.

Portant le deuil de son enfant, elle s'avança en même temps que Lyons et le procureur.

Pike eut un regard sévère.

— Catherine Delancy, vous êtes accusée d'avoir reçu par la poste de la littérature obscène et de l'avoir fait circuler. Que plaidez-vous ?

— Non coupable, Votre Honneur.

Sa voix claire porta dans la salle où régnait maintenant un silence absolu.

La stratégie de Lyons allait consister à démontrer que la prétendue « littérature obscène » dénoncée par Comstock n'était en fait que de l'information médicale. Ainsi, l'accusation ne reposerait plus que sur du vent.

Assis près du box des témoins, Comstock fixa Catherine, secoua la tête et marmonna :

— Elle n'hésite même pas à se parjurer...

— Monsieur le procureur, veuillez appeler votre premier témoin, demanda le juge à Rampling.

Tandis que Catherine et son avocat regagnaient leur place, le procureur appela Comstock à témoigner.

Comstock souleva sa lourde carcasse et s'approcha du box, un regard brillant de suffisance fixé sur Damon Delancy.

— Votre Honneur, j'ai été menacé de mort lorsque j'ai annoncé mon intention de poursuivre Mme Delancy en justice. (La panse tremblotante, il s'installa dans le box.) J'ai fait fi de ces intimidations afin que vous puissiez être informé des agissements que j'avais dénoncés.

Le procureur le félicita de son civisme et attendit qu'il ait prêté serment pour l'interroger.

Assise entre Nevada et Damon, Honora écouta Comstock raconter à la cour comment son attention avait été attirée par l'un de ses collaborateurs sur Catherine Delancy. On disait que le docteur Delancy distribuait des informations obscènes concernant la contraception aux femmes des quartiers pauvres. Il avait alors envoyé ce collaborateur, Homer Baggins, au cabinet du médecin pour se procurer un exemplaire de l'information en question. Mais, méfiante, le docteur Delancy avait refusé de lui donner. Plus tard, un autre de ses collaborateurs l'avait vue sortir d'une maison close, l'*Ivory's*. L'enquête avait révélé qu'une jeune prostituée avait subi un avortement pratiqué par le docteur Delancy. La jeune femme l'avait nommément mise en cause.

— Catherine Delancy a-t-elle été jugée pour ce crime ? demanda le procureur.

— Elle a été arrêtée. Mais une autre femme médecin, le docteur Flanders, s'est ensuite accusée d'avoir pratiqué cet avortement. Je dois dire que le docteur Flanders étant une amie du docteur Delancy, ses aveux m'ont paru suspects, sans doute destinés à...

— Objection ! s'écria Lyons.

— Retenue.

Le juge se tourna vers le témoin.

— Monsieur Comstock, je vous demande de répondre aux questions sans ajouter de commentaires personnels.

Comstock précisa qu'il avait interrogé les patientes de Catherine Delancy parce qu'il restait persuadé qu'elle leur fournissait des textes obscènes et sans doute, également, les moyens contraceptifs qui permettaient de passer à la pratique. Il dut reconnaître que personne n'avait voulu dénoncer le docteur Delancy. Toutefois, il avait finalement découvert la preuve de son activité clandestine.

— J'ai demandé et obtenu un mandat de perquisition, expliqua-t-il, et avec plusieurs de mes collaborateurs, je me suis rendu le 15 octobre 1894 au cabinet de Catherine Delancy. Nous y avons trouvé des objets anticonceptionnels ainsi qu'un texte obscène, intitulé : *Secret d'une femme mariée*. Comme je l'ai déjà précisé lorsque j'ai déposé plainte, les objets contraceptifs étaient encore dans des paquets portant le cachet de la poste. (Comstock posa un regard noir sur Catherine.) Le docteur Delancy et son mari ont fui le pays avant que la justice puisse intervenir.

Honora jeta un coup d'œil vers Damon, assis à sa gauche. Tendu jusqu'à la crispation, il dardait sur Comstock un regard glacial tandis qu'un tic nerveux contractait sa joue. Qu'il lui était difficile de réprimer sa fureur et son dégoût ! Elle se demanda s'il avait payé quelqu'un pour intimider Comstock. L'avocate en elle ne pouvait tolérer ce genre de méthode, mais en tant que femme elle la trouvait parfaitement excusable.

Quand ce fut à son tour d'interroger le témoin, Lyons s'approcha du box avec l'assurance du lion qui jauge sa proie. Les poings serrés, Honora se pencha en avant et retint son souffle.

— Lorsque vous avez envoyé M. Baggins au cabinet du docteur Delancy, est-il exact qu'il ait omis de l'informer qu'il faisait partie de la Société new-yorkaise de répression du vice ? demanda Lyons.

Comstock eut une expression méprisante.

— Il est évident qu'il ne pouvait révéler ce fait sans compromettre d'emblée sa démarche.

Lyons posa ses mains sur la barrière du box.

— Vous avez donc tenter d'obtenir ce que vous cherchiez sous un faux prétexte. N'est-ce pas ? Monsieur Comstock, vous avez voulu piéger Catherine Delancy. Et ce faisant, vous avez violé la loi.

Le procureur éleva une objection que Comstock ignora en répondant à Lyons.

— Une personne innocente n'aurait rien eu à craindre. Quel piège aurais-je pu lui tendre si elle avait respecté la volonté de Dieu ? (Il s'adressa à la salle :) Quand vous œuvrez pour le Seigneur, la fin justifie les moyens.

L'hostilité de la salle à l'égard du témoin se manifesta par un grondement qui obligea le président à rappeler le public à l'ordre.

Dès que le silence revint, Lyons demanda :

— À défaut de pouvoir poursuivre le docteur Delancy pour avortement, n'avez-vous pas harcelé ses patientes à la porte du dispensaire où elle travaillait en les menaçant de les faire arrêter si elles vous refusaient leur coopération ?

— J'exerçais mon droit de libre parole auprès de ces femmes que je tentais de ramener dans le droit chemin.

Honora sentit Nevada bouger à côté d'elle.

Le sourire froid, Lyons rétorqua :

— Je vois. Vous exerciez votre droit de libre parole et en même temps vous les priviez du droit de voir leur médecin.

— Objection, Votre Honneur ! s'écria Rampling. Ceci est hors propos. Nous ne faisons pas le procès de M. Comstock.

« Dommage » se dit Honora. Jamais elle n'avait autant haï quelqu'un.

Lyons reprit :

— Le 15 octobre 1894, quand vous avez perquisitionné au cabinet de Catherine Delancy, cette dernière était-elle présente ?

— Bien sûr que non. J'ai attendu qu'elle s'en aille. Sinon elle aurait détruit les preuves que je cherchais.

— Et selon votre déposition, vous avez trouvé un texte intitulé : *Secret d'une femme mariée* dans le cabinet du docteur Delancy. Est-ce exact ?

— Oui. Il s'agissait d'un écrit obscène.

Lyons retourna à la table de la défense, prit un exemplaire du texte incriminé et le montra à Comstock.

— Vous voulez parler de ce document ?

— Oui. C'est bien celui-là.

Les sourcils froncés, Lyons sembla se plonger dans une réflexion profonde. Puis il regarda Comstock.

— Qu'est-ce qui vous permet de qualifier ce texte d'obscène, monsieur Comstock ?

La question rendit Comstock muet, mais ce mustime fut de courte durée. En une minute, il retrouva son assurance.

— Ça fait vingt-cinq ans que je consacre ma vie à lutter contre de tels immondices. J'ai eu le temps de détruire plus de cent cinquante tonnes de littérature pornographique, et je ne serais pas capable de distinguer ce qui est obscène de ce qui ne l'est pas ?

D'une voix dangereusement douce, Lyons demanda :

— Soyez plus précis, monsieur Comstock. Dites-nous ce qui vous autorise à vous faire l'arbitre des valeurs morales de ce pays. Avez-vous des qualifications particulières ?

Rouge de colère et d'indignation, Comstock démontrait qu'il n'avait pas l'habitude de voir son autorité et son jugement remis en question.

— Mes qualifications sont celles de tout citoyen respectueux de la religion et de la loi. En tant que tel, je suis dégoûté par la dégradation morale qui affecte notre jeunesse. Et je connais la loi ! Celle qui porte mon nom m'autorise à débusquer « tout texte ou objet destiné à encourager ou à pratiquer la contraception ou l'avortement. » Le texte trouvé chez le docteur Delancy entre évidemment dans cette catégorie.

Honora ne perdait pas un mot de ces échanges, tant elle était fascinée par la façon dont Lyons amenait peu à peu Comstock sur le terrain qu'il avait choisi.

Lyons soupira bruyamment.

— Vous n'avez pas répondu à ma question, monsieur. Je vous ai demandé en premier lieu ce qui vous permet de qualifier ce texte d'obscène.

Hérissé par les attaques de l'avocat, Comstock s'agita un instant en faisant grincer sa chaise.

— N'importe quelle personne respectable ferait le même

constat. Ce fascicule contient un croquis et des termes répugnants. Jamais on ne devrait faire référence aux parties intimes du corps humain de cette manière.

Lyons ouvrit le fascicule, le parcourut et remarqua :

— Le croquis dont vous parlez représente en fait les organes génitaux de la femme.

— C'est obscène !

— Quant au vocabulaire, je pense que vous évoquiez des mots tels que : génital, vagin, utérus et...

Comstock se leva d'un bond, la panse tremblotante d'indignation et s'écria :

— Comment osez-vous ! (Il se tourna vers les trois juges.) J'élève une objection, Vos Honneurs. Il y a des dames et des messieurs dans cette salle qui n'ont certainement pas envie d'entendre ces horreurs.

Honora parcourut l'assistance du regard. Qui avait laissé échapper un cri d'indignation ? Qui s'était évanoui ? Personne.

— Maître Lyons, où voulez-vous en venir ? demanda le juge Pike.

Philip Lyons offrait l'image même de l'innocence.

— Je tente simplement de déterminer les qualifications de M. Comstock en matière de moralité, Votre Honneur.

Le juge répliqua sèchement :

— Cela me paraît inutile. M. Comstock peut être considéré comme une autorité morale, sans qu'il soit besoin d'en faire ici la preuve.

Honora se sentit aussitôt découragée. À l'évidence, Pike était du côté de Comstock et l'avenir de Catherine semblait fort compromis. Elle regrettait qu'ils n'aient pu obtenir un procès devant un jury populaire, que Lyons aurait ému et convaincu. Il en avait l'habitude et sa renommée s'était construite sur cette habileté.

Lorsque Lyons acheva son interrogatoire, il était presque une heure. La séance fut levée pour ne reprendre que le lundi suivant.

Honora scruta les visages des juges Hambly et George. Mais elle n'aurait su dire s'ils partageaient l'estime de leur collègue pour Anthony Comstock.

21

L'atmosphère était sombre et tendue dans la voiture des Delancy alors qu'ils s'éloignaient du Palais de justice. En repensant à Comstock, Damon bouillait de rage. Philip Lyons fronça les sourcils et se massa la nuque.

Catherine l'observa puis lui demanda :

— Ça ne va pas, maître ?

— Non, non. Ce n'est rien. Ça m'arrive souvent en sortant du tribunal d'avoir la nuque raide et quelques maux de tête. Ce doit être la tension nerveuse.

— Je vous donnerai un analgésique lorsque nous serons rentrés.

Honora se pencha vers lui.

— Comment ça se présente à votre avis ?

— Il est trop tôt pour se faire une opinion. Nous en saurons plus lundi lorsque le procureur fera intervenir ce O'Neil.

Catherine soupira.

— Ah, celui-là, je ne l'ai pas oublié ! Quand il s'est aperçu que j'avais donné à sa femme un exemplaire de ce fameux *Secret d'une femme mariée*, il m'a menacée de me tuer parce que je portais atteinte à son autorité d'époux et de père.

— Sa réaction est celle de la minorité, répondit Lyons. Pour un homme comme lui, nous pouvons en trouver cinq qui viendront témoigner en votre faveur.

Damon regarda Catherine.

— J'avais tellement envie d'étrangler ce Comstock !

— Ça servirait à quoi ? demanda Honora. À vous envoyer sur la chaise électrique.

Nevada lui lança un regard étrange mais resta muet. D'ailleurs, plus personne ne prononça un mot jusqu'au bureau d'Honora. Ils lui souhaitèrent une bonne journée lorsqu'elle les quitta. Nevada l'embrassa sur la joue et lui dit qu'il viendrait la chercher dans la soirée pour dîner chez Catherine et Damon.

Elle le revit dès six heures. Elroy était déjà parti et elle achevait de mettre de l'ordre dans sa correspondance quand il apparut, le visage blafard et crispé.

D'un bond elle se leva, effarée et inquiète.

— Que se passe-t-il ?

Il vint lui prendre les mains, comme pour la préparer au pire.

— Lyons a eu une attaque.

— Une attaque ? Quand ? Il est... ?

— Il n'est pas mort, non.

Elle se laissa retomber dans sa chaise tandis qu'il s'asseyait sur le bord du bureau.

— Après le déjeuner, il a recommencé à se masser la nuque et à se plaindre de maux de tête. Catherine a voulu l'examiner, mais il a refusé en disant qu'il lui suffisait de s'allonger un moment pour que ça passe. Mais deux heures plus tard, il était encore dans sa chambre. Catherine s'est inquiétée et est allée voir comment il se sentait. Elle l'a trouvé par terre, dans un semi-coma.

— Oh, non !

— Catherine a envoyé Damon chercher une ambulance. Ils l'ont emmené à l'hôpital St. Bridgit. Il ne peut pas parler, Honora. Et il ne peut bouger ni sa jambe ni son bras droits.

Elle se sentit blêmir.

— C'est une hémiplégie ? Mon Dieu. Est-ce qu'il va s'en remettre ?

— D'après Catherine, c'est possible, mais ce sera long.

— Et dans le cas contraire ?

— Il ne pourra jamais reprendre son activité professionnelle.

Les larmes brûlaient les yeux d'Honora.

— Le pauvre... (Elle respira profondément, le temps de se ressaisir.) Le procès de Catherine devra être ajourné.

— À mon avis, suggéra Nevada, elle ferait mieux de chercher un autre avocat. (Il se leva et lui tendit la main.) Allons les rejoindre.

Assise dans la voiture à côté de Nevada, Honora pensait à Philip Lyons avec une profonde tristesse. Elle avait connu autrefois une amie de sa tante qu'une attaque avait condamnée à vivre dans un fauteuil roulant. Bien que jouissant de toutes ses facultés mentales, cette personne ne parvenait plus à articuler suffisamment les mots pour se faire comprendre. Honora se souvenait que cette pauvre femme lui donnait l'impression d'être enterrée vivante dans son propre corps.

Ses pensées quittant un instant Lyons, Honora se demanda quelle allait être la décision de Damon. Solliciter le report du procès ou chercher un autre avocat ?

Elle n'avait qu'une certitude : jamais il ne lui demanderait de remplacer Philip Lyons.

Ils trouvèrent les Delancy dans le salon. Catherine marchait de long en large et Damon se tenait debout, appuyé au manteau de la cheminée. Leurs visages défaits disaient combien ce dernier coup du sort les touchait.

Honora alla serrer les mains de Catherine dans les siennes.

— Comment va-t-il ?

— J'aimerais pouvoir vous assurer que son absence sera si courte qu'elle passera inaperçue. Malheureusement il faut se contenter d'un pronostic réservé, expliqua Catherine.

— On peut lui rendre visite ?

— Pas avant plusieurs jours.

Damon s'écarta de la cheminée, le visage grave.

— Je suis désolé pour maître Lyons. Mais il faut que je vous avoue — au risque de paraître brutal — que je suis avant tout préoccupé par le sort de Catherine.

Se frottant le front, Catherine lui lança un regard exaspéré. Il s'adressa à Honora.

— Que faut-il faire maintenant ?

— Obtenir l'ajournement du procès et chercher un autre avocat.

Catherine explosa.

— Je ne veux pas de cet ajournement. Je veux en finir avec ce procès. Je ne passerai pas une semaine de plus sans savoir ce que me réserve l'avenir. (Elle regarda son mari avec toute la détermination dont elle était capable.) Est-ce que tu comprends ça ?

Damon posa une main apaisante sur son bras.

— Bien sûr, dit-il d'une voix douce.

— Et je te demande de ne pas chercher un nouvel avocat. Je veux être défendue par Honora.

Un muscle se contracta sur la joue de Damon tandis que son regard s'assombrissait.

— Catherine, nous avons déjà eu cent fois cette discussion.

Exaspérée, elle rejeta d'un geste violent la main de Damon posée sur son bras.

— Même si nous l'avions eue mille fois, ça ne changerait rien. Je te répète que je veux être défendue par Honora.

— Catherine...

— Honora a travaillé aux côtés de Lyons. Elle sait exactement quelle stratégie il entendait suivre... N'est-ce pas, Honora ?

— Oui. Nous l'avons analysée point par point. Elle devait lui permettre d'aboutir à la conclusion qu'on ne pouvait taxer d'obscène le texte invoqué. Ce qui invaliderait l'accusation de Comstock.

Une lueur de triomphe s'alluma dans le regard bleu de Catherine.

— Pensez-vous pouvoir reprendre ses arguments ?

Ignorant un Damon dont l'expression lui intimait de faire marche arrière, Honora releva fièrement le menton.

— Avant d'avoir travaillé avec Lyons j'aurais dit non. Maintenant je peux vous assurer que je m'en crois tout à fait capable.

— Eh bien pas moi ! lança Damon. Vous n'avez pas assez d'expérience. Je prends un autre avocat dès que possible.

— Qui te dit qu'il sera aussi bon que Lyons ? demanda Catherine.

Un sourire désabusé glissa sur les lèvres de Damon.

— Lyons n'est pas unique en son genre. Il doit bien avoir un ou deux confrères qui le valent.

Catherine observa :

— Un nouvel avocat aura tout à reprendre. Il faudra repartir de zéro. Ce sera long, et les journalistes vont se lasser. Ils auront cessé de parler de moi bien avant que le procès reprenne.

— Mais pendant ce temps au moins tu seras libre.

— Je n'ai pas envie de passer une heure de plus à me demander si je vais ou non en prison !

Honora intervint :

— Catherine a raison. La stratégie de Lyons tenait compte de l'impact de la presse. Si le procès cesse d'être d'actualité, nous n'aurons plus son soutien. Quand il reprendra, l'intérêt aura trop faibli. Ce peut être un sérieux handicap.

Nevada qui s'était jusque-là contenté d'écouter sortit de son mutisme :

— C'est un argument très valable, Damon.

Damon regarda Nevada puis Honora.

— Il m'a semblé que les trois juges auxquels nous avons affaire ne sont pas du genre à se laisser influencer par l'opinion publique. Je maintiens ce que j'ai dit : le procès doit être ajourné pour que j'aie le temps de trouver un autre avocat.

— Oh, arrête ! s'écria Catherine.

Le visage défait, elle se mit à sangloter, se laissa tomber sur le sofa et, enfouissant son visage dans ses mains, pleura toutes les larmes de son corps.

Dérouté, Damon s'agenouilla près d'elle et toucha timidement son bras.

— Catherine... ?

Elle retira ses mains de son visage ravagé par les larmes, croisa ses bras sur sa poitrine et se balança d'avant en arrière en sanglotant de plus belle.

Mais bientôt, entre deux sanglots, elle s'efforça de poursuivre la discussion.

— Je n'en peux plus. Je n'ai plus la force de combattre Comstock. William est mort par ma faute. Oui, par ma faute. Il serait encore en vie si nous n'étions pas partis là-bas.

Damon s'assit à côté d'elle et l'attira dans ses bras.

— Non, Catherine, tu n'es pas responsable de sa mort.

— Je ne veux pas me disputer avec toi, Damon. Je veux

simplement que tout ça finisse pour que je puisse vivre en paix.

Il caressa tendrement sa joue humide.

— Tu es à bout de nerfs. Mais ça irait mieux si tu allais dormir un peu.

— Non, non. Tu ne comprends donc pas ?

Elle prit la main qui caressait sa joue et s'y agrippa.

— Je n'ai pas besoin de sommeil mais d'un peu de paix, gémit-elle. Je veux qu'Honora assure ma défense. Si je devais encore attendre pendant des semaines, je deviendrais folle. Folle, tu m'entends ?

Les sanglots de Catherine eurent finalement raison de l'entêtement de Damon. Bouleversé, il se sentit contraint de déposer les armes.

— Bien. Si tu veux qu'Honora te défende, elle te défendra. (Il ferma un instant les yeux.) Mais cesse de pleurer.

Catherine s'essuya les yeux avec son mouchoir.

— Il faut que ce cauchemar prenne fin, mon amour. C'est tout ce que je souhaite.

Quand il eut conduit Catherine jusqu'à leur chambre pour qu'elle se reposât, Damon retrouva son ami et Honora dans son bureau. D'une main tremblante, il se servit un cognac qu'il avala en deux gorgées, puis il s'assit à son bureau en secouant la tête, incrédule.

— Je n'aurais jamais imaginé qu'elle pourrait s'effondrer comme ça. Elle est toujours si forte.

— Tout le monde a ses limites, remarqua Nevada.

Damon regarda Honora avec dureté.

— Puisque Catherine veut que vous soyez son avocate en dépit de mes conseils, je vous demande donc de remplacer maître Lyons. Êtes-vous d'accord ?

— Oui. Je me sens plus à même de réussir qu'il y a quelques mois.

Damon se leva et lui tendit la main.

— Eh bien, je requiers vos services.

Elle lui serra la main.

— Bien entendu, je ne peux pas vous garantir qu'elle sera acquittée.

— Laissez-moi vous dire simplement ceci : si ma femme est emprisonnée, je vous en tiendrai pour responsable. Peu m'importe que vous soyez l'amie de Nevada. L'incarcération de Catherine vous coûterait cher, très cher.

Nevada, visiblement tendu, se rapprocha d'Honora.

— Tu me trouverais sur ton chemin, Damon.

— Je le regretterais, mais je le comprendrais.

Si Honora ne gagnait pas ce procès, Catherine perdrait sa liberté et Nevada un ami précieux.

Cette nuit-là, lovée dans son lit contre Nevada, Honora chercha longtemps le sommeil. Catherine, certes, ne risquait pas la peine capitale, mais néanmoins défendre sa cause revenait à défendre l'amélioration de la condition féminine et représentait donc un acte d'une importance indéniable qui ne pouvait que l'exalter... et l'empêcher de dormir tranquillement.

Mais elle pensait également à la délicate position de Nevada dans cette affaire. Lorsqu'en sortant de chez les Delancy, elle l'avait remercié de son soutien inconditionnel, il avait paru quelque peu offusqué, affirmant qu'il défendait toujours ce qui lui appartenait. Toutefois, si l'affrontement devait avoir lieu, la fin de son amitié avec Damon représenterait une perte énorme tant affective que financière.

Elle ne voyait qu'une solution : gagner ce procès.

Ce dimanche-là, Philip Lyons fut autorisé à recevoir des visites. Catherine s'arrangea pour qu'Honora pût le voir.

Dans un service surchargé où flottait une odeur d'éther et de corps malades, elle dut refouler ses larmes en découvrant son mentor sur son lit de détresse, le bras droit inerte sur la couverture. Elle revoyait l'homme plein d'énergie, au regard si jeune, alors qu'elle lisait maintenant dans ses yeux la peur et l'impuissance. Il lui tendit sa main gauche, mais la fierté l'empêcha d'essayer de parler.

Assise à son chevet, elle lui apprit qu'elle prenait le relais. Lyons approuva et sourit bien qu'une indicible tristesse emplît son regard.

Elle quitta l'hôpital en se disant qu'elle ne devait compter que sur ses propres ressources.

Le lendemain — un lundi chaud et humide — elle se rendit au tribunal et informa les trois juges de la situation.

En déclarant qu'elle remplacerait Lyons, elle provoqua un véritable tumulte dans la salle.

Un délai de trois jours lui fut accordé pour se préparer à ce qu'elle considérait comme le procès de sa vie.

Le jour suivant, Honora se leva avec un haut-le-cœur et mit cette légère indisposition sur le compte de ses nerfs. Mais quand elle trouva Liam Flynn, le reporter du *Sun* dans le hall de son immeuble au moment où elle sortait pour se rendre à son bureau, elle craignit de garder sa nausée toute la journée...

Il lui offrit tout le charme de son sourire irlandais.

— Ah, madame Davis ! C'est vous que j'attendais.

— Jusqu'où irez-vous, monsieur Flynn ? Le palier de mon bureau ne vous suffit plus ?

Il ne chercha pas la moindre excuse.

— Vous savez ce que l'on dit, chère madame : l'avenir appartient à celui qui se lève tôt. Et dans mon métier, la concurrence ne manque pas.

Regardant autour de lui, il demanda :

— Y a-t-il un endroit où nous pourrions parler tranquillement ?

— Je n'ai pas dit que je voulais vous parler.

— Vous devriez. Vous avez tout à y gagner.

Elle se souvint du rôle que jouait la presse dans la stratégie de Lyons.

— Bien. Allons dans le parloir réservé aux locataires de l'immeuble.

Dans le coin tranquille où ils s'assirent, Flynn ouvrit son bloc-notes, chercha une page vierge et se pencha vers Honora.

— Je veux écrire un long article sur vous, madame Davis. Ce n'est pas tous les jours qu'une belle avocate...

— Ah, non ! Vous n'allez pas recommencer. Si c'est encore un article comme celui que vous avez signé à propos du divorce Graham, je ne suis pas d'accord.

— Mais qu'est-ce qui vous avait déplu ?

— Votre façon de parler plus longuement de mon physique que de mes capacités professionnelles. C'était offensant.

Il sourit.

— Nos lecteurs aiment lire des histoires sur les femmes à la fois belles et anticonformistes, madame Davis.

— C'est possible. Mais si vous ne me promettez pas de faire porter l'essentiel de votre article sur les aspects juridiques de l'affaire, je refuse l'interview.

— Pourrais-je tout de même mentionner que vous êtes toujours aussi ravissante ? Ça ne vous desservira pas.

Elle soupira.

— Décrivez-moi comme vous le voulez, mais sans insister.

— Promis, répondit Flynn.

Puis il passa une bonne demi-heure à discuter avec elle du cas de Catherine. Professionnel habile, il trompa sa vigilance, si bien qu'elle ne remarqua pas immédiatement le changement de ton qui survint tout à coup.

— Vous êtes évidemment mariée, madame Davis.

— Évidemment.

— Pourquoi ne voyons-nous jamais M. Davis en votre compagnie ?

Honora prit le temps de réfléchir à la formulation de sa réponse.

— Il m'a quittée il y a environ un an.

Elle vit Flynn perdre contenance, rougir et toussoter.

— Je suis désolé. Je ne savais pas.

Honora poussa un soupir à fendre l'âme, à la manière de tante Theodora.

— Il m'a cyniquement laissée me débrouiller seule.

Flynn plissa les yeux.

— Il me semble que vous avez appris à compenser l'absence de votre époux. On vous voit beaucoup avec M. Nevada LaRouche. On le trouve toujours derrière vous dès que vous faites une apparition au tribunal.

Elle eut l'impression d'être en équilibre précaire sur des patins à glace et s'efforça de retrouver son assise.

— Je connais M. LaRouche depuis que mon mari a travaillé pour lui.

Flynn se gratta le menton et regarda dans le vide.

— Il est toujours resté dans l'ombre de Delancy. Sauf au moment de l'affaire Talmadge.

— Vous voulez parler du banquier qui a tué la fiancée de M. LaRouche et qui est mort peu après alors qu'il tentait d'assassiner Catherine Delancy ?

— En effet. Sauf que... (Il la regarda comme un chat observe une souris.) Sauf qu'il a été tué par LaRouche.

— Non. C'était un accident. Talmadge a tenté de s'enfuir. Nevada LaRouche a voulu l'en empêcher et l'autre a fait une chute et s'est brisé la nuque.

— C'est ce que l'on a raconté.

Soudain mal à l'aise, elle tira sur son médaillon.

— Dois-je comprendre que vous pensez différemment ?

Liam Flynn referma son calepin.

— J'ai toujours trouvé cette explication un peu trop simple.

— Comment ça ?

Flynn glissa son calepin dans la poche de sa veste.

— Eh bien, Talmadge essaie de prendre la fuite, tombe, se brise la nuque et les Delancy sont là pour témoigner de l'accident qui innocente Nevada LaRouche...

Elle le regarda longuement avant de reprendre la parole en choisissant ses mots avec prudence :

— Essayez-vous de me dire que M. LaRouche a assassiné Talmadge et que les Delancy ont fait un faux témoignage pour le couvrir ? J'espère que vous avez des preuves de ce que vous insinuez, monsieur Flynn, autrement...

La menace de poursuites en justice flotta dans l'air. Flynn se leva, les mains tournées vers elle en un geste d'apaisement.

— N'allez pas trop vite, madame Davis. Je n'accuse personne de quoi que ce soit. Mais on n'est pas journaliste si on ne sait pas formuler des hypothèses. Et puis, dans ce cas précis, je peux facilement imaginer ce que j'aurais fait si j'avais été à la place de LaRouche... Je vous souhaite une bonne journée, madame Davis.

Elle le suivit du regard tandis qu'il sortait de la pièce. « Moi aussi, je sais ce que j'aurais fait », pensa-t-elle.

— Avez-vous supprimé August Talmadge ?

Nevada se tenait debout derrière son bureau. Obsédée par les insinuations de Flynn, elle avait fini par abandonner son travail pour venir interroger Nevada.

Elle retrouva dans le regard de son amant la solennité et la tristesse qu'elle avait lues dans celui de son père, la veille de sa pendaison, et elle comprit que Flynn avait dit vrai.

Des taches noirs se mirent à danser devant ses yeux. Son corset l'étouffa et elle eut un vertige. Aussitôt Nevada vint à sa rescousse. Il la soutint et la fit s'asseoir. Lentement elle respira jusqu'à ce que la brume qui avait envahi son esprit se dissipât.

— Ça va mieux ? demanda-t-il, la voix tendue.

Elle le sentit tellement soucieux que les larmes lui vinrent aux yeux.

— Ce doit être la chaleur, dit-elle, le regard à nouveau interrogateur.

Nevada soupira.

— Oui, avoua-t-il. Oui, je l'ai tué.

— Mais comment avez-vous pu ? Je connais votre orgueil. Je ne comprends pas que vous ayez consenti à vous salir ainsi.

— Il est grand temps que je raconte enfin à quelqu'un ce qui s'est réellement passé.

Il lui avait dit qu'il avait déjà tué, mais en état de légitime défense. Un meurtre de sang-froid lui ressemblait si peu. C'était effarant. Il lui fallait à tout prix connaître la vérité une fois pour toutes.

— Je vous écoute.

Il s'assit sur le bord de son bureau en s'y agrippant si fort que ses phalanges blanchirent.

— Je suppose que vous avez entendu parler de la mort de Talmadge lorsque vous avez enquêté sur moi ?

Elle hocha la tête tout en s'efforçant de maîtriser la nausée qui l'envahissait à nouveau.

— Alors vous devez savoir que Talmadge avait tué Sybilla et qu'il essayait de recommencer avec Catherine quand Delancy et moi sommes arrivés.

Elle acquiesça d'un autre signe de tête.

— J'ai demandé à Delancy et à sa femme de me laisser seul avec Talmadge, poursuivit-il. Nous nous sommes battus dans le bureau de Catherine. La peur lui donnait de l'énergie. Il m'a rendu coup pour coup.

Sourcils froncés, il se frotta le front comme pour réveiller des souvenirs depuis longtemps enfouis dans sa mémoire.

— En fait, je ne sais plus comment c'est arrivé. Je me revois simplement penché sur lui tout à coup. Il gisait sur le sol, la nuque brisée. Mais je jure devant Dieu que je ne peux pas revoir le moment précis où il est tombé. J'ignore quel geste de ma part à provoquer sa chute. Je ne cherche pas pour autant à me dégager de toute responsabilité. Loin de là ! Quand j'ai dit aux Delancy que Talmadge était mort, ils ont immédiatement proposé de soutenir la thèse de l'accident.

— Mais aviez-vous eu l'intention de le tuer ?

— Jamais ! Je voulais simplement lui infliger une correction mémorable. J'ai dû le tuer dans le feu de l'action et, croyez-moi, je n'ai pas cessé de le regretter depuis.

— C'est donc un homicide involontaire et non un assassinat.

— Ça ne fait aucune différence. Je l'ai tué, un point c'est tout.

— Sur le plan juridique, la différence est énorme. Pourquoi n'avez-vous pas raconté à la police ce que vous venez de m'expliquer ?

— Les Delancy m'ont persuadé de n'en rien faire. Et sur le moment, je me suis dit qu'en effet je ne méritais pas un seul jour de prison pour avoir tué un homme qui avait étranglé Sybilla et qui s'attaquait à Catherine. J'imaginais Sybilla dans cette ruelle sordide, mortellement blessée et seule devant la mort...

— Écoutez, Nevada, aussi ignoble que Talmadge ait pu être, vous ne deviez pas vous faire justice vous-même. Nous ne sommes pas au Far West. Et les Delancy n'auraient pas dû vous couvrir.

— Honora, je ne suis pas un saint, mais je n'ai jamais tué sans être en état de légitime défense.

La gorge nouée, elle se leva.

— Aviez-vous l'intention de me dire la vérité au sujet de Talmadge ?

— J'attendais d'être certain que vous m'aimiez suffisamment pour que cette histoire ne nous sépare pas.

Elle réprima une folle envie de se jeter dans ses bras ; elle ne voulait pas renier les principes d'honnêteté et de justice sur lesquels elle avait bâti sa vie. Il était évident que Nevada comme les Delancy s'étaient crus autorisés à contourner la loi. La complicité de ce trio ne pouvait être plus flagrante que dans cette affaire.

S'écartant de lui, elle croisa les bras et lui annonça :

— Je me connais suffisamment pour savoir que vos aveux me donnent à réfléchir. Mais c'est précisément ce que je ne veux pas faire en ce moment. Je tiens à ne me préoccuper que du sort de Catherine. Il vaudrait sans doute mieux que l'on cesse de se voir jusqu'à ce que j'aie pris une décision.

D'un bond il se leva et, le regard empli d'un désespoir sans fard, agrippa ses bras.

— Je ne vous laisserai pas partir comme ça. Il faut que nous parlions.

Mais pour elle il était trop tard. Muette, figée, elle attendit qu'il consentît à la relâcher en un geste d'impuissance.

Sans plus attendre, elle quitta son bureau.

— Honora, c'est Catherine. Je vous en prie, ouvrez-moi. J'ai à vous parler.

Honora essuya ses larmes, se moucha et, paupières gonflées, yeux rougis et visage défait, elle s'approcha de la porte.

— Êtes-vous seule ?

— Oui.

Elle ouvrit. Le regard de Catherine reflétait un mélange de reproche et de sympathie.

— Si vous êtes venue me demander de lui pardonner, vous pouvez repartir immédiatement, affirma Honora en refermant la porte. (Elle se tamponna le nez avec son mouchoir.) Je n'oublie pas votre part de responsabilité dans l'affaire Talmadge.

Dans sa robe d'intérieur dont la fine batiste ondulait à chacun de ses pas, elle se dirigea vers le salon, suivie de Catherine.

— Je sais que je suis la dernière personne au monde que vous ayez envie de voir, mais...

— Non, cet honneur revient à Nevada LaRouche.

Les larmes réapparurent dans les yeux d'Honora tandis qu'elle se retournait brusquement vers Catherine.

— Je ne voudrais pas être grossière, mais je vous demande de ne pas vous attarder. À moins que vous ne soyez ici pour parler de votre procès.

Évitant de demander si elle pouvait s'asseoir, Catherine joua nerveusement avec son alliance.

— Lorsque Nevada est revenu à la maison aujourd'hui, il

est allé directement aux écuries étriller son cheval. Vous l'ignorez sans doute, mais Nevada n'étrille son cheval que lorsqu'il est profondément perturbé.

Honora croisa les bras sur sa poitrine comme pour se protéger des paroles de Catherine.

— Il m'a raconté ce qui s'était passé. Je ne l'avais jamais vu dans cet état. Et comme vous le savez, il n'est pas homme à trahir facilement ses émotions.

— Non, mais il a su commettre un meurtre et prétendre que ce n'était qu'un accident, rétorqua Honora. Fallait-il que je l'en félicite ? Je travaille pour le triomphe du droit. Les gens comme lui, je dois les faire juger et non les aider à échapper à la justice. Le fait qu'il soit mon amant ne change rien.

— Vous seriez sans doute moins implacable vis-à-vis de Nevada si je parlais un peu d'August Talmadge.

— Je sais. C'était un assassin.

— Il n'était pas que ça. (Catherine s'assit sans y avoir été invitée.) Voulez-vous m'accorder une petite demi-heure ?

Honora se fit violence pour s'asseoir à son tour et laisser Catherine parler.

— Damon était en affaires avec Talmadge, mais je n'ai vraiment entendu parler de cet individu que lorsque sa femme est venue en consultation. Elle se plaignait de violentes douleurs abdominales. Quand je l'ai examinée, j'ai constaté qu'elle n'avait pas seulement une tumeur ovarienne... Son mari la fouettait.

— Pardon ?

— Il avait l'habitude de l'attacher à la tête du lit et de satisfaire ses perversités sexuelles en la fouettant.

— Quelle horreur !

— J'étais scandalisée. J'ai demandé à Damon de faire pression sur Talmadge pour qu'il cesse de brutaliser sa femme... J'ignorais que je signais ainsi l'arrêt de mort de Sybilla. (La douleur se peignit sur le visage de Catherine, mais elle poursuivit son récit.) Au cours de la dépression de 93, la banque de Talmadge a fait faillite. Il a accusé Damon de sa déroute et s'est vengé en recrutant quelqu'un pour poser une bombe dans les écuries. L'explosion a rendu Damon aveugle. Fort heureusement ce ne fut qu'une cécité temporaire, mais elle aurait pu être permanente. Et puis, comme vous le savez, il a voulu me tuer. (Elle se pencha en avant.) C'était un monstre, Honora.

— Peut-être. Mais même un monstre ne doit pas être supprimé comme ça. Nevada n'avait pas à s'octroyer le rôle du juge, du juré et du bourreau. C'est un comportement barbare. Quant à vous et à votre mari, vous n'aviez pas le droit de le protéger.

— Pouvez-vous vraiment le blâmer ? Il aimait Sybilla. Et nous l'avons protégé parce que nous l'aimons.

— Talmadge aurait été envoyé à la chaise électrique. Il serait mort de toute façon. Mais la sentence appartenait à la justice.

— La justice est souvent aveugle. Rien ne garantissait la condamnation à mort de cet homme.

Honora pensa à son père, exécuté pour un crime qu'il n'avait pas commis. Oui, la justice pouvait être aveugle...

Avec insistance, Catherine scruta son visage.

— Que ressentiriez-vous si vous appreniez que quelqu'un a tué Nevada ?

La vision de Nevada agonisant dans une ruelle sombre traversa son esprit et suscita un sentiment de solitude aussi douloureux qu'un coup de poignard dans le cœur.

— Ne vous amusez pas à ce jeu, lança-t-elle.

— Pourquoi pas ? Dans une telle situation, n'auriez-vous pas envie de tuer l'assassin ?

Honora se leva et alla vers la fenêtre comme pour échapper à ce face à face trop intense. Fermant les yeux, elle appuya son front contre la vitre froide.

— Je ne sais pas, finit-elle par répondre.

Catherine la rejoignit.

— Maintenant que vous connaissez notre terrible secret, que comptez-vous faire ? Allez-vous nous dénoncer tous les trois ?

— Même si je le faisais, ce serait ma parole contre la vôtre. Je n'étais pas présente le soir du drame. Je ne possède aucune preuve. Tout ce que je sais c'est qu'il va nous être difficile désormais de rester amis.

Soudain, un vertige la fit vaciller.

Catherine lui prit le coude pour l'aider à se stabiliser.

— Qu'avez-vous, Honora ?

— Je... je ne me sens pas bien. J'ai l'impression que je vais m'évanouir.

Catherine la conduisit vers le sofa et l'aida à s'asseoir.

— Ce genre de malaise vous est-il déjà arrivé ?

— Oui.

Un début de diagnostic en tête, Catherine se proposa d'aller chercher sa trousse.

— Je peux vous examiner si vous le voulez. Ma trousse est dans la voiture. Je ne tiens pas à ce que vous m'abandonniez vous aussi pour raison de santé.

— Vous tenez toujours à ce que je vous défende ? J'imaginais qu'après ma mise au point avec Nevada, vous auriez envie de vous passer de mes services.

— Vous avez trop d'imagination. Je maintiens ce que j'ai dit à Damon. Je veux que cette histoire se termine au plus vite et je crois en vous.

— Mais pour moi, votre conspiration reste une grave erreur.

— Je n'en doute pas.

Catherine quitta le sofa et sortit. Lorsqu'elle revint avec sa trousse, elle demanda à Honora de s'allonger et l'examina.

L'examen achevé, elle lui prit la main.

— L'explication de ces vertiges est fort simple. Vous êtes enceinte d'un peu plus de deux mois. Vous allez avoir un enfant.

Honora la regarda, effarée. C'était impossible. Catherine voulait se venger en lui faisant une mauvaise plaisanterie. Il ne pouvait en être autrement.

— Vous vous trompez.

— Non.

— Vous en êtes certaine ?

— Absolument.

Honora éclata en sanglots.

— Il faudra l'avertir. Il est le père.

Catherine passa un gant de toilette humide sur le front d'Honora qui demeurait incrédule.

— Comment puis-je être enceinte ? J'ai toujours utilisé un pessaire.

Catherine s'étonna.

— Mais c'est illégal ! Notre avocate éprise d'absolue rectitude a elle-même contrevenu à la loi, si je comprends bien.

Honora rougit violemment et s'empressa de préciser :

— C'est moins grave que de commettre un meurtre, Catherine.

— Je le sais. Je voulais simplement marquer un point.

Honora se remit en position assise puis attrapa le bras de Catherine.

— Il ne faut rien lui dire pour le moment. Vous me le promettez ?

— De même qu'une avocate, je suis tenue au secret professionnel, Honora.

Catherine referma sa trousse.

— Étant donné que vous avez rompu avec Nevada, qu'allez-vous faire de l'enfant ?

— Je ne sais pas. Il faut que je réfléchisse.

En se levant, Catherine ajouta :

— Puis-je vous donner un conseil ? Commencez par vous mettre à la place de Nevada, puis tempérez votre sens de la justice avec un peu de clémence et laissez-vous guider par votre cœur. Je vous souhaite une bonne nuit.

Un enfant. L'enfant de Nevada...

Elle avait ouvert une fenêtre du salon plongé dans l'obscurité et, lovée dans un coin du sofa, elle suivait le lent déplacement de la lune se reflétant sur le plancher tandis qu'une chaude brise nocturne caressait son corps.

Il lui était encore difficile d'y croire. Pourtant, les nausées au réveil, les vertiges, ses deux mois de retard, tout aurait dû éveiller ses soupçons. Il avait fallu qu'entre Nevada et son travail son attention fût totalement absorbée pour qu'elle en arrivât à ne pas prêter attention à ces signes pourtant révélateurs.

Qu'allait-elle faire maintenant ? Mariée, elle portait l'enfant de son amant. En l'absence de son mari, dès que sa grossesse deviendrait visible, elle apparaîtrait à tous comme une femme adultère. Il ne lui resterait plus qu'à se réfugier à Boston.

Mais ce n'était pas la présence de sa tante qu'elle voulait. Tante Theodora ne pouvait se substituer à Nevada.

Elle serra contre elle l'oreiller qu'elle avait apporté dans le salon. Comme elle aurait aimé qu'il fût avec elle, qu'il la prît dans ses bras avec ce mélange de force et de tendresse qu'elle aimait tant. Elle aurait posé sa tête au creux de son épaule puis, plus tard, il l'aurait portée dans la chambre où ils auraient fêté la nouvelle.

Mais comment oublier ce crime déguisé en accident ? Comment continuer à aimer un homme qui avait bafoué cette justice qu'elle s'était juré de servir ? Le cœur pris dans un étau de glace, l'âme blessée, elle voyait désormais un gouffre entre eux, un gouffre que rien ne pouvait combler.

Elle décida de partir pour Boston dès la fin du procès de Catherine et de ne plus jamais revoir Nevada LaRouche.

22

Elle le vit le jeudi matin parmi la foule qui se pressait devant le tribunal. Les battements de son cœur trahirent un irrépressible émoi bien qu'elle se fût préparée à le trouver dans ce corridor en compagnie des Delancy et qu'elle s'était promis de ne pas fléchir...

À la pâleur inhabituelle de son visage s'ajoutaient des cernes qui trahissaient plus d'une nuit blanche. Bien qu'en grande conversation avec Damon, il avait l'air hagard de quelqu'un qui a reçu un coup sur la tête. Lorsqu'il l'aperçut, son regard s'anima un instant puis la lueur de vie s'éteignit quand il remarqua son expression.

Elle pensa à l'enfant sans père, élevé dans une maison close, qui avait vu et entendu tant de choses qu'il aurait dû ignorer. Tout en elle demandait à le prendre dans ses bras, à le rassurer, à lui dire qu'il allait être heureux. Mais elle résista à l'élan qui le portait vers lui. Il n'était plus le petit garçon auquel elle venait de penser. C'était un homme, un adulte qui avait commis un crime et refusait d'en payer le prix.

Jouant des coudes, elle se fraya un chemin jusqu'aux trois complices. L'expression orageuse de Damon lui fit comprendre qu'il n'ignorait rien des reproches qu'elle avait adressés à Nevada. Mais elle redressa la tête en refusant de se laisser intimidée.

— Damon... Nevada, dit-elle sèchement avant de se tourner vers Catherine. Êtes-vous prête ?

Comme si de rien n'était, Catherine eut un sourire chaleureux. Puis elle serra ses mains l'une contre l'autre.

— Je n'arrête pas de trembler, avoua-t-elle. J'ai tellement envie d'en finir avec cette histoire !

— Nous allons en voir le bout, Catherine.

Si la présence de Nevada, la force tranquille qui émanait de lui en dépit de ses tourments ne la laissaient pas insensible, Honora refusa d'y prêter attention. Mais, à l'instant où elle allait s'engouffrer dans la salle d'audience que l'on venait d'ouvrir, une main de fer la prit par le coude. Elle leva les yeux et rencontra le regard furibond de Damon qui se penchait vers elle pour lui dire d'un ton impérieux :

— Il faut que je vous parle après le procès.

— Si c'est à propos de Catherine, je vous écouterai. Sinon, je ne veux rien entendre. C'est fini. Nous n'avons plus rien à nous dire. Et ceci est également valable pour Nevada.

Il jura entre ses dents sans réussir à l'impressionner. Regardant droit devant elle, elle se concentra sur ce qui l'attendait dans le prétoire.

Patrick O'Neil alla s'asseoir dans le box des témoins. C'était, après Comstock, le second et dernier témoin d'un procureur sûr de gagner. Honora devait donc se préparer à assurer la défense de sa cliente dans la demi-heure suivante.

— Quand avez-vous constaté que votre femme avait reçu de l'information concernant la contraception ? demanda le procureur à O'Neil en brandissant un exemplaire de *Secret d'une femme mariée*.

O'Neil, petit et maigre comme une queue de rat, devint rouge d'indignation.

— J'ai trouvé ça sous le matelas où elle pensait que c'était bien caché, Votre Honneur.

— Avez-vous demandé à votre femme qui lui avait donné ce fascicule ?

— Oui, Votre Honneur. (Il pointa un doigt accusateur sur Catherine.) Elle m'a répondu que ça venait du docteur Delancy.

Le procureur lança un bref regard à Honora.

— Le témoin est à vous.

Honora se leva et s'approcha du box :

— Monsieur O'Neil, vous avez déclaré avoir vingt-cinq ans.

— C'est mon âge, oui.
— Et vous avez huit enfants ?
— Exact.
— Est-il exact également qu'avec vos huit enfants vous viviez dans deux pièces sur Baxter Street ?

Avant qu'O'Neil ait eu le temps de répondre, Rampling se leva.

— Objection, Votre Honneur ! Je ne vois pas en quoi les conditions de logement du témoin concernent cette affaire.

— Je suis de votre avis, répondit Pike. Maître Davis, veuillez vous en tenir aux faits qui nous intéressent.

— Oui, Votre Honneur. Monsieur O'Neil, est-ce que votre épouse avait demandé le fascicule en question au docteur Delancy ?

Rampling se leva de nouveau.

— Objection, Votre Honneur ! Nous n'avons pas à tenir compte de ce détail.

Lyons avait vu juste lorsqu'il disait que Rampling ne le laisserait pas prendre cette direction. Mais cette tentative avait permis à Honora de constater que les deux juges, Hambly et George, avaient visiblement été surpris d'apprendre qu'une famille de dix personnes vivait parquée dans deux pièces, comme du bétail. Peut-être en viendraient-ils à la conclusion que la limitation des naissances avait parfois sa raison d'être.

— Je n'ai pas d'autres questions, annonça Honora.

Elle retourna s'asseoir à côté de Catherine.

— Le ministère public n'a plus de témoins à présenter, précisa Rampling.

C'était maintenant à Honora de jouer.

Au cours de l'heure suivante, Honora appela trois personnes à témoigner, trois patientes de Catherine auxquelles elle posa des questions destinées à brosser le portrait d'une femme médecin dévouée, généreuse, désintéressée, capable de risquer sa vie pour aider ses malades. À l'exception d'Anthony Comstock, toute l'assistance écouta religieusement et l'on put lire sur les visages attentifs une évidente sympathie.

Rampling éleva peu d'objections mais, en revanche, lorsqu'il procéda au contre-interrogatoire des témoins, il montra qu'une seule chose l'intéressait :

— Le docteur Delancy vous a-t-elle donné de l'information concernant le contrôle des naissances et procuré des moyens contraceptifs ?

Les trois femmes n'eurent qu'une seule et même réponse.

— Oui.

Et chacune d'ajouter :

— Mais je le lui avais demandé.

Honora scruta le visage des juges en espérant y trouver le reflet d'une attitude compréhensive devant la reconnaissance qu'éprouvaient ces femmes pour Catherine.

Puis elle appela le docteur Hilda Steuben en se préparant à quelques feux d'artifice.

Lorsque l'huissier lui demanda de prêter serment, Hilda le regarda comme s'il n'était qu'un gamin arrogant.

— Jeune homme, je n'ai pas l'habitude de mentir et je ne vois pas pourquoi je commencerais aujourd'hui.

Les petits rires qui fusèrent dans l'assistance obligèrent le juge Pike à jouer de son marteau en rappelant que l'on n'était pas au cirque.

Honora s'approcha d'Hilda.

— Docteur Steuben, depuis quand exercez-vous la médecine ?

Il ne manquait à Hilda qu'un casque de Viking pour être l'image parfaite d'une déesse guerrière venue des brumes nordiques. Tout dans son maintien trahissait son mépris de cette procédure, plus sûrement qu'aucun mot n'aurait su le faire, en particulier lorsque son regard se portait dans la direction de Comstock.

— Vingt-cinq ans, répondit-elle.

— Avez-vous lu au long de ces années beaucoup de documentation médicale ?

— Oh, bien plus que je ne peux m'en souvenir !

Honora retourna vers sa table, prit une copie du fascicule qui était au cœur des accusations de Comstock et du procureur puis alla le tendre à Hilda.

— Je ne vous demande pas si vous avez donné ce texte à vos patientes mais simplement si vous avez eu l'occasion de le lire.

— Oui, en effet, il m'est tombé entre les mains par hasard.

On entendit aussitôt Comstock marmonner :

— Encore une de ces propagatrices d'insanités qui ment pour sauver sa peau.

Hilda le foudroya du regard.

— Aucune loi n'interdit de lire, vieux bouc sentencieux. Vous devriez vous y mettre l'un de ces jours et laissez la lumière de la vérité éclairer un peu votre petit esprit mesquin.

Pike intervint :

— Docteur Steuben, vous êtes priée de contrôler vos emportements.

— Je ne me suis pas emportée, Votre Honneur. Je me contentais d'exercer mon droit de libre expression.

— Quoi qu'il en soit, abstenez-vous désormais de commentaires superflus, ajouta le juge.

Puis il fit signe à Honora de poursuivre.

— Docteur, reprit-elle, puis-je savoir comment vous apprécier ce fascicule d'un point de vue médical.

— Mais il n'est pas plus obscène que ce que nous apprenons pendant nos études de médecine !

Le procureur bondit. On eût dit un pantin sortant par surprise d'une boîte à la serrure défectueuse.

— Objection ! Le docteur Steuben n'est pas juriste que je sache. Ce genre d'appréciation n'entre pas dans ses compétences.

Hilda se cabra sur son siège.

— Permettez-moi de ne pas partager cette opinion, monsieur. Depuis que j'exerce, j'ai toujours vu la loi Comstock pendre au-dessus de la tête de toute la profession médicale comme l'épée de Damoclès.

— Docteur Steuben...

— Non, monsieur Rampling, laissez-moi finir. Cette absurde notion d'obscénité nous a contraints à limiter notre aide à des gens qui en avaient pourtant bien besoin. Il me semble donc que je sois en droit d'émettre une opinion.

Pike devint cramoisi.

— Chère madame, si vous continuez ainsi, je serai contraint de vous inculper pour outrage à magistrat. En ce qui concerne votre aptitude à juger du caractère obscène ou non de ce texte, je partage l'avis du procureur. Vous n'êtes pas compétente dans ce domaine.

Ce fut au tour d'Hilda de changer de couleur.

— Si je ne suis pas juriste, Votre Honneur, vous, vous n'êtes pas médecin. En conséquence, comment sauriez-vous me dire ce qui convient ou non à mes patientes ?

Honora s'interposa avant que l'irréparable fût commis.

— Docteur Steuben, depuis combien de temps connaissez-vous Catherine Delancy ?

— Un peu plus de six ans.

— Voulez-vous nous parler d'elle ?

C'était proposer du miel à un ours. Pendant près d'une heure, Hilda retint l'attention de l'assistance en racontant comment Catherine avait sauvé une jeune mère qui avait voulu se suicider en avalant du phénol, comment elle avait failli se faire tuer par un ivrogne pendant qu'elle aidait sa femme à accoucher, puis en évoquant toute la sensibilité d'une femme que la détresse de ses patientes empêchait souvent de dormir.

Honora finit par arrêter le flot de ses paroles.

— Merci, docteur. Je n'ai pas d'autre question.

Rampling la traita en quantité négligeable.

— Je n'ai pas de question à poser à ce témoin.

Il parut soulagé lorsque Hilda regagna sa place.

Pike fit remarquer qu'il était une heure et que la séance était levée jusqu'au lendemain.

Honora appellerait alors son dernier témoin, et le sort de Catherine, tout comme le sien, serait scellé.

En fin d'après-midi, elle travaillait à ses dossiers dans une chaleur qui devenait de plus en plus étouffante lorsque Nevada apparut.

Une fois de plus Honora constata que son bureau était un des rares lieux où Nevada semblât vraiment chez lui.

Mais ce jour-là, sous le calme apparent la colère menaçait.

— Vous avez dit à Delancy que vous ne vouliez plus me voir. Vous le pensiez vraiment ?

Où était donc passé Elroy ? Pourquoi ne l'avait-il pas avertie ? Elle s'était félicitée d'avoir évité Damon à la sortie du tribunal et voilà que maintenant Nevada surgissait sans crier gare.

— Je ne dis que ce que je pense, répliqua-t-elle.

Elle sentait son magnétisme agir. Elle le trouvait terriblement séduisant, elle savait qu'elle l'aimait et s'en voulait de se sentir si vulnérable face à lui.

Il entra et referma la porte derrière lui.

— Nous devons parler.

Elle se leva et feignit de mettre de l'ordre sur son bureau tout en lui jetant des regards préoccupés. Elle devina chez lui un agacement, un sentiment de frustration qui la rendit soudain nerveuse.

Mais, bien que sur le qui-vive, elle fut prise de court par la rapidité avec laquelle il saisit ses poignets.

— Je vous aime, dit-il, le regard traversé d'émotions complexes et troublantes. Vous vous êtes donnée à moi. Alors ne me dites pas que vous ne m'aimez pas. Vous êtes ma femme.

Il ne lâcha ses poignets que pour prendre ses mains, les porter à ses joues, qu'il frotta contre ses paumes afin d'y laisser l'odeur de sa peau. Les yeux fermés, il respira la discrète senteur de rose imprégnée sur ses poignets. Elle le laissa faire, fascinée par l'érotisme de ces caresses.

— Vous êtes ma femme, répéta-t-il en écartant ses mains pour prendre sa bouche.

— Non.

Elle se raidit à la première étincelle que firent jaillir ses lèvres au contact des siennes et détourna la tête.

— Je ne peux aimer un homme qui a commis un meurtre et refuse d'en payer le prix. Il n'est pas question pour moi de me parjurer en devenant votre complice.

Il la relâcha et s'éloigna d'elle en se passant une main nerveuse dans les cheveux.

— Je jure devant Dieu que si je pouvais revenir en arrière, je me livrerais à la police. Mais je n'ai pas de machine à remonter le temps. Ce qui est fait est fait.

Elle explosa :

— Vous ne voyez donc pas que vous vous comportez exactement comme Robert en me demandant de bafouer la loi sous prétexte que cela vous arrange.

Il se figea.

— Arrachez-moi donc le cœur, qu'on en finisse !

— Je suis désolée... Mais c'est comme ça que je vois les choses.

— J'imagine que ce qui est fini l'est irrévocablement, n'est-ce pas ? Moi aussi je suis désolé.

Il se dirigea vers la porte et sortit sans un regard en arrière.

Quand le bruit de ses pas cessa de résonner, elle s'assit à son bureau et, le visage entre les mains, laissa la douleur l'envahir. Rien ne l'avait préparée à cette souffrance aiguë qui lui déchirait l'âme : ni la mort tragique de son père ni la trahison de Robert. Non, rien.

Mais, cette fois-ci, il lui resterait au moins un enfant. L'enfant de Nevada survivrait au naufrage.

Le lendemain matin, au tribunal, Honora interrogea son dernier témoin.

— Docteur Delancy, vous avez plaidé non coupable à l'accusation selon laquelle vous auriez reçu par la poste des textes obscènes que vous auriez ensuite fait circuler parmi vos patientes. Pourtant, les preuves sont accablantes. Que pouvez-vous nous dire ?

— Je n'ai pensé qu'au bien-être de mes patientes, répondit Catherine d'une voix forte et claire.

Portant toujours le deuil de son fils, elle se tenait très droite, très digne, telle que le *Sun* et le *World* l'avaient décrite. D'autres journaux avaient envoyé leurs dessinateurs pour la croquer pendant l'interrogatoire.

Comstock rugit :

— Vous admettez donc votre culpabilité, femme sans foi ni loi !

— Je n'admets rien ! Je n'ai bafoué aucune loi. *Secret d'une femme mariée* n'a rien d'obscène.

— Vous mentez ! hurla Comstock.

Mais que faisait Pike ? Honora s'adressa au juge d'un ton sec.

— Votre Honneur, pourrais-je interroger mon témoin sans être interrompue ?

À défaut d'apprécier l'intervention d'Honora, Pike pria Comstock de se taire.

— Qu'est-ce qui vous permet d'affirmer que ce texte n'est pas obscène ? demanda Honora à Catherine.

— Il ne l'est pas plus que n'importe quel manuel de médecine.

La réponse de Catherine donna l'occasion à Honora d'aller prendre sur sa table le livre qui devait être l'élément crucial de sa démonstration. Dans l'expectative, la salle retint son souffle tandis qu'Honora tendait le livre à Catherine.

— Reconnaissez-vous cet ouvrage, docteur Delancy ?

Catherine jeta un coup d'œil au dos du livre puis elle l'ouvrit à la page de titre et sourit.

— Oui. C'est mon exemplaire de : *Principes de base de l'obstétrique*.

— Voudriez-vous dire à la cour ce dont parle cet ouvrage ?

— C'est un manuel médical qui explique la grossesse et l'accouchement.

— Voulez-vous décrire le contenu du premier chapitre ?

Le procureur se leva.

— Votre Honneur, je ne vois pas en quoi ce genre de témoignage concerne notre affaire.

— La relation va être rapidement établie, Votre Honneur, observa Honora.

Pike grimaça.

— C'est cela, faites vite, maître Davis.

Honora sourit à Catherine.

— Je vous en prie, continuez.

Catherine parcourut les premières pages.

— Il y a plusieurs croquis représentant les organes génitaux de la femme accompagnés d'une description détaillée.

— Docteur Delancy, quels sont précisément les termes utilisés pour décrire ces organes ?

Comstock ne fit qu'un bond.

— Votre Honneur, je me dois de protester.

— Plus vite vous vous tairez, rétorqua le juge, plus vite nous en aurons fini.

Catherine reporta son attention sur le livre.

— Eh bien, on parle de « mont de Vénus », de « vulve », « d'hymen », de « vagin »...

Honora se retourna et parcourut l'assistance du regard.

— En fait, ces termes sont strictement ceux qu'on retrouve dans le fascicule invoqué.

— Ce sont, en effet, exactement les mêmes.

Se tournant vers Catherine, Honora lui demanda :

— Docteur Delancy, ce livre était-il sur votre bureau lorsque M. Comstock est venu perquisitionner en 1894 ?

— Oui. Je l'ai en permanence sous la main.

— Donc il a dû le voir.

— Il aurait fallu qu'il fût aveugle pour ne pas le remarquer.

Honora se frotta le front puis, le regard perplexe, s'adressa aux juges.

— Vos Honneurs, voudriez-vous avoir l'obligeance de m'expliquer ce qui distingue ce manuel médical du fascicule qualifié d'obscène ?

Les trois juges échangèrent des regards embarrassés. Pike, visiblement contrarié de se trouver à court d'arguments, devint cramoisi.

— Et si les termes utilisés ici, et que l'on retrouve dans *Secret d'une femme mariée*, ne sont pas obscènes, pourquoi avoir mis en accusation le docteur Delancy ? ajouta Honora en élevant la voix.

Sa démonstration terminée, elle précisa qu'elle n'avait plus de questions à poser au témoin et se rassit.

Pike, qui avait retrouvé son assurance, s'adressa à Catherine.

— Docteur Delancy, ce n'est pas parce que vous êtes persuadée d'être innocente que vous l'êtes effectivement au regard de la loi.

Puis Pike se tourna vers le procureur.

— Voulez-vous interroger le témoin ?

— Non, Votre Honneur.

Rampling donna le sentiment qu'il jugeait inutile d'interroger un témoin qui venait de se condamner lui-même.

Lorsque Catherine eut regagné sa place, le juge Pike annonça :

— Puisque l'obscénité du texte mis en avant par l'accusation soulève des divergences d'opinions, la cour va délibérer sur ce point.

Munis chacun d'un exemplaire du texte, les trois juges se retirèrent pour décider du sort de Catherine.

Honora se rejeta contre le dossier de sa chaise en soupirant, et se tourna vers Catherine.

— J'espère que votre témoignage et celui d'Hilda les auront convaincus.

Assis derrière elles, en compagnie de Nevada, Damon se pencha en avant par-dessus la balustrade qui les séparait.

— Croyez-vous qu'ils vont l'acquitter ? demanda-t-il à Honora.

Tandis qu'elle sentait dans son dos peser le regard de Nevada, elle répondit :

— Qui peut en être sûr ?

Dans l'assistance, les spéculations allaient bon train. Certains ne s'abstenaient de discuter que pour céder au plaisir de se dégourdir les jambes. Plusieurs personnes vinrent témoigner leur sympathie à Catherine.

Un quart d'heure plus tard, Catherine murmura à l'oreille de son amie :

— Vous le lui avez dit ?

— Non. Je lui en parlerai peut-être quand nous serons sortis d'ici.

Une lueur d'inquiétude traversa le regard de Catherine.

— Espérons qu'il ne sera pas trop tard.

Avant qu'Honora ait pu demander à Catherine de préciser sa pensée, les juges réapparurent et l'huissier pria la salle de se lever. Puis, à l'instar des juges, tout le monde reprit sa place. Ce fut alors Pike qui demanda à l'accusée de se lever.

Honora l'imita, le cœur battant à se rompre. Elle n'avait pas besoin d'avoir des yeux derrière la tête pour savoir que Damon, assis au bord de son siège, agrippait la balustrade pendant que Nevada, l'ami fidèle, se tenait prêt à le réconforter.

Le silence se fit. L'assistance se figea en retenant son souffle.

Puis Pike prit la parole. Sa voix résonna dans la salle muette.

— Docteur Catherine Delancy, après délibération, le tribunal a retenu contre vous l'accusation de diffusion de documents immoraux et indécents. En conséquence, nous vous déclarons coupable au vu des faits qui vous sont reprochés.

D'un bond, Damon se leva en hurlant :

— Non !

Pike fit entendre son marteau et répliqua :

— Asseyez-vous, monsieur Delancy, avant que je vous fasse expulser. Je n'ai pas fini.

Du coin de l'œil, Honora vit Nevada inciter Damon à obtempérer.

Un doigt désapprobateur autant que paternaliste pointé vers Catherine, Pike observa :

— Des gens comme vous, qui diffusent de tels documents, sont une menace pour la société, docteur Delancy. Trop de personnes aujourd'hui s'imaginent que c'est un crime de mettre des enfants au monde. Et ils se trompent. Les enfants sont un don de Dieu et doivent être considérés comme tel, que l'on soit riche ou pauvre.

— Amen, murmura Comstock, le regard empli de ferveur religieuse.

Pike prit ensuite la salle à témoin de son indignation.

— Si le docteur Delancy et ses semblables encourageaient les femmes a avoir plus d'enfants, la société s'en porterait beaucoup mieux.

Il revint à Catherine.

— Docteur, j'aurais souhaité vous voir en prison pour cinq ans, mais mes collègues ici présents ne m'ont pas suivi. En conséquence, je renonce à toute peine d'emprisonnement et déclare que nous vous condamnons à une amende de cent cinquante dollars.

Ébahie, Honora se dit qu'elle avait perdu une bataille mais pas la guerre : Catherine était libre. Elle ne passerait pas un seul jour en prison. Pleurant de joie, les deux femmes s'étreignirent, tandis que, derrière elles, un formidable chahut se déclenchait. Hilda s'était levée dès l'annonce du verdict en poussant un hourra qui avait dû résonner jusqu'aux murs de la prison. Puis elle était montée sur son banc, avait lancé son chapeau en l'air et hurlé de triomphe quand le couvre-chef était astucieusement retombé sur la tête de Comstock. Alors, tel l'orage qui éclate, les applaudissements crépitèrent et les cris de victoire fusèrent de toutes parts. Hommes et femmes imitèrent Hilda en se juchant sur les bancs et, l'enthousiasme débordant, agitèrent mouchoirs et chapeaux.

Mais beaucoup redescendirent rapidement de leur perchoir pour aller féliciter les deux femmes. Entre deux inconnus, Damon vint manifester sa joie et sa reconnaissance. Honora ne put s'empêcher d'être surprise par la chaleur de son accolade.

— Vous avez réussi, dit-il. Vous pouvez me demander ce que vous voulez. Si c'est quelque chose qui s'achète, peu importe le prix, vous l'aurez.

— Ce que je souhaite par-dessus tout ne s'achète pas.

La tenant par les bras, il la regarda.

— Si nous pensons à la même chose... je vous dirai qu'il vous suffit effectivement d'aller vers lui.

Tandis que les gardes et les renforts de police faisaient évacuer la salle, Honora remarqua que Nevada avait disparu.

— Où est Nevada ? demanda-t-elle à Catherine.

— Eh bien, je crois qu'il est allé se livrer à la police pour le meurtre de Talmadge.

Si Honora n'avait été à la fois enceinte et civilisée, elle se serait frayé un chemin dans la foule qui encombrait la sortie à grands coups de pied et de griffes au lieu de se laisser porter comme un bateau de papier sur un rapide écumeux.

Il fallait absolument qu'elle le trouvât pour pouvoir lui dire que si on l'envoyait en prison, elle l'attendrait. Jamais elle ne l'abandonnerait. Jamais elle ne renierait son amour.

La panique la saisit quand, enfin sortie de la salle d'audience, elle ne vit pas sa tête blonde à la surface du flot humain qui s'écoulait dans le corridor.

Puis elle l'aperçut, au loin, tout au bout du couloir, et elle allait forcer le passage quand une jeune femme enthousiaste l'accosta.

— J'ai fait circuler plusieurs exemplaires du fascicule parmi mes amies et camarades de cours. Et je peux vous assurer que si l'une d'entre nous est arrêtée, une autre prendra la relève.

Honora posa la main sur son épaule.

— Croyez bien que je ne manquerai pas de vous défendre les unes et les autres s'il le faut, mais pour l'instant, je vous prie de m'excuser.

Nevada avait de nouveau disparu lorsque Honora reporta

son regard sur la foule. Jurant entre ses dents, elle entreprit de jouer des coudes, de lutter pour avancer comme le saumon se bat contre le courant quand la nature l'y oblige.

S'extirpant enfin de la cohue, elle faillit cependant se décourager : il n'était nulle part. Puis, elle l'aperçut alors qu'il descendait vers la rotonde. Ignorant son corset qui lui faisait l'effet d'un étau dans cette atmosphère de poursuite anxieuse, elle courut vers lui et le rattrapa juste au moment où il commençait à traverser la rotonde.

— Nevada, attendez !

Il s'immobilisa puis se retourna.

Soudain, elle réalisa qu'ils allaient être séparés pendant des années. Elle n'entendrait plus sa voix aux accents nonchalants quand elle se réveillerait. Elle ne verrait plus son regard brûler de désir pour elle. Elle ne sentirait plus son corps chaud et puissant à son côté. Il serait absent le jour de la naissance de leur enfant. Et cet enfant serait privé d'un père pendant de longues années...

Que lui avait dit Catherine le soir où elle avait constaté qu'elle était enceinte ? « Tempérez votre sens de la justice avec un peu de clémence et laissez-vous guider par votre cœur. »

Au diable, les grands principes ! Elle ne pouvait pas les laisser gâcher sa vie.

— Où allez-vous ? lui demanda-t-elle, essoufflée.

— Je vais me livrer à la police.

— Non. Ne faites pas ça.

— Pourquoi ?

— Je vous aime, Nevada, et je veux vivre avec vous.

— Vous croyez que c'est une raison suffisante ?

— Il y en a une autre. Je ne voudrais pas que le père de mon enfant ait à purger une peine de prison.

— Qu'avez-vous dit ?

— Vous m'avez bien entendue, Clovis.

— Vous êtes... ?

— De deux mois, oui, d'après Catherine.

— Un enfant ? Mon enfant ? dit-il, incrédule.

Une pensée horrible traversa l'esprit d'Honora. Et s'il ne voulait pas de cet enfant ?

Il la vit blêmir et, aussitôt, la prit par le coude.

— Ça va ?

Elle voulut s'accrocher à un médaillon qu'elle avait oublié de mettre. Alors, elle noua ses doigts, les mains tremblantes.

— Vous êtes heureux... n'est-ce pas ?

Afin de lui éviter d'être bousculée, il l'entraîna à l'écart des allées et venues avant de lui répondre :

— Je suis le plus heureux des hommes.

Elle soupira de soulagement.

— Alors, vous abandonnez votre projet de vous rendre à la police.

— Je ferai ce que vous voulez.

— Dans ce cas, je vous demande de renoncer à vos aveux.

Empreint d'une profonde gravité, son regard plongea dans celui d'Honora.

— Je crois que nous avons beaucoup de choses à nous dire.

— Vous vous répétez...

— Cette fois-ci, il est temps que vous m'écoutiez.

— Nous recommençons ?

Appuyé contre l'oreiller, il laissa échapper un soupir satisfait.

— Êtes-vous certaine que cette... activité n'est pas déconseillée pour le bébé ?

Avec un petit rire, elle taquina son oreille.

— Catherine m'a assuré que nous pouvions être aussi actifs que nous le désirions.

— Femme, vous allez me tuer ! (Regardant le plafond, il redevint soudain sérieux.) Qu'est-ce qui vous a fait changer d'avis ?

Elle se souleva à demi et, appuyée sur un coude, sembla redécouvrir son visage.

— J'ai longuement pensé à quelque chose que Catherine m'a dit récemment. Elle m'a conseillé d'être un peu moins stricte sur mes principes. Elle m'a parlé de clémence. Quand je vous ai vu aller d'un pas résolu vers le poste de police, j'ai compris soudain que j'allais vous perdre et que ma vie serait terriblement vide sans vous. Sans parler de l'enfant à qui il manquerait un père. (Elle posa sa main sur son torse.) Talmadge était un individu ignoble. Je ne dis pas qu'il méritait d'être tué sans même avoir été jugé, mais je ne dois pas oublier que ce fut un homicide involontaire. Et cela ne justifie pas que nos vies soient ruinées, ni même que Catherine et Damon perdent leur meilleur ami.

— Je n'allais à la police qu'à cause de vous.

— Je le sais, dit-elle en posant un baiser sur son épaule. Mais je constate que je n'ai pas la grandeur d'âme de tante Theodora qui a su se séparer de Wesley en ne pensant qu'à lui et à son bien. J'ai besoin de vous Nevada LaRouche, même aux dépens de mes principes.

Ils sursautèrent ensemble lorsqu'un coup de tonnerre ébranla la nuit d'été, juste avant qu'une pluie salutaire vînt s'abattre sur la ville surchauffée. Un courant d'air s'engouffra dans la chambre en gonflant comme des voiles les rideaux de la fenêtre restée entrouverte.

— Je vais fermer, dit Honora. Sinon la pluie va entrer.

Elle se leva et alla vers la fenêtre, éprouvant une sensation de douceur profonde et de plénitude qu'elle n'avait jamais connue jusque-là.

Souriante, elle ferma la fenêtre et revint au lit.

Épilogue

Décembre 1897

Cette année, Noël à Coppermine serait pour Nevada une fête merveilleuse qu'une ombre viendrait toutefois ternir, l'empêchant d'être parfaite. Enveloppant Honora d'un regard tendre pendant qu'elle somnolait sur le petit sofa du salon, le corps épanoui, lourd de leur enfant, il se dit qu'entre sa liberté et cette femme qu'il adorait il avait tout, ou presque.

L'enfant serait illégitime. Un bâtard. Et Nevada savait que, quoi qu'elle pût prétendre, Honora en souffrait. Il en avait le cœur brisé quand il l'entendait soutenir qu'elle était parfaitement heureuse ainsi.

Qu'avait-il fait pour mériter une femme comme elle ? Absorbé par ses réflexions, il ne remarqua pas la voiture qui descendait à vive allure l'allée centrale. Quand il perçut le bruit de l'attelage et des roues sur le gravier, il pensa que Theodora — arrivée de Boston la veille — avait achevé sa visite de la propriété, si belle sous son manteau de neige, en compagnie de Catherine et Damon.

Mais quand il entendit frapper à la porte et qu'il vit Catherine entrer, il fut surpris de constater qu'elle ne rentrait manifestement pas de promenade.

— Il y a dans le hall un nommé Stannard qui vous demande, murmura-t-elle afin de ne pas réveiller Honora.

Aussitôt, Nevada disparut. Dix minutes plus tard, il venait s'agenouiller près d'Honora.

— Honora, réveillez-vous.

Lentement elle ouvrit ses yeux couleur de nuit qu'une lueur émerveillée éclairait dès que son regard rencontrait Nevada.

Elle se redressa, soudain inquiète tant il paraissait sous le coup d'une forte émotion.

— Que se passe-t-il ?

Il prit sa main et la serra dans la sienne.

— Vous allez enfin être libre.

— Libre ? Je ne comprends pas.

— On a localisé votre mari.

Chavirée, elle pâlit comme si elle devait s'évanouir.

— Où ?

Il lui expliqua qu'il avait engagé un détective de l'agence *Pinkerton* pour rechercher Robert afin qu'elle pût divorcer.

— Il l'a retrouvé à Seattle où il travaillait sous un faux nom. Maintenant nous allons pouvoir nous marier.

— Mais notre enfant va naître bien avant que je sois en mesure de divorcer, Nevada...

Il embrassa sa main.

— Oui, mais il ne sera pas longtemps un enfant illégitime.

Elle sourit.

— Vous ne m'aviez pas dit que vous aviez engagé ce détective.

— Je ne voulais pas vous donner de faux espoirs. Cette recherche aura duré des mois. Elle a commencé en novembre de l'année passée.

— Oh, il a fallu tout ce temps !

— Oui.

Des larmes de joie brillèrent dans les yeux d'Honora.

— Vous m'avez offert, mon amour, le plus beau des cadeaux : ma liberté.

— Vous avez été la première à me faire ce cadeau, me semble-t-il.

— Ma douce Honora, cette enfant est une parfaite petite Putnam, s'extasia Theodora en tenant dans ses bras Chantal Putnam LaRouche, née quatre heures plus tôt.

— Elle a les cheveux et les yeux des Putnam.

— Et le sourire de son père, ainsi que dix petits doigts parfaits aux mains comme aux pieds.

Honora s'émerveillait du fond de son lit où elle se remettait d'un accouchement lent et difficile qui avait failli lui faire jurer qu'elle ne recommencerait jamais, tandis que Nevada, à l'agonie, partageait secrètement sa pensée.

Honora lui sourit pendant que Theodora berçait le bébé. Assis sur le lit, à son côté, Nevada semblait tout aussi exténué qu'elle. Prenant sa main, elle la porta à ses lèvres, les yeux brillant d'une lueur malicieuse.

— Regrettez-vous de ne pas avoir un fils que vous auriez pu appeler comme son père ? Je trouve que Clovis Putnam LaRouche a un certain...

Elle s'interrompit devant son regard de mise en garde.

Il se tourna vers sa fille que sa grand-tante aux cheveux blancs était en train de cajoler.

— Je serais ravie qu'elle ait le caractère de sa mère, déclara Theodora.

La petite Chantal surprit tout le monde en se mettant à pousser des cris stridents.

— C'est sûr, elle sera avocate, déclara Honora en reprenant le bébé que Theodora lui tendait. Elle est déjà en train de plaider.

Quand Theodora fut partie, les laissant seuls, Nevada s'inquiéta :

— Vous regrettez de devoir renoncer à travailler pendant quelque temps ?

Le petit crâne rond couvert de duvet noir inspira à Honora une fierté maternelle qui se refléta dans la douceur de son regard.

— Il ne pourrait être question pour le moment de priver cette petite princesse de sa mère.

Incrédule devant tant de bonheur, Nevada secoua la tête.

— Notre fille... Mon Dieu, après tant d'années de solitude et d'errance, comment aurais-je pu croire que je finirais par fonder une famille ?

— Eh bien, voilà, c'est fait ! Et nous donnerons un jour à Chantal des frères et des sœurs avec qui elle pourra s'amuser.

En repensant aux affres de l'enfantement, Nevada se montra réservé.

— Même si vous êtes persuadée de pouvoir recommencer, je me demande si, moi, je le supporterais.

— Le moment venu, ni vous ni moi ne pourrons nous dérober.

— Je vous ai toujours trouvée très persuasive, remarqua-t-il en oubliant ses craintes.

Il caressa la joue de sa fille.

— Croyez-vous qu'elle épousera un hors-la-loi, comme son père ?

Elle le regarda, le cœur débordant de bonheur.

— Si elle en épouse un, ce sera pour la vie.

Il lui répondit par un long baiser qui signifiait son approbation.

Le Serment

Dans cette Amérique de la fin du XIXe siècle, la vie n'est pas facile pour une femme qui veut devenir médecin. C'est le cas de Catherine Stone, dont la mère est morte par la faute d'un praticien incompétent, et qui décide d'embrasser coûte que coûte la carrière médicale.

Désavouée par sa famille, en butte aux préjugés de ses confrères masculins et de ses patients, Catherine devra lutter pied à pied pour exercer. Mais la jeune femme est une pionnière animée d'une incroyable ténacité, dont le courage à toute épreuve l'aidera à tenir tête à tous ses détracteurs et à surmonter les obstacles qui jalonnent son parcours solitaire.

Pourtant, lorsque l'amour frappe à sa porte sous les traits du riche et séduisant Damon Delancy, Catherine hésite. Est-elle vraiment prête à renoncer à tout ? Au moment de choisir entre la médecine et l'homme de sa vie, c'est au fond de son cœur que Catherine ira puiser la force de faire le pari le plus audacieux de son existence.

Achevé d'imprimer en octobre 1995
sur presse CAMERON
dans les ateliers de Bussière Camedan Imprimeries
à Saint-Amand (Cher)

N° d'Édit. : 170820. — N° d'Imp. : 1/2455.
Dépôt légal : octobre 1995.
Imprimé en France